Diogenes Taschenbuch 22732

de
te
be

Hannah Green

Olympia Blues

und andere Erzählungen
Aus dem Amerikanischen von
Annette Keinhorst

Diogenes

Die deutsche Erstausgabe erschien 1993
im Diogenes Verlag
Titel der 1991 bei Arcade Publishing, New York,
erschienenen Originalausgabe:
›With The Snow Queen‹

Umschlagillustration: Charles Greener,
›Honkers at Sunrise‹, 1910 (Ausschnitt)

Für Pamela Thayer Greenberg

*Dankbar verweise ich auf
die Unterstützung
durch Steve Nicodemus
und John G. Martin*

Veröffentlicht als Diogenes Taschenbuch, 1994

60/95/24/2
ISBN 3 257 22732 9

Inhalt

Bei der Schneekönigin

I

»Diese Epidemie ist anscheinend schlimmer, als irgend jemand vermuten konnte«, sagte Berton. Er las immer noch die Zeitung, die er jetzt zusammenfaltete, um bequemer lesen zu können. Die Seuche war der Aufreißer. Sie hatte an einem Ort namens Vézelay begonnen, in Frankreich, und niemand wußte, wie. Sema legte noch eine Scheibe Gerstenbrot in den Toaster. Sie erwiderte nichts, denn im gleichen Moment durchfuhr sie ein heißer Blitz von Scham: es war ihr vollkommen gleichgültig. Immer das altbekannte Szenario: Erschrecken, Anfragen an die Regierung, Schuldzuweisungen, Kriseneinsätze. Als die Nachricht zuerst gemeldet wurde, hatte sie gedacht: »Was, schon wieder so was?« Dann hatte sie die Kühle der Isolation gespürt, die Selbstsüchtige und Gleichgültige angesichts großer Ereignisse umfängt. »Kommst du heute abend früh nach Hause?« fragte sie.

»Das habe ich vor. Luci wird die ganze Woche über weg sein. Ich dachte, wir könnten mit ihr essen gehen – zum Abschied.«

»Ich glaube, es ist ihr egal, ob wir sie verabschieden oder nicht. Das ist ihre fünfte Reise in diesem Jahr.«

»Kann sein, daß es ihr egal ist, mir ist es das jedenfalls nicht«, sagte Berton. »Sie wird schnell groß, und bald ist sie weg. Ich denke oft...« Er zuckte mit den Schultern und blickte hinüber zu Sema. Er lächelte. »Manche Leute sollten keine Kinder haben.«

Sema wußte, daß die ›Ein-Kind-Verordnung‹ für Berton hart war. Sie fühlte mit ihm, hatte aber nie das gleiche Verlustempfinden gehabt. Die Regelung galt aus gutem Grund; die Gründe waren immer wieder erklärt worden. Erziehung nannten sie es. Sie hatte die Erklärungen mit so wenig Gefühl wie möglich angenommen. Ihr Leben war vernünftig gewesen. Nie hatte es ein starkes Bedürfnis, eine Dringlichkeit, heftige Willensäußerungen, Tragisches oder Ruhmreiches gegeben. Einmal, vor Jahren, als sie über das Ausbleiben dieser Dinge sprach, gratulierten die Leute ihr. Was für ein Glück, welch gesundes Leben, welche Weisheit, solchen Unannehmlichkeiten zu entkommen. Sie war umsorgt und behütet groß geworden, liebevoll begleitet von ihren Eltern, hatte geheiratet, die nötigen drei Qualifizierungsmonate pro Jahr gearbeitet, die richtigen Papiere angegeben, hatte pflichtbewußt und verständig getan, was erwartet wurde, ihren Eltern, Berton und ihren Freunden zur Freude. Diesen Idealen, so hatten sie alle gelernt, sollten sie nacheifern. Sie und Berton erhielten großes Lob, und ihre Eltern starben stolzerfüllt. Als Luci klein war, hatte Semas Selbstunterdrükkung wie disziplinierte Nützlichkeit gewirkt. Da war die ehrenamtliche Arbeit in der Schule, die auf ihre begrenzte Art Luci und ihren Freunden zugute gekommen war. Inzwischen waren die Unterstützungsgruppen langweilig geworden, und ihr ehrenamtlicher Einsatz interessierte sie nicht mehr. Sie saß am Tisch, nachdem Berton gegangen war, und wunderte sich über den Verlust ihres Selbstgefühls. Sie war eine Frau, die von einer Seuche gehört hatte und ohne einen Seufzer ein weiteres Toastbrot dünn bestrich.

Um elf zog sie sich an und ging zur Studiengruppe ›kindliche Entwicklung, SSG16.7‹. Die Gruppe .7 bestand, seit die Frauen ihre Schwangerschaftserlaubnis bekommen hatten, vor fünfzehn bis achtzehn Jahren. Sie hatten die Laserbehandlung überstanden und eine nach der anderen Schwangerschaft, Geburt, frühe Mutterschaft und alles übrige hinter sich gebracht. Ihre Kinder waren jetzt zwischen vierzehn und siebzehn Jahre alt, und die Probleme, die sie besprachen, schienen Sema nicht etwa durch Vertrautheit vertieft, sondern unendlich langweilig, sich endlos wiederholend. Die meisten der Frauen verband außer der gemeinsamen Örtlichkeit wenig: Sechzehntes Vorstadt-Versorgungs-Quadrat. Obwohl solche Unterstützungsgruppen eine demokratische Entwicklung fördern sollten, hatten sie sich nicht freiwillig zusammengefunden. Die Leute trafen sich, um ihre Verpflichtungen zu erfüllen. Sema hatte sich nur mit zwei der Frauen näher angefreundet, Luanna und Pat. Heute fand sie das Treffen bedrückend. Sie hatte das Kapitel im Lehrbuch nicht gelesen: ›Sichere Freizeitdrogen‹. Sie sah Pat an, die sich durch diese Treffen durchstrickte. Was hätte sie schaffen können, wenn sie auch mit Stricken angefangen hätte – eine Toasterhaube von den Ausmaßen des *Death Valley* ...

Pat hob die Hand. »Ich bin nächste Woche nicht da. Ich habe einen Paß der Zeitreise-Abteilung«, und damit zog sie eine blaue Computerkarte aus ihrer Hüfttasche. Sema hatte noch nie einen gesehen. Sie dachte, Zeitreisen wäre nur aus regierungsamtlichen und sonstigen offiziellen Gründen erlaubt. Hester, die Moderatorin, war zu schwerfällig, um vorgetäuschte Antworten auf Routinefragen zu geben, so daß sie über Pats Trip reden konnten. Anschließend gingen Sema und Luanna mit zu ihr. Enge Freundschaften zwischen Gruppenmitgliedern wurden nicht gern gesehen, deshalb trennten sie sich erst und trafen sich später wieder.

»Es wird immer noch stark kontrolliert«, sagte Pat. Sie nahm die blaue Karte noch einmal heraus. »Dies ist die medizinische Kategorie, zweite Priorität. Ihr wißt ja, daß ich Erbträgerin von Chorea Huntington bin ... war und daß ich mit wiederzusammengesetzter DNA behandelt wurde. Das hat nicht nur das besagte Gen verändert, sondern noch ein paar andere. Ohne einen Abdruck kann Alicia ihre Sterilisation nicht rückgängig machen, wenn sie soweit ist. Damals wurden die Unterlagen nicht aufgehoben, so wie heute.«

Luanna wollte technische Einzelheiten der Reise erfahren, und Pat berichtete ihnen, was ihnen mitgeteilt worden war bezüglich der Zeitfahrzeuge und der damit zusammenhängenden Gesetzmäßigkeiten. Sema versuchte, ihre Fragen zu formulieren. Sie spürte eine Dringlichkeit, etwas zu erfahren, herauszuhören, was Pat ihnen nicht erzählte. Das Gefühl von begieriger Ungeduld war ihr neu und ein bißchen unheimlich.

»Wir hatten drei Orientierungssitzungen, aber dabei ging es um Gesetze, die erlassen wurden, um uns und unsere Interaktionspartner in der Vergangenheit zu schützen. Beispielsweise dürfen wir ihnen nicht sagen, daß wir aus der Zukunft kommen. Wir dürfen keine Pferdewetten abschließen und solche Sachen. Ich bleibe nur lange genug, um meine Unterlagen zu erhalten – ein, zwei Tag vielleicht, und es ist alles genau vorgeschrieben.«

»Könntest du zum Beispiel deine Mutter treffen?« Luanna war schon immer vom Bizarren fasziniert. Die Gruppe hatte sie oft deswegen kritisiert. Sema mochte sie dafür.

»Nein, ich nicht. Aber manche Leute tun es anscheinend. Ich glaube nicht, daß man sich selbst begegnen kann, obwohl man vermutlich in dem Körper steckt, den man damals hatte. Es gibt Historiker, die zurückgehen in eine Zeit vor ihrer eigenen, die müssen sich dann auf ganz andere physikalische Gesetzmäßigkeiten einstellen. Sie werden sehr sorgfältig kontrolliert.«

»Warum?« fragte Sema.

Pat sah verwirrt aus. »Der Beamte hat diese Frage, als jemand sie stellte, nicht beantwortet.«

Sema fuhr ein Bild durch den Kopf: vielleicht würde ein solcher Exodus entstehen, daß niemand mehr hier zurückbliebe – aber sie sagte nichts. Vielleicht war sie die einzige, die solche Gedanken hatte.

Pat war drei Wochen lang weg. Als sie zurückkam, gingen sie wieder mit ihr aus, begierig, von ihr zu erfahren, was sie gesehen hatte. Wieder sah Sema sich erfüllt von Ungeduld angesichts der Details, in denen Pat sich erging: die Kleider, die Sprachstile, die Nachrichtenlage. Irgend etwas an der Erfahrung selbst faszinierte Sema auf eine Weise, die sie noch nie erlebt hatte. »War jemand dabei, der wegen mehr als einer bestimmten Aufgabe zurückging?«

»Na ja, die Kriminellen natürlich – die mit der roten Karte, aber niemand so wie wir.«

An jenem Abend erzählte Sema Berton von Pats Trip. »Komisch, daß du gerade davon sprichst. Du kennst doch Bob Dutcher – ich habe dir von seinem Sohn erzählt –«

»Der Junge, der den Unfall hatte?«

»Ja. Während der Mittagspause kam jemand von *Kanal Fünfzig*, um Bob zu interviewen. Bob hatte gehört, daß sie Zeitreisen aus medizinischen Gründen erlauben wollen. Er bewarb sich darum, sobald sein Sohn nicht mehr in Lebensgefahr schwebte. Vor zwei Tagen brachten sie den Jungen ohne sein Rückenkorsett und die Beinschienen in die Zeitphase vor seinem Unfall. Er erlebte die Zeit noch einmal – sein jetziges Selbst in seinem damaligen Körper; dadurch konnte er das Geschehen rückgängig machen. Diesmal fuhr er an den Straßenrand, schlief seinen Rausch aus, verlor sechs Monate in der neuerlebten Zeit, ist jetzt aber wieder da. Er ist nicht mehr gelähmt. Morgen bringen sie die Geschichte im *Holovision* [Fernsehen der Zukunft, das mittels Laser dreidimensionale Bilder überträgt. Anmerkung der Übersetzerin].«

»Wenn ich nacherleben könnte...«, sagte Sema.

»Aber du bist nicht gelähmt...«

»Natürlich nicht«, sagte sie, aber sie dachte: »Doch, das bin ich.«

Am folgenden Tag zeigten sie im abendlichen *Holovision* den blauen medizinischen Paß, den Dutcher-Jungen vorher und nachher, und seine Eltern, die erleichtert und glücklich aussahen und ihn mit Tränen empfingen. Die Zeit dazwischen wird so gewonnen wie der Raum zwischen Zeitzonen, erklärte der Sprecher; der Junge kam um sechs Monate gealtert zurück, jene Zeit, die er für die Rückkehr brauchte. Sinnvoll verlorene Zeit, meinten seine Eltern.

Luci saß dabei und verfolgte die Sendung in der ihr eigenen desinteressierten Art. Ihre Aufmerksamkeit verteilte sich zwischen ihrem Essen, einem gleichzeitigen Gespräch am *Holophon* [dreidimensionales Telefon der Zukunft, vermutlich mit Sichtscheibe. Anmerkung der Übersetzerin] und dem Versuch, die angemessene Sitzposition zu finden. Berton und Sema bekamen selten etwas von ihr mit, und Berton war so froh, sie überhaupt zu sehen, daß er sich abfand mit dem, was Sema ihre überwältigende Unhöflichkeit und Egozentrik nannte. Jetzt seufzte das Mädchen angesichts des Wunders, und Berton sah sie überrascht an. »Findest du nicht, daß das ganz wunderbar ist?« sagte er.

»Nehme ich an.« Ihr Ausdruck und ihre Stimme gaben nichts preis.

»Der Junge wäre gelähmt geblieben«, meinte Berton.

»Die Regierung erreicht immer, was sie will«, und Luci seufzte. »Keine medizinischen Ausgaben, der Junge bekommt, was er will, und seine Familie bekommt das ihre. Alle sind glücklich und zufrieden. Ende.«

»Fändest du es besser, wenn der Junge gelähmt bliebe?«

»Nein, und als der hämophile Prinz von Spanien klein war, polsterten sie ihn aus und polsterten alle Bäume im königlichen Park und wattierten alle Gebäude und Palastwände und alle Steine, so daß er sich nicht verletzen konnte, sogar wenn er kopfüber in ein Hindernis rannte. Im medizinischen Seminar haben sie uns letzte Woche davon erzählt, und niemand außer mir lachte.«

»Du hast gelacht?«

»Ich habe gelacht. Ihr bekommt wahrscheinlich eine 16.4.M.-Meldung deswegen und ein Treffen mit meiner Sozialarbeiterin.«

»Warum hast du gelacht?«

Luci zuckte ausdrucksvoll mit den Schultern. »Er lebte mit der Bluterkrankheit und starb an Langeweile«, sagte sie, »Lange-Weile.«

Sema spürte eine heraufziehende Wut, die plötzlich rot und dann weiß aufzuckte, alles in einer Sekunde. Der Zorn blendete sie und dämpfte ihr Hörvermögen, so daß die Stimmen von Berton und Luci zu Gemurmel wurden, Bertons Stimme sanft tadelnd, Lucis verdrießlich. Das grobe, gefühllose kleine Biest! Welches Recht hatte sie, so leichtfertig über schützende Wattierung, Langeweile, Verlust zu sprechen? Die Worte in Semas Kopf waren wie eine Schwelle, über die sie plötzlich stolperte und fiel. Luci war verwöhnt und wütend, aber ihre Wut hatte den gleichen Ursprung wie Semas Unglücklichsein. Sema erinnerte sich an ihre eigene Gleichgültigkeit gegenüber der Seuche, die jetzt gerade durch Frankreich tobte und keinerlei Grenzen kannte. Was Luci schmollend und laut aussprach, begrub Sema unter ihren Schuldgefühlen. Sie hörte, wie Berton, wie immer vernünftig, auf Luci einredete, Erklärungen zu den vernünftigen Plänen vernünftiger Leute. Luci akzeptierte die Erklärungen nicht, und als Sema ihrem nackten und ironischen Widerspruch zuhörte, verstand sie, daß nur ein Teil ihres Gefühls Wut war. Der andere Teil war Neid.

Sie wußte, daß sie eigentlich die Psychotherapie-Behörde anrufen sollte. Sie würden eine Familiensozialarbeiterin schicken, die aus der Unterstützungsgruppe eine Zweierberatung machen würde, und die Familienarbeiterin und die Gruppe würden Bertons Vernünftigkeit bis in unendliche Reflektionsprismen spiegeln. Dies würde ihnen behördlicherseits Aufmerksamkeit sichern, zur Registrierung führen, und am Ende wären Sema und Luci offiziell als ›gestört‹ und als potentielle Unruheelemente aktenkundig. Diesen Fehler würde sie nicht machen. Statt dessen würde sie weiterhin über die Fluchtmöglichkeiten durch eine Reise wie Pats nachdenken. Wie lange müßte der Aufenthalt wohl sein? Ein Jahr? Zwei?

»Wenn ich zurückginge«, sagte Sema zum Spiegel, »ginge es nicht darum, zu entkommen, sondern neu zu erleben«, und dann wurde ihr klar, daß ein Neuerleben von ein oder zwei Jahren nicht ausreichen würde, um eine einzige falsch getroffene Entscheidung zu revidieren. Sie würde die Zeit nacherleben müssen, als alle Entscheidungen getroffen worden waren, und dann müßte sie Tag für Tag neu leben von jenem Zeitpunkt an, als eine viel zu gehorsame und passive Tochter ihr Geburtsrecht für die oberflächliche Anerkennung durch Freunde und Freundinnen und die Sicherheitsträume von Eltern und Familie verwirkte. »Wenn ich zurückginge...«

Sie sagte es Tag für Tag zu ihrem Spiegel, ein Jahr lang, und sie sagte es zum Staubsauger und zum *Holovision*, wenn sie in den Kasten schaute, und zu den Wänden, ohne sie zu sehen. »Wenn ich zurückginge...« Sie sagte es im Außenfahrzeug und in der Bahn. »Wenn ich zurückginge –«. Sie sagte es dem Paßbeamten.

2

»Sie bewerben sich nur«, sagte er und stempelte GRÜN 25 auf das Formular, das sie gerade ausgefüllt hatte. »Sie wissen ja, daß Sie zuerst noch mit einer Therapeutin sprechen sollten...«

Sema sagte: »Ja, ich weiß.«

»Soll dieser Paß von der Erziehungsbehörde kommen?«

»Nein.«

»Dann von der Psychiatrie oder von der Medizin?«

»Nein.«

»Sie sind keine Touristin – seit dieser HV-Show damals –«

»Nein.«

»Welche Abteilung verlangt dann die Reise?«

»Keine. Ich möchte einen Teil meiner Vergangenheit wiedererleben.«

»Sie sind tatsächlich eine GRÜNE; ich hatte noch nie einen GRÜNEN zu bearbeiten.«

»Sie meinen, niemand ist bisher...«

»Nicht über dieses Büro. Ich habe allerdings davon gehört, daß Leute sich eine Reiseerlaubnis zur persönlichen Erfahrungsbereicherung geben lassen.« Sein Gesicht belebte sich, die Sache interessierte ihn.

»Es gibt kein Gesetz dagegen ...«

»Nein, es gibt eine eigene Kategorie, allerdings mit der niedrigsten Priorität. Ich sollte Ihnen sagen, daß Sie möglicherweise nie einen Platz bekommen, sogar bei Empfehlung durch unsere Therapeutin. Die Zeitreiseleute meinen, daß die grüne Kategorie geschlossen werden sollte. Sie könnten die Vergangenheit verseuchen, indem Sie sie mit potentiellen Gefahren ohne jeglichen sozialen Nutzen versehen.«

»Ich würde es gern versuchen. Wo kann ich mich mit der Therapeutin treffen?«

Der Paßbeamte gab eine Nummer in den Computer ein, ein Papier wurde ausgedruckt. »Das geht jetzt für immer in Ihre Unterlagen ein«, sagte er.

»Das verstehe ich.«

Er fuhr über den Computer, um ihn zu aktivieren.

»Ich hatte einige Treffen mit Ihren Helfern«, sagte der Mann von der Behörde. Er war klein und glatzköpfig. Er hieß Mel. Sema spürte auch bei ihm jene Ungläubigkeit angesichts der GRÜNEN, die sie schon bei dem Paßbeamten bemerkt hatte. »Es heißt hier, Sie seien weder für sich noch für andere eine Gefahr und auch nicht unnatürlich vergangenheitsfixiert. Woher kommt Ihr Wunsch nach dieser Reise?«

Sema war ihr Leben lang von Helfern begleitet gewesen.

Sie wußte, was sie hören wollten. Sie wußte, daß der Grund ihres Reisewunsches ein indirekter Vorwurf an ihre Adresse war, und daß sie sich deshalb sehr, sehr vorsichtig ausdrücken mußte. Der Wohlfahrtsstaat war zu einem Therapiestaat geworden, und diejenigen, die Erdbewohner geblieben waren, waren sehr vorsichtige Menschen. Mußten sie auch sein.

Sema erzählte ihre Lebensgeschichte. Sie sprach nicht davon, daß ihr Leben zweigeteilt war – der Wunsch nach Veränderung auf der einen Zaunseite, auf der anderen ihr Bedürfnis nach Sicherheit. Ihre Eltern waren Mitte vierzig gewesen, als sie sie bekamen, das einzige ihnen erlaubte Kind. Die Ein-Kind-Regel war zu jener Zeit unumstößlich gewesen, so rigide gehandhabt, daß sie sogar beim Tod des Kindes nicht aufgehoben wurde. Jeder ihrer lebendigen Augenblicke war untersucht, gehegt und gepflegt und abgewogen worden. Eine Krankheit wurde zur Ursache schrecklicher Beunruhigung, ein geringfügiges Nachlassen der Aufmerksamkeit die Begründung für therapeutisches Eingreifen. Sie wuchs auf im Bewußtsein der erdrükkenden Pflicht, ein möglichst charmantes, wohlgeliebtes Mädchen zu sein mit seinem sorgsamen, aufmerksamen ›man sollte – man sollte nicht‹ jedes wachen Moments. Ihr Leben mit Berton war angenehm, sicher und verdorrt. Als Geron, ihr Vater, an einer Herzbeutelvirusinfektion starb, hatte er gesagt: »Ich lasse euch in guten Händen zurück, dich und Luci.« Sie fragte sich, warum diese Worte so einen enttäuschenden Beiklang hatten. Was hatte sie von ihm hören wollen? Jetzt, mit ihrer eigenen Tochter, hörte sie sich dieselben Predigten über Sicherheit, Ordnung und

Verantwortung halten, weil sie nichts anderes kannte. Die Worte klangen schal. Luci war Semas und Bertons einziges erlaubtes Kind, aber anders als Sema hatte sie sich nie um Gefälligkeit oder Konformität bemüht. Ihre Rebellion äußerte sich in einer Haltung schmollender Gleichgültigkeit und einstudierter Ironie. Sema erkannte, daß ihre Verärgerung über Luci eigentlich Neid war. Die Haltung des Mädchens schien eine direkte Beleidigung, eine Anklage wegen Feigheit, eine Deklaration ihrer Verachtung. Es folgten Auseinandersetzungen, Predigten, Lehrsätze, Schweigen, wütende Blicke, Groll. Sema sah, daß ihre Tage bedeutungslos wurden. Lucis Verachtung war auch ihre.

Dem Therapeuten sagte sie nichts davon. Statt dessen sprach sie vernünftig und ruhig. »Luci ist in der Pubertät. Berton geht es gut, er hat Erfolg, und ich werde bald meine mittlere Lebensphase beginnen. Ich möchte zurückkehren und die Wurzeln einiger früherer Interessen ausfindig machen, die ich vielleicht für sozialpositive Trainingsprogramme nutzen kann.« Soziale Nützlichkeit war immer ein gutes Argument.

»Es klingt nicht gerade wie ein unangenehmes Leben«, meinte Mel, »vielleicht nicht sehr engagiert, nicht intensiv, aber sicher nicht verarmt.«

»Ich dachte daran, in mein achtzehntes Lebensjahr zurückzugehen, als ich mit dem College anfing. Was wäre, wenn ich nicht (sie wollte ›gedankenlos‹ sagen, sagte aber) zufällig aufs College ginge, sondern mich statt dessen für eine Karriere entscheiden würde, wenn ich diesem Weg folgte und sähe, wohin er mich führt. Ich habe das eine oder andere über Technologie gelesen. Je länger ich bleibe, um so weiter würde ich zurückgehen. Wenn ich soweit wäre, zurückzukommen, würde ich in die Zeit eintreten, die ich verloren habe. Für meine Lieben wäre ich nur ein oder zwei Wochen fort, und ich würde die Zeit am anderen Ende wieder betreten.«

»Die Möglichkeit des Zeitreisens hat uns verschiedenste Arten sozialer und psychologischer Heilverfahren eröffnet«, sagte Mel. »Wir haben noch nicht jede einzelne dieser Möglichkeiten erforscht; die Technologie ist zu neu, die Erfahrung zu selten. Sie sind eine gefestigte Persönlichkeit mit einem stabilen Hintergrund. Sie sind eine geeignete Kandidatin für eine Rückreise mit experimentellem Paß – GRÜN Schrägstrich E. Nur wenige Menschen haben sich bislang um eine Rückreise von mehr als einer Woche Dauer beworben. Ihr Antrag beläuft sich auf zwanzig Jahre. Das ist fast eine Generation.«

»Ich habe den Jungen gesehen –«

»Irgendwann einmal werden wir häufiger das heilende Nacherleben verordnen.« Mel streckte seine Finger aus und lehnte sich auf seinem Stuhl weit nach hinten, ». . . und obwohl ich vor einem experimentellen Hintergrund Sinn darin sehe, muß ich abraten. Ohne drängenden Grund . . .«

»Verweigern Sie mir die Zustimmung?« Ihr Herz begann zu pochen.

»Hm, nein, aber ich würde sehr sorgfältig darüber nachdenken, wenn ich Sie wäre. Zeitreisen ist bisher fast ausschließlich von der medizinischen und der kriminologischen Abteilung eingesetzt worden. Die kriminologische Abteilung berichtet über hohe Erfolgsquoten. Die Leute haben jetzt die Chance, ihre antisozialen Akte positiv neu zu leben. Wenn ein Verbrecher dem nicht zustimmt, kann der Staat ihn zum Wohle aller dazu zwingen, seine verbrecherische Handlung ungeschehen zu machen.«

Sema schaute beiseite und dachte an Luci. Würden sie eines Tages in der Lage sein, sie in einem Raumschiff zu jenem Augenblick in ihrer Kindheit zurückzuführen, als ihre Widerspenstigkeit und Rebellion begannen, und diesen Augenblick auslöschen, um sie ruhig und gehorsam wieder in die Gegenwart zurückzubringen? Wäre sie dann noch Luci?

Mels herzliche Stimme rief sie zurück. »Bürgerrechtler wandten sich anfangs dagegen, aber ihre Einwände mußten sich angesichts der Notwendigkeit allgemeiner Wohlfahrt wandeln. Innerhalb einer Generation wird die Kriminalität eliminiert sein; Polizei und Gefängnisbeamte werden Sozialhelfer, nicht Ausführende staatlicher Bestrafungsmaßnahmen.«

»Ich nehme an, daß ich ein gewisses Maß freier Wahl aufgeben müßte, um das zu erreichen.«

»Mich bewegen dabei vor allem die psychomedizinischen Anwendungsbereiche«, sagte Mel und lehnte sich vor. »Bald werden wir Selbstmord quasi aus der Welt geschafft haben. Der Körper wird bewahrt, sorgfältig erhalten, und wenn das Opfer jünger als fünfundsechzig ist, wird es zurückgeschickt, um sich selbst zu redigieren und geheilt zurückzukommen.«

Sema verspürte ein Schaudern, übersetzte die Bewegung aber unmerklich in etwas, das Mel nicht bemerkte.

»Damit will ich nur sagen, daß im Grunde vielleicht *alles* ›Lebensbereicherung‹ ist.«

»Ich werde zurückgehen, um auf die gleiche Art noch einmal zu leben ... der einzige Unterschied ist, daß ich während des Trips mehr aus mir ans Tageslicht bringen werde.«

»Natürlich stimmt Ihre Familie zu ...?«

3

Berton war schockiert und dann verletzt. »Warum? Du warst doch glücklich, oder nicht? Wie konntest du dich bewerben – mit etwas so Wichtigem einfach anfangen, ohne mit uns Rücksprache zu nehmen? Was ist mit Luci – mit unserem gemeinsamen Leben – ich kann mir nicht vorstellen, warum du das gemacht hast.«

»Was dein Zeitempfinden betrifft, werde ich nicht länger fort sein als die Woche, die der Abflug und die Rückkehr dauern. Ich werde sieben oder acht Tage nach dem Abflug wieder zurückgebracht werden.«

»Darum geht es nicht. Es geht darum, daß du uns verlassen haben wirst, daß du fort sein wirst für – wie lange, sagtest du – zwei Jahre? Daß du dir eine Identität aufbauen wirst, eine Erfahrung machst – ohne uns.«

Sema hatte Berton angelogen. Da Aufbruch und Rückkehr gleich waren, konnte man es machen, ohne daß sie wissen müßten, wie lange der Aufenthalt sein würde, und sie hatte die Papiere, die sie ihm zur Unterschrift vorlegen mußte, entsprechend bearbeitet, die Null bei zwanzig übermalt. »Mein Trip ist weder eine Kritik an dir noch eine Demonstration gegenüber Luci oder dir. Das ganze ist nur für mich – eine neue Chance.«

»Aber wenn du zurückkommst, wirst du zwei Jahre älter sein –«

»Aber dann bin ich doch immer noch vier Jahre jünger als du. Ich habe nie verstanden, warum Frauen eigentlich Männer heiraten sollen, die älter sind als sie. Frauen überleben Männer. Auf diesem Weg schaffen wir uns nur schwere Witwenjahre. Sogar wenn ich, sagen wir mal, zwanzig Jahre wegbliebe, wäre es wahrscheinlicher, daß wir gemeinsam sterben würden, als so.«

»Es kommt mir selbstsüchtig vor«, meinte Berton.

»Vielleicht ist es das, aber du begreifst nicht, welcher Wert in nützlicher Arbeit liegt. Du bist nicht aus tiefer Zuneigung in die Metallurgie gegangen, aber ich glaube, daß es dich herausfordert. Du bist in eine bestimmte Art zu denken eingebunden. Du trägst dazu bei...«

»Du doch auch. Die Nachbarschaft – das Familienleben –«

»Arbeit, die man im Schlafe erledigt.«

»Du könntest noch mal aufs College gehen...«

»Ich bin ein Jahr über der Altersgrenze für die professionelle Schiene. Die Seminare wären nur Hobbykurse ohne Profi-Ausrichtung.«

»Was ist daran nicht in Ordnung?«

Sie spürte sein Gefühl von Betrogensein, daß sie sich tatsächlich von ihm wegwünschte, von ihrer Tochter, von ihrem gemeinsamen Leben. Sie erzählte keiner ihrer Freundinnen etwas, deren vertratschte Neugier sie haßte; Jahre des Werbens um die Zustimmung anderer hatten sie vorsichtig und geschickt im Vertuschen gemacht. Sie erzählte niemandem, daß sie die Ausdrucke für zwanzig

Jahre manipuliert hatte. Mit Luci sprach sie zuletzt. Bestimmt würde der Mut, den ihr Vorhaben erforderte, ihre Tochter gewinnen. Luci empfing die Nachricht mit völliger Gleichgültigkeit. Sema erklärte alles, fragte nach Gefühlen und war verwirrt von Lucis Wut.

»Was willst du von mir, eine Trompetenfanfare?«

»Ich dachte, du würdest dich für mich freuen, mich ermutigen. Es ist eine Freiheit, die wir alle nutzen können, du auch, in der nächsten Generation.«

»Es ist eine Art, über meinen Kopf hinweg mit Leuten zu reden, die ich nicht kenne. Schön für dich, aber erwarte bitte keinen Beifall von mir.«

»Vielleicht komme ich mit einigen neuen Ideen zurück. Du scheinst meine augenblicklichen Vorstellungen nicht zu mögen.«

»Du bist vielleicht eine gänzlich neue Persönlichkeit, wenn du zurückkommst, und das ist nicht fair.«

»Du probierst jeden Monat ein Dutzend neuer Persönlichkeiten aus. Ich hatte erwartet, daß du begeistert wärst.«

»Bin ich nicht. Andere Mütter lassen ihre Kinder nicht im Stich.«

»Im Stich lassen? Ich werde eine Woche lang weg sein, höchstens zwei.«

»In deinem Kopf läßt du mich im Stich –«

»Ich werde das machen, wozu ich Lust habe, ohne dabei dich oder deinen Vater zu vergessen.«

Luci schmollte und hatte schlechte Laune. So weit, so gut also mit der Gedankenfreiheit.

»Weißt du eigentlich, wer solche Zeitreisen macht?« sagte Berton einen Monat später. Er hatte sich damit beschäftigt. »– Kriminelle und Geisteskranke, gesellschaftliche Versager –«

»Ich werde mit umfassenden Instruktionen reisen und mit Unterhaut-Chips, falls ich Schwierigkeiten habe oder unglücklich sein sollte dort, wo ich bin, aber es gibt keine Bewacher oder das Stigma der roten Kategorie.«

»Alle unsere Freunde...«

»Unsere Freunde werden gar nicht wissen, daß ich weg bin.«

Sie stritten sich tagelang, wahrscheinlich ohne Sinn und Zweck. Die GRÜNE Priorität war so niedrig angesetzt, daß möglicherweise nie ein Platz frei würde. Für eine vage Möglichkeit hatte sie sich Luci entfremdet, Berton verletzt... Er war tief getroffen. Das hatte sie nicht erwartet. Mel hatte gemeint, die Familien würden keinen Beifall spenden...

»Wir haben uns *dieses* Leben aufgebaut –«, insistierte Berton Mal um Mal.

Nach Wochen des Ringens und bitteren Schweigens beschlossen sie, daß sie gehen würde, falls sie den Paß bekäme, und falls nicht, würde sie es nicht noch einmal versuchen. Oberflächlich betrachtet lebten sie wie bisher. Sema füllte ihre Stunden mit der Studiengruppe zur kindlichen Entwicklung und ihrer üblichen Arbeit, als Blockkäptn für Wiederverwertbares und dem organisierten Besuch kranker Nachbarn. Die Zeit verging. Immer noch tobte der Buschkrieg in Afrika, die Epidemie – es war der *Diplovirus Xanthus*, sagten die Wissenschaftler, eine Variante des gleichen Virus, der vor einigen Jahren die gesamte Kartoffelernte der Welt befallen und vernichtet hatte. Konnte ein Pflanzenvirus Menschen gefährlich werden? Sie hörte zu, unbeteiligt. Berton erwähnte ihren Trip nicht, und sie auch nicht. Beide dachten, der andere hätte sich abgefunden.

Der Paß wurde wie ein gewöhnlicher Brief per Computer geschickt und von einem Papierausdruck begleitet, der ihr mitteilte, daß alle Daten innerhalb einer Woche eingegeben werden müßten und daß die Reise innerhalb eines Monats angetreten werden müßte. Mindestens drei Orientierungssitzungen mußten besucht werden. Kontaktnummern erschienen auf dem Monitor.

Auf einmal war es real; die Phantasie war aus der Versenkung geholt worden. »Also«, sagte Berton, und dann meinte Sema: »Wir hatten uns entschieden, oder?«

»Ja«, erwiderte Berton, »wir haben uns entschieden.«

»Ich werde zehn Tage lang fort sein und wie neu zurückkommen.«

»Wie neu oder neu. Wie denn nun?« fragte er.

Die erste Orientierung fand auf der Paßbehörde statt. Sema hatte Berton gebeten mitzukommen, aber er hatte gemeint: »Dies ist dein Trip« und sich abgewandt. Zorn war es nicht – sie waren niemals wirklich zornig aufeinander gewesen, aber sie wußte, daß seine Enttäuschung echt war. Seine Verletztheit und Lucis Ablehnung hatten für Sema das Gefühl, etwas Einzigartiges zu tun, so verstärkt, daß sie überrascht war von der Größe der Menschenmenge, die sich in der Halle vor den Türen der Zeitreisebehörde versammelt hatte. Sie wandte sich zu einer hübsch gekleideten Frau um. »Ich habe nicht geahnt, daß so viele Leute zurückgehen wollen ...« Die Frau setzte gerade zu einer Antwort an, als eine Reihe mit Handschellen gefesselter Männer, von zwei Wachen begleitet, die Halle durchquerten. Die Augen der Frau hingen an den Gefangenen.

»Werden sie zurückgeschickt?« fragte Sema im Flüsterton.

»Manche von ihnen«, erwiderte die Frau. »Bestimmte Gesetzesbrecher gehen freiwillig für Minuten oder Stunden zurück. Die Serienmörder und Gewohnheitsverbrecher gehen zusammen mit pensionierten Freiwilligen zwanzig Jahre oder noch weiter zurück, damit die Altersgruppe zusammenpaßt. Manchmal klappt es, manchmal nicht.«

»Sie wissen ja eine ganze Menge darüber«, meinte Sema.

Die Frau seufzte. Sie öffnete ihre Handtasche und entnahm ihr die abgestempelte Karte mit dem Logo der Paßbehörde, genauso wie Semas. Die Karte war rot. »Das ist eine kriminelle ...«

»Ja«, sagte die Frau, »Erste Priorität. Wenn Inhaftierte ... gewalttätige Verbrecher zweimal zurückgegangen sind und immer noch mit ihrem Verhalten fortfahren, werden ihre Mütter unter Bewachung zurückgeschickt.«

»Ihre *Mütter?*«

»Ja. Mein Sohn ist der junge Mann dort drüben. Ich werde mit ihm zusammen sechsundzwanzig Jahre in die Vergangenheit zurückgeschickt. Ich gehe zurück, um eine Abtreibung vornehmen zu lassen.«

»Können sie Sie zwingen ...«

»Ja«, sagte die Frau, »für das öffentliche Wohl.« Ihr Gesicht verriet nichts, aber in ihrer Hand zitterte die rote Karte.

Die Orientierung schien sich hauptsächlich an die Kriminelle Priorität zu richten. Es gab juristische Fragen, und allen wurde gesagt, was sie tun und nicht tun dürften. Jeder Reisende wurde mit einem Unterhaut-Chip zur Kontrolle versehen, und ein Polizeioffizier legte die Strafen dar, die bei dem Versuch einer Störung oder Entfernung dieses Geräts anstanden. Drei Historiker mit GRAUEN Karten führten mit dem Offizier eine hitzige Auseinandersetzung über die Auswahl des Landeplatzes.

Während sie sich stritten, hatten die Gefangenen und einige der anderen Leute, die das Problem nicht interessierte, angefangen, miteinander zu reden. Sema beugte sich zu der Frau mit der roten Karte hinüber, die neben ihr saß. »Ich wollte, sie wären still. Der Mann da stellt einige interessante Fragen.«

»Sie protestieren gegen die Unfreiwilligkeit des Ganzen«, sagte die Frau. »Jene Leute und Sie haben sich dafür entschieden. Aber die da – und ich – werden gezwungen.«

»Wie können Sie ertragen, was sie – was passieren wird?«

»Ich weiß nicht. Ich darf kein Begräbnis für Jimmy veranstalten; ... in drei Tagen wird er niemals existiert haben. *Ich* werde ihn in Erinnerung behalten, und vielleicht reicht das ja auch. Danach werde ich ihn selbst, sein Leben, in keiner Weise, wertschätzen können. Meine Erinnerung wird wie ein Traum sein, so sagen sie jedenfalls. Und dann wird es natürlich Therapie geben – jede Menge *Therapie*.« Sie seufzte.

Der Polizeioffizier hatte begonnen, die Leute aufzurufen, um ihnen die Dimensionsverläufe zu übergeben. Ausdrucke von Ort und Zeit, wohin die Kontrollausstattung gebeamt werden würde. »Man wird Sie kontaktieren, sobald Ihr Muster fertiggestellt ist. Dann werden Sie zweiundsiebzig Stunden Zeit haben, alles zu arrangieren.« Er hielt inne und schaute auf eine Notiz. »Gibt es unter Ihnen eine GRÜNE Priorität?« Sema erhob sich. »Die Reihe ist jetzt voll. Sie müssen eventuell noch eine Zeitlang warten, bevor wir Sie unterbringen können.«

Sema nickte und setzte sich. Die ROTEN Männer starrten sie an.

»Und –?« fragte Berton nach Semas Heimkehr.

»Vielleicht ein Jahr.« Sema bemühte sich, die Enttäuschung nicht durchscheinen zu lassen. Sie wußte, daß ihr GRÜNER Status und dessen niedrige Priorität in Bertons Augen die Trivialität ihres Wunsches kennzeichneten. Sie lebten weiter wie bisher, ohne jemals die Reise oder ihre Eventualität zu erwähnen. Nachrichten über Zeitreisen im *Holovision* riefen keinerlei Kommentare bei einem von ihnen hervor.

4

Der Anruf kam im Juni, viel früher, als Sema erwartet hatte. Die Computerstimme auf ihrem Monitor gab ihre Kontrollnummer an und sagte, sie müsse sich auf eine zweiwöchige Anlaufzeit einstellen. Die Reise, GRÜNE Priorität – zwanzig Jahre – würde sie in die Zeitspanne S. – 20.40 versetzen. Die Richtlinien wiesen auf die Notwendigkeit einer Zeit für psychische Wiedereingliederung auf beiden Seiten des Zeitspektrums hin. Niemand hatte bislang die Folgen ausgedehnter Zeitreisen untersucht; fünfzehn Menschen hatten es schon getan, aber man befand sich immer noch im experimentellen Stadium. Berton, wenn er auch nicht zustimmte, schien sich doch versöhnt zu haben. Ganz im Gegensatz zu Luci. »Du wirst zurückkommen ohne Interesse an uns.« Luci hatte sich abgewandt und ging fort.

Sema wußte, jetzt war die Zeit gekommen, um Berton und Luci mitzuteilen, daß der Zeitraum nicht zwei, sondern zwanzig Jahre betrug. Wenn die Reise ein Erfolg war, würde sie als Frau von siebenundfünfzig Jahren zurückkehren, vierzehn Jahre älter als Berton, aber nicht verkleinert, sondern bereichert. Die meisten Leute lebten bis in die Neunziger – sie würden noch drei Jahrzehnte gemeinsam haben, und sie hätte nicht das Gefühl, ihr Leben weggeworfen zu haben.

Lieber Berton, liebe Luci,

ich muß ein Bekenntnis ablegen, ein Bekenntnis meiner

Feigheit, weil mein Antrag auf zwanzig Jahre läuft, nicht auf zwei. Er ist akzeptiert worden. Warum habe ich das gemacht? Ich brauche die Zeit. Vielleicht klappt es nicht. Vielleicht bin ich am Ende genauso eine Konformistin wie beim ersten Mal, aber wenn das passiert, werde ich wissen, daß das Problem nicht außerhalb, sondern in mir liegt, und werde das akzeptieren, und mit diesem Akzeptierenkönnen zurückkommen. Wenn die Reise funktioniert, komme ich mit einem Engagement zurück, vielleicht sogar einer Leidenschaft für irgend etwas, das unser aller Leben bereichern wird. Ich kann nicht mit Dir reden, Luci, und ich weiß, wie es Dich, Berton, schmerzt. Ich glaube, daß Luci Angst hat, so wie ich zu sein, eine Frau ohne Ziel und Identität außer als irgend jemandes Frau und irgend jemandes Mutter.

Vor allem möchte ich, daß Ihr beide diese Reise nicht als gegen Euch gerichteten Akt empfindet. Ich liebe Euch beide und möchte, daß Ihr mich liebt, aber das Ich, das Ihr lieben sollt, muß ein vollständiges menschliches Wesen sein, nicht eine Ehefrau und Mutter mangels anderer Perspektiven, und bestimmt nicht diese trauernde, verkrümmte Person, mit der Ihr die letzten Jahre gelebt habt. Ich werde bei meiner Rückkehr älter sein, und das wird für Euch beide vielleicht peinlich sein, aber ich glaube, daß das, was ich mir von diesem Trip erhoffe, die negativen Folgen bei weitem überwiegen wird, für uns alle. Wenn ich daran nicht glauben würde, hätte ich mich nicht so dafür eingesetzt zu gehen, um den Preis des Verzichts auf Euch und den möglichen Verlust Eurer Gefühle mir gegenüber. Eure Woche, meine zwanzig Jahre – ich hoffe, daß diese Erfahrung unser aller Leben bereichern wird.

Eure Euch liebende Frau und Mutter,
Sema

Am 28. April stellte Sema sich vor, erfuhr ihre letzte Einweisung und wurde mit dem Mikrochip-Teil ausgestattet. Mit einer Gruppe ROTER Karteninhaber und deren Bewacher fuhr sie zum Start an den Raumhafen. An jenem Morgen hatte sie zum letzten Mal die Rückseite von Bertons Zeitung mitgelesen. Weitere Nachrichten von der Epidemie in Vézelay. Die Virusträger waren gefunden worden – erfolgreiche Forschung einer Agronomin ... Sie hoffte, daß sie jetzt zum letzten Mal die Scham über ihre Gefühllosigkeit, über ihre Sicht der Welt als Erzählung aus der Feder von jemand anderem empfinden würde. Während sie an der Laderampe warteten, wurde ihr Name ausgerufen mit der Bitte um Meldung an der Plattform. »Es ist doch nicht meine niedrige Priorität – werde ich jetzt etwa gestrichen?«

»Danach sieht es mir nicht aus«, sagte der Beamte. »Es ist eine Nachricht. Sie können Sie am Monitor abrufen.«

Sema tippte ihre ID, die Identitätsnummer, in die Maschine. Sie fing an zu drucken. »Wenn du gehen mußt, geh mit unserer Liebe. Ich wußte, daß du für zwanzig und nicht zwei Jahre gehst. Es stand auf der Verzichtserklärung, die ich unterschreiben mußte. Das heißt, daß du es wirklich dringend brauchst, oder es zumindest glaubst. Luci stöhnt und jammert, aber sie liebt dich auch. B.«

Prairie Village, Kansas, April. Zeitraum S. – 20.40. Sie war Sema Stark, und sie war achtzehn Jahre alt, und es war wie ein Aufwachen nach kurzem Einnicken, in einer Dehnung in den ehemaligen Körper hinein. Ein Atemzug, entspannt und lang und dann beendet, gegenwärtig, da. Zu Beginn akklimatisierte sie sich einfach, wie angewiesen, sie schaute hin und hörte zu. Die Schule war nach dem Jahresabschluß zu Ende, es gab wenig Druck. Geron, ihr Vater, und Dala, ihre Mutter, befanden sich gerade in ihren besten Jahren. Sie hatte vergessen, wie viele Interessen und Aktivitäten sie verfolgten. Sie hatte auch vergessen, daß ihre Globetrotter-Jahre erst viel später kamen. Sie verbrachte einen Tag mit ihnen auf dem Boot, mit soviel Vergnügen, daß sie darum bat, noch einmal mitzukommen. Sie sahen sie mit unverhohlenem Erstaunen an.

»Ich möchte mehr über deine Arbeit erfahren, Geron, du sagst nie viel –«

»Ich wußte nicht, daß es dich interessiert«, erwiderte ihr Vater.

Sie gestattete sich ein leichtes Dahingleiten wie beim ersten Mal, aber mit mehr Anmut, gelassener. Die Gegenwart würde sich verändern, veränderte sich schon; neue Welten, neue Träume nahmen in ihr Gestalt an, von Augenblick zu Augenblick. Physisch war sie achtzehn und achtunddreißig im Geist und nach Erfahrung. Es war die Leere dieser Jahre, die ein erfülltes Leben in jener Welt, die sie verlassen hatte, verhinderte. Diesmal nicht – nicht jetzt.

An jenem Morgen, an dem zwei Wochen Anpassungszeit vorbei waren, kam sie an den Frühstückstisch und gab eine Apfelsine und eine Banane in den Mixer, während sie Geron und Dala beobachtete, die den Rahmen der geplanten Tagesereignisse absteckten. Ihr Vater nutzte die morgendliche Kühle zur Planung. Wenn es nachmittags heiß wurde, würde er nach unten an den Computer gehen und unbemannte Raum-Gepäcktransporte programmieren und dirigieren. Die Hunderte von Raumstationen, die er bediente, waren für die Lebens- und Abenteuerlustigen, die die Erde verlassen hatten. Ihre Lebensweise bot mehr Freiraum als die der zurückgebliebenen Gesellschaften. Erdbewohner waren wegen der schwindenden Ressourcen und empfindlichen Ökosysteme schon damals vorsichtige Menschen. Sema trank; die Fruchtmischung schmeckte fade. Sie hatte vergessen, daß die wasserverschwendenden Wachstumsgebiete noch nicht jene Methoden zur Geschmacksverstärkung entwickelt hatten, die später einmal zur Verfügung standen.

»Geron ...«

»Was hast du, Mäuschen?« Er blickte von der Zeitung auf und lächelte.

»Ich werde aufs College gehen ...«

Auch Dala lächelte, aber in ihrem Gesichtsausdruck fand sich eine Spur weniger Enthusiasmus und Zustimmung.

»Ich wollte euch mitteilen«, sagte Sema, »daß ich beschlossen habe, diesen Sommer mit dem Studium zu beginnen und mich im Herbst für die Karriere-Laufbahn anzumelden, nicht für die Kulturschiene, wie ich ursprünglich geplant hatte.«

Sie waren überrascht. »An welches Studium denkst du?« fragte ihre Mutter. Dala arbeitete in einer Linguistik-Bank als Übersetzerin und Dolmetscherin.

»Ich weiß nicht – ich dachte, ich sollte einen dieser Begabungstests machen und etwas finden, das mir eine richtige Profession verschaffen würde.«

Ihre Eltern waren mit vorsichtiger Sorgfalt erzogen, als vorsichtige Leute. Sie sagten nichts, aber ihre offensichtliche Überraschung verwirrte Sema. Hatte sie so wenig von ihrem Wunsch nach Unabhängigkeit und Selbsterfüllung mitgeteilt? Nach einer Weile sah Geron sie an und sagte: »Die Arbeit auf der wissenschaftlichen und professionellen Laufbahn ist sehr viel schwerer – du wirst wenig Zeit für etwas anderes haben.«

Sie bemerkte, daß Dala sie forschend ansah. »Du hast dich irgendwie verändert.«

»Vermutlich werde ich erwachsen.«

Als sie später darüber nachdachte, folgerte Sema, daß der Grund für Dalas Skepsis in ihren High-School-Jahren und dem dort gezeigten Mangel an Ernsthaftigkeit zu suchen sei. Ihre Freunde und Freundinnen waren eine wache, aber sorglose Clique gewesen. Jetzt fand sie sie albern und langweilig, von ihrem Aussehen besessen, von den minutiösen Details des Kleidungsstils und von Intrigen um Jungs. Es war eine große Erleichterung, sagen zu können: »Meine Eltern wollen, daß ich gehe...« und: »Mutter sagt, ich muß...« Sie hatte kein Bedürfnis danach, kostbare Zeit damit zu verschwenden, den Umgang mit Achtzehnjährigen zu lernen. Sie hatte beispielsweise Gerons und Dalas Bibliothek entdeckt; mit Tonbändern, sogar Büchern, und mit Computerprogrammen, die sie weitaus anregender fand als Lula oder Siri. Die Entdekkung überraschte sie, ebenso wie sie von ihren Eltern überrascht war. Keiner von beiden war so starr oder fordernd, wie sie sie gesehen hatte. Sie hatte geglaubt, daß sie sich ihrer College-Idee widersetzen würden. Sie hatte innerlich schon Argumente aufgefahren, um das ernsthaftere Studium zu verteidigen, aber nichts dergleichen war passiert. Das erste Mal hatte sie die Kulturlaufbahn eingeschlagen, die eine Ansammlung der verschiedensten Wissensgebiete darstellte – Grundlagenseminare. Es hatte jede Menge gesellschaftliches Leben und Parties gegeben. Wissenschaftler schlugen eine spezielle Laufbahn ein. Sie lernten fortschrittliche Forschungsmethoden und spezialisierten sich in eng begrenzten Bereichen. Die professionellen Laufbahnen waren etwas breiter angelegt, aber genauso intensiv: Jura, Medizin, Naturwissenschaft, Sozialwissenschaften, Wirtschaftswissenschaften, Kunst. Jetzt, da sie in ihr achtzehntes Jahr zurückgegangen war, um ihr Leben neu zu gestalten, versehen mit dem Gewicht von Bertons Furcht und Lucis Verlassenheitsgefühl, wollte sie das meiste aus jedem Moment der Jahre machen, die sie zurückgewonnen hatte. Sie war jetzt aufgeregt, neugierig. Sie konnte es kaum erwarten, sich in das neue Leben hineinzubegeben, das aus ihrem veränderten Wesen erwachsen würde.

Während des Sommers vertiefte Sema sich in Gerons und Dalas Bibliothek. Eine solche Intensität umgab ihre Lesewut, daß ihre Eltern nach anfänglicher Freude und Überraschung allmählich besorgt wurden. »Erst zu sorglos«, meinte Dala, »und dann auf einmal zu lernbeflissen.«

»Ich hole auf, das ist alles«, sagte Sema, »macht euch bitte keine Sorgen.«

Ihre Noten waren nicht gut gewesen, aber ihr Gehirntest und die Interviews überzeugten die Zulassungsstelle der Kansas State Universität, ihr die Zulassung unter Vorbehalt für die professionelle oder die wissenschaftliche Laufbahn zu geben. Die Hirnstoffwechseluntersuchung ergab eine Dominanz im Moench-Graben, so daß Sema in das naturwissenschaftliche Programm in Botanik einstieg.

5

Das erste Jahr verbrachte sie damit, aufzuholen und Studieren zu lernen. Sie war verschlossen und sehr einsam. Das lag zum Teil an der Altersverschiebung. Sie hatte sich nicht vorgestellt, daß sie Berton so sehr und auf so vielfältige Art vermissen würde. Sie war an ein großzügiges und regelmäßiges Sexualleben gewöhnt. Obwohl ihr Körper jetzt der einer achtzehnjährigen Jungfrau war, entsprach ihr emotionales Leben dem einer reifen Frau; sie verzehrte sich nach seinen Händen, seiner Nähe, und nachts wachte sie auf vor lauter Sehnsucht danach. Ebenso war sie an ihre mütterlichen Gefühle gewöhnt, die Anleitung und das Unterrichten. Sie war daran gewöhnt gewesen, die Dinge mit Berton durchzusprechen, in dem gemeinschaftlichen Lebensstil einer verheirateten Frau, nicht dem wettbewerbsorientierten Leben einer Studentin und Heranwachsenden. Dafür erwachte die lang unterdrückte intellektuelle Seite ihres Wesens, dehnte und streckte sich.

Es wurde deutlich, daß die Detailbesessenheit von Forschung und wissenschaftlicher Orientierung ihr nicht lagen, und sie entschied sich für die professionelle Laufbahn. Gehirnuntersuchungen bestätigten ihre eigene Vorliebe – Ökobotanik. Das Studium könnte zur Entwicklung von Pflanzen hinführen, die ausgelaugte Böden stabilisieren würden, oder zu neuen Nahrungsquellen für die riesige menschliche und tierische Population der Erde. Sie studierte Schutz- und Symbioseverbindungen bei Mikroben. Die Arbeit war von einer Dringlichkeit begleitet, die Lehrenden und Kommilitonen gleichermaßen auffiel. Die Herausforderung erregte und inspirierte sie. Die meisten der produzierten Gemüse waren nahrhaft und haltbar, aber so bitter oder fade, daß sie mit Geschmacksbeigaben gekocht werden mußten. Ein Teil ihrer Studien erinnerte Sema an nichts anderes als an eine Rückkehr zur Hausarbeit. Ihre Erfahrungen als Köchin aus der Zukunft kamen ihr in die Quere.

Sie wußte beispielsweise, daß der pulverisierte Knollensellerie, den ihre Lehrer anpriesen, als Geschmackssubstitut keinen dauerhaften Erfolg haben würde. Er würde keinen haben, weil er keinen *hatte*. Es tat ihr leid um die Energie, die sie auf seine Entwicklung verschwendeten. Sie hatte weder mit der Ungeduld noch Frustration gerechnet, mit der sie reagierte. Die meisten Tagesnachrichten irritierten sie ebenfalls; die Leute sorgten sich wegen Dingen, die zu keiner echten Bedrohung werden würden, und verharmlosten Entwicklungen, die man später als ernst einstufen würde. Nach einer Weile hörte sie auf, Nachrichten zu lesen oder *Holovision* zu sehen. Während der Orientierungsphase hatte man sie vor Verhalten gewarnt, das einen Eingriff in die Makrogeschichte bedeuten könnte. Man hatte befürchtet, daß sie an der Börse handeln oder in die Nachrichten kommen könnte. Die Kontrollbehörde hätte sie durchaus in Ruhe lassen können angesichts der finanziellen Vorteile, die sie sich durch ihre Rückkehr verschaffte. In der Orientierung war sie auch vor den Auswirkungen ihres alltäglichen Lebens auf andere Leben gewarnt worden. Sie war gebeten worden, ihren Umkreis klein zu halten. Diese Tatsache hielt sie, neben der Auswirkung ihres anstrengenden Studiums, von Freundschaften mit anderen fern. Sie war glatt und angenehm. Sie entzog sich.

In jeder Annäherung lag Gefahr; es war, als hätte sie eine tödliche Krankheit mit ungewisser Restlebensdauer. Sie studierte, vertiefte sich in die Umweltwissenschaften, in Verbreitungsgebiete, Mikroklimata und Pflanzenanatomie und -physiologie. Sie begann zu begreifen und war überwältigt und aufgewühlt angesichts der komplexen Beziehungen zwischen Pflanzen, zwischen Pflanze und Parasit, zwischen Pflanze und Insekt. Sie entdeckte in sich eine schöpferische Intuition, die auf ihrem wachsenden Wissen basierte, eine Art, andere Beziehungen zu erkennen, die von ihren Professoren hoch gelobt wurde. Hin und wieder gab der eine oder die andere ihr einen Job, eine Recherche oder die Mitarbeit an einer eigenen Forschungsarbeit. Das war für Sema eine Erleichterung, da ihre Freizeit dürr und unausgefüllt war.

Ein Teil ihres Schutzes vor der verderblichen Welt entstammte einer Reife, die ihr Körper nicht preisgab. Ihre Kommilitonen und Kommilitoninnen waren überwiegend wie Kinder für sie, und sogar die lernbegierigen trugen den grünen Geruch der Unreife: Selbstbezogenheit, wie kleine Strudel, die alles von außen nach innen sogen. Die älteren Studenten, ganz gefangen in zeitgenössischen Trends und politischen Ereignissen, konnten Bekanntschaften sein, aber keine Freunde. Ihr Wissen um die Zukunft machte eine Prophezeiung zu verführerisch, deshalb hielt sie sich abseits. Sie kam Geron und Dala noch näher, und deren Freunden, und kam im ersten und zweiten Jahr, so oft sie konnte, nach der Schule zu ihnen nach Hause. Mit jedem Besuch wuchs ihre Wertschätzung ihrer Eltern. Das war eine weitere Überraschung.

In Semas drittem Jahr bat Professor Ana Bentley sie in ihr Arbeitszimmer.

»Diesen Sommer kommt Seth Pritchard über ein Austausch-Stipendium zu uns. Wir haben zusammen eine Reis-Variante entwickelt, die mit wenig Wasser und in einer kurzen Saison wächst. Wir brauchen Studenten zum Pflanzen, Hegen und Beobachten dieser Reissorte und anderer Versuchsgetreide in verschiedenen Höhen und Mikroklimata. Das Projekt paßt in den Feldstudien-Sommer, aber es findet in Colorado statt und wird sich über mehrere Jahre erstrecken. Könnten Sie so lange zur Verfügung stehen?«

Sie sagte zu.

Dr. Pritchard kam nach Kent State, um das Projekt vorzubereiten. Er war jünger als Dr. Bentley, ein dunkler, sanfter Mann – Sema vermutete, daß spanisches oder mexikanisches Blut in seinen Adern floß. Das Studienlager lag am Cripple Creek, und sie verließ Kansas in Richtung Colorado-Gebirge spät im Mai. Zusammen mit einigen älteren Studenten baute sie das Lager auf. Es sollte eine Kontrollpflanzung und zwei weitere Anbauflächen mit neu entwickelten Gerste- und Hirsearten geben. Als Seth Pritchard ankam, belebte sich das Projekt dank seiner Begeisterung und Energie. Die Gruppe leistete an einem Tag so viel wie vorher in einer Woche. Wer würde freiwillig die Kontrollarbeit übernehmen? Er sah sich mit verschmitzter Miene um. Niemand erhob die Hand. Sie wollten alle am aufregenden neuen Teil der Experimente teilhaben. Dann sagte Sema: »Ich mach es.«

»Gut. Wir alle werden jeden Teilbereich des Projekts miteinander teilen, formal und informell«, sagte er. »Es ist alles neu – wir haben viel im Labor erreicht, aber Mutter Natur ist nicht in uns vernarrt. Ich setze auf den Erfolg dieser Reissorte. Meine Studierenden glauben, daß die Gerste die größten Chancen hat. Natürlich weiß es niemand.«

Sema biß sich auf die Lippen. Es gab eine, die es wußte. Sie sagte: »Was auch passiert, es ist schön, ein Teil dieses Projekts zu sein.« Er lächelte. Ein Sechstsemester wieherte, und Sema dachte: Du hast keine Ahnung vom Vergeuden eines Lebens. Ich schon.

Sie bearbeiteten die Erde an allen möglichen Berghängen und in den Tälern. Seth und Ana gruben Seite an Seite mit ihren Studenten. In der einfachen Lebensweise des Camps, ohne Zeitungen und *Holovision*, gegen die sie sich hätte wappnen müssen, löste sich ihre übliche Steifheit, und ebenso erging es der Distanz zwischen Lehrenden und Studierenden. Sema öffnete sich dem vollen Genuß ihres gegenwärtigen Lebens. Wenn sie nicht arbeiteten, schwammen sie im Fluß, fischten, lasen und schrieben. Seth brachte Sema und drei anderen Studentinnen die Grundzüge des Felskletterns bei und zwei oder drei Lieder auf Rumänisch. Seine Familie waren Roma gewesen. »Ausgeschlossene waren wir«, sagte er, »irgend etwas, was meine Großmutter getan hatte – ich weiß nicht was.« Aber er brachte ihnen die Worte der Lieder sorgfältig bei. Sema wurde sich bewußt, daß er in der formellen Atmosphäre der Universität niemals so viel von sich preisgegeben hätte. Als sie nach ihrem eigenen Hintergrund gefragt wurde, erzählte sie die eine oder andere Geschichte über Geron und Dala. Wenig später sagte Seth zu ihr: »Sie sprechen voller Zuneigung von Ihren Eltern. Das hat heutzutage einen schönen Beiklang. Die Ein-Kind-Welt ist nicht einfach.«

»Sie sind in Ordnung.«

»Sie scheinen erwachsener als die üblichen College-Junioren. Ich habe bemerkt, daß die anderen Ihnen vieles anvertrauen – wie einer älteren Schwester.«

»Feldstudiensommerfieber«, meinte Sema. Seth lachte, aber es war ein zärtliches Lachen.

Trotz der wieder rückgängig zu machenden Sterilisation, der sie sich alle hatten unterziehen müssen, war Sex ohne Heirat nicht üblich. Der Feldsommer brachte junge Leute in der wunderschönen, hochgelegenen Bergwelt zusammen, bei schillernd glasklarer Luft und einem Gefühl von Jenseitigkeit. Liebesschmerz war allgegenwärtig. Sema, ungebunden und unverstrickt, war eine geeignete Vertraute. Obwohl sie nicht älter als die anderen Jungstudenten aussah, hatte sie einen undefinierbaren Hauch von innerem Gleichgewicht und fester eigener Haltung an sich. Ana bat sie um Hilfe bei Problemen im Camp. Sie waren oft zu dritt zusammen; sie arbeiteten gut.

Ihr Verdacht, daß die Alternativgetreide, Gerste und Hirse, sich als anpassungsfähiger erweisen würden, bestätigte sich. So gedankenlos wie sie auch gewesen war, wußte sie doch, daß alle in einem Jahrzehnt die neuen Getreidesorten verwenden würden; jedermann würde Gerstenmehl-Produkte essen, besonders nach dem Tuberkel-Desaster, das im darauffolgenden Jahrzehnt mit dem *Diplovirus Xanthus* eintreten würde –

Aber den *Diplovirus* gab es erst in zehn Jahren, und Seth war wild auf seine neue Reisvariante. Sema wünschte, sie könnte ihm sagen, warum es mit dem Reis nicht funktionieren würde. Immer wieder konnte sie sich gerade noch vor den verbotenen Worten bewahren: ›Ich *weiß* – ich habe es *gesehen* – wir *werden* sie verwenden ... sieh dir die *Gerste* an, nimm die Veränderung im Geschmack der *Hirse* wahr – deine *eigentliche Aufgabe* besteht darin ...‹ Statt dessen sah sie ihm dabei zu, wie er seine Energie und Begeisterung an die falschen Bereiche der Experimente verschwendete, und sagte nur: »Die anderen Getreide machen sich außergewöhnlich gut.«

Sie glaubte, daß ihre Nähe zu Ana und Seth nach dem Sommer verschwinden würde, aber dann waren Daten zu sammeln und auszuwerten, und Seth bat sie, mit nach

Greeley zu kommen und dort an der Universität als seine Assistentin zu arbeiten. Sie konnte ihre Ausbildung dort beenden.

Als sie Geron und Dala anrief, um es ihnen zu sagen, erkannte sie in der Mitte eines Satzes, daß ihr Enthusiasmus sich ebenso an Seth Pritchard wie an der Projektarbeit entzündete. Ihre Eltern waren stolz und froh.

»Ich habe dich unterschätzt«, sagte Geron. »Verzeih. Du schienst so ... bis zu dem Frühjahr vor dem College – so albern. Ich hatte immer das Gefühl, dich beobachten und führen zu müssen, damit du nichts Dummes tust.«

»Erwartet nicht, daß mein Name bei irgendeiner Veröffentlichung auftaucht«, fing Sema an.

»Das ist uns nicht wichtig«, sagte Dala. »Ich nehme an, ich wiederhole die Worte deines Vaters. Bis zu dem Frühjahr vor dem College schienst du so zerstreut und gleichzeitig so unruhig. Jetzt hast du einen Brennpunkt gefunden ...«

War sie ihnen wirklich so vorgekommen, vor all jenen Jahren, unruhig, zerstreut, albern? Sie hatte immer geglaubt, sie wären diejenigen gewesen, die sie eingeschränkt und gebremst hätten. Sie machte sich wieder ans Packen. In einer Woche würde sie von Greeley aus an der Universität arbeiten, als Studentin und als Seths Assistentin. Wenn sie ihn doch nur unterschwellig auf jene Arbeit lenken könnte, auf die er sich konzentrieren mußte.

6

Ihre Vergangenheit, die jetzt Zukunft geworden war, Berton und Luci, verblaßten. Ihr war nicht klar gewesen, daß das Nichtvorhandensein des Kontakts mit Ehemann und Tochter bedeutete, jede Andeutung, jedes Wort, jede Erinnerung auszulöschen. Paradoxerweise mochte es einen Berton *hier* geben, in dieser Welt, einen Mann von fünfundzwanzig Jahren, der in Deutschland arbeitete und dort metallurgische Studien zu Legierungsverbindungen betrieb und sich dabei täglich, seinen eigenen Worten zufolge, neu verliebte. Sie wußte nicht genug über Zeitverzerrung und Zeitphysik, um beurteilen zu können, ob er da war. Sie wußte, daß sie nicht wagen würde, ihn zu finden, und daß das Leben, das sie geführt hatte, sich weiter und weiter entfernte, je mehr sie sich ihm wieder näherte. In siebzehn Jahren würde sie zu dem Leben, das sie verlassen hatte, zurückkehren, aber sie wußte jetzt, daß sie zutiefst verändert sein würde. Sie konnte sich noch daran erinnern, daß es das war, was sie gewollt hatte.

Aber sie sehnte sich danach, mit Berton zu sprechen, ihn zu sehen, sich aufs neue zu versichern, daß die Wendung in ihrem Leben sinnvoll war.

Sie begann, sich in Seth Pritchard zu verlieben, und die Sorge deswegen machte sie ruhelos und konzentrationsunfähig. Sie dachte die ganze Zeit über ihn nach, nicht nur über sein jetziges Leben, sondern auch über sein Leben in ihrer Welt. Würde er dann noch leben? Würde er seinen Traum wahr gemacht haben oder einen anderen finden? In zehn Jahren würde er sich nicht mehr als Vater bewerben dürfen. Sie wußte, daß er jetzt sechsunddreißig Jahre alt war und geschieden.

Sie konzentrierte sich intensiv auf ihre Studien, um sich von Seth abzulenken. An den Nachmittagen im Labor arbeitete sie mit bewußter Höflichkeit, achtete darauf, nie mit ihm allein zu sein und keine persönlichen Unterhaltungen zu führen. Beiläufig verstärkte sie die Hirse- und Gersteuntersuchungen. Sie mußte sich ihre Gefühle für Seth eingestehen, aber sie gestattete sich nicht die mindeste Aktivität. Auf diese Weise, hoffte sie, würden ihre Gefühle eines natürlichen Todes sterben. Nachdem das Projekt beendet war, plante sie eine Rückkehr nach Kansas, wo sie irgendeine von einem Dutzend anderer Forschungsmöglichkeiten irgendwo anders in Angriff nehmen könnte, und ihre Bindungen mit Seth Pritchard würden sich ausdünnen, reißen und verschwinden. Dann könnte sie zurückkehren zu der Welt, die sie sich um einen hohen Preis zu eigen gemacht hatte.

Im nächsten Sommer gingen sie wieder ins Feldstudien-Lager am Cripple Creek. Sie hatten eine andere Gruppe von Studenten. Ana blieb in Kent State zurück, um Laborversuche mit Reis-Genen durchzuführen. Die Präsenz von zwei aggressiven und ungeeigneten älteren Studenten und Anas Abwesenheit veränderten subtil die Atmosphäre von einer Modellfamilie hin zu einer Stammesgruppe. Die anderen Studierenden, die an strenge Ordnung und Kontrolle gewöhnt waren, waren nicht zu einer rechtzeitigen Reaktion auf die Entwicklung der Ereignisse imstande.

Zunächst glaubte Sema, die Veränderung vollzöge sich

in ihrem Kopf. Isoliert und unter ihrer unglücklichen Verliebtheit leidend, wußte sie, daß sie um sich herum das Begehren spüren würde. Es war beinahe wie Moschus ringsum in der Atmosphäre. Ohne die gewohnten Strukturen und Zwänge nahmen sich die beiden jungen Männer arrogant alle Freiheiten. Es gab Vorstöße, Auseinandersetzungen, Paarungen und Tränen nachts im Zelt der jungen Frauen. Das abendliche Lagerfeuer, bei dem im letzten Jahr alle Studenten zusammen gesungen und Geschichten erzählt hatten, wurde dieses Jahr nur noch von Seth und Sema und den wenigen aus Prinzip allein gebliebenen oder abgewiesenen oder nicht begehrten der Studierenden besucht. Seth war erst verwundert, dann zornig. »Das sollte nicht passieren.« Schließlich äußerten die Studierenden selbst ihr Unbehagen und ihre Verwirrung. Sema war erleichtert und ging mit einer Gruppe von ihnen zu Seth.

»Hauser und Ballantine sind die Anführer, der Rest folgt ihnen«, sagte eines der Mädchen. Die anderen gaben zu, Angst zu haben. Sie besprachen, wie damit umzugehen sei.

Als die Frage an Sema gerichtet wurde, meinte sie: »Ich denke, es ist zu weit gegangen für ein Treffen hier. Ich glaube, ihr solltet die Universität informieren und um Entlassung der beiden Studenten von dort aus bitten. Es ist ja nicht so, als wären sie nicht gewarnt worden oder als wüßten sie nicht, daß sie etwas Falsches tun.«

»Könnten zehn von uns die Anbauflächen allein bearbeiten?« fragte Seth. »Wenn nicht, dann sind zwei Erprobungsjahre für die Katz.«

»Ich denke schon, bis die Schule Verstärkung schickt.«

Ein Seufzer der Erleichterung durchfuhr die Studentinnen.

Später sagte Seth zu ihr: »Warum waren Sie so sicher, daß wir die Arbeit ohne die zwei bewältigen könnten?«

»Ich habe überlegt, wie wir die Arbeit verteilen können. Es müßte Mini-Camps am Windy Gap und am Aussichtspunkt geben – vier und vier, und dann treffen wir uns am Wochenende ...«

»Morgen rufe ich Ana an. Es wird schwierig sein –«

»Ich glaube, wir können es schaffen.«

»Sie sind nicht älter als die andern ... aber –«

»Ich bin ein bißchen älter.«

»Nein. Ich habe Ihre Unterlagen gesehen –«, und er fing sich zu spät, um einen beiläufigeren Tonfall anzunehmen. Natürlich hatte er ihre Unterlagen gesehen. Er hatte ihre Bewerbung um die Assistenz ausfüllen und unterschreiben müssen – aber sein Ton vermittelte, daß er sich erinnerte, darüber nachgedacht hatte ... Aus ihrer eigenen Einsamkeit, ihrer Achtung und Zuneigung heraus hörte sie seine Worte und die Unterdrückung weiterer Worte. Er hatte bemerkt – »Alle Studierenden mit Feldauftrag –«

»Ja«, sagte sie, »meine Eltern gaben mir mehr Verantwortung als die meisten Eltern ihren Kindern.« Die Worte klangen farblos in ihren Ohren. Hatte sie in ihrem alten Leben das Lügen so gehaßt? Immer empfand sie Schuld und ein Unwohlsein bei ihren Ausflüchten gegenüber ihren Bekanntschaften, bei Geron und Dala, gegenüber Berton. Jahrelang hatte sie eine Zufriedenheit vorgetäuscht, die sie nicht empfand, aber das waren Ausreden –

dies hier waren glatte Lügen, und die Lüge verdickte sich wie Gips in ihrem Mund.

Die zehn Übriggebliebenen arbeiteten glücklich und sehr hart an dem Projekt. Sema war dankbar für die Betriebsamkeit. So war sie zu müde, um über Seth und den Fehler, den er mit dem Reis machte, nachzudenken, und über seine Hände und seine Augen und sein Lächeln, über sein promptes Wissen über ihr Alter, und den inzwischen sichtbaren Kampf gegen seine Vorliebe für sie.

Dann war es August, und in den Hochlagen der Rocky Mountains kündigten sich herbstliche Farben an den nordwärts gelegenen Hängen an. Aspen wurde über Nacht in Gelb getaucht, der Bergahorn verfärbte sich vor ihren Augen in ein blasses Gold. Die mittägliche Hitze wurde von den nachmittäglich aufsteigenden kalten Winden überwältigt. Das Sommerfeldlager näherte sich dem Ende. Sie entfachten ihre letzten Abendfeuer. In zwei Monaten würde Sema zweiundvierzig sein, und sie wußte, daß sie noch nicht hart genug nachgedacht, sich noch nicht tief genug vergegenwärtigt hatte, was ihr ausgefüllteres Leben bedeuten sollte. Sie selbst und die Zeitreiseleute, sogar der Therapeut, hatten sich für Dinge interessiert, für Lügen, die benutzt werden mußten, für Jobs, die man ohne öffentliches Aufsehen bekommen konnte, für Vorhersagen und Börsengeschäfte und Makrogeschichte. Niemand von ihnen hatte über Freundschaften, Liebe, über das Dasein als Kollegin, als Rivalin gesprochen, darüber, was es bedeutete, die Fäden einer anderen Welt aufzunehmen und hineingesponnen zu werden, über Zugehörigkeit. Schon jetzt war sie intellektuell wacher, als sie es jemals gewesen war. Sie las, dachte, integrierte, traf bei der Arbeit Menschen als Kollegen, die sich zielgerichtet zu den Gipfeln ihres professionellen Könnens aufmachten. In der Ökobotanik planten sie zusammen Weltveränderung in den Grundlagen, von dem, was Menschen essen würden, bis zu den Arbeitsgewohnheiten. Sie hatte angefangen; sie würde weitermachen. All ihre intellektuellen Ziele konnte sie realisieren, aber weder sie noch ihre Berater hatten begriffen, daß die intellektuellen und emotionalen Teile eines Lebens miteinander verschmelzen sollten. Der Tag wurde in der Welt verbracht, und diese Welt war bevölkert mit Menschen.

Jetzt mußte sie am Feuer sitzen und das Ungreifbare ihrer Erfahrung abwägen. Ihr Leben als Zeitreisende der GRÜNEN Kategorie war als zwanzig Jahre Ehelosigkeit mit minimalem menschlichem Kontakt entworfen worden. Man hatte sie vor Verwicklungen gewarnt, sogar vor engen Freundschaften. Sie war zurückgesandt worden, um sich professionell zu verwirklichen, während sie sich spirituell und psychisch nach Hause orientieren sollte. Jetzt erkannte sie, daß sie das Haus gewechselt hatte.

Berton hatte dieses alles möglicherweise vorhergesehen. Er hatte es nicht ausgesprochen, weil er zuviel Angst hatte, eifersüchtig und sentimental zu klingen, wenn er sagte: »Du wirst dich verlieben.« Sie hatte sich in diesen Ort, in dieses Leben verliebt und hoffte jetzt wider alle Hoffnung, daß sie entkommen könnte, ohne mit ihrem Leben in dieses Leben hier zu investieren.

Seth kam ans Feuer und setzte sich zu ihr. Die anderen waren gerade ins Lager zurückgegangen. Er hatte das

Camp besucht, um alles zu überprüfen. »Noch drei Tage«, sagte er. »Dank Ihres Einsatzes können wir pünktlich aufhören. Die Anbauflächen sind abgeerntet, jetzt steht die ganze Laborarbeit an – Mehl herstellen, kochen, essen – alle Tests und natürlich die Chemie –«

»Ja.«

»Dreimal müssen die Felder im Herbst und Winter überprüft werden, um den Boden und die Stengel zu untersuchen und die Abläufe für nächstes Frühjahr zu planen...« Sie sagte nichts, erleichterte es ihm nicht. »Würden Sie eventuell mitkommen?« sagte er. »Wir würden nur zwei oder drei Wochenenden fort sein und in den Ferien – Sie würden keine Seminare verpassen.«

»Können Sie nicht Ana überzeugen?«

»Ana wird die Felder in Kansas untersuchen. Wir würden allein sein, außer wenn Sie nicht wollen... oder können. Das fällt mir sehr schwer. Ich sage Ihnen damit, daß ich mit Ihnen zusammen sein möchte.«

»Ich bin nur eine Studentin«, sagte Sema. Sie wollte sagen: »Ich bin älter als Sie«, tat es aber nicht. Vor langer Zeit schon hatte sie den Altersunterschied zwischen ihnen errechnet – sieben Jahre.

Er sprach leise, unvertraut mit dem Reden über Persönliches. »Eigentlich billige ich Verliebtheiten von Professor zu Studentin nicht. Aber es passiert. Wenn es passiert, sehe ich im Lehrer den Verantwortlichen, falls es zu einer Affäre kommt. Der Lehrer ist älter; er hat die Macht und muß führen. Ich war ein- oder zweimal von Studentinnen sehr angezogen, habe aber nie danach gehandelt. Ich habe es weggelacht. Diesmal ist es anders.«

Er war so direkt und klang so erschöpft vom Ringen mit seinen Gefühlen, daß Sema wußte, die Zeit des Ausweichens war vorbei. Sie schaute hinüber, konnte ihn aber nicht klar sehen. Sie sah nur seinen Umriß auf der anderen Seite des Feuers. Ihre Augen hatten sich mit Tränen gefüllt. Jetzt noch eine Lüge, ein Drumherumreden. Sie holte Luft und hob die Halbwahrheit ins Licht.

»Ich bin hierhergekommen, um zu arbeiten, um eine Karriere und einen Lebenssinn zu finden, nicht, um mich zu verlieben. Ich bin schon verheiratet. Mein Mann ist ... in Übersee.«

»Sie sind seit vier Jahren an der Universität – zwei Feldsommer –«

»Ja.«

»Kehren Sie jemals zurück ... in den Ferien?«

»Nein. Wir leben getrennt. Ich treffe ihn nicht mehr ... aber eine Verliebtheit stand für mich nicht ... war nicht das, was ich wollte ...«

Er nickte. Sie sah sein Augenglitzern, den Widerschein des Feuers darin gespiegelt, als er seinen Kopf bewegte, nickte.

»Es ist gegen meinen Willen passiert.«

»Aber es ist passiert«, sagte Seth.

»Ja«, und sie ließ ihren Kopf hängen, um ihn nicht zu sehen.

»Sie können nicht lang verheiratet gewesen sein«, sagte er nach einer Weile.

Sie sprach leise: »Ich bin älter, als ich aussehe. Ich bin keine einundzwanzig, und ich bin verheiratet.«

»Ich möchte Ihnen in keiner Weise weh tun«, sagte er.

»Ich habe Ihnen meine Gefühle offengelegt, jetzt sagen Sie mir – wie es sein soll.« Seine Stimme war weich und sehr sanft. Sie starrten ins Feuer.

Hinter ihnen gab es ein Geräusch. Die andern kamen zurück. So wie sie da saßen, einander gegenüber, hatten sie nicht das Gefühl, daß die andern eindrangen. Sema war froh darüber. Seth seufzte und hieß sie am Feuer willkommen mit: »Haben Sie sich nie gewundert, warum wir hier sitzen und Holz zu Kohle verbrennen, anstatt Heizbarren zu verwenden? Mein Rücken kühlt aus, und meine vordere Hälfte ist halb verbrannt ...« Sie lachten.

Mari, eine der jungen Frauen, sagte: »Der Mensch lebt nicht von Heizbarren allein.«

»Und wovon lebt der Mensch?«

Luke meinte: »Feuer vermittelt ein anderes Gefühl als Hitze von einem Heizbarren – irgendwie vorgeschichtlich. Meine Familie hat einen dieser elektrischen Kamine.«

»Der Rauch hält die Insekten fern«, sagte Jim. Alle lachten.

Sema dachte: ›Ich will nicht noch sechzehn Jahre ein zölibatäres intellektuelles Leben führen. Ich will nicht ohne Freundschaften leben, weil ich Lügen hasse, ich will nicht ohne Liebe sein, nur weil Berton zwei Wochen allein zu Hause ist und sich fragt, wo ich bin.‹

Als sie in ihre Großraum-Unterkünfte zum Schlafen zurückgingen, ging sie an Seth vorbei mit den Worten: »Ja, Professor. Ja.«

Sehr leise, so daß nur sie ihn hören konnte, antwortete er: »Danke. Sie sind sehr ... wichtig ... für mich geworden.«

7

ES IST UNGESETZLICH ...

1. *Gegenstände irgendwelcher Art zu oder von vergangenen Zeitpunkten zu transportieren.*
2. *Ohne Schutzimpfung und ausreichende Dekontaminierung zu reisen.*
3. *Schulden zu machen oder Vereinbarungen zu treffen, die über die Reisedauer hinausgehen, Hypotheken, Testamente etc.*
4. *Offiziell zu heiraten, zu zeugen oder zu gebären.*
5. *Sich in sozialen oder politischen Gruppierungen zu betätigen, die zu einer Veränderung von Makrostruktur oder Makrogeschichte führen könnten.*
6. *Zu versuchen, andere zu überzeugen oder davon abzuhalten, Handlungen auszuführen, die zur Veränderung von Makrostruktur oder Makrogeschichte führen könnten.*
7. *Hinsichtlich der Zukunft zu wetten, kaufen, informieren, beraten im Hinblick auf Wirtschaft, Politik, Wissenschaft oder Medizin; vorherzusagen, weiszusagen oder zu prophezeien.*

Es gab noch ein weiteres Dutzend. Sie hatte sie gelernt, unterschrieben, ihnen leichten Herzens zugestimmt im überstürzten Bemühen darum, ihrem Bild gerecht zu werden, und die Geschwindigkeit ihres Übergangs ließ die alltäglichen Wahrheiten von Einsamkeit und Verlust verschwimmen.

Mit Seth traf sie sich diskret am Wochenende. Sie waren vorsichtig, aber sie mußten sich keine Gedanken um eine eventuelle Schwangerschaft Semas machen. Sie waren beide sterilisiert, Seth, ohne daß er jemals ein Kind gezeugt hätte, Sema als empfängnisbereites Mädchen. Luci war ihr ähnlich leicht genommen worden wie der Mutter mit der ROTEN Karte ihr Mördersohn vor inzwischen vier Jahren.

Anfänglich fühlten sie sich trotz Sterilisation unsicher. Das Chemiepräparat, ein wiederverbindendes Hormon, verursachte manchmal während des Geschlechtsverkehrs Schmerzen, und sowohl Seth als auch Sema stoppten die Einnahme von libidodämpfenden Pillen. Sie waren besorgt, bis sie das Ausbleiben negativer Nebeneffekte für sicher halten konnten.

Sema hatte erfahren, daß das Leben hier sogar noch enger und geradliniger war, als es später sein würde. Einige Nahrungsmittel waren immer noch rationiert, das Reisen war eingeschränkt und die Wohnungsnot extrem. Seth hatte ein kleines Apartment im Fakultätsflur. Am Wochenende konnten sie sich nur außerhalb des Campus treffen.

Aber sie waren sehr verliebt und paßten gut zueinander. Sie brauchte seine Zuneigung, er genoß ihre Begeisterungsfähigkeit. Jahre in der Ausbildung für die Karrierelaufbahn hatten ihn zynisch werden lassen, und während er das lange Sterben seines Reisprojekts beobachtete, fühlte er sich bestärkt und aufgemuntert durch ihr Entzücken über ihre gemeinsamen Erfolge und durch ihre Freude an den einfachen Fakten des Lebens und Arbeitens.

Während sie und Seth sich näher kamen, mußte Sema immer häufiger damit kämpfen, die Regeln einzuhalten, die sie unterzeichnet hatte, und deren Unterlaufen Rückkehr und Strafverfolgung bedeuteten. Sie war am Rande des ›Beratens, Informierens und Vorhersagens‹ schuldig geworden. Sie vermittelte Seth mehr oder weniger, daß es in der Zukunft die Alternativgetreide, Hirse und Gerste, mit veränderter Oberflächenstruktur und anderem Geschmack sein würden, die die lang ersehnte Fülle schaffen würden. Sie konnte ihm nicht sagen, warum bei diesem Projekt Eile geboten war. Bald würde der *Diplovirus Xanthus* die Kartoffel als Nahrungsmittel fast vollständig vernichten.

Während sie mehr und mehr Zeit mit Seth verbrachte und Gefühle, Leidenschaft und Liebe immer umfänglicher einbrachte, begann Sema sich zu fragen, was ihr Unterhautmonitor – er sah wie ein Hautmal aus – wohl sendete. Sie gab über einen auf den Hautfleck getippten Code Information ein, aber dabei ging es um Örtlichkeit und Gesundheit, zur Überprüfung. Sie würden ihr Gebiet nach äußerlichen Erscheinungsformen hin überwachen – Zeitungsartikel, Grundstücksverkäufe, juristische Aufzeichnungen. Sie konnten nicht all das überwachen, vor dem sie gewarnt worden war – überzeugen, abraten, lieben, befreunden, Intimität, Anerkennung.

Nach einem Jahr des Zusammenseins bat Seth Sema darum, sich scheiden zu lassen und ihn zu heiraten. Sie log noch einmal, behauptete, sie hätte mit ihrem Ehemann gesprochen. Sie hatte Seth nie seinen Namen oder seinen

Aufenthaltsort preisgegeben. Sie verbrachte ein langes Wochenende allein zum Nachdenken, und als sie zurückkam, erzählte sie ihm, sie habe um Freiheit gebeten, sie aber nicht erhalten. »Es gibt juristische, aber keine geistigen Verstrickungen«, erklärte sie ihm. Sie brachte Seth jedoch heim zu Geron und Dala, die ihn mochten, obwohl er ein gutes Stück älter war als Sema. Sie hatte Seth gebeten, die frühere Ehe nicht zu erwähnen. Ihren Eltern gegenüber hatte sie ebenfalls juristische Probleme Seths mit seiner früheren Frau vorgeschoben. Lügen über Lügen, die immer schmerzhafter wurden, weil sie sie den Menschen, die sie liebte, erzählte. Im nächsten Semester zog sie mit Seth in eine Universitätswohnung als Zusammenlebende, eine alltagsrechtliche Beziehung, die weder juristische noch Fortpflanzungsrechte miteinschloß.

Sie waren erfüllt und glücklich miteinander, in Liebe und Arbeit vereint, erregt durch die Dringlichkeit, von der Sema wußte und die Seth spürte. Sie hatten das Gefühl, mitten im Zentrum lebenswichtiger Ereignisse zu stehen. Ein Jahr verging und dann ein weiteres noch schneller. Der lange Blick auf zwanzig Jahre, der einst wie ein ganzes Leben erschien, hatte sich bereits auf vierzehn verkürzt, dann auf dreizehn. Sema machte ihren Magister in Öko-Agronomie und fing mit der Promotion an. Ihr Apartment war ein Treffpunkt aufgeregter Landwirtschaftsstudenten, und sie waren einander Kollegen in Projekten, deren Umfang und Bedeutung stetig zunahm. Sie verstanden die Launen und Gedankenmuster des anderen, ihre Freizeit war mit Lachen und Spaß erfüllt.

Schließlich beendete Seth die Arbeit am Reis und lenkte

die Anstrengungen des Programms auf die alternativen Getreide, mit denen sie großen Erfolg gehabt hatten. Sie nutzte ihre Doktorarbeit, um eine rekombinierte, geschmackreiche, nichtmehlige Gerste einzuführen, die auf bislang unfruchtbarem, extrem trockenem Land wachsen konnte. Seth führte eine Hirsesorte ein, die nach süßem Mais schmeckte.

Eine Eigenart von Semas Charakter verwirrte Seth. Sie ließ es niemals zu, daß ihr Name als Koautorin und Kowissenschaftlerin auf irgendeinem ihrer Bücher oder Artikel erschien. Sie verweigerte jegliche Abbildung ihrer Person.

»Ich will nicht, daß mein Mann Forderungen stellt«, sagte Sema. »Es ist sicherer für uns, wenn ich keine irgendwie geartete Publizität erhalte.«

»Eine solche Bedingung kann er nicht durchsetzen – du führst jetzt ein anderes Leben.«

»Du kannst überhaupt nicht wissen, wie wahr das ist«, sagte Sema, »aber je weniger öffentlich mein Leben ist, um so besser. Es ist ein sehr niedriger Preis für wahre Freiheit.«

Allmählich spürte sie eine Unruhe in Seth. »Das Projekt?«

»Nein.«

»Was dann?«

»Ich dachte, Zusammenleben wäre gut genug; wir waren zusammen, wir sind zusammen und glücklich, glücklicher, als ich glaubte, daß zwei Menschen zusammen sein könnten – auf einmal reicht es nicht.«

»Warum nicht?«

»Ich will eine Ehe, eine Familie, unser Kind, ein dauerhaftes... ein *Leben* zusammen.«

Sie konnte ihm nicht sagen, daß sie jetzt nur noch elf Jahre in dieser Welt hatte. »Ich bin immer noch verheiratet«, sagte sie, »das weißt du.«

»Wir sind zusammen. Wir haben jegliche Aussicht darauf, zusammenzubleiben. Warum gehst du nicht zu deinem Mann und konfrontierst ihn damit?«

»Habe ich schon. Das Ganze ist nichts Rationales. Er hat seine eigenen Beweggründe.«

»Warum bittest du ihn nicht her, wir setzen uns zusammen und besprechen alles?«

»Das ist unmöglich.«

»Warum?«

Lüge, noch eine Lüge, die ihr die Kehle zuschnürte, aber groß genug war, die Befragung zu beenden. Sie erzählte Seth, daß ihr Mann im organisierten Verbrechen tätig sei, in einem Mafia-Clan, und daß Feinde des Clans ihn durch sie treffen könnten. Wenn sie ruhig bliebe, weiterhin mit ihm verheiratet, und kein öffentliches Aufsehen erregte, konnte sie tun und lassen, was sie wollte, lieben, wen sie wollte, leben, wie es ihr gefiel, alles unter seiner Protektion. Sie hatte bereits das ihr zugestandene Kind bekommen – seine Sicherheit wäre möglicherweise auch gefährdet, wenn sie die Scheidung einreichte oder sich wieder verheiraten würde. »Wir sind getrennt, und es gibt keinerlei Kontakt, obwohl ich... das Kind vermisse.«

»Darf ich nicht mal seinen Namen erfahren?«

»Nein, sogar das ist zu gefährlich.«

Sie ließ ihm keine Möglichkeit, Beweise oder Gegenbeweise zu sammeln. Er liebte sie, er vertraute ihr, aber sie gab keine Namen, keine Bestätigung, und ihre Geschichte veränderte sich nie. Die dunkelsten Monate ihres Lebens folgten. Seth lebte in stummem Schmerz. Sie konnte nichts für ihn tun, um es ihm leichter zu machen.

8

Und die ihr geschenkten Jahre schrumpften weiter: zehn, neun. Sie hatte ihren Doktor in ökologischer Landwirtschaft und ein Projekt, das ein Lebenswerk von weltumspannender Bedeutung war. Es gab Einladungen aus Europa und Asien, wo sie ihr Vorhaben an Universitäten vorstellen sollte, es gab Zuschüsse, um die Gerste- und Hirseprojekte weiterzuführen. Gerste würde bald so vielfältig nutzbar sein wie Sojabohnen und würde überall gedeihen. Sema und Seth lebten und arbeiteten weiter zusammen; sie wartete darauf, daß seine Trauer zu Kummer herunterflackern würde. »Wir hätten ein Kind haben und es verlieren können«, sagte sie.

»Ich weiß.« Er glaubte ihr wegen des Ausdrucks, den er hin und wieder an ihr sah, ein Ausdruck des Bedauerns, der Traurigkeit, auch der Trauer. Sie saßen manchmal zusammengekauert wie Trauernde da in ihren gemeinsamen Momenten. Sie brachten einander kleine Geschenke, Blumen, Spielzeuge, sie saßen wortlos beieinander am offenen Fenster und verfolgten die hereinbrechende Nacht in einer distanzierten Art, die keiner ihrer Studenten für möglich gehalten hätte.

»Ich träume immer noch davon«, sagte er an einem dieser Abende, »von uns als Familie. Früher hatten die Leute große Familien, weißt du, und wenn ein Kind starb, hatten sie noch eins.«

»Mach es nicht schmerzhafter, als es schon ist.«

Acht, sieben. Sie hatten die Gerste zu einem härteren Kern rekombiniert, der Hirse verschiedene Geschmacksrichtungen angezüchtet. Die Stengel entpuppten sich als gutes Viehfutter. Zweitrangige Probleme entstanden, und auch zweitrangige Vorzüge. Der *Diplovirus* tauchte plötzlich auf und überraschte Sema völlig. Sie hatte geglaubt, ihn mit ihrer Arbeit verhindern zu können, aber wegen der neuen Getreide, die sie und Seth und andere entwickelt hatten, konnten die kartoffelabhängigen Länder der Welt vor Hungersnot bewahrt werden. Die USA, Rußland und China verschifften das Getreide überall hin, und Getreidesamen wurde in jeder ökologischen Kombination angebaut. Es war vom Nobelpreis die Rede. Sechs Jahre...

Im weiteren Verlauf des Jahres verkündeten Meyers und Poor die Entdeckung der Luria-Schicht. Zeitreise-Experimente begannen. Die ersten Zeitreisenden brachen auf und kamen zurück. Die Aufregung war groß. Seth und Sema waren so auf ihre Arbeit konzentriert, daß es sie zunächst nur am Rande interessierte, und dann beschloß Seth, daß er sich für eine Reise anmelden sollte. »Stell dir doch die Möglichkeiten mit ausgestorbenen Gräsern vor. Ich könnte ins Paläolithikum zurückkehren und von dort... Wer weiß, was sich alles kombinieren ließe...«

Alle sprachen sie von den Chancen des Zeitreisens. »Denkt doch nur an den Urlaub!« schrie Calabrese, während er sein Mittagessen im Labor auspackte. »Stellt euch die Trips vor, die Bildungschancen ...«

»Stell dir vor, zu wissen – richtig zu wissen –, wie Jesus aussah, was er sagte ...«, meinte Betty Barnes.

Sema erinnerte sich an die stille Mutter auf der Paßstelle mit ihrer roten Karte. »Ich denke, wenn wir uns alle jetzt zusammentun, könnten wir die Regierung abhalten, mit Hilfe des Zeitreisens das menschliche Verhalten zu regulieren«, äußerte sie.

Calabrese, Betty und Ida Jones, die mitgekommen waren, starrten sie einen Augenblick verblüfft an und fuhren fort, ohne verstanden zu haben, was sie meinte. »Die Regierung wird wahrscheinlich die Anzahl der Urlaube begrenzen. Man könnte ja nicht den echten Karfreitag von Ostertouristen überschwemmen lassen, oder mehr Zuschauermassen ins Ford Theatre lassen, als John Wilkes Booth durchbrechen könnte.«

»Überlegt doch mal«, insistierte Sema, »wenn ihr in der Familie eines Mordopfers lebtet, würdet ihr euch da um Urlaubsreisen Gedanken machen?«

»Ich könnte mir vorstellen, daß ich dann zurückgehen wollte, um das Ereignis ungeschehen zu machen«, sagte Calabrese, »und was wäre daran so schlimm?«

»Der Staat wird einen zwingenden Grund finden, die Zeit zu kontrollieren, so wie er jetzt schon das Wohnen, Arbeiten und Gebären kontrolliert«, erwiderte Sema. »Seht ihr nicht, wie das Gesetz Inhaftierte zwingen könnte, ihre kriminellen Momente neu zu erleben, das Verbrechen ungeschehen zu machen, und am Ende Abtreibung als Verbrechensprävention zu verlangen?«

»Was?«

»Ich glaube, daß Zeitreisen in mancher Hinsicht mehr Wahlmöglichkeiten eröffnet. In mancher Beziehung wird es wundervoll sein – befreiend –, aber in anderer Hinsicht sehr viel weniger«, sagte Sema. »Dem Individuum gibt es vielleicht großartige Möglichkeiten, aber wäre es nicht für den Staat geradezu natürlich, Zeitreisen als Mittel einzusetzen, um schreckliche und tragische und am Ende vielleicht einfach unglückliche Ereignisse auszulöschen, und wenn das Auslöschen der Ereignisse nicht funktionierte, dann einfach die verursachenden Menschen auszulöschen?«

»Was wäre daran schlimm? Wir praktizieren den Schwangerschaftsabbruch, wenn das eine Kind, das wir haben können, kein Wunschkind ist. Du kannst nicht erwarten, daß Eltern akzeptieren, daß ihr einziges Kind ein Verbrecher sein könnte.«

»Einen Fötus zu opfern ist nicht das gleiche, wie eine lebende Person auszulöschen. Für die Gemeinschaft wäre es so, als hätte es ihn nie gegeben, aber für die Eltern, denn sie würden sich an ihn erinnern, seht ihr denn nicht – es wäre Mord.«

Die Leute im Labor sahen sie mit ungläubigem Staunen an.

In den Zeitungen erschienen Geschichten und Fragestellungen, die das Problem banalisierten und an ihm vorbeigingen. Würde man sich selbst treffen? Würde Zeitreisen als Jungbrunnen wirken? Sema bemühte sich vergebens um die Organisation von Überwachungsgruppen an der Universität. Unter den religiösen Menschen gab es welche, die Zeitreisen überhaupt ablehnten. Sie waren die einzigen, die zu den von ihr einberufenen Treffen kamen. Deren Eingehen auf ihre Kritikpunkte befriedigte sie anfangs, aber anstelle von Kontrolle wollten sie ein Verbot. Reisen in der Zeit war Sünde, man maßte sich Gottes Perspektive auf den Menschen an, man störte seine festgelegten Abläufe in der Welt.

Der Rest des Landes schien die Idee unkritisch, eher im Sinne eines neuen Spielzeugs, anzunehmen. Sema schrieb eine anonyme Rede. Sie war vernünftig und, nach Seths Worten, überzeugend und eloquent. Sie nahm das Risiko auf sich, daß sie auf dem ersten Internationalen Kongreß zur Gesetzeslage und Kontrolle des Zeitreisens gelesen wurde.

Die Rede wurde mit höflichem Desinteresse aufgenommen. Sema befürchtete, daß es nicht gut wäre, hinzugehen, aber Neva Ronson, die die Rede hielt, meinte, daß die Delegierten zu sehr damit beschäftigt seien, internationale Regelungen auszuarbeiten, damit die Nationen nicht mittels der Luria-Schicht versuchten, die Vergangenheit an kritischen politischen Punkten zu verändern und damit die Machtgleichgewichte zu verschieben.

Seth zeigte sich überrascht von Semas starker gefühlsmäßiger Anteilnahme an diesem Thema und ihrem Aufbruch in die Politik. Er hatte sie niemals Zeitung lesen sehen, geschweige denn die Nachrichten im *Holovision* betrachten. Er vermutete, daß es vielleicht ihre Art der Verarbeitung ihres privaten Kummers wäre, eine Sublimation ihres Schmerzes über die unerfüllbare Hoffnung auf eine ganze Familie. Sema ließ es ihn denken, aber es schmerzte sie, daß der Mann, den sie liebte, so blind sein konnte gegenüber den Möglichkeiten dieser neuen Erfindung. Für Sema war es das Jahr Fünf.

Dann, eines Tages, kam er zu ihr voller nervöser Hoffnung. Sogar seine Stimme war verändert. »Lanier und seine Frau wollen keine Kinder. Sie werden für uns einspringen.«

»Was?«

Er deutete ihre plötzliche Blässe als Glücksschock. »Lanier hat beim Mittagessen mit mir gesprochen. Sie wollen kinderlos bleiben. Sie sind damit einverstanden, daß wir ein Kind an ihrer Stelle bekommen. Ich habe ihnen gesagt, daß du ein Kind geboren hast und unwiderruflich steril bist. Sie sind bereit, den Prozess mit uns durchzustehen. Sie werden vor Gericht gehen und eine Zueignungsaussage machen. Es ist ein wahnsinniges Opfer, hinterher müssen sie sich auf Dauer sterilisieren lassen – sie können es sich nicht noch mal anders überlegen, wenn wir das Kind haben.«

Sie sah ihn an. Er sah, daß sie geweint hatte. »Das ist unsere Chance, Sema – unsere Chance, eine Familie zu werden.«

»Würde der Staat einem unverheirateten Paar ein Kind zugestehen?«

»Das ist genau der Punkt – ich hab es nachgesehen. Da keiner von uns beiden die Sterilität aufhebt, kann niemand uns abhalten, zehn Kinder zu haben, wenn andere Eltern sie für uns zur Welt bringen.«

Sema saß in der staubdunstigen Sonne, die durch das Solargartenfenster fiel. In fünf Jahren würde sie zurückgehen müssen. Geron würde nächstes Jahr sterben; Dala würde nach Malaysia umziehen und damit einer Verletzung durch Semas Abreise entkommen. Die Verletzung Seths würde umfassend und für immer sein. Eines Tages würde sie verschwinden. Es würde keine Spuren geben. Es sah so aus, als müßte es vor ihrem Verschwinden noch andere Verletzungen geben. Die Übereinkunft, die sie mit den Laniers treffen würden, wäre ein juristisches Dokument, und es war ihr ausdrücklich verboten, ein solches jemals zu unterzeichnen – es würde irgendwo registriert und von den Monitoren aufgespürt. Sogar wenn sie Seth überreden könnte, das Dokument allein zu unterschreiben, gäbe es den Tatbestand eines hinterlassenen Kindes. Sie hatte bereits Luci verlassen, nicht zeitlich, aber innerlich, und durch ihre Entscheidung hatte sie Berton wissen lassen, daß das Leben mit ihm für sie nicht erfüllt und befriedigend genug für sie gewesen war. Wenn er das vor ihrem Weggang dachte, um so mehr würde er es jetzt wissen – sobald sie den Fuß auf den Boden setzte nach ihrer Rückkehr, der verhaßten, unausweichlichen Rückkehr in ihr früheres Leben. Ihre Anweisung lautete, möglichst wenig Schaden zu verursachen, nur einen so winzigen Wellenschlag in der besuchten Welt zu verursachen, daß nach ihrer Rückkehr wenig Aufruhr zurückblieb. Seth wollte ein Kind. In fünf Jahren würde er allein sein, mit nichts als der Erinnerung an sie. Wenn es ein Kind gäbe, hätte er das Kind und eine Identität als Ehemann und Vater. Mütter starben im normalen Leben... normales Leben... In fünf Jahren würde sie ins normale Leben zurückkehren. Es würde ein Leben sein, das keine Verwendung für ihr jetziges Fachwissen hatte. Bildung in ihrem Alter war Freizeitbereicherung. Sie würde nicht in der Lage sein, ein weiteres Mal zu promovieren und in ihrem Bereich zu arbeiten. Sie würde wieder die alte Sema sein, und es müßte wieder neue Lügen geben …

Seth mißdeutete ihr Schweigen. »Ich kann es selbst kaum glauben, aber es ist wahr. Ich möchte am liebsten tanzen, singen, dich lieben.«

Sie liebten sich. Er mit einer Leidenschaft, die sie bisher bei ihm nicht wahrgenommen hatte. Auch sie hatte die alten Geschichten gelesen aus der Zeit, als die Menschen noch nicht ihre Sterilität aufheben mußten, um Kinder zu bekommen. Alle wußten, wie schädlich die Überbevölkerung gewesen war, aber irgendwie lag etwas Freudlos-Vorsichtiges in der Art, wie heute alles gemacht wurde. Der Staat produzierte risikofreie, ausgebleichte Menschen, leise Traumtänzer, die sich unwohl in ihrer verplanten Welt fühlten. Bald würden sie noch nicht einmal mehr in der Lage sein, Selbstmord zu begehen. Es gab noch Kriminalität. Bald würde sie dank des Zeitreisens in die Nichtexistenz verbannt. Niemand würde das Verschwinden des Verbrechens beklagen, aber die Entscheidungsmöglichkeiten würden mit dahinschwinden. Bald würde nur noch zustimmende Ergebenheit existieren. Sema bewegte sich unerbittlich auf ihre eigene Zeit zu. Fünf Jahre. In fünf Jahren würde sie diese Welt verlassen müssen, da sie die eigene eingeholt hatte.

Sie log. Freude vorzuspiegeln war schwieriger als alle Lügen vorher. Sie gingen zu den Laniers und waren überschwenglich, so überschwenglich, daß sie die juristischen

Formulare vergaßen. Sie sagte zu Seth, sie könnten ja warten, bis das Baby da wäre.

Es folgten Monate des Wartens auf Halun Laniers Schwangerschaft, voll Hoffnung für Seth, voll Schrecken für Sema. Rechnungen, Untersuchungen und Versprechungen, und dann wurde Halun schwanger und war krank und verlor Blut und schwoll an und würde es vielleicht verlieren und vielleicht doch nicht, und dann waren da Lügen und noch mehr Lügen und Haluns Schwanken und Seths schreckliche Angst, daß Halun das Kind behalten wollte, und Nächte, in denen sie wach lag und Seth beim Auf- und Abgehen zuhörte.

Ulu kam zur Welt, offiziell als Kind der Laniers, aber Seth zugeeignet. Sie hatten ein Kind. Als Unverheiratete konnten sie keine Wohnung für verheiratete Paare bekommen, also lebten sie eng wie die Sardinen in Seths Apartment, der dritte Raum halb als Arbeits-, halb als Babyzimmer in Gebrauch. Als Lebensgemeinschaftspartner übernahm Seth offiziell den Anspruch auf Ulu, und Sema mußte nicht unterzeichnen.

Vier Jahre. Die Internationale Landwirtschaftsakademie zeichnete Seth mit ihrer höchsten Ehrung für sein Werk über rekombinierte Getreidearten aus. Sema weigerte sich erneut, als Mitempfängerin aufgeführt zu werden, sich photographieren oder interviewen zu lassen, den Preis und das Preisgeld abzuholen; aber jetzt konnte sie sich damit entschuldigen, daß Ulu sie zu Hause brauchte. Drei Jahre. Zwei Jahre.

Trotz des Drucks fühlte Sema sich glücklich mit Ulu und freute sich an Seths offensichtlichem Entzücken. Sie hielt die dunklen Grenzen so fern, wie sie konnte. Nur in Träumen – ein Picknick im sonnigen Feld, sturmumtost, ein festliches Haus, von Polizei eingekesselt – äußerte sich ihre Angst unkontrolliert. Sie sang Ulu vor und erzählte ihm Geschichten – viele von denen, die sie Luci erzählt hatte, deren Lieblingsgeschichte im Alter von sechs oder sieben *Die Schneekönigin* war. Niemals würde sie Ulu mit sechs oder sieben erleben, und ein- oder zweimal mußte sie deswegen weinen. Sie erzählte Ulu den Anfang der Geschichte, wie der Kobold seinen Spiegel zerbrach und die Splitter in die Welt gelangten und in die Augen der Menschen gerieten, und wie diese dann die Welt als häßlich und verzerrt wahrnahmen. Ulu mochte das Märchen und mußte manchmal lachen, wenn sie es als Bild für seine schlechten Launen benutzte: »Der wütende Spiegelsplitter ist heute in deinem Auge.«

Wie offen und reich waren ihr die zwanzig Jahre vorgekommen, als sie sich vor ihr erstreckten; wie weit war das Ende einst gewesen. Jetzt war es noch zwei Jahre entfernt: der dritte Mai; die Koordinaten waren zur Eingabe bereit – nicht mehr Kansas, sondern Fort Collins, Colorado. Ulu und Sema und Seth waren eine Familie. Sema hatte sich bemüht, das kleine Baby, das Halun ihr mit symbolischer Würde in die Arme gelegt hatte, nicht zu lieben. Der kleine Junge, der aus ihm geworden war, hatte ihre Vorsätze unterlaufen. Seths Freude und Ulus offensichtlich liebevolle und glückliche Veranlagung hatten das Wissen fast unerträglich werden lassen. Ulu würde fast vier sein, wenn sie ihn verließe und Seth nur zweiundfünfzig...

Manchmal überlegte sie, ihm zu sagen, daß sie eine

Zeitreisende war. Das würde einen Gesetzesbruch bedeuten und, falls er so zornig wäre, sie anzuzeigen, möglicherweise juristische Folgen haben. Jedermann wußte jetzt Bescheid über das Zeitreisen. Die physikalischen Experimente waren beendet und die ersten Kriminellen bereits versuchsweise zur Revision zurückgeschickt worden. Endlich wurden die sozialen Kosten diskutiert. Ein Therapeut – sie hatte seinen Namen vergessen – hatte sogar das Wiederbeleben, nein, eigentlich das Vorleben von Selbstmördern, erwähnt. In ein paar Jahren würden Menschen, die ihr Leben beenden wollten, sich in Luft auflösen oder zerstreuen oder sich selbst zum Verschwinden bringen müssen, um ihren Tod unwiderruflich zu machen.

Eines Wintermorgens, während sie nach einem weiteren Traum von heranrückendem Unheil erwachte, wurde Sema klar, daß sie anfangen müßte, ihr Verschwinden, ihren Zeitenwechsel – Weltwechsel – zu planen. In der Orientierungssitzung hatte es einfach ausgesehen – ein Verschwinden nach einer quasi unsichtbar gelebten Zeit, so daß das Verschwinden niemanden berührte. Aber sie hatte Erfolg, wurde geliebt, sie war so gut wie verheiratet, so gut wie legale Mutter, jetzt konnte sie Seth nur dann nicht schrecklich mißbraucht und betrogen zurücklassen, wenn sie sterben würde. Wenn sie die Wahrheit gestehen würde, müßte sie eine zwanzigjährige Spanne von Lügen, Ausweich- und Täuschungsmanövern bezüglich ihrer eigentlichen Identität, das Selbst, das sie ihm angeboten hatte, enthüllen. Da die Lüge einmal in die Welt gesetzt war, gab es keine andere Wahl, als nach ihr zu leben, und das bedeutete dann auch, nach ihr zu sterben, ihren Tod mit einem Dutzend weiterer Lügen vorzutäuschen. Einen Monat lang, während sie täglich in die Universitätslabore ging, um Berichte über Seths Gersten- und Hirseproduktion zu studieren, wälzte sie die verschiedenen Möglichkeiten in ihrem Kopf hin und her. Sie stellte sich vor, wie sie sich in Seth festsetzen würden, wie er an ihrem Verschwinden leiden würde, an ihrem Selbstmord oder an Mord. Sie durfte es nicht zulassen, daß sein Kummer und Verlust durch Geheimnisse, Suchen, offizielles Leugnen bagatellisiert würde. Bei einem vorgetäuschten Tod könnte er wieder heiraten; eine andere Frau wäre glücklich und zufrieden... Dann bewegte sie diesen Gedanken vor ihrem inneren Auge, maß ihn, dämpfte ihn wieder, während sie mit blindem Auge Listen mit Fruchtbarkeitsraten einer neuen Hirse durchforschte. Da es keinen identifizierbaren Körper geben würde, müßte es so ein offensichtlicher Tod sein, daß niemand sich die Mühe machen würde, nach einer Leiche zu suchen. Wie? Es könnte kein Tod durch Selbstmord sein; diesen Schmerz wollte sie ihm ersparen. Wie könnte sie einen getöteten oder an natürlichen Ursachen verstorbenen Körper beschaffen, der als ihrer akzeptiert würde? Vermißt – vermutlich tot. Auf einmal dachte sie mehr nebenbei an *Diplovirus*. Was würde passieren? War diese Epidemie, diese zukünftige Seuche – war sie nicht irgendwie verbunden mit...

Es würde eine Epidemie mit Tausenden von Todesfällen geben, die mit dem D/X-Virus in Verbindung gebracht werden würde, obwohl niemand zu diesem Zeitpunkt wüßte, wie genau. Dieser Virus hatte die Kartoffeln attakkiert, und wegen seiner Ausdehnung waren die verrotteten Knollen auf den meisten Anbauflächen einfach untergepflügt worden. Die Erde war in der ersten und zweiten Saison untersucht worden; der Virus war nicht mehr im Boden; das Land war als sicher für neuen Anbau deklariert worden. Trotzdem kam die Seuche; sie konnte nicht auf die Geschichte einwirken, indem sie versuchte, sie aufzuhalten oder eine Warnung auszusprechen, aber vielleicht konnte sie einen Weg finden, in den ersten Tagen der Panik und Verwirrung zu verschwinden. Es würde vielleicht panische Massenbegräbnisse geben – wenn ihr Tod in diesem Rahmen passierte, wäre es traurig, aber es wäre ein Tod in Erfüllung ihrer Aufgaben, und ohne die Vorwürfe eines Selbstmords oder die schreckliche Ungewißheit eines Verschwindens. In der Zwischenzeit könnte sie ihr Fachwissen nutzen, um Untersuchungen anzustellen, die das rettende Wissen um so schneller entwickeln würden.

Das hieß, daß sie Seth und Ulu anderthalb Jahre vor dem festgesetzten Datum verlassen müßte. Das bedeutete weitere Geheimnisse und weitere Lügen, die Fabrikation von Entschuldigungen an jenem Punkt, wo Geschichte zur Nachricht wurde, während sie sich in ihre wirkliche Gegenwart hineinbewegte. Denke. Akzeptiere. Plane. Wenn sie nur nicht so uninteressiert und unaufmerksam gewesen wäre, so ahnungslos und egozentrisch damals in jenen Zukunftstagen, dann hätte sie besser zugehört, könnte sich an mehr erinnern.

Scheinbar zufällig brachte sie das Thema beim Mittagessen der Kollegen auf. Seth hatte davon gesprochen, Quinoa im Geschmack zu verändern. Sie brachte sich selbst zum Lachen. »Ich denke so vor mich hin. Der aufregende Teil meiner neuen Versuchsanordnung ist erledigt, aber ich habe an etwas anderes gedacht...«

»An was?«

»Die Kartoffel.« Der Raum veränderte sich. Einige lachten. Jeder Agronom hatte eine Theorie dazu, wie mit der Situation umgegangen werden müßte oder wie die Kartoffel wiedereingeführt werden könnte. »›Willkommen im Club‹«, sagte Calabrese. »Jede Kartoffel, die gepflanzt wird, bekommt noch den D/X-Virus.«

»Ich dachte nicht an Landwirtschaft«, meinte Sema. »Ich dachte an Genetik. Ich fragte mich, wie wir das genetische Erscheinungsbild gerade so manipulieren können, daß wir den Virus bluffen.«

Seth sah zweifelnd drein. »Ich dachte, wir hätten beschlossen, unsere Arbeit auf die fünf Getreide zu beschränken...«

»Sicher, aber niemand, den ich kenne, arbeitet mit deinen Methoden oder deinen Auslösefaktoren. Ich meine, wir sollten die Methoden, die wir hier perfektioniert haben, breiter anwenden...«

»Sind nicht schon jede Menge Leute mit der Kartoffel beschäftigt?« fragte Calabrese. »Die Genetiker und die anderen?«

»Ja...«, Sema wollte ihn erwürgen. Sie bemühte sich, ihre Stimme nicht zu dringlich werden zu lassen, »aber nicht mit unseren Methoden. Ich habe ein bißchen von dem gelesen, was sie machen... die Franzosen beispielsweise.« Das war eine weitere Lüge – sie hatte keine Ahnung von der französischen D/X-Forschung, aber die Geschichte mußte begonnen werden, Parameter und Lokalität festgesetzt.

Seth sah sie scharf an. Dann lächelte er. »Das habe ich schon mal mit ihr erlebt«, sagte er. »Sema hat ein instinktives Begreifen, und ich habe früh gelernt, ihr da nicht reinzureden.«

Sie lächelte ihn gleichermaßen mit Erleichterung und Stolz an, aber dann stieg Kummer in ihr so plötzlich und so intensiv auf, daß sie beinahe laut vor ihnen allen losweinte. Sie hustete, um es zu verbergen; ihr lag so viel daran, ihr Verschwinden möglichst erträglich zu gestalten ... schon wieder Tränen. Sie dachte: »Mal sehen, wie schlau ich im Verlassen bin.« Sie hustete, und Zorn trieb die Tränen fort. »Ich *wußte* eigentlich nie ...«

»Nein«, meinte Seth, »aber du hast etwas gespürt, und jetzt spürst du es auch.«

»Ja, ich spüre es jetzt. Es war eine ›heiße Kartoffel‹, und wir haben sie fallengelassen – wir haben das D/X-Virus untersucht, aber die Genetik der Tuberkelknöllchen nicht angeschaut. Die ganzen Forschungsgelder flossen in den dramatischen Teil des Problems.« Marge LeRoyer, die neben Calabrese saß, fragte, wo sie den Laborbereich aufbauen wollte, der sich mit den Knollen befassen würde; es gab wenig Raum. »Ich habe nicht davon gesprochen, um irgend jemand zu beunruhigen. Wir machen das Getreideprojekt und werden auch damit fortfahren. Ich will nur damit spielen ... ich brauche keinen Laborplatz und werde auch nicht das Leben von irgend jemand verändern. Ich glaube, daß mein Wissen sogar dem Getreideprojekt zugute kommen wird.«

Niemand stimmte zu; sie konnte es sehen, aber die Worte waren ausgesprochen. »Ich werde nicht im Spülbecken Kartoffeln ziehen«, sagte sie. Sie lachten, und der Augenblick ging vorüber, aber nicht, bevor sie sich nicht umgeschaut und den Menschen ins Gesicht geblickt hatte, mit denen sie gearbeitet hatte, und dem Mann, den sie so gut wie geheiratet und dessen Leben sie so ganz und gar geteilt hatte. In einem Jahr würden sie in unterschiedlichen Stadien der Trauer um diesen Tisch herumsitzen, oder, in Marges Fall, in vorgetäuschter Trauer, und über ihren Tod sprechen. Die Zeit wurde immer knapper...

Sie hatte sich noch nicht ganz auf den Plan mit dem unerträglichen Verlust von fünfzehn Monaten eingelassen. »Entscheide dich!« schrie es eines Morgens aus ihr heraus. Ulu war im Kindergarten, und Seth war zu Besuch bei einem Kollegen. Sie sollte eigentlich ein Referat für eine internationale Tagung vorbereiten. ›Entscheide dich!‹ Am nächsten Tag und am folgenden: ›Entscheide dich!‹. Sie erinnerte sich, daß Seth zu Hause war. Er hörte sie durch die geschlossene Tür des Arbeitszimmers hindurch und kam. »Was ist los, geht's dir nicht gut?«

»Doch, doch«, (diese verdammten engen Räume) »ich kann diese Idee nicht ordentlich ausformulieren.« Sie wußte, daß er jenseits der Tür grinsen würde, mit einem Ausdruck vollster Sympathie für ihr Problem. Sie hatte den beinahe überwältigenden Wunsch, zur Tür zu rennen, sie aufzureißen, mit den Lügen in sein liebevolles und geliebtes Angesicht aufzuhören und ihm zu erklären, wie die Zukunftszeit allzu schnell zur Gegenwartszeit wurde.

»Die Zeit ist kein Fluß«, sagte sie, »sie ist eine Wand.«

»Mach dir keine Sorgen«, antwortete er. »Du wirst einen Weg finden.«

Sie fand ihn. Sie würde den Verlust von fünfzehn Monaten hinnehmen, um Seth ihren zufälligen, plötzlichen Tod zu schenken, einen Tod ohne Leiche, aber auch ohne den Schmerz, einen toten Körper finden zu müssen.

Sie durchkämmte ihre Erinnerung nach den nur halb wahrgenommenen Details eines vor neunzehn Jahre geschehenen Ereignisses, das noch passieren mußte und für das keine Bestätigung erhältlich war.

Frankreich – Vézelay – Zuerst würden sie die tödliche Krankheit mit einer Vergiftung durch gelagerten Weizen verwechseln. Wenn sie doch nur damals gewußt hätte... wenn sie eine Agronomin gewesen wäre; dann hätte sie eine genaue Erinnerung. Wenn sie nur wenigstens halb lebendig gewesen wäre; wenn es sie doch damals nur im geringsten interessiert hätte.

Der Ausbruch mußte im April erfolgen. Sie würde ihr Verschwinden in Vézelay auf den Ausbruch der Epidemie legen. Die Zeitplanung bedurfte sorgfältigster Ausarbeitung. Seth würde alle paar Tage Videopost bekommen – dann, genau zum Zeitpunkt des Ausbruchs... Sie müßte entkommen, ein Versteck finden, von dem aus sie die Zeitreisebehörde mit ihrem Identifikationschip und dem Code erreichen könnte, und auf den Zeitreisetransport warten.

Sema fing an zu organisieren. Sie schrieb an das Institut Agronomique unter Hinweis auf eine obskure und nicht sehr originelle Untersuchung über viral-genetische Immunologie bei Knollen, die sie ausgegraben hatte. War der D/X-Strang immer derselbe? Konnte man ihn in Getreide züchten?

Sie schrieb an die Pariser Universität und erhielt eine Einladung für eine dreimonatige Studie. Es gab keine Anzeichen des Virus in der Erde, und zum gegenwärtigen Zeitpunkt wurden keine Untersuchungen durchgeführt. Sie schrieb, daß es ein Stipendium, ein ziemlich großes sogar, für eine solche Untersuchung gäbe – Agro-Geschwätz, Dollar-Geschwätz…

Das Plänemachen füllte fast den ganzen Sommer aus. Wann würde sie gern kommen? Im März – zu Beginn der Aussaat. Sema war nie offiziell als Seths Koautorin in Erscheinung getreten, aber die Leute in diesem Bereich kannten sie und wußten über die Forschungen im Fort Collins Labor Bescheid. Sie waren begeistert.

9

Sie verabschiedete sich von Seth, nicht zum ersten Mal. Feldforschung und Studien hatten sie schon früher voneinander getrennt. Sie hatte ihm aus den Briefen des Instituts vorgelesen, als ob ihre Fragen Feststellungen wären: »Wir glauben, daß eine Verbindung zwischen dem Getreide, der Kartoffel und dem Virus existiert. Die nachrangigen Getreide sind in allen untersuchten Gegenden angebaut worden.«

»Ich will nach drüben und mir ansehen, was sie machen«, erzählte sie ihm, »und wenn es nach was aussieht, gebe ich dir sofort Bescheid.«

»Bei so wenig gesichertem Hintergrund verstehe ich nicht, warum du ihre Untersuchungen für wichtig hältst«, meinte er, und dann küßte er sie: »Aber ich habe gelernt, deinen Instinkten zu vertrauen.«

»Sie wollen für die Pflanzenverbindung jemand von – wie sagten sie doch – hoher Reputation.«

Er verdrehte die Augen, worüber sie immer lachen mußte, und sagte dann: »Ich wußte, daß irgend etwas dich schon seit einer Weile beschäftigt.«

»Ich war etwas launisch.«

»Ich frage mich, ob es die Enttäuschung über diese Zeitreisegeschichte ist. Ich habe mich bezüglich der Zukunft meines rekombinierten Reises geirrt, aber ich habe verstanden, wie schwer es ist, etwas zu spüren – zu wissen, und dann sehen die Leute dich an, als ob – als ob –«

»Unglaubliches Wunder – sie schütteln den Kopf.«

Er lachte. »Ja.«

Sie merkte, daß er sich von ihr beruhigen ließ. Vertrauter Kummer stand auf seinem Gesicht geschrieben. Er war Lehrer, Freund, Liebhaber, Ehemann gewesen... Zwischen seinen Augen und der Nase, wo die Brille saß, verliefen zwei Furchen. Wenn er sich Sorgen machte... »Ich werde zurück sein, bevor du damit rechnest.«

Sema kam nach Paris mit genug Wissen über D/X im Gepäck, daß sie mit den Forschern dort reden konnte. D/X war erstaunlich variabel, aber sogar sie konnte das Verbindungsglied zu dem Ausbruch nicht herstellen, der, wie sie wußte, innerhalb eines Jahres erfolgen würde. Der Boden war frei davon oder schien es zumindest zu sein; dennoch erhielt jeder Bauer, der eine Kartoffelpflanzung in Garten- oder Hügelerde außerhalb der Labors versuchte, innerhalb eines Monats nach dem Erscheinen der ersten Blätter nur Matsch. Was würde tatsächlich in Vézelay passieren, fragte sie sich, und wie könnte sie es untersuchen? War der Virus irgendwie mutiert?

Ungünstigerweise lagen die Versuchsfelder des Instituts westlich, nicht südlich von Paris, und im ersten Monat sah es so aus, als würde sie nie mehr nach Vézelay gelangen; sie befand sich so weit entfernt von der epidemischen Gegend, daß sie genausogut in Fort Collins hätte bleiben können.

Zweimal flog sie zurück und verbrachte ein langes Wochenende mit Ulu und Seth. Die Besuche waren ausgefüllt und glücklich – die glücklichsten Tage ihres Lebens. Da sie sich für die Art ihres Todes entschieden hatte, ließ sie keinerlei Sorgen an sich herankommen. Die Enge in ihren drei Zimmern, Seths gelegentliche Depressionen, die Universitätspolitik – sie legte alles beiseite.

Sie gingen in den Park, ins Museum, in den Zoo – in die ›Dschungel-Welt‹ und die ›Wasser-Welt‹, Kanufahren und Tanzen. Sie aß reichlich, und sie sprach weniger über ihr Projekt als gewöhnlich, meinte nur: »Ich habe das deutliche Gefühl, daß wir dort drüben etwas sehr Wichtiges tun. Wenn es auch anderen klar wird, wird schon irgend jemand meine Reiseschecks bezahlen, warum sollten wir uns also jetzt Gedanken ums Geld machen?«

Sie entdeckte, daß sie Ulu ganze Geschichten erzählen

konnte, wenn sie sie Abschnitt für Abschnitt erzählte, jedes Mal ein wenig hinzufügte – alle ihre Lieblingsmärchen, *Schneeweißchen und Rosenrot,* die Theseus-Sagen, die ganze *Schneekönigin* – Stück für Stück, Gerdas langes Exil, in dem sie ihren Spielkameraden im eisigen Reich der Schneekönigin sucht, wie sie ihn letztlich rettet.

»Du hast dieses neue Projekt gebraucht«, meinte Seth. »Du bist viel entspannter und glücklicher als in der Zeit vorher.«

Sema las keine französischen Zeitungen, aber als sie zum Projekt zurückgekehrt war, hörte sie die Nachricht von LeClerc, einem Kollegen, der sich bislang nicht interessiert gezeigt hatte. Eine Organisation zum Schutz individueller Rechte hatte gegen die ›Wiederherstellung‹ von Selbstmördern protestiert. LeClerc las ihr vor; dann lächelte er: »Ich habe mir darüber nicht viel Gedanken gemacht. Sie haben uns bei der letztjährigen Tagung darauf hingewiesen – daß Zeitreisen nicht bloßer Tourismus sei.«

»Ja.«

»Ich muß mich bei Ihnen entschuldigen. Ich dachte damals, daß Sie Ihre Sorge etwas übertreiben. Ich hatte keine Ahnung . . .«

Auch Seth schickte ihr einen Videobrief mit warmen Worten über ihre Vorhersage. Es tröstete wenig. Die Tage bluteten aus.

Im November fing Sema an, sich immer öfter in und um Vézelay herum aufzuhalten. Sie entnahm Bodenproben aller Art. Die Gegend war bergig und felsig. Wurzel- und

Knollengewächse wurden hier seit Jahrhunderten angebaut. Es war eine arme Region, niemals überdüngt. Man konnte Schafe halten...

Sie dachte an den Schafsleberwurm – ein Prozeß in mehreren Stadien – Zwischenwirte... Die Zeit verging. Wo war der Schlüssel?

Zu Weihnachten gingen einige Leute vom Institut mit ihr hinauf, und Vaillant, einer der Direktoren, sagte: »Offensichtlich haben Sie ein Interesse an dieser Region – würden Sie hier gern auf einigen Parzellen anbauen?«

Sema bemühte sich, die Aufregung in ihrer Stimme zu unterdrücken. »Ja, ich glaube schon. Das Mikroklima ist ganz anders als das in Flers... ich möchte untersuchen, was hier wächst.«

Sie hatte zu Seth zurückfliegen wollen, um einen Abend und einen Tag mit ihm zu verbringen, aber die Übernahme der Parzellen erzwang ihre volle Aufmerksamkeit für Vézelay.

Es war Weihnachtstag, und Sema sammelte Schafsmist, Ziegenmist, Wilddung, Hunde- und Katzenkot und sandte sie an das Institut für einen D/X-Test. Der Direktor stellte ihre Untersuchungen mit zunehmender Ungläubigkeit in Frage. Die Langsamkeit und niedrige Priorität ihrer Untersuchung frustrierten sie zutiefst. Eine Zeitbombe tickte. Im April würde der Tod Hunderte von Menschen dahinraffen – sie eingeschlossen. Zwanzig Jahre lang hatte sie beobachtet, wie intelligente Menschen an den wesentlichen Ereignissen ihrer Zeit achtlos vorbeigingen und die trivialsten beachteten, ohne daß sie die Möglichkeit in Betracht zogen, diese Vorkommnisse im Licht dessen neu zu sehen, was sie inzwischen gelernt hatten. Das hatte sie so beunruhigt, daß sie sich bis zum Problem Zeitreisen von allen öffentlichen Diskussionen und Nachrichten ferngehalten hatte.

Ab Februar war sie ganztags in Vézelay. Das Institut hatte ihr eine Assistentin zur Verfügung gestellt, die sie auf sorgfältige, aber routinemäßige Sammelgänge schickte. Sie sammelte Insekten, Ameisen, Käfer und Fliegen. »Suchen Sie nach einem Pilz oder einem Parasiten mit dem Virus«, schrieb sie und unterstrich in Rot: »Der Virus könnte noch immer in der Erde sein.« Darauf gab es keinerlei Hinweis. Seit dem Kartoffel-Mißgeschick war in keiner der Untersuchungen von Erde oder Wasser irgend etwas passiert.

Sie richtete ihre eigene Untersuchungsparzelle weit entfernt von ihrer Assistentin ein; sie spürte ein überwältigendes Bedürfnis danach, allein zu sein, weil sie manchmal völlig unerwartet in Tränen oder Zorn ausbrach und die Freiheit wollte zu weinen, vor sich hin zu murmeln, zu fluchen, wenn ihr danach war. Manchmal saß sie eine Stunde oder länger da, ohne die geringste Veränderung, bis auf ihr Gesicht, das sich seinem Unglück ergab ohne Ausflucht oder Lüge. Das war die einzige Erleichterung, die sie sich gönnen konnte.

Die Zeit wurde immer kostbarer. Sema fühlte sich von der Zukunft heimgesucht. Sie konnte es nicht mehr ertragen, Seth zu besuchen. Sie schickte ihm jede Woche einen Videobrief, in dem sie sich mit Arbeit entschuldigte, ohne daß er die Verzweiflung sehen oder die Dringlichkeit in ihrer Stimme hören konnte. Vom Institut kam nichts. Sie verspürte einen Drang, Seth einen versiegelten Brief zu senden, den er bei Ausbruch der Epidemie öffnen sollte. Das war selbstzerstörerisch. Statt dessen schickte sie muntere Videobriefe, in denen sie das Land und das Projekt und die Leute am Institut beschrieb. Sie mußte sich daran erinnern, daß die Arbeit am Virus zweitrangig zu ihrem geplanten Tod war, ein Tod, für den sie bereits kostbare Zeit geopfert hatte.

Im März erhielt sie einen maschinegeschriebenen Brief vom Institut. »Anomalien in Ihren Ameisen-Proben. Sammeln Sie weitere Stichproben, insbesondere ...«, und eine Liste von Ameisenarten folgte. Sema benachrichtigte ihre Assistentin, und sie machten sich daran, die Felder in und um Vézelay zu bearbeiten.

Frühlingsanfang. Die ersten Blumen kamen. Krokus und Schneeglöckchen, und weiches Grün ließ die Bäume verschwimmen. Sie sammelten auf fünfzig in Gittern ausgelegten Feldern Ameisen aus allen Himmelsrichtungen, und das Labor wollte mehr. »Was ist denn los?« schrie Sema ins *Holophon*.

»Irgend etwas; wir wissen nicht, was. Die Ameisen, die Sie uns aus den südlichen Regionen schicken, haben zu dreißig Prozent Anomalien – außerdem tragen einige von ihnen einen Pilz.«

»Um Himmels willen! Setzen Sie Leute da dran, um sich das anzuschauen!«

»Ja – jetzt werden wir das tun. Sammeln Sie bitte weiter in den Gittern, und senden Sie uns auch Bodenproben und die jungen Triebe, die jetzt hochschießen – auch Pilze.«

Aus März wurde April. Geflügelte Samen segelten im

Wind und Spinnen schwebten an langen Fäden nach unten und verbanden Himmel und Erde. Die Erde brach im Regen auf und ließ wilden Schnittlauch und Primeln sprießen. Sema atmete den Frühling ein. Derselbe Frühling, in dem sie sich vor zwanzig Jahren so ausgetrocknet und hoffnungslos vorkam, schien jetzt so unendlich kostbar, und die Zeit tropfte Augenblick für Augenblick davon. Taumorgen und Nachttau-Abende, da und schon wieder vorbei.

Jeden Tag verbrachte sie jetzt eine gewisse Zeit in der Stadt, wo sie, Hoffnung gegen Wissen, auf die ersten Meldungen der Krankheit wartete. Das Wetter blieb gut – wärmer als gewöhnlich, sagten die Leute, das würde eine frühe Ernte geben. Sema telefonierte ebenfalls fast täglich mit Paris. Was war es für ein Pilz? War er ein D/X-Träger? Seths Videobriefe waren verwirrt und verletzt. Was war passiert? Sie hatte einen Monat weit weg von ihnen verbracht, und ihre Bänder waren so unpersönlich. Wollte sie vielleicht, daß er käme? Merkwürdig, sagte er, bei all unseren fortgeschrittenen Kommunikationsmedien bleiben wir doch rätselhaft füreinander. Sie sandte ihm einen Videobrief mit allem, was sie wirklich wußte.

»Es tut mir leid, daß ich so aufgesogen werde. Ich bin angespannt, obwohl es nichts Spezifisches zu berichten gibt. Ich werde den ganzen Sommer bei Euch sein – ich will nicht, daß Ulu mich vergißt. Ich will nicht, daß Du jemanden anstellst, die besser als ich Rumänisch spricht.« (Einer ihrer Familienwitze) »Die Antwort auf deine Frage ist: Ja, sie haben eine Anomalie gefunden. Ich habe Bodenuntersuchungen gemacht, aber jetzt helfe ich hierbei mit.

Falls ich abwesend klinge, dann liegt das am Meer. Der Pilz ist möglicherweise von Bedeutung. Es könnte eine Verbindung mit dem D/X geben...«

15. April. Sie schickte ihren Assistenten nach Paris zurück, um ihm zu ersparen, was kommen würde. Das Labor war still. Das Städtchen war friedlich und zufrieden. Sema machte Spaziergänge über die Hügel und überlegte, was sie noch tun könnte. Der Epidemieausbruch würde kommen – sie begann, sich Sorgen zu machen: hatte sie die Zeit falsch berechnet?

16./17. April. Der Regen fiel weich, sanfter Nebel erhob sich. Die Nächte leuchteten im Mondlicht. Fast hätte man hören können, wie die Wurzeln sich streckten, wie sie die Erde sanft beiseite schoben, mit vorsichtigen, starken Fingern, tiefer und tiefer. Das Land galt als hart und trocken, aber die Verhärtung würde erst später kommen, mit den heißen Winden von Süden. Jetzt war alles grün verschleiert und ein tiefes Atemholen, als die Erde erwachte und der Regen in sie hineinsank.

Mme. Laurier, die Postbeamtin, war krank. Sema erbleichte bei der Nachricht. Mme. Laurier erholte sich: »La Grippe«.

Und dann. Sema hatte die Vorstellung eines allmählichen Anstiegs der Infektionen, eine, zwei, dann fünf Erkrankte. Aber dies war eine Offenbarung von der Dimension einer Flutkatastrophe oder eines Erdbebens. Sie kam am Morgen des Neunzehnten vom Feldlager in die Stadt hinunter und sah die Menschen in den Straßen, weinend, hysterisch oder stumm und gelähmt vor Schock. In ihren

Häusern lagen die Toten, ein plötzliches und brutales Dahingerafftwerden. Sie ging zur Post, um ihren Anruf an das Institut zu erledigen, aber alle Leitungen, ob Computer oder *Holophon*, waren überlastet, und außer Mitteilungen an die Behörden wurden keine Anrufe durchgestellt. Ein Lastwagen mit Erste-Hilfe-Versorgung fuhr durch die Straßen. Ärzte- und Sanitäterteams waren unterwegs, sagte eine Stimme, Panik sei zu vermeiden. Die Bewohner sollten in ihre Wohnungen zurückkehren, für den Fall einer Ansteckungsgefahr.

Semas erster Gedanke war, in die Wohnungen zu gehen und den Kranken und Sterbenden die Fragen zu stellen, zu denen andere erst in Monaten kommen würden, wenn die Augenzeugen gestorben waren und Gedächtnislücken sich ausbreiteten. Durch ihre Trauer fühlte sie sich unbesiegbar. Aber sie erkannte die Undurchführbarkeit und Gefahr ihres Vorhabens. Sie wollte nicht sterben. Sie mußte ihre Präsenz in Vézelay deutlich machen und dann mit der Lüge ihres Todes beginnen. Sie ging zur Post zurück und verbrachte eine Stunde damit, einen Weg zu finden, mit Hilfe der Angestellten einen Anruf zum Institut und einen zu Seth durchzustellen. Sie gingen zu mehreren Behördenvertretern, um über Maßnahmen zur Isolierung des Städtchens zu diskutieren – die Leute glaubten immer noch an eine Lebensmittelvergiftung, und es gab die unterschiedlichsten Gerüchte.

Nachdem sie so dafür gesorgt hatte, daß ihre Präsenz wahrgenommen worden war, ging sie zurück in das Lager am Hügel und aktivierte den Computerchip, den sie trug, mit dem kleinen Lesegerät. Sie gab ihre Identifikationsnummer ein. Pause. Sie aktivierte den vorzeitigen Rückkehr-Code. Angenommen. Sie aktivierte ihre neue Lokalisierungs-Nummer. Pause. Plötzliche Panik ergriff sie. Wenn sie die falsche Nummer oder die falsche Serie eingab, müßte sie fünfzehn Monate als Namen- und Staatenlose, als heimatlose Wandererin im Irgendwo verbringen. Auf dem Lesegerät erschienen Verifizierungs-Codes, ein Ort, ein Zeitpunkt. Es würde eine Wartezeit von einigen Stunden geben, und dann würde sie wissen, ob die Rückkehr zum gegenwärtigen Zeitpunkt möglich war. Sie saß am Hang eines Hügels, weitab von der sterbenden Stadt, weit weg von ihrem Mann und ihrem Kind, und trauerte.

10

Es war an der Zeit, sich an Berton und Luci zu erinnern, sie in Details zu suchen, sich von Seth und Ulu zu lösen, von Seths Scherzen und Gewohnheiten, von ihrer privaten Sprache, wenn sie zusammen arbeiteten. Als sie zuerst zusammenkamen, war er ruhiger, schüchterner gewesen, aber ein langsamer, verborgener Humor war über die Jahre ans Licht gekommen und eine Begabung zum Spielen, von der er nichts gewußt hatte ... Den Regeln folgend, die sie gelesen und zustimmend unterschrieben hatte, mußte sie zurückkehren, sonst würde Luci rückgängig gemacht werden, Berton hätte sie nie kennenlernen können, und die Geschichte würde verändert. Wie bei der Zeit, die auf einer Weltreise gewonnen wurde, würde der

Flug ihre frühere Vergangenheit aktivieren und sie während des Fliegens zurückversetzen, sie altern lassen von der gegenwärtigen Frau in das frühere Leben hinein. Sie hatte Papiere unterschrieben, bedeutungslose Versprechen gegenüber vergessenen Behörden abgegeben, vor zwanzig Jahren... Die zwanzig Jahre, die sie gerade so intensiv erlebt hatte, würden offiziell wie ausrangierte Kleidung fallengelassen. Der Helikopter kam. Sie wurde in eine sternenlose Nacht hinaufgetragen. Das Schiff nahm sie auf. Die Zeit war. Die Zeit ist.

Sema lag wie gelähmt. Sie hatte vergessen, wie gewalttätig der Schlag war. Sie weinte in ihren Gurten, ohne die Tränen wegwischen zu können.

Dann trafen sie auf die Luria-Schicht. Die ersten Erinnerungen waren einfach – Kindheit, Jugend –, während die Zeit zurückgewonnen wurde. Die alten Realitäten forderten wieder ihr Recht: College auf der allgemeinen Laufbahn, die Begegnung mit Berton, Heirat, Luci, die Trägheit und das Selbstmitleid ihres vergangenen Lebens. Ihre Entscheidung, zurückzugehen. Dann gab es eine reißende Implosion, als die gewesene Zeit mit der jetzigen Zeit kollidierte. Dunkelheit. Sie fühlte, wie sie auseinandergerissen wurde. Sie erwachte, elend. Sie war Sema Stewart, und sie war achtundfünfzig Jahre alt.

Sie hatte hämmernde Kopfschmerzen. Der Flugbegleiter kam und setzte sich zu ihr. Andere Passagiere wurden aus anderen Bezügen abgeholt. Einige weinten, andere waren euphorisch. Niemand hatte eine GRÜNE Karte. Niemand war zwanzig Jahre weggewesen. »Menschen wie Sie treffen wir hier kaum. Ein oder zwei Jahre, und dann kommen sogar die GRÜNEN zurück.«

Sema seufzte. »Kopfschmerzen«, meinte sie.

»Ihre Knochen schmerzen von dem schnellen Alterungsprozeß, aber Kopfschmerzen – ich glaube nicht, daß es nur das ist. Sie müßten wissen, warum es so ist – Sie sollten informiert worden sein...«

»Ja«, meinte Sema, »vor zwanzig Jahren.« Ihren eigenen Ohren klang ihre Stimme elend, verwaist, verlassen wie ein kleines Kind, eine Art Schock.

»Sie sehen ziemlich schlimm aus. Ich muß Ihnen keinen Tranquilizer geben, aber ich glaube, Sie können eine Tablette gebrauchen.«

»Es geht schon in Ordnung; ich muß mich dem Ganzen stellen. Ich muß wissen...«

»Ich habe ein paar GRÜNE gesehen – Entschuldigung – Passagiere mit der GRÜNEN Karte. Sie machen sich weitaus mehr Sorgen um ihre Rückkehr als die andern.«

»Haben Sie jemals eine Zwanzig-Jahre-GRÜNE gesehen?«

»Nein, noch nie, ich glaube, sie schließen die Kategorie.«

Sie bemühte sich um Ruhe, um Artikulation trotz der Kopfschmerzen und der Schmerzen in den Gelenken.

»Hören Sie, als ich wegging, gab es eine Epidemie. In Frankreich. Tausende wurden getötet. Hat sie sich ausgebreitet? Was war die Ursache? Kennt man die Ursachen?«

Der Flugbegleiter zuckte mit den Schultern. »Ich sehe selten Nachrichten. Wenn sie sich nach Amerika ausgebreitet hätte, hätte ich es wohl mitbekommen.«

Sie durchquerte die Zeit und erinnerte sich, daß in Andersens *Schneekönigin* Gerda, die Heldin, in den Eispalast ging, um Kai zu retten. Als sie zurückkehrten, waren sie alte Leute, ihrer beider Leben hatten sie der eisigen Gastlichkeit der Schneekönigin geopfert. Sie, Sema, kam zu zwei Fremden zurück, mit denen sie leben mußte. Denver-Boulder war eine Megalopolis von zehn Millionen, mit Fort Collins an der nördlichen Peripherie. Sie würde ein Leben führen, das gänzlich verschieden von Seths Leben war. Sie würde weder ihn noch Ulu jemals wiedersehen. Wann würde er von dem Ausbruch in Vézelay erfahren haben?

Während des Fluges wurde die Epidemie zur Realität, sie wurde bekannt, nahm Formen an. Sie fragte sich, was passierte, was passiert war in den zehn Tagen, in denen sie fort war. Wann würde Seth herausfinden, daß sie vermißt und für tot gehalten wurde? Sie überlegte, ob sie richtig vermutet hatte. Er war jetzt zu Hause; wenn sie nach Denver zurückkäme, könnte sie den Telefonhörer nehmen und ihn anrufen. Sie würde seine Stimme hören und ihn zum ersten Mal mit der Wahrheit vernichten, und dann würde sie vielleicht ausfindig gemacht und wegen Verletzung der vertraglichen Regelungen strafverfolgt. Das bedeutete Gefängnis und wahrscheinlich das Ende der Genehmigung von grünen Pässen für andere Träumer, die ein Leben neuleben wollten.

Von achtunddreißig auf achtzehn zurück, und jetzt war sie achtundfünfzig. Achtundfünfzig war kein Alter, man arbeitete bis in die Siebziger, aber eine Identität wiederzuerlangen, ein Neuanfang wäre unmöglich. Sie seufzte.

Berton holte sie am Raumhafen ab. Sie waren beide steif und zurückhaltend.

»Wie war der Trip?«

»Schön.« Er schüttelte den Kopf, und sie mußte lachen. Sie war um zwanzig Jahre gealtert, und fühlte sich, als wären alle ihre Knochen zerschlagen.

»Ich habe einige schlechte Neuigkeiten für dich. Deine vorzeitige Ankunft – das war unmöglich. Ich war froh, daß du früher aufbrechen wolltest – daß du sogar sechzehn Monate – also, daß du nach Hause kommen wolltest – aber sie konnten es dir nicht ermöglichen – du warst dann ja hier, und diese Zeit kann nicht nachgeholt werden. Es sind jetzt zwei Wochen und zwei Tage nach deinem Aufbruch.«

»Körperlich tut mir alles weh. Im Kopf fühle ich mich taub.«

»Das haben sie angekündigt.«

»Als ich wegging, gab es den *Diplovirus* –«

»Das war letztes Jahr. Hier und da hat es ein Aufflakkern gegeben, aber nichts mit Vézelay Vergleichbares.«

»Warum? Hat man das Verbindungsglied gefunden? Haben sie etwas gesprüht? Ist es der Pilz?«

Er sah verwirrt aus.

»Es tut mir leid«, sagte sie. »Ich komme gerade dort her.«

»Sema . . .«

»Ja?«

»Willst du die Scheidung?«

»Nein. Aber du vielleicht. Ich war so eine schreckliche Lügnerin. Ich habe dir vorgelogen, glücklich zu sein, und das gleiche auch mit Geron und Dala, als ich dort aufwuchs, und dann wieder, als ich zurückging, und auch anderen Menschen gegenüber.«

»Du warst dort verheiratet, nicht wahr?« Eine Feststellung mit flacher Stimme. Sie nickte. »Das durftest du nicht...«

»Es war nie offiziell. Wir haben auch ein Kind adoptiert. Ich will nie mehr lügen. Ich bin todmüde vom Lügen.«

»Warst du glücklich?«

Sie nickte. »Ich habe ein schreckliches Chaos hinterlassen.«

»Das würde ich wohl sagen. Du hättest ein Leben nach deinen Vorstellungen auch hier leben können. Du hättest eine Ausbildung machen und überhaupt tun können, was du wolltest.«

»Ich wußte nicht, was für einen Fehler ich gemacht hatte – wie wenig ich aus mir gemacht hatte, bis nach Lucis Geburt, als ich fünfunddreißig war und man mich nicht mehr zur professionellen Laufbahn zuließ. Ich war Agronomin.«

»Was?«

»Die Gerste, die alle essen, die Hirse. Seth Pritchard und ich.« Sie konnte kaum sprechen. Er war deutlich beeindruckt.

»Das möchte ich hören –«

»Willst du wirklich?«

»Ja«, sagte Berton. »Ich habe viel darüber nachgedacht, wie es für dich gewesen sein muß, eine begabte, kluge Frau –«

»Wo ist Luci?«

»Mit Freunden ausgegangen. Sie ist immer noch wütend.«

In ihrem Haus war es kühl. Sie schalteten das elektrische Licht ein, das weicher als die Leuchtröhren war und einen sanfteren Glanz verbreitete. Sie mochte dieses Haus. Berton hatte eine Ecke mit einem elektrischen Kamin entworfen und selbst gebaut; er hatte einen altmodischen Rost aufgetrieben und aufgestellt, ein altertümliches System, an dem sie gemütlich saßen, sommers wie winters. Sie saßen da, ohne sich zu berühren. Berton sagte: »Jetzt erzähl mir, wer du warst ... bist.«

Es war ein Akt von bemerkenswerter Großzügigkeit. Sie erzählte ihm von Geron und Dala in jenem langen Sommer ihrer erneuerten Gemeinschaft, und Berton lächelte. Sie erzählte ihm von ihren ökobotanischen Studien, dem aufregenden Gefühl, an vorderster Front der Forschung tätig zu sein, dem Reisprojekt, ihrer Enttäuschung und der anschließenden Wende zu den alternativen Getreiden als Forschungsgegenstand. »Die Gerste – alle ihre Produkte, nicht die Produkte natürlich, sondern die Forschung, aus denen sie entstanden.«

»Du warst ... bist eine bedeutende Persönlichkeit, in der Wissenschaft, meine ich. Weltklasse.«

»In unseren Kreisen, nehme ich an, war ich das.« Sie erzählte ein bißchen von Seth und Ulu und der D/X-Epidemie, in der sie angeblich umgekommen war.

»Dann war deine vorzeitige Rückkehr ihretwegen; nicht wegen uns ... ich hatte gehofft ... ich dachte ...«

»Daß ich unglücklich war?«

»Ein Teil von mir hat das gehofft, ja. Ein Teil von mir, glaube ich, war verärgert; dachte, daß du dort vielleicht auch unzufrieden wärst und doppelt frustriert zurückkämst, nur noch wütender...«

»Nein, ich konnte mir einfach keinen besseren Weg ausdenken, alle zu verlassen, also habe ich mich dafür entschieden. Ich bin jetzt ein Mensch mit einiger Selbstdisziplin, einem starken Willen –«

Er lachte. »Das war schon immer in dir.«

»Davon habe ich nichts gemerkt.«

»Ich weiß, und jetzt bist du zurückgekehrt in ein Leben, das du nach eigener Aussage nie gemocht und nie gewollt hast. Wie ist es denn jetzt? Was können wir tun?«

Sie dachte eine lange Zeit nach und sagte dann: »Ich hab's dir verdammt schwer gemacht.«

»Ich habe dich aus Liebe geheiratet. Du hast mich, glaube ich, geheiratet, weil ich eine gute Partie war.«

»Das warst du. Bist du immer noch. Als ich in Vézelay auf den Ausbruch der Epidemie wartete, habe ich überlegt, an einem andern Ort die Ökobotanik wieder aufzunehmen, in einer niedrigeren Position. Die Forschung ist weitergegangen, während wir uns auf die Getreide spezialisiert haben. Ich könnte in der Ökobotanik arbeiten und niemals auf eine andere Getreideforscherin stoßen. Vielleicht könnte ich etwas tun, das auf untergeordneterem Niveau nützlich wäre. Natürlich habe ich meine Qualifikationen verloren, und in meinem Alter dürfte ich sie auch nicht mehr nachholen, aber ich könnte an Seminaren teilnehmen, und ich bin gut genug, daß irgend jemand mich als Assistentin einstellen könnte, auch ohne Titel. Es wäre sicher den Versuch wert.«

»Würdest du versuchen, Seth Pritchard aufzuspüren?«

»Was hätte das für einen Sinn? Es ist illegal und wäre außerdem zu schmerzhaft. Ich würde wahrscheinlich bei der Genetik der Kartoffel oder der Früchte bleiben. Seth hat alle Getreide zu bearbeiten – das dauerte zwei ganze Leben lang. Unsere Tagungen und Zusammenkünfte wären an unterschiedlichen Orten, es wäre sehr unwahrscheinlich, ihn zu treffen.«

»Ich bin bereit, einen Monat oder auch ein Jahr abzuwarten, wie wir uns fühlen«, meinte Berton. »Laß uns ausruhen und Geduld haben.«

Sie sah ihn lange an. »Ich unterschätze dich, stimmt's? Immer wieder tue ich das.«

»Du unterschätzt dich selber, oder tatest es zumindest. Willst du jetzt schlafen? Du mußt hundemüde sein.«

»Bin ich, aber ich –«

»Nimm das Bett im Obergeschoß, oder Lucis. Sie bleibt heute bei Kit.« Sie küßten sich nicht, aber sie sah ihn noch einmal ruhig an. Das Gästezimmer im oberen Stockwerk war still und unpersönlich. Sie schlief lang und tief.

Am nächsten Tag stand Sema auf, viel zu unruhig, um den Zeitreise-Anweisungen einer zweiwöchigen Erholung zu folgen, und ging zu den drei lokalen Universitäten, wo sie sich Verzeichnisse zur Landwirtschaft und Ökobotanik geben ließ. An der Universität von Colorado wurde sie von einem Professor erkannt, der an ihr vorbeiging, während sie wartete, innehielt, sie anstarrte und dann sagte: »Sind Sie nicht... Sema Pritchard – ich dachte...«

»Ich bin Sema Stewart. Wir sind... wir waren Kusinen, die nach der gleichen Großtante benannt wurden.«

»Sie sehen ihr ein bißchen ähnlich.«

»Schauen Sie nochmal hin! Es ist ein Altersunterschied von zwanzig Jahren.«

Nachdem sie die Verzeichnisse bekommen hatte, ging sie in die Universitätsbibliothek, um über Vézelay und die D/X-Epidemie nachzulesen. Die Bibliothekarin sah im Zugangscode nach. »Die lokalen Zeitungen haben darüber nicht so ausführlich wie die überregionalen berichtet, versuchen Sie's mit der *Nation Times*; das dürfte die beste Quelle für Sie sein...«

Sema saß vor dem Scanner, der nach den Deskriptoren Vézelay, D/X und Epidemie suchte. Da waren die ersten Nachrichten, Ausschnitte vom Tage nach den ersten Meldungen von der Epidemie – chronologisch gesehen vor sechzehn Monaten. Am zweiten Tag folgte ein längerer Bericht, die ersten Zahlen, Hysterie in der Stadt, Symptome. Die Behörden hatten beschlossen, Quarantäne über die Stadt zu verhängen. Seuchenspezialisten hatten...

Ein Artikel war auf dem Scanner erschienen, ein kurzer, so daß sie mit der Hand den Bildlauf automatisch bediente, während sie las; dann hielt sie inne und mußte auf Wiederholung drücken und las:

ARGONOM BEI SUCHE NACH EHEFRAU UMGEKOMMEN

Seth Pritchard, ein bekannter Pflanzengenetiker und Ökobotaniker, starb gestern in der Notaufnahme in Vézelay. Seine Frau, Sema Pritchard, ebenfalls Ökobotanikerin, war zu Forschungszwecken in der Stadt gewesen, als die Seuche ausbrach. Dr. Pritchard war nach Vézelay gegangen, um seine Frau zu finden. Dort hatte man ihm gesagt, daß sie sich möglicherweise infiziert hatte. Zu jenem Zeitpunkt war die Ansteckungsgefahr nur unzulänglich bekannt.

Ihr schwindelte, und sie war einer Ohnmacht nahe und merkte, daß sie nach Luft rang. Sie mußte lange warten, bis sie wieder klar sehen konnte. Sie dachte ununterbrochen, daß sie den Artikel nicht zu Ende lesen konnte, wenn ihre Sehfähigkeit nicht besser wurde, aber ihr war auch bewußt, daß sie tief in eine psychologische Reaktion gegen die weitere Lektüre verstrickt war. Sie wartete. Die Klarheit brauchte schmerzhaft lange, bis sie sich durchgesetzt hatte.

Pritchard hatte den Tag damit zugebracht, den Spuren seiner Frau zu folgen. Am Abend brach er zusammen, aber die Hysterie in der Gemeinde führte dazu, daß er erst Stunden später zu der Notaufnahme gebracht wurde, wo er schließlich starb. Es wird angenommen, daß seine Frau Sema unter den ersten Opfern der Epidemie war und sich jetzt unter den 30 oder 40 unidentifizierten Leichen befindet, die auf dem abgetrennten Fußballfeld der Stadt, wohin die Toten gebracht wurden, ihre endgültige Beerdigung erwarten.

Sie las weiter, verbissen. Die Untersuchungen der Ärzte wurden von Virologen analysiert. Ein späterer Artikel über Sema besagte, daß ihre Verknüpfung des Ausbruchs mit dem D/X ein genialer Einfall gewesen war, aber daß diese Verknüpfung weiterer Forschung bedurfte, und das würde Zeit dauern. Ein Pilzbefall auf einer Ameise war bereits als Virusträger identifiziert worden; Pflanzen-Tier-Bazillenträger waren schon früher gefunden worden, aber dieser wäre vielleicht der richtige, etc. etc.

Es hatte keinen Sinn, während des Lesens ruhig bleiben zu wollen, um Verständnis zu ringen. Seth Pritchard war vor mehr als einem Jahr gestorben. Ulu würde von einem der vielen Tausend kinderlosen Paare adoptiert worden sein, die ihn sich gewünscht hätten. Vielleicht waren sogar die Laniers als seine natürlichen Eltern ins Spiel gekommen. Sie durfte ihn nicht suchen oder in dieser Welt haben wollen. Ihr dringendstes Bedürfnis war jetzt ein Ort zum Weinen. Die Bibliothek hatte einen Waschraum. Dahin ging sie.

In Andersens *Schneekönigin* sieht man die alten Leute, die einst Kinder gewesen waren, Hand in Hand in der Welt, zu der sie zurückgekehrt sind; Unschuld in der Jugend, Frieden im Alter. Sie hatte versprochen, mit niemand aus ihrem alten Leben Kontakt aufzunehmen, aber sie hatte sich vorgenommen, Seths Karriere zu verfolgen. Das hätte bedeutet, daß sie wieder, noch einmal, nur halb in der Gegenwart anwesend sein würde wie Kai, das jugendliche Opfer der Schneekönigin, und halb auf der Suche wie Gerda, die ihre fehlende Hälfte vermißt. Die Kälte, die sie jetzt spürte, war die Kälte der Schneekönigin: Taubheit, Ausweichen, Vergessen, der zudeckende, irreführende Schnee. Sie könnte jetzt vom Campus aus westwärts einige Meilen hinauf fahren und würde die Gebirgszüge sehen, die das ganze Jahr über schneebdeckt blieben, als hörte die Zeit auf.

Das Opfer

Der Wind heult die ganze Nacht. Er heult unten im Chinamans Grund, durch die Whisky-Schlucht und über den Victory-Pass Richtung Hölle. Unser Kloster liegt ruhig da unter den Schlägen, die auf die kleine Hochebene niedergehen, unterhalb des grauen Knies und der Stirn der Berge. Die Kapelle wird durch Refektorium und Stall geschützt, aber das Domstift und der Kreuzgang mit den Schlafräumen sind der vollen Gewalt des Windes ausgesetzt, der durch Luftschächte und Windkanäle, zielsicher wie eine Faust, die Schluchten durchrast. Während der Messe am nächsten Morgen blicke ich in die Gesichter der Brüder und sehe wie in den Spiegel meiner eigenen sandäugigen Schlaflosigkeit. Ist die Qual die gleiche? Ich weiß von zweien, bei denen es so ist.

Ich bin der Bruder, der die meisten Einkäufe erledigt. Heute gehe ich nach dem Frühstück und bin um vier zurück. Wenn ich von der Landstraße abbiege und auf den holprigen Weg zu unserem Tor gelange, denke ich über seine metaphorische Bedeutung nach. Der Weg ist wüst, mit Schlamm im Winter und Frühling, und immer gibt es ausgewaschene Löcher und gefährliches Eis. Im Sommer kocht er vor Hitze und erstickt den Fahrer im Staub, der so weich und durchdringend sandig wie gemahlenes Glas ist. Nach dieser langen, holprigen Fahrt von vier Meilen spürt der Reisende eine Erhebung in der Landschaft, dann kommt das Tor, und dahinter die willkommene Weite des Platzes und der Kapelle, der Gästehäuser und des Domstifts, das harmonische Beieinander aller – der Blick aus der Distanz erlaubt kein Erkennen von Flickwerk, Flecken, Verwitterung –, es sieht alles entspannt, still atmend, friedvoll aus.

Am Tor gibt es jetzt ein elektronisches System, damit wir keinen Bruder mehr aus seiner Arbeit klingeln müssen. Ich drücke den Knopf und spreche mit Bruder Herb in seinem Büro, der Summer ertönt, das Tor öffnet sich, und ich fahre hindurch. Aus erzieherischen Gründen benutzen wir kein automatisches Schließsystem. Die Schwerkraft schwingt das Gatter auf, und wir müssen aus dem Kleinlaster aussteigen, um es zu schließen. Ich habe Bruder Herbs Stimme entnommen, daß er gerade keinen friedvollen Tag hat. Führt ihn der Wind in Versuchung mit dem Gedanken, eine Mauer aus Schlaf um sich zu errichten? In dieser Gemeinschaft, in der wir hoffen, Gott zu erreichen, gibt es nie, niemals ein Entkommen vor den Menschen. In der Welt draußen sind es der Glaubensverlust eines Freundes, selbstsüchtige Impulse, ärgerliche Angewohnheiten, ein Schlaganfall, Krankheit, der Verlust irgendwelcher Fähigkeiten, Unglücksfälle, die gewöhnlich einen Rückzug nach sich ziehen. Hier gibt es kein Entkommen vor einem langweiligen Bruder oder einem mißmutigen Kranken. Dein schmaläugiger Richter sagt seine Gebete drei Schritte entfernt von dir und wird während des Nachtgebets und wieder zu den *Laudes* – dem Morgenlob – dasein, und zur Frühmette, wenn Geduld und Liebe noch schlafen, obwohl du aufrecht stehst und die Lobesworte sprichst.

Bruder Herbs Verärgerung ist zum Teil meine Schuld. »Du solltest vor einer Stunde zurücksein.«

»Sie hatten Matts Rezept noch nicht fertig. Ich mußte warten.«

»Dale hat gewartet, um das Auto zu überholen.«

»Vielleicht reicht die Zeit noch.« Ich setze mich wieder in den LKW und fahre ihn zum Entladen hinüber. Herbs Förmlichkeit irritiert mich, und während des Abendspaziergangs werde ich den *Veni Sancti Spiritus* rezitieren. Dann werde ich zu der Stelle kommen, wo es heißt: »Beuge, was unbeugsam ist«, und ich werde an ihn denken und mir wünschen, daß ich ihn ein wenig besser leiden könnte.

Ich nehme Bruder Peter mit, den ich immer noch als neu empfinde, obwohl er schon fünf Jahre hier ist und seine Weihen erhalten hat, und wir gehen von Abteilung zu Abteilung, um auszuladen. Mehl in den Vorratsschrank, Holz in den Schuppen, Matts Medikamente in den Speisesaal zusammen mit all den persönlichen Einkäufen, die ich für die Brüder erledigt habe. Das Limbate-Inhalationsgerät, das ich für mich, Tim und Johnny gekauft habe, ist in meiner Jackentasche, eine kleine Beule, die mich nervös macht. Ich möchte in mein Zimmer gehen und es verstekken, aber dazu ist keine Zeit. Ich muß mindestens bis zur Erholungsphase warten, bevor ich wegkomme. Es ist der vierte Inhalierer, den ich gekauft habe. Wie Alkohol und Zigaretten ist Limbate zwar draußen, aber nicht hier drinnen legal. Wie bei Schnaps und Zigaretten würde darüber geredet werden, wenn es ein Bruder kaufte, und in Granite kennen sie alle von uns. Ich mußte nach Aureole fahren, wo man mich nicht kennt, und ich habe die dreißig zusätzlichen Meilen Hinfahrt geflucht, und ich fluchte die dreißig Meilen zurück. Deshalb war ich so spät dran.

In der Welt draußen sagt man, das Zeug würde nicht abhängig machen. Wenn ich unsere Erfahrung überdenke, müßte ich dem widersprechen. Physiologische Untersuchungen können das nicht bestätigen. Ich glaube, daß wir nach allem süchtig werden, was uns von unseren Widersprüchen befreit, vom Erschrecken über den Unterschied zwischen dem, was wir gern wären, und dem, was wir als unser wahres Ich erkennen müssen. Ich sehe ein, daß ich abhängig bin; meine Hand zitterte merklich, als ich nach einem Stapel von Inhalierern griff und einen nahm. Außerdem atmete ich schwer und mußte mich sehr anstrengen, mich selbst zu beruhigen. Das Zeug ist verboten, ich nehme es trotzdem, und ich merke, wie es weitere Sünden nach sich zieht. Verdorbenes Fleisch zieht nicht nur eine einzige Made an.

Wir versuchen, den Schaden zu begrenzen. Brüder dürfen sich nicht in den Zimmern besuchen; Tim und Johnny kommen zweimal die Woche in mein Zimmer, wenn die Brüder eigentlich schlafen sollen. Das war meine Idee, und der Drogenkonsum war meine Idee. Johnny fand eine weggeworfene Inhalierkappe in meinem Abfall und sprach mich an. Tim hatte eine Ahnung, Gott weiß woher, und jetzt sind wir drei andere geworden. Die Sünden vervielfachen sich. Wir sind so, wie kein Bruder sein sollte: heimlichtuerisch, verängstigt – wir brechen die Regeln, und das Kloster ist auch nicht mehr, was es sein sollte, wenigstens nicht für uns.

Warum hören wir nicht auf? Ich will nicht, und die andern auch nicht. Ich schwöre innerlich, daß ich aufhören will. Der Inhalierer, den ich in einem kleinen Beutel im Waschraum aufbewahre, gehört uns allen. In manchen Nächten könnte ich ihn zerbrechen, ihn unter meinen Knien zerquetschen, wenn ich bete, aber er gehört nicht allein mir, und ihn aufzubewahren ist ein Privileg, ein Gefallen. Zweimal habe ich ihn Johnny zur Aufbewahrung überlassen. Die Unsicherheit und der Kontrollverlust ließen mich zu einem nervösen Wrack werden.

Nachdem Pete und ich sämtliche Einkäufe abgeliefert haben, fahre ich den Wagen dort hinüber, wo Bruder Dale auf mich warten soll. Er ist nicht da, ich treffe ihn jedoch nicht vor der Postverteilung mit anschließender Freistunde. Ich erzähle ihm die Geschichte von Matts Medikamenten, und er scheint sie zu glauben. In einem Inhaliergerät sind dreihundert Dosierungen, obwohl die letzten fünfzig oder so etwas schwächer zu sein scheinen. Wir benutzen es zweimal die Woche, außer während der Fastenzeit – ich weiß, wie komisch das klingt. Bei zwei Atemzügen pro Dosis und uns dreien als Benutzern besorgen wir alle fünf oder sechs Monate einen neuen; ein gutes Stück jenseits aller Verdachtsmomente wegen häufiger Verspätung oder besonders ausgedehnter Fahrten in die Stadt. Heute ist Mittwoch, und ich will meine zwei Züge: Ich denke an Mogeln, denke daran, heute nacht auf meinem Bett zu liegen und es allein zu tun. Ich weiß, wenn ich das täte, würde ich es jede Nacht tun, wie manche Leute draußen.

In den Augenblicken, wenn wir vor dem Abendessen aufräumen, ruft Johnny mich mit einer Frage herbei, die ich beantworte. Seine Augen fragen, und ich lächle und nicke unmerklich. Er wird es Tim sagen. Das ist der schlimmste Teil, wenn ich das neue Gerät hereinbringen und das alte loswerden muß, wenn wir wie die Kinder herumschleichen, uns über die Köpfe der Brüder hinweg Zeichen machen, mit klopfenden Herzen und schuldbewußten Blicken, mit Selbstrechtfertigung und Furcht. Morgen wird es Routine sein, und fast ein halbes Jahr lang werden wir wie gewöhnliche Brüder sein, mit Arbeit, Gebet, einem ziemlich echten Ablauf mönchischen Lebens, wenn man bedenkt...

Der Nachtchoral ist mir der liebste. Es ist das *Salve Regina* und sogar auf Englisch tief beeindruckend. Wir kommen singend aus der Kapelle und gehen singend hinaus in die Nacht, zu den Schlafräumen. Der Himmel über dem Tal ist riesig und in mondlosen Nächten so schwer von Sternen, die den Blick fesseln, daß wir weinen müssen, manchmal. Nur die ältesten Brüder nehmen Taschenlampen. Ich bleibe gern etwas zurück und lasse mich von meinen Füßen den Weg entlang führen: an den undeutlich aufragenden Außengebäuden und dem Refektorium vorbei, den ganzen Weg ins Domstift mit dem Schlafgebäude, wo wir den Tag beenden.

Dann sind wir im Nachtschweigen. Ich versuche, so viel wie möglich im Dunkeln zu machen, meine Vorbereitungen nach Gefühl zu treffen. Im Schlafgebäude gibt es weder Licht noch Heizung; wir verwenden Campinglampen und -heizkörper, die wir tragen – eine kleine Selbstdisziplinierung, daß wir nicht in einen schon für uns erwärmten Raum kommen.

An meiner weißverputzten Wand gibt es ein Kruzifix, an dem ein erschöpfter Jesus hängt. Früher war noch ein Nagel darunter, an dem eine Peitsche hing, und an bestimmten Tagen mußten die Brüder sie benutzen, wenn sie die Bußpsalmen sprachen. In schlaflosen Nächten, auch in stürmischen, hatten sie wahrscheinlich ordentlich mit dem alten Adam zu kämpfen: Wunsch, Begehren, Schuld, Selbstvorwürfe. Das tun wir heute nicht mehr, wir beten auch nicht mehr kniend auf einem Strich oder auf Kieselsteinen. Unsere Unterwäsche wird in der Stadt gekauft und nicht hier oben aus grobem Leinen genäht. Wir sind vereint, um Christus in seinen Tugenden, nicht in seinem Leiden nachzueifern.

Ich glaube, daß das Auspeitschen nichts bewirkt hat. Die Wirkung hat wahrscheinlich nicht länger als der Schmerz in seinem intensivsten Moment angehalten, und dann ist da immer noch die Gefahr der Sucht nach Qual wie nach Lust. Den Nagel und die Peitsche gibt es nicht mehr; mein Rücken trägt keine Narben, aber dafür gibt es schlaflose Nächte unter der Geißel des Windes. Er treibt alle meine Untaten, große und kleine, vor sich her, und die Selbstanklagen, die die Beichte angeblich zum Verstummen bringen soll.

Vor der Morgendämmerung erwachen wir zur Frühmette. Der Wind hat sich beruhigt; die Luft ist grau und weich, angenehm für Februar. In der frühmorgendlichen Dunkelheit hat unser Gesang die abstrakte Qualität von Gemurmel im Schlaf. Ich liebe diese Stunde beinahe so sehr wie die letzte der Nacht. Später erkenne ich, daß ich für Stunden den Inhalierer vergessen habe und daß es

Donnerstag ist, daß wir ihn am Ende dieses Tages benutzen werden, alle drei.

Vielleicht sehen die andern nur unbesorgt aus; ihre Gesichter sind ruhig, während sie beten. Vielleicht mache ich auch den Eindruck, obwohl ich im Innern warte, aufmerksam, begierig, aber niemals außer Reichweite der Angst. Der klösterliche Tagesablauf läßt keinen Raum für Privatgespräche oder irgendeine Form von Diskussion unter uns dreien. Die Erholungsphase erlaubt nur allgemeine Gespräche. Den Rest des Tages verbringen wir, jenseits der Arbeitserfordernisse, in Schweigen. Es gibt Dinge, die ich dringend mit meinen Mitkonsumenten besprechen muß. Das kann nur im mönchischen Stil passieren, durch eine Kombination von Glück und Planung, die uns Zeit für uns allein gibt.

Ich arbeite in der Bäckerei. Obwohl es erst Februar ist, haben wir mit der Herstellung von Rumkuchen, die wir an Weihnachten verkaufen, begonnen. Sie werden in Dosen vakuumverpackt. Die Arbeit ist hart, aber weder unangenehm noch geistlos, und anders als die Brüder in der Wäscherei oder Küche sind wir fröhlich. Hin und wieder singen wir. Ich bin glücklich gewesen mit diesem Leben; seine Sinnhaftigkeit und Hingabe haben mich beflügelt. Das Zölibat stört mich nicht sehr, wenn ich mir überlege, was ehelicher Sex für meine Eltern bedeutet hat und was der Mißbrauch von Keuschheit mit meiner Schwester und meinem Bruder anrichtet. Wenn ich brenne, erinnere ich mich daran.

Nach der Erholungsphase gehe ich zu Pater Abbot – er heißt jetzt Don Kinear – und spreche mit ihm über die

Broschüre, die wir mit unseren Kuchen verschicken. Als wir aufhören, ist es schon Zeit für den Abendrundgang, um alles für die Nacht zu überprüfen. Wir schließen ab. Wir sprechen das Nachtgebet und erneut das *Salve*; diese Bewegungen sollen die Seele beruhigen. Mein Herz klopft in Erwartung.

In meinem Zimmer warte ich ruhelos auf das Löschen der Lichter. Der Tagesablauf eines Mönchs erlaubt keine Zeitverschwendung. Sogar die Erholungsphase ist zweckmäßig. Jetzt hänge ich in der Vorhölle und wünsche die Zeit fort. Es ist neun Uhr. Es ist halb zehn. Es ist zehn Uhr. Dann ist da ein einzelnes leises Klopfen an der Tür, die Tür öffnet sich, und Tim und Johnny gleiten schweigend herein und knien nieder. Ich weiß nicht, warum wir unser Limbate so einnehmen. Ich gehe an den Schrank, schiebe die Kleider beiseite, finde den vierten Bügel und hole den Inhalierer aus dem Beutel. Ich nehme ihn mit, knie neben ihnen und gebe ihn Johnny, der an meiner rechten Seite ist. Ich höre, wie er ihn nimmt: Schütteln, ein Atemzug, zwei. Dann Tim, das Schütteln, eins, zwei, und dann kommt er zu mir, sanft in meiner Hand, und ich schüttle ihn und halte ihn vor meinen Mund, fülle auf. Ich atme ein, einmal, zweimal.

Es gibt den üblichen quälenden Augenblick, weil Limbate geschmacks- und geruchlos ist und ich mich immer frage, ob ich nicht etwas Unechtes einatme. Es dauert etwa drei Minuten, bis die Droge das Gehirn erreicht. Wir warten, ohne an etwas anderes zu denken, und dann höre ich Johnny seufzen und dann Tim, und dann hält die Erleichterung auch bei mir Einzug. Mein Gedächtnis bleibt intakt und zugänglich, aber Scham, Kummer, Bedauern, Selbsthaß gleiten von mir ab, und ich erinnere mich nur noch an die Erinnerung selbst – mein Geist ist erleichtert, sanfter, ohne Scham. Tim erhebt sich, berührt meinen Arm zum Abschied und gleitet schweigend davon. Johnny folgt ihm. Ich gehe zu Bett und falle in jenen ungestörten Schlaf, den Limbate nicht auslöst, aber ermöglicht.

Seine Kritiker nennen es chemische Lobotomie, aber Limbate verändert weder das moralische noch das ethische Bewußtsein; es bringt nur die Stimmen des Vorwurfs, der Selbstanklagen wegen längst begangener Gedanken und Taten zum Verstummen. Bei Schizophrenie hilft es nicht, außer in jenem Bereich, der die Verbindung zur Reue herstellt. Für Menschen, die in Scham und Bedauern verharren müssen, ist es die Droge der Wahl.

Als es zuerst auf den Markt kam, nahm Pater Abbot – damals noch Stu Miller – mich und Andrew und zwei Brüder vom Ordenshaus in North Carolina nach Denver mit, um einen Tag lang Vorträge über Limbate zu hören – seine Pharmakologie, Nebenwirkungen etc. Wir saßen hinten, eine Reihe brauner Kutten, die sehr mittelalterlich aussahen, und hörten Rednern zu, die uns erklärten, was Limbate bewirken konnte und was nicht.

Manche Leute benutzten Limbate täglich, die meisten setzten es nur nach traumatischen oder tragischen Ereignissen ein, zwanzig Prozent nahmen es nie, weil sie nicht von Reue über vergangene Handlungen zerfressen wurden oder kaum mehr als ein momentanes Bedauern kannten. Ich war erstaunt, zu erfahren, daß so viele unter uns keine nächtlichen Heimsuchungen, keine langen Seufzer kannten, keine immer wieder vergossenen Tränen über Worte, die am falschen Platz gesagt oder überhaupt nicht gesagt wurden.

»Wer sind diese Menschen?« fragte ich den Psychologen. »Diese Auserwählten?« Ich erinnere mich, daß er mich fragend ansah.

»Manche von ihnen könnten im Knast sitzen«, sagte er. »Reue ist vielleicht ein Weg, Lektionen zu erteilen, die in keiner anderen Schule gelehrt werden.«

Dann saß ich in der Reihe der Brüder und wand mich und rätselte, ob sie auch die Last zu tragen hatten, die ich trug. Die Absolution nach der Beichte ruft angeblich Reue hervor, mit der man dann umgehen lernen kann. Harte Arbeit, Gebet, die Einfachheit des Lebens sollen den Urwald ausdünnen, in dem die Reue herumwandert, ziellos. Tagsüber funktionieren unsere Leben ausgezeichnet. Wir beten, arbeiten, wir vereinfachen das Wesentliche. Nachts steht jeder Bruder für sich selbst ein. Heerscharen von Vorwürfen strömen durch meine offenen Grenzen: der Sohn, der ich war, der Bruder, der Freund.

Schließlich wurde Limbate verboten. Ich fing vor etwa vier Jahren an. Ich war einkaufen. Ich trug Jeans und das dunkle Hemd, so wie wir für normale Unternehmungen draußen gekleidet sind, diesmal ging es um die Besorgung von Eisenwaren in Gold Flume. Ich war auf einmal in der Drogerie – die Inhaliergeräte standen auf einem Regal. Ich nahm eins herunter, las das Etikett und nahm es einfach mit, bezahlte es zusammen mit den andern Besorgungen. Ich zitterte, saß im Lastwagen wie ein Dieb und inhalierte die Droge, um das Schuldgefühl über ihren Gebrauch zu vertreiben. Dann versteckte ich es und benutzte es nach dem Lichtlöschen einmal die Woche.

Ohne Tim und Johnny wäre ich wahrscheinlich ein Sonntagnachtkonsument geblieben – außer in der Fastenzeit. Sie wollten es zweimal die Woche. Ich gab nach. Wir sind jetzt alle daran beteiligt, und die Zeit vergeht. Wir müssen darüber sprechen, was wir tun und wie es uns verändert.

Mein Vater war ein Krüppel. Das Wort ist heute nicht mehr modern. Wir verwenden ›behindert‹, aber es war mehr als das; seine Verkrüppelung betraf nicht nur den Körper, obwohl dieser schwer genug betroffen war. Er hatte als Baby Kinderlähmung gehabt, und sein Rücken war gekrümmt und an nutzlose Beine gebunden. Seine Zunge war bösartig – ich weiß, daß er Schmerzen gehabt haben muß, aber ich kann mich an keinen Tag erinnern, an dem *er* uns nicht Schmerzen zufügte. Ich haßte ihn – ich hasse ihn immer noch, und meiner Mutter gegenüber, die alles ertrug, die sich unter seiner verbalen Peitsche duckte, empfand ich einen noch umfassenderen Zorn. Ich haßte die Grausamkeit und die Verderbtheit aus dem Mund meines Vaters. Er war ein großer Kommentator der Menschen und Erfahrungen, einschließlich der Sexualität, und seine Sicht der Welt war häßlich und brutal. Wieder und wieder sprach er von seinem Intimleben mit meiner Mutter, bis die Säure brannte und eine spirituelle Linse in uns wegfraß, die die Schönheit in Menschen und Dingen wahrnahm. Anstand und Schönheit waren für ihn Illusionen, und ich mußte jahrelang hier leben, bis ich irgend etwas außerhalb dieser Sicht erkennen konnte. Ich haßte meinen Vater, wieso habe ich dann gelernt, ihn so hervorragend nachzuahmen? An die Wunden, die ich anderen versetzt habe, erinnere ich mich immer noch, wenn ich mit offenen Augen unter dem Wind oder in den Stunden vor Morgengrauen daliege. Beichte ohne Vergebung, Buße ohne Frieden; bis zum chemischen und vorübergehenden Verzeihen von Limbate.

Am Freitag kommt der Sturm wieder, dieses Mal wie die Rache persönlich. Seine Stöße sind wild und lang. Die blanke Furcht erspart mir die Qual der Gewissensbisse. Ich vernehme Laute, die ich nie zuvor gehört habe, reißende Geräusche, wir werden in der Nacht geschlagen mit dem, was der Wind von anderen Dingen weggerissen hat. Was für Dinge? Ich höre die Stimmen von Brüdern, sehe das Licht ihrer Lampen an meiner Tür hin und hergehen. Was können sie machen? Es ist zu gefährlich, nach draußen zu gehen, und wir wissen, daß der Stall mit den Tieren besser geschützt ist. Ich liege da in anständiger Angst, frei von Unwürdigkeit, und warte auf den Morgen.

Eigentlich ist es ein Segen. Das Pumpenhaus ist verschwunden, samt Mauern und Dach. Die Pumpe ist noch in Ordnung – diese Stürme kommen nicht aus dem Norden, und es gab daher keinen Frost. Ich werde beauftragt, in die Stadt zu fahren und Holz für die Reparaturen zu besorgen. Ich bitte darum, daß Tim und Johnny mithelfen, es zu holen und aufzuladen. Wir werden zwei Stunden hin und zurück zum Reden haben.

Sie sind erleichtert. Ich sehe es an der Schnelligkeit, mit der sie mir zum LKW folgen. Fragen werden nicht gestellt.

Wir fangen nicht zu reden an, bis wir durchs Tor sind. Johnny beginnt. »Hat irgend jemand von euch es gebeichtet?«

»Nein«, sage ich. Tim schüttelt den Kopf. Jetzt sind wir nicht ängstlich oder von Gewissensbissen gepeinigt, weil es Freitag ist und die Droge sich immer noch in unserem System befindet. Die Schuld bleibt außen vor und wird es bis zu einem Zeitpunkt zwischen heute nacht und morgen früh bleiben, bis sie langsam wieder in unser Gewissen zurücksickert.

»Hat jemand Extra-Buße getan?« fragt Tim. Wir nikken. Wir waren so isoliert, daß wir noch nicht einmal so grundsätzliche Dinge voneinander erfahren konnten. Erleichterung durchströmt uns. Wir teilen uns nicht mit, was die Bußen waren – persönliche Bußen in einem Kloster sind eine sehr private Angelegenheit –, aber wir fühlen uns warm durchdrungen von dem Wissen, daß unsere Reaktion auf die Sünde und die besondere Sünde, diese nicht zu beichten, sich gleicht. Wir fahren eine Weile schweigend, aber wir sind unter Druck zu sprechen. Es ist unwahrscheinlich, daß wir noch eine weitere Gelegenheit zu solcher Freiheit haben werden.

»Was quält euch am meisten«, fragt Tim. »Die kleinen oder die großen Dinge?«

»Die kleinen«, sage ich. »Die taktlose Äußerung im Vorbeigehen, das Vordrängeln vor einem Bruder am Waschbecken, die Rückkehr.«

»Rückkehr?«

»Der Mann, der ich war, bevor ich hierher kam.« Wir lachen wieder. Der Grund, um Bruder zu werden, ist angeblich edlerer Natur. Die Aussteiger bleiben gewöhnlich nicht lange, aber wir wissen alle...

»Du kannst froh sein, daß es nur das ist«, meint Tim.

»Durchaus ausreichend bis zum heutigen Tag«, erwidere ich. »Mehr brauche ich nicht.«

»Ich war jung und so ahnungslos wie ein Huhn«, sagt Tim. »Ich lebte in Denver und arbeitete am Flughafen. Ich hatte ein sportliches Auto, eine Wohnung, Kleider. Nebenan wohnte ein junges Ehepaar, Ginny und Bill. Wir gingen oft zusammen aus, um zu trinken. Wir alle haben in dieser Zeit viel getrunken, ›geschnüffelt‹, gehascht. Manchmal stritten sie sich. Sie hatte eine Ahnung, daß es falsch war, wie wir lebten, daß sie sparen sollten, etwas aufbauen. Durch die dünnen Wände hörte ich alles. Nach einem besonders schlimmen Streit ging er fort. Sie weinte. Am nächsten Tag sah ich sie halbtot unten in der Halle. Sie wollte reden, sie wollte Anteilnahme. Ich hörte zu. Sie wollte warten. Eine Woche verging, eine zweite. Ich sagte zu ihr, sie sollte nicht nur weinen und sich verkriechen. ›Wo soll ich hingehen?‹ ›Komm doch in die Berge – ich nehm dich zu einem tollen Jazzclub mit.‹ Wir fuhren. Wir ließen uns vollaufen. Sie weinte ein bißchen – ich war ein wunderbarer Freund. In der alkoholgeschwängerten Atmosphäre wuchs die Sympathie, wir beide weinten. Er hatte sie verlassen. Im Stich gelassen. Es war dramatisch. Diese Gebirgsstraßen sind nicht einmal einfach, wenn du stocknüchtern bist. Als wir den Unfall hatten, flog ich zuerst raus, einen guten halben Meter auf den weichen Randstreifen. Sie flog vom Beifahrersitz in die dünne Luft hinaus und über die Klippen. Sie fanden sie zweihundert

Meter unterhalb in der Schlucht.« Wir warten. Das Sprechen darüber war ihm nicht leichtgefallen, aber es ging, was meiner Meinung nach ohne Limbate nicht möglich gewesen wäre. »Ich kam nach Hause, sie in die Leichenhalle. Am nächsten Tag kam Bill zurück, um alles wieder in Ordnung zu bringen. Von Ginny war nichts mehr übrig außer meiner Geschichte. Er betrank sich und blieb zwei Tage im Rausch. Er kam an meine Wohnung und nannte mich einen Mörder, und dann ging er zu seinem Bruder in Longmont, nahm sich dessen Gewehr und erschoß sich. Sie gaben mir zwei Jahre auf Bewährung und entzogen mir für sechs Monate den Führerschein.«

»Ist es das, was du durchdenkst und durcharbeitest?«

Er nickt. »Detail für Detail. Ich gehe ihr und mein Leben immer wieder durch, setze es neu zusammen. Ich fahre die Strecke immer von neuem. Ich wiederhole das Trinken, Glas für Glas.«

Johnny und ich hören Tim mit einigem Erstaunen zu. Davon hatten wir nichts gewußt. Das Mönchsleben ist auf die Gegenwart konzentriert. Wir sind eine Weile still, dann sagt Johnny: »Bei mir gab es keine großen Ereignisse. Ich war in Waisenhäusern – in sechs verschiedenen. Zwei waren die Hölle. Blanker Haß wäre vielleicht das bessere Gefühl gewesen, aber ich erinnere mich an die Ereignisse mit Beschämung. Ich war immer so ein jämmerliches, bettelndes Kind. Ich ducke mich noch heute, wenn ich daran denke, und frage mich, ob es immer noch in mir steckt, dieses hilflose bittende Opfer.«

»In meinem Fall gibt es nicht soviel zu erzählen«, sage ich. »Hundert häßliche Bemerkungen. Ich setzte mich mit ihnen in der Beichte auseinander, aber sie sind nicht vergeben und vergessen.« Wir fahren schweigend weiter.

Dann sagt Johnny ruhig: »Die Fastenzeit kommt.« Wir sprechen nicht. Nach einer Weile meint er: »Ich glaube, dieses Jahr kann ich es nicht ohne Unterstützung schaffen«, und wir sitzen in tödlichem Schweigen.

Es ist nicht so einfach wie ich dachte, im Lastwagen zu reden. Ich fahre, konzentriere mich teilweise auf die Straße, und wir haben nicht viel Zeit. Hier ist schon die Stadt und das Holz für uns. Ich hatte geglaubt, die Dringlichkeit würde helfen, tut sie aber nicht. Ich fahre in Richtung Krohns Holz- und Eisenwaren. »Habt ihr eine Liste gemacht?«

»Ich hätte das unterwegs tun sollen«, sagt Johnny.

»Wir halten hier an, dann kannst du sie machen.«

Johnny hat früher als Schreiner und Zimmermann gearbeitet. Von den Maßen, die er genommen hat, kann er schnell die Holzmenge errechnen, und mir wird klar, daß es, obwohl ich eine ganze Menge über ihn weiß nach elf Jahren des Zusammenlebens, große Bereiche in seinem Leben gibt, die mir verschlossen sind, weil wir hier nicht viel über unsere eigene Vergangenheit sprechen. Es ist nicht verboten; hin und wieder erzählt einer etwas über einen Brief oder eine Erinnerung; ich weiß, daß Tim Furunkel bekommt und Johnny heftiges Nasenbluten, wenn sie gefühlsmäßig erregt sind. Ich hatte allerdings nichts von Tims Unfall und von Johnnys ausbeuterischen Pflegevätern gewußt, und niemand weiß von meinem Vater, wie er in seinen Rollstuhl gepackt sitzt und häßliche Dinge in seiner sanften, schmierigen Stimme sagt... Ich unterbreche den Gedanken. Ich schwitze vor Wut, einer Wut, an die Limbate nicht herankommt.

Holz. Eisenwaren. Viele Leute sind heute unterwegs. Der Sturm trifft die Ostseite der Stadt heftig, und einige Leute aus den Außenbezirken sind am Morgen nach einem starken Sturm regelmäßige Kunden im Holzlager. Wir müssen lange warten. Auf dem Weg nach Hause sagt Johnny: »Ich glaube, ich komme diesmal nicht durch die Fastenzeit; nicht ohne Hilfe. Ich glaube, ich schaffe keine vierzig Tage.«

»Wir haben es schon früher getan«, sagt Tim, »und wir können so hart arbeiten, daß der Schlaf uns erschlagen wird.« Seine Stimme ist hohl, hart, und sie klingt einstudiert. Er muß es seit Wochen zu sich selbst gesagt haben.

Die Wahrheit ist, wir haben alle Angst. Wir sitzen im Wagen und zittern, wenn wir an die vierzig Nächte ohne Limbate denken. »Wir müssen nehmen, was wir kriegen«, sage ich. »Und die Nächte kommen immer nur einzeln.«

»Laßt mich mich selbst disziplinieren«, sagt Johnny. »Ich werde das Limbate während der Fastenzeit in meinem Zimmer aufbewahren und nur benutzen, wenn ich es wirklich brauche, und ...« »Nein!« Ich merke, wie ich schreie. »Nein! Es gehört mir; ich kaufe es. Ich trage das Risiko, wenn ich es hole und aufbewahre. Ich habe es in meiner Tasche durchs Tor gebracht ...« Sie starren mich an, und plötzlich ist der LKW auf der falschen Straßenseite. Ich lenke ihn wieder nach rechts, fahre dann an den Straßenrand und stelle den Motor ab. Ich zittere vor Zorn. »Kauf dir dein eigenes«, sage ich.

»Das kann ich nicht«, flüstert er. Er schlägt die Hände

vors Gesicht. Wir hören seine Stimme zwischen den Fingern. »Wenn ich das täte, würde ich es jede Nacht benutzen.«

Tim ist ruhig. »Wir sind in einem Orden«, sage ich. »Wir haben das Leben gewählt. Es ist ein Leben voller Einschränkungen. Kein Alkohol, keine Zigaretten, keine Mädchen, keine Hummermenüs. Kein Limbate. Wir nehmen kein Limbate.«

»Aber wir tun es doch.«

»Nicht in der Fastenzeit. Wir haben beschlossen ...«

»Du bist so fromm. Ich kann es kaum ertragen«, sagt Tim.

Ich lehne meinen Kopf an den Sitz und fühle mich schwach. »Ich muß so klingen. Mir sind Dinge durch den Kopf gegangen, Dinge, über die ich nicht nachgedacht habe, seit ich eintrat. Ich denke darüber nach, mich so müde zu arbeiten, daß ich nicht daran denken kann, eine Dosis zu stehlen, wenn ihr nicht da seid. Es ist Fastenzeit. Wir *müssen* Reue empfinden.«

»Ich bin noch nicht soweit; nächste Woche fängt es an ...«

»Dann stellen wir uns besser darauf ein.«

Wir sitzen in tödlichem Schweigen. Man hört nur das Geräusch unseres Atems; kein Auto überholt. Dann fängt Tim an, das *De Profundis* zu rezitieren, und wir fallen ein. Ich drehe den Zündschlüssel, und wir fahren los. Wir kehren in wirklich mönchischem Stil heim: ergießen unsere Qual in jene uralten Worte.

Die Fastenzeit beginnt. In der Feierlichkeit dieses Zeitabschnitts sind die Exerzitien der Mönche um so strenger.

Es gibt kaum Freizeit, keine Erholungsphasen. Viele der Brüder haben sich die persönliche Buße des totalen Schweigens auferlegt. Es gibt eine Reihe von Fastentagen, und viele von uns fasten darüber hinaus freiwillig. Außerdem haben wir mehr Arbeit, wir putzen das ganze Kloster für Ostern, Gebäude um Gebäude, Zimmer um Zimmer; Inventare, Reparaturen. Ich habe einen Kalender, auf dem ich Tag für Tag von den vierzig ausstreiche; unnötig, da die Liturgie das für uns tut. Es erinnert mich an einen Countdown beim Raumschiffstart.

Am zehnten Tag erwacht der Wind. Frühlingshungrig fällt er aus Westnordwest über uns her. Ich liege im Bett und erlebe den Streit mit einem Freund im College neu. Mein Fehler. Es führte zu harten Worten auf beiden Seiten, seine vergessen, meine bösartig und schneidend. Ich sagte persönliche Dinge; ich entblößte ihn. Mein Vater hatte unsere Geheimnisse gegen uns benutzt – Dinge, die wir im Vertrauen gesagt hatten oder die er von anderen erfahren hatte. Ich hatte mir geschworen, so etwas nie zu tun, und ich tat es selten. Aber die Grausamkeit, mit der ich Dinge sagte, machte den Leuten Angst vor dem, was ich wußte, und nachdem sie erfahren hatten, wozu ich fähig war, verloren sie ihre Unbefangenheit mir gegenüber.

Die Worte werden vom Wind zurückgebracht. Ich höre sie wieder und wieder und ertrage sie um so schlechter, als im Schrank ein Bügel ist, an dem das Limbate hängt, und zwei Züge davon würden meine Gewissensbisse besänftigen.

Es muß zwei Uhr sein. Ich höre ein Geräusch. Der

Mond steht tief. Ich setze mich im Bett auf und versuche klar zu sehen. Ich stehe auf. Es ist knochenzermürbend kalt. Jemand ist da, in meinem Zimmer. Ich höre, wie die Schranktür leise aufgemacht wird. Ich gehe zu der Person, die ich jetzt schemenhaft wahrnehme, eine Person von meiner Größe. Ich berühre ihn am Rücken und höre sein überraschtes Atemholen. Er fährt auf, schwankt dann. Es ist Johnny. »Ich muß den Inhalierer benutzen«, sagte er.

Er und Tim haben gesehen, wie ich ihn gebracht habe, aber da es immer im Dunkeln war, weiß niemand von ihnen genau, wo er ist. »Es ist eiskalt«, sage ich. Wir flüstern; ich weiß nicht, warum. Die Zimmer sind abgeschlossen genug, daß all das Husten, Murmeln und Stöhnen, das Leuten im Schlaf entfährt, nicht zu hören ist. »Bitte, Johnny ...«

»Ich brauche es. Ich kann es nicht aushalten.«

»Bitte«, sage ich. »Geh ins Bett; hier draußen wirst du erfrieren. Geh jetzt. Jetzt.«

Mein Drängen und Kommandieren dringen zu ihm durch. Er ist in meinem Zimmer; schon allein durch sein Kommen hat er sich kompromittiert, und falls irgend jemand uns findet, könnte das Ergebnis ein Rausschmiß sein. Er geht zum Bett und legt sich hinein. Ich schließe den kleinen Heizkörper an und schlüpfe unter die Decken am Fußende; wir sitzen Seite an Seite unter der Decke.

Johnny lacht, wie mir scheint, am Rande der Tränen. »Im Bett zusammen erwischt ...«

»In der Fastenzeit«, füge ich hinzu. Er hat angefangen zu weinen, müde. Er hat schon vorher geweint, denke ich. »Hör zu, Johnny; der Inhalierer ist nicht hier. Als die

Fastenzeit anfing, habe ich ihn begraben, weil ich glaubte, ich könnte es nicht ertragen, ihn hier zu wissen. Er liegt in einer kleinen Schachtel unter der Kapellenseite der Bäckerei.«

Ein langes Schweigen folgt, und dann sagt Johnny: »Nein, Marty, er ist hier. Ich weiß es, weil ich ihn zweimal benutzt habe.«

Ich bin schockiert. Ich sitze und versuche, Gedanken zu sortieren, die für mich keinen Sinn ergeben. Dann kommt die Wut. Ich erhebe mich und stehe in dem stillen kalten Zimmer. »Wenn du nicht sofort von hier verschwindest, werde ich den Inhalierer aus reiner Bosheit zertrümmern. Du unersättlicher Schwindler! Ich habe mich hier gequält in dem Gedanken, daß es wenigstens ein gemeinsames Leiden ist. Du hast gelogen ... du ...« Ich beiße die Worte zurück.

»Ich brauchte es«, sagt er einfach.

Ich gehe hinüber zu ihm und flüstere ihm ins Gesicht. »Du feiger, rückgratloser, sabbernder Schlappschwanz. Deine Pflegeväter müssen es unheimlich schwer gehabt haben, dich zu verprügeln – wer kann denn schon Wackelpudding schlagen? Wir haben uns *entschieden*; Arschkriecher –«

»*Du* hast entschieden«, sagt er, dann steht er auf und geht.

Zwei Stunden später haben wir uns für die *Laudes* erhoben, ich fühle mich wie gekreuzigt, innerlich ausgebrannt. Ich singe die Morgengesänge und bete die Gebete, ohne nach Johnny zu sehen, obwohl ich natürlich weiß, wo er steht. Er hat zu mir Vertrauen gehabt, und ich habe es im

Zorn gegen ihn benutzt. Dann denke ich wiederum, es stand an für ihn. Er verdiente es, zu wissen, was er tat, als er den Glauben verriet. Limbate ist ein Luxus, nicht etwas, das wir verdienen, und er hat unser Vertrauen verraten.

Am Frühstückstisch herrscht Schweigen, ein Schweigen, das alles andere als friedlich ist. Anton und Carl nicken immer wieder ein, Del gähnt vor sich hin. Alle sehen sie mürrisch oder schmollend drein. Wir haben auf Tee und Kaffee verzichtet, als Gruppenbuße. Wie bei Limbate vergingen die ersten paar Tage in einer Fasten-Euphorie. Wir waren psychisch hochgestimmt wegen unseres Verzichts, und wir fühlten uns gereinigt und stolz. Wir waren glücklich darüber, daß unsere mönchischen Übungen im Einklang standen mit den rigoroseren Exerzitien der Vergangenheit. Aber Tage vergehen einzeln, und am neunten oder zehnten Tag fängt die langsame Erschöpfung des Entzugs in Körper und Geist an zu wirken. Ich will Kaffee, ich will Limbate, ich will Butter auf meinem Brot. Ich will eine Heizung in der Kapelle. Ich will Schlaf. Ohne diese Dinge bin ich zornig und selbstmitleidig. Ich bin eine Kreatur, die ich verachte. Wodurch die Ordensregel uns lehren will, auf welch zerbrechliche Stützen unsere rührenden Tugenden gebaut sind.

Ich befinde mich immer noch im gerechten Zorn. Nach der Morgenarbeit bittet Pater Abbot mich, eine große Bestellung in der Stadt abzuholen. Viele Menschen von draußen verbringen die Zeit von Karfreitag bis Ostern mit uns in gemeinsamer religiöser Besinnung, und wir bereiten die Gästehäuser vor. Toilettenpapier, Handtücher, Seife, Bettlaken. Es ist kalt. Bevor ich losfahre, gehe ich zurück zu den Schlafräumen, um eine Jacke zu holen. In meinem Zimmer gehe ich an den Schrank, nehme meine Jacke und drehe mich um. Der Fußboden. Blutstropfen auf dem gebohnerten Holz. Einer, zwei, drei, vier vom Bett aus, fünf, sechs, sieben zur Tür. Ich habe Johnny angeschrieen. Ich habe die Beherrschung verloren, aber der Anlaß war gerecht, ich war streng... er blutete. Er ist mein Freund, Bruder, Komplize, und er hat geblutet, weil ihm vor meinen Worten graute.

Als mir das klar wird, stehe ich da mit flackernden Lidern angesichts der unmißverständlichen Tropfen, bewege mich dann durch die Tür und folge ihnen, einer, zwei, drei den Flur hinunter. Sie hören plötzlich auf, und ich sehe ein Bild von ihm, wie er in der Dunkelheit erkennt, daß er blutet, wie er seine Nase zukneift und sich dann schuldbewußt fragt – so wie ich jetzt –, ob das bereits hinuntergetropfte Blut ihn anklagen wird. Ich hole ein Tuch und wische den Boden des Flurs. Das Blut in meinem Zimmer lasse ich unberührt.

Es ist immer wieder wie ein Schock, wenn man das Kloster verläßt, auch nur zum Einkaufen. Früher gingen die Brüder zu zweit, weniger um einander im Auge zu behalten, als vielmehr zum Erhalt der klösterlichen Realität in der Person eines andern Bruders. Das ist nicht mehr möglich; der Orden hat sich verkleinert, was zwar Vorteile für den Geist der Brüderlichkeit und Spiritualität hat, aber jeder einzelne Bruder ist jetzt lebenswichtig für die Abläufe im Haus. Wir können keine Zeitvergeudung in der Stadt gebrauchen.

Fastenzeit, mit ihren kneifenden Mägen, den schlaflosen Augen; Fastenzeit, ohne Kaffee, ohne Tee, ohne Kakao, ohne Limbate gibt es in Granite nicht. Die Leute sehen entspannt und ausgeruht aus. Die Händler, die uns namentlich kennen, scherzen mit mir, und wenn wir über den Wind sprechen, tun sie es aus dem Trost der Auferstehung ohne das Leiden, das ihr vorausgeht. Für sie ist Ostern noch einen Monat weit entfernt.

Ich bin auf dem Rückweg, als die Erschöpfung mich einholt. Ich habe während des Fahrens geschlafen und bin fast im Graben gelandet. Ich reiße das Steuer herum und bin draußen, bevor ich es merke, und eine Stunde später kehre ich vorsichtig zurück und stelle mich Bruder Herb. Der Schlaf hat mir gutgetan. Während ich mich darauf einließ, überlegte ich, was ich zu tun hätte, damit ich das Blut abwischen und mich bei Gott für den ganzen Limbate-Schlammassel entschuldigen könnte. Ich werde eine Nachtwache halten.

An der Nachrichten-Tafel außen am Eingang zum Speisesaal hängt eine Liste. Einige Brüder wollen ihre Vigilien in der Kapelle halten, aber dabei allein sein. Hin und wieder gibt es eine Notiz über einen bestimmten Zweck: für den Weltfrieden oder gegen den Hunger, und dann nehmen viele Brüder daran teil. Ich gehe an der Liste vorbei und sehe nach, ob morgen abend schon belegt ist. Um die Buße privat zu halten, stehen keine Namen dort, nur Markierungen. Die Nacht ist frei. Ich mache meine Markierung gegenüber dem Datum, an dem ich die Kapelle für mich haben möchte. Um den Erfordernissen von Privatheit und Bescheidenheit zu genügen, gehen wir nach dem Spätgebet zuerst zurück ins Schlafhaus und kehren dann zurück. Außerdem verlassen wir die Kapelle vorm Morgengebet und kehren in die Schlafräume zurück, so daß wir mit den Brüdern zum Frühgebet kommen. Pater Abbot glaubt nicht an die Kunst, den andern auch in der Heiligkeit immer um eine Nasenlänge voraussein zu müssen.

Ich fühle mich gut dabei, diese Nachtwache zu halten. Da ist nur das Limbate-Problem. Wir haben versprochen, es nicht während der Fastenzeit zu nehmen. Ich will nicht die Sünde des Mißtrauens zur Sünde des Zorns hinzufügen, oder sie in ihrem Schmerz in Versuchung führen. Wir leben hier sehr eng, und unterschwellig werden viele Dinge wahrgenommen, so wie es bei Eheleuten sein muß. Tim und Johnny werden wissen, wann ich nicht in meinem Zimmer bin. Ich hole das Limbate, stecke es in eine Plastiktüte für Sandwiches, gehe in die Bäckerei und verstecke es im Mehllager, an das vor Ostern niemand gehen wird. Ich bin bereit für meine Nacht des Gebets und der Buße.

Ich gehe in die Kapelle und werde ruhig. Ich habe jede der sechs Stunden sorgfältig geplant. In jeder Stunde werde ich eine andere Gruppe von Gebeten sprechen, und ich hoffe, daß ich sowohl eine spezifische wie auch eine allgemeine Beichte und Buße ableisten kann und Vergebung und Heilung erhalten werde.

Ich fange damit an, die Kerzen für meinen Vater und meine Mutter anzuzünden, Stunde eins und zwei, und für meinen Bruder und meine Schwester, Stunden drei und vier, für Tim und Johnny und mich die fünfte Stunde. In der sechsten will ich die Wache abschließen und hoffentlich den Frieden erfahren, um den ich so kämpfe.

Ich bete für meinen Vater, versuche, seine Grausamkeit zu akzeptieren, ohne ihr zuzustimmen, sie im Hinblick auf seine Schmerzen zu begreifen, seinen verkrüppelten Körper. Ich bemühe mich um diese Erhabenheit, erreiche sie für einen Augenblick und gleite dann fort von ihr in Selbstmitleid. Dennoch, es gab ihn, den einen Moment der Freiheit von Persönlichkeit und meiner eigenen Qual und der Öffnung hin zu einem Ort, an dem Verzeihen möglich ist. Ich bete für meine Mutter, meine verwirrte, geduckte Mutter, die den ätzenden Sarkasmus meines Vaters für Brillanz hielt. Ich gehe den Kreuzweg durch. Ich spreche einige meiner liebsten Abschnitte der Bußliturgie. Ich bete für Annie, meine Schwester, und Claude, meinen Bruder, versuche sie so klar, wie ich kann, in ihren früh vereitelten Möglichkeiten zu sehen. Ich fange an zu weinen. Ich sehe Tim und Johnny, die ich besser als meine Eltern kenne und in mancher Hinsicht überhaupt nicht. Ich bete für mich selbst.

Im Vergleich mit dem Leben meiner Eltern, mit Annies und Claudes Leben erscheint mein Leben geordnet, anständig, produktiv. Wie beim Blick aufs Kloster aus der Ferne sieht man Einfachheit und Frieden. Nur wenn man nahe heran kommt, erkennt man die Verwitterung, den Unrat im Stall, die Zeichen von Unordnung.

Ich knie, und dann lege ich mich mit dem Gesicht nach unten in Kreuzigungsmanier, meinen Kopf auf den Altar gerichtet, und rezitiere das *Miserere*. Dann fange ich an, zu Gott zu sprechen, aus tiefstem Herzen spreche ich zu ihm über das Limbate, darüber, wie wir uns dagegen gewehrt haben und daß Johnny es mißbräuchlich genommen hat und wie ich ihn dafür hasse. Schleicht Tim sich auch in mein Zimmer, um sich Extra-Highs zu verschaffen? Werde ich in drei Monaten einen Zug nehmen, keine Erleichterung aus der Düse ziehen und mich hintergangen, betrogen fühlen?

Ich bin in unserer traditionellen Pose der vollkommenen Unterwerfung. Es ist nicht die Demut des Kniens; es ist umfassend, dennoch haben die Worte, die aus meinem Munde kommen, nicht das geringste Maß an Unterwerfung in sich. Der ganze Schmerz, der Zorn, das aufgestaute Schuldgefühl und der Kummer, Hilflosigkeit und Wut stürmen durch mich hindurch wie der Nachtwind durch die Whisky-Schlucht. Ich lasse es kommen. Es heult aus mir heraus, nichts, was ich geplant hätte, als ich diese Vigilie plante, oder an was ich dachte, als ich niederkniete und mich dann der Länge nach ausstreckte, um die Todesstunde für Selbstsucht und die Wiedergeburt des erneuerten Selbst zu markieren.

Ich weine mich trocken. Ich habe alle angeklagt, für die ich eigentlich hier beten wollte. Als ich aufhöre und endlich fertig bin, bemerke ich, daß es bis zum Morgengebet noch eine Stunde ist. Ich stehe auf und drehe mich um. Da ist Pater Abbot, immer noch auf den Knien, seit ... wann? Ich sehe schwarze Blitze, verliere das Gleichgewicht, und er springt auf und stützt mich.

»Es tut mir leid, Martin, ich habe nicht auf der Liste nachgeschaut und kam hierher ... du siehst bestürzt aus – ich dachte ...«, und dann: »Komm mit«, sagt er.

Der Pater weiß es, und was er weiß, steht nicht unter dem Siegel der Verschwiegenheit. Er wird eine Versammlung einberufen, das Domkapitel, wahrscheinlich alle Brüder. Sie werden uns verurteilen. Vielleicht werden wir in andere Häuser geschickt. Vielleicht werden wir aufgefordert, den Orden ganz zu verlassen. Ich will nicht weggehen. Hier ist mein Zuhause. Dies ist Tims und Johnnys Zuhause. Ich kann nicht bitten oder protestieren, ich kann überhaupt nicht sprechen.

Ich beginne zu träumen; das ist der Weg von Menschen, die die Erschöpfung ungeschützt zurückgelassen hat, der merkwürdige, irrationale Gedanke wandert herein, ohne daß er aufgehalten oder untersucht wird. Was wäre, wenn Ratten in die Bäckerei gelangten, den Mehlsack fänden, sich hineinfräßen und den Inhalierer vertilgten: Beweismittel zerstört und eine Ratte mit Bedauern, aber ohne Gewissensbisse.

Der Wind ist wieder stärker geworden. Ich kann hören, wie er mit dem Holz experimentiert, das nahe dem Stall aufgestapelt liegt. Er fährt durch die Passage zwischen Stall und Kapelle, Bäckerei und Milchhof. Er fährt überall hin, inspiziert, erschnüffelt die Sünde, und jetzt hat er die Schlafräume gefunden, wo einige Brüder nicht schlafen, und da ist seine Peitsche – Gewissensbisse ... Gewissensbisse.

Das Miststück

Das Miststück! Schauen Sie mich an und sehen Sie, ob ich nicht von eindrücklicher Erscheinung bin, obwohl ein bißchen klein für einen Mann, und dünn – wenn nicht sogar dürr. Mit meinen Overalls, die an manchen Stellen bis auf den Hintern durchgescheuert sind, und meiner Unterwäsche, die auch noch als Hemd herhalten muß, würden Sie mich sehen und dann wegschauen, aber verdammt, Sie wüßten, daß ich da bin.

Wenn Sie die Federal Street in dieser sauberen kleinen Stadt hinunterliefen, wären Sie schockiert, wenn ich Ihnen entgegenkäme, sehr langsam, wie jemand, der das Gehen lernt – in letzter Zeit is' mein Gleichgewicht nich' mehr so gut. Dann würden Sie sagen, wenn das nicht der Dorfsuffkopf ist. Sie würden es nicht laut sagen, aber selbst wenn Sie es täten, mich würde das nicht stören. Das bin ich eben; kein bißchen mehr für die meisten Leute, jetzt, wo dieses Miststück mich nicht mehr in der Stadt, die sie gemacht hat, haben will; in dem Buch, in dem die Stadt und alle Leute und mein Leben drin sind.

Nachdem sie mich erdacht, benannt, in ihrem Kopf gesehen und Tag für Tag aufgeschrieben hat, wirklich auf dem Papier, beim Stehen, beim Laufen, ein Teil der Stadt, ein Mann mit einem Ziel im Leben, meine Güte, ein Mann mit Feinden, las das Miststück das Ding durch, das Ganze, saß da mit ihrer glubschäugigen Brille auf der Nase, und zog dann ohne Grund ein riesiges X über die Seiten, in denen ich war, und das war's dann. Später durchforschte sie das Ganze, Seite um Seite und Zeile um Zeile, die Stellen, wo Leute über mich sprechen, weil – ja, ja, ich hab Streit gesucht und Sachen ruiniert, als Adam für mich Arbeit finden wollte, und bin durch die Stadt gelaufen, in Selbstgespräche versunken, sagten sie. Strich für Strich hat sie sie mit einem dicken Stift ausgeschwärzt, und ich wurde ungeschrieben, unerschaffen, niemals dagewesen.

Ich habe sie angebrüllt, mitten aus der Geschichte heraus. »Ich war auch Teil vom Ganzen hier! Elia und ich, wir ham den Laden aufgebaut, den Adam jetzt hat! Ich bin 'n Teil vom Ursprung der Familie, an der Sie so'n gottverdammtes Interesse haben, und von der Stadt auch! Ich bin siebenundsechzig und seit 1913 hier!«

Sie machte ein idiotisches Gesicht und meinte: »Elia ist ein untergeordneter Charakter. Er ist seit fünf Jahren tot, wenn die Geschichte anfängt. Du bringst das Gleichgewicht durcheinander, die Gewichte sind falsch verteilt, wenn du drin bleibst.«

»Gleichgewicht der Geschichte – ist mir doch scheißegal!« Ich brüllte wie ein Wahnsinniger aus der Seite heraus. »Ich bin doch so was von lebendig! Dies ist meine einzige Chance zu leben, das schreckliche Leben zu leben, was Sie mir gegeben ham!« Dann hab ich was gemacht, wo ich nich' stolz bin drauf – ich fing an zu bitten, und dafür werde ich mir nicht und auch nicht dem Miststück verzeihen, sogar wenn sie mich zum Hauptcharakter irgendeines anderen Buchs macht, und wenn sie ein ganzes verdammtes Buch über mich schreibt!

»Ich wünschte, ich könnte dich halten«, sagte sie, »aber es taugt einfach nichts«, und sie zog einen letzten Strich durch die Stelle, wo Adam und Grace über mich sprechen. Grace ist die Schmalspur-Philosophin des Städtchens, sie stellt Vermutungen darüber an, was Städte wie Gilboa mit ihren Versagern anfangen, Leuten mit Schwächen, die die Fähigkeiten von Doc Mellinger oder Pastor Dodge übersteigen.

Das is', wo ich zuerst hingegangen bin, zum Doc. Er lebt in der Tulpenstraße, eine der ältesten Straßen der Stadt. Sie liegt einen Block nördlich der Methodistenkirche, die an der Haas Street liegt. Doc lebt einen Block weg von der Federal Street, die nach den Brigaden der Unionssoldaten benannt wurde, die sich während des Bürgerkriegs hier formierten. Wie konnte das Miststück es nur so real machen – die Straßen benennen, jeder eine Beschreibung geben, erklären, was für Leute die Stadt bewohnen, einen verdammten Schnellstraßeningenieur, der Brücken und Abfahrtsrampen macht – und dann eine Person zu nehmen, die genauso sorgfältig geschaffen ist, wie jedes dieser Dinge, und sie zu töten, einen Strich durch ihr Leben zu ziehen?

Ich habe Doc in einem neuen Licht gesehen, jetzt, wo er ein Charakter war und ich nicht. Sobald du einen Namen bekommst und dich ein bißchen bewegst, sobald dir Dinge passieren, sobald ein Schriftsteller dich sieht, auch wenn es nur im Vorübergehen und ungenau ist, dann bekommst du all die Rollen, die andere Leute schon innehatten. Ich bemerkte, daß Doc ein kleiner Finger fehlte, was nicht im Buch is', aber wahrscheinlich irgendwie im Kopf von dem

Miststück, zusammen mit seiner Dicklichkeit und dem Aussehen, als hätt' er in seinen Klamotten geschlafen. Was ihm fehlte, war was anderes, eine Art von Stärke oder Energie, der ich keinen Namen geben konnte. Ich erzählte ihm meine Geschichte, wie sie mich ausradierte.

»Ich weiß«, sagte er, »du hast der Stadt eine bestimmte Qualität gegeben, eine Dimension. Sie ist um das Problem herumgekommen, indem sie am Ende einen ziemlich nebensächlichen Charakter eingeführt hat, der einige deiner weniger attraktiven Qualitäten hatte, so daß die Balance gewahrt wurde.«

»Balance. Wegen der Balance wurde ich getötet?«

Wissen Sie, was der fette Bastard tat? Er zuckte mit den Achseln – sah mich an und zuckte mit den Achseln. Unser Stadtdoktor.

Warum bin ich hingegangen? Ich denke, ich wollte, daß er so stark, so wütend ist wie ich. Warum konnte ich nicht sämtliche Nebenfiguren zusammentrommeln zum Protest? Das würden eine Menge Leute sein – Verwandte und Nachbarn, die sie sogar ohne die Gnade einer Namensgebung erwähnte, Leute, die durch das Städtchen fuhren, Leute in der Neubausiedlung und im Einkaufszentrum. Die wären doch für sich selbst keine Randfiguren. Ich stellte mir vor, daß sie wütend sein müßten darüber, in ein oder zwei Beschreibungen gefangen zu sein – einfach so dahingeschrieben: Carl, der Frauenschänder, Lucille, die Nutte; die zwei kleinen Mädchen; der Mann in der Bank. Stell'n Se sich bloß vor, so 'n Leben, ohne andern Ort oder Zweck. Aber falls sie wütend waren, war'n sie doch zu schwach, es zu zeigen. Ich bin drei Tage durch die Stadt gegeistert, hab in ihre Gesichter gesehen, wenn sie sie weggedreht ham.

Am dritten Tag kam's mir. Es war in einem Drugstore, hatte natürlich nichts da zu suchen. Ich ging zu den Telefonen, um in den Telefonbüchern nachzusehen, ob jemand mir helfen könnte. Sie hatte nie an ein Telefonbuch gedacht, also gab's keins, aber in der Münzrückgabe steckte 'n Groschen. Nich' genug für 'ne Tasse Kaffee, aber genug für mein Gewicht auf der großen alten Waage, die da stand. Ich holte Wechselgeld und stellte mich drauf. Ein Groschen. Die Waage funktionierte noch. In ihrem Rücken war ein Spiegel, und oben auf der Plattform sah ich mich selbst.

Die Anzeige registrierte mich nicht. Hatte ich mir schon gedacht, aber ich war noch sichtbar. Ich starrte mich im Spiegel an. Gott, ich sah aus wie 'n Wilder. Die Haare wüst und lang, wie Stroh, nicht weiß, aber farblos. Das Gesicht wie Leder, das zu Beuteln gebündelt war, und die Augen starrten mich zornig an. Ich machte den Mund auf, und der Mann im Spiegel glotzte mich an. Fiel mir plötzlich auf, daß ich mich nie gefragt hatte, warum ich so wütend war und so stark. Ich war eine Randfigur wie Dutzende andere – vier Seiten, mit allen Erwähnungen. Das Miststück hatte mich in 'ner halben Stunde rausgestrichen, ohne das Geringste zu verändern oder eine Lücke in ihrer kostbaren Handlung ausfüllen zu müssen. Und trotzdem – ich hatte immer noch ein Gesicht und Konturen, und ich war stärker als einige von denen, die immer noch in der Geschichte leben. Warum?

Erinnerung, deshalb. Ich war von Anfang an drin. Ich

erinnere mich an Elia, mit dem alles anfing, als er nach Gilboa kam. Ich erinnere mich an die Geburt von Adam und an Grace als Braut, alle für die Story wichtigen Charaktere. Der Hintergrund vom Ganzen wurde durch meine Augen gesehen, und das Miststück konnte daran nichts ändern, weil sie es sich zuerst so ausgedacht hatte. Ich dachte, damit wär ich was.

Hinter der Bank – Ecke Federal/Haas – ist die Rechtsanwaltskanzlei. Ich ging hoch und an Rita Neri vorbei, ihrer Sekretärin, grad durch, um die Anwälte zu besuchen. Das war ein Schock.

Das Miststück war nie dazugekommen, ihnen Namen oder Persönlichkeiten zu geben. Rita, ihre Sekretärin, ist mit Grace befreundet, der sogenannten Romanheldin, und Rita ist hübsch und voller eigener Merkmale, aber die Anwälte – bloß »zwei Anwälte in einer Kanzlei hinter der Bank«. Sie tragen dreiteilige Anzüge aus Tweed; sogar der gleiche Tweed, wie Zwillinge. Sie ham die gleiche Größe und die gleichen braunen Schlipse, und sie ham keine Gesichter, nur Fleisch, flach und ohne Knochen, wie Eier. Sie ham kein Haar, keiner von beiden, und wenn se reden, sieht's aus wie 'n Grübchen in dieser Fleischmasse, und ihre Worte kommen mit der gleichen Stimme raus, eine männliche Stimme, aber distanziert, wie die Stimme, die für Ansagen genommen wird – Zeit- und Temperaturansagen, die man übers Telefon kriegt.

»Miststück hat sich 'n tollen Job mit euch Jungs geleistet«, sag ich. »Rita hat mit Grace ein- oder zweimal über ihre Arbeit da unten gesprochen, und ich kann mir jetzt vorstellen, warum es nie um Liebesgeschichten ging.

Trotzdem, ihr seid Rechtsanwälte; das hat sie gesagt. Das heißt, ihr müßt die Gesetzeslage kennen. Ich glaub, ich hab Arbeit für euch.«

Von zwei Eierköpfen eine Antwort zu bekommen ist gar nicht so einfach. Sie standen bloß da, also erzählte ich meine Geschichte. Ich fing mit dem Anfang an – wie ich vom Waisenhaus fortgelaufen war und wie ich nach Gilboa kam, wie ich krank war und daß ich in den leeren Laden einbrach. Wie Elia und ich einander überraschten, ich krank und er fremdländisch. Er kam frisch vom Boot und sprach kaum Englisch. Er kümmerte sich um mich, und als es mir besser ging, bauten wir den Laden als Partner auf. Wir verkauften alles: Samen und Futter, Kekse, Süßigkeiten, Lampen, Besen, Nachttöpfe, Kellen und Hosen. Wir schliefen im Hinterzimmer des Ladens, und unsere Kleider stanken nach Trockenfisch, Kerosin und Petroleum.

Das Miststück hat das alles bei der Überarbeitung rausgenommen, aber der springende Punkt war, daß sie diese jüdische Familie in ein kleines Städtchen in Pennsylvania steckte und da ließ, während die Stadt wuchs und sich veränderte. Nach dem Zweiten Weltkrieg kamen die neuen Vororte und Einkaufszentren, und das Geschäft spezialisierte sich mehr auf Textilien. Als Adam schließlich erwachsen und mit Grace verheiratet war, wurde nur noch Damenbekleidung verkauft, und ich hatte keinen verdammten Zweck mehr darin oder in der Geschichte. Ich fühlte mich nicht mehr wohl dort – ich erschreckte die Kunden, und sie erschreckten mich. Inzwischen war ich in den frühen Fünfzigern. Hatte von nichts 'ne Ahnung als von der Familie und dieser verdammten Stadt. Zu dem Zeitpunkt war ich schon ordentlich am Saufen und sah wahrscheinlich nicht allzu gut aus. Ich versuchte, andere Arbeit zu finden, aber die Dinge liefen nicht so günstig. Ich hielt mich mit kleinen Erledigungen für Elia und seine Frau über Wasser, und auch für Adam und Grace und deren Familie – Haus anstreichen, Reparaturen, dies und das –, und lebte dafür umsonst über dem Laden. In mancher Hinsicht war ich zufrieden. Die Leute erwarteten nicht mehr viel von mir. Ich hatte meine Gewohnheiten, die außer ein paar Streitereien und Sauftouren nicht teuer war'n. Als die Dowben-Kinder klein waren, baute ich für sie kleine Sachen – Hundehütten und Vogelhäuser und Spielzeugtruhen und so.

Was mich fertigmachte, war die Zeit. Die Kinder wuchsen auf und gingen weg, die alten Leute wurden stiller. Dann starb Elia. Ich wußte, daß die Familie mich nicht rauswerfen oder mir kein Geld mehr geben würde, aber das veränderte doch mein Leben. Ich war allein. Ganz allein.

Und meine schlechten Angewohnheiten wurden schlimmer – mehr Sauferei, mehr Schlägereien. Das ist nicht die Schuld vom Miststück. Sie hat nur erzählt, was passiert ist, jahrelang. Elia hatte mich bearbeitet, mehr aus mir zu machen – Bienen zu züchten oder Hühner zu halten. Damals hätte ich einen Kredit bekommen und mit irgendwas anfangen können – was aus meinem Leben zu machen. Es war kein Fehler von dem Miststück. Die Familie hätt's ihr sagen können. Zwei Sätze, und alle wären zufrieden gewesen. Die Wahrheit war einfach, es war nicht, was ich wollte. Ich wollte, daß alles wieder so wie in den Vierzigern war, ich wollte ein Geschäft, das alle brauchten, mit einem Inventar, von dem ich jede kleinste Kleinigkeit kannte, und wußte, wie man mit dem zurechtkommen konnte, was da war, wenn es keine Ersatzteile gab. Ich war da zu Hause gewesen, wo Mangel und Defizite der Welt meinen eigenen entsprachen.

Die juristischen Eier hörten mir bis zum Ende zu. Komisch, wir standen alle. Ein wirkliches Rechtsanwaltsteam hätte mit dem Kunden gesessen, aber da ich nicht vorhatte, sie zu bezahlen, kam's nicht drauf an, ob wir saßen oder standen. Als ich fertig war, standen wir alle bloß da. Dann sagte der links: »Was sollen wir für dich tun?«

»Tun? Gegen das Miststück klagen«, schrie ich. »Verklagt sie auf Totschlag, auf Mord, auf Körperverletzung, auf die Verdoppelung von namenlosen Eiern, die keine Gesichter haben! Diese Stadt ist voller Monster! Nicht persönlich gemeint, aber weit brauchen wir ja nicht danach zu suchen. Schafft das Miststück her! Bringt sie vor Gericht und zwingt sie, uns Leben zu geben.«

Sie wandten sich einander zu und fingen mit einem komischen Gemurmel an. Da waren Namen drin, soundso gegen soundso, und Berufung gegen Entscheidung 242. Buch sechs, Präzedenz, ranana, ranana, ranana. Das ging so vier oder fünf Minuten lang, und dann hörten sie auf, drehten sich zu mir um, und der rechts sagte: »Ich möchte gern Ronald Calhoun De Becque III genannt werden.« Und der auf der linken Seite sagte mit der gleichen Stimme: »Ich würde gern Ramon Sanchez genannt werden.«

»Es geht nicht bloß um Namen, hier geht's um Leben.«

»Eine Gruppenklage?«

»Richtig, Ramon, richtig.«

Wir sprachen darüber, und als ich ging, hätt ich schwör'n können, daß in ihren Gesichtern etwas anfing: Falten, Runzeln, Gesichtszüge, die mehr als Schlitze und Löcher sein würden vielleicht, jetzt, wo sie sich Namen gegeben hatten.

Soll ich Ihnen mal was über Licht und Zeit und Jahreszeiten in Gilboa erzählen? Das Miststück geht sorgfältig damit um, oder versucht's jedenfalls, aber da an erster Stelle die Handlung steht, hat die Zeit Angewohnheiten wie ein Gummiband, sie streckt sich lang und schnappt dann zurück. Ich hab nie in der wirklichen Welt gelebt, aber ich stell mir vor, daß die Zeit dort gleichmäßig verteilt ist, und daß jeder Mensch sie sich selbst erklärt. Nicht so hier. Wir wissen, wenn es Adam und Grace besonders gutgeht oder wenn sie sich streiten oder sonstwie Ärger haben, weil immer dann die Zeit sich sehr lang streckt, länger, immer länger. Dann – peng – ist es auf einmal nächste Woche oder nächster Monat oder der 4. Juli. Manchmal vergeht eine Jahreszeit an einem Tag, aber das schlimmste sind die ›Überprüfungen‹, wie ich das nenne. Man geht gemütlich die Straße entlang oder ist gerade am Trinken oder besoffen oder was zum Teufel auch, und plötzlich ist es vor zwei Jahren oder vor zwanzig. Dann weiß man, ein Hauptcharakter muß irgendwas in der Vergangenheit überprüfen. Das kann jederzeit passieren. Paar Mal wurde ich von jemandes ›Überprüfung‹ im zweiten Stock irgendeines Gebäudes erwischt und zurückgeworfen in eine Zeit, als das verdammte Gebäude noch gar nicht stand, und fiel zwei Stockwerke in die Tiefe. Die Leute in Gilboa reden nicht viel darüber, sind dran gewöhnt oder befangen. Hab nie drüber nachgedacht, bis ich rausgestrichen wurde. Dann hab ich nur noch drüber nachgedacht – das, und wie ich zurück ins Buch komme. Weil ich eigentlich weniger getötet als ungeschehen gemacht worden war, wäre mein Fall vielleicht nich' davon betroffen. Dann wurd mir klar, daß ich selbst zu dem Miststück gehen muß.

Leicht, denken Sie wahrscheinlich. Ich kenne ihre Gewohnheiten, wohin sie geht und wann. Ich hätte sie vom Münzfernsprecher aus anrufen oder ihr einen Brief schreiben können, aber am Telefon werde ich immer komisch – eine Stimme ohne Körper –, wahrscheinlich, weil ich an der Stelle Probleme habe. Mit der Post ist es das gleiche. Ich mußte sie von Angesicht zu Angesicht sehen, damit ich sie beobachten konnte mit ihr'n wäßrigen Augen und den dicken Brillengläsern.

Donnerstags geht sie einkaufen – Waschsalon, Bibliothek. Ich hing am Einkaufszentrum rum und folgte ihr in jeden Gang im Supermarkt, erwartete, daß sie mich erkennen würde, daß sie, auch mit einem schnellen Wegsehen, meine Existenz zur Kenntnis nehmen und zeigen würde, daß sie weiß, wer ich bin. Schließlich bin ich ihre Schöpfung. Wie 'n Kind von ihr. Andere sahen mich. Obwohl ich mich gekämmt und sauberere Kleider angezogen hatte, gab's verstohlene Blicke und heimliches Schulterzucken, und man räumte mir viel Platz ein, wie's immer ist. Könige und Krüppel – die Art von Platz. Sie ging an mir vorbei, sah an mir vorbei, wahrscheinlich nicht absichtlich; für sie war ich einfach nicht da. Das machte mich wütend, also fing ich an, kleine Spuren zu legen, Dinge zu machen, um ihre Aufmerksamkeit auf mich zu lenken. Ich murmelte Dialoge aus dem Buch, ich redete lauter. Im Buch kam was vor über meine Stimme – ihre hohe, nörgelnde Qualität. Ich glaubte, der Ton würde ihr bestimmt bekannt vorkommen, aber sie segelte an mir vorbei. Meine Schöpferin. Beim Denken, zweifellos. Ihr Auge ruhte auf dem Hähnchen.

Gerade als sie um die Ecke bog, wo die Kekse lagen, schnitt ich ihr mit meinem Einkaufswagen den Weg ab.

»Ich bin Arne Karlsson«, sagte ich, »geboren am 8. März 1978, gestorben am 6. Juli 1980. Wie geht es Ihnen? Mein Haar ist schlimm dran, und ich sehe jämmerlich und dreckig aus, weil's Ihnen so beliebt. Ich kann nicht lesen oder schreiben. Ich bin ein Trinker, Ihretwegen, und mit meiner persönlichen Hygiene steht's nicht zum Besten. Keine Ahnung, wann Ihre empfindlichen Sinne zuletzt von einem Alki im gemusterten Anzug beleidigt wurden, aber ich kann mich damit rumquälen. Ich sterbe ja schon.«

»Was willst du?« sagte sie.

»Was zum Teufel glauben Sie, was ich will? Ich will leben, oder zumindest halb leben. Ich will in Ihrem Buch sein, in Gilboa, so halbfertig, wie es auch ist.«

»Du bist nicht so, wie ich dich ausgedacht habe«, sagte sie. »Du bist kleiner, anders irgendwie.«

Dieser abschätzende Blick machte mich rasend. »Wissen Sie nicht, was Sie taten, als Sie eine halbfertige Stadt mit Krüppeln füllten, die Zeit in Fetzen zerrissen und wieder zusammennähten, um Ihren Bedürfnissen zu entsprechen, als Sie Abschaum aus mir machten, und als Ihnen das nicht mehr paßte, mich einfach töteten?«

Die Leute sahen zu uns herüber. Eine Sekunde lang dachte ich, jetzt hätte ich sie. Der Aufruhr war ihr peinlich, meine laute Stimme. Ich dachte, sie würde mir etwas versprechen, nur um mich ruhig zu kriegen. Dann sagte sie: »Warum kommst du nicht mit, und wir sprechen darüber?« Was konnte man statt dessen tun? Ich ging mit ihr, half ihr sogar, ihre verdammten Pakete ins Auto zu packen, und wir fuhren zu ihrem Haus.

Ich weiß nicht, womit ich gerechnet hatte – vielleicht eine Villa, wo sie doch Schriftstellerin war und so. Das Haus war ein stinknormales Vorstadthäuschen in einer Straße mit sieben andern, gewöhnlich wie die Hölle. Sie wollte wohl einen großen Baum im Vorgarten, aber das Ding würde noch weitere zwanzig Jahre brauchen, bis es voll ausgewachsen war, und bis dahin wäre das Haus längst baufällig. Die wirklichen Überraschungen erwarteten mich im Innern. Ihre Vorhänge waren die gleichen wie bei Grace und Adam in deren Haus, das gleiche mit den Stühlen und dem Tisch; die Ausstattung war die Ausstattung, die Elia und ich eingebaut hatten, als wir ihr Haus bauten, die Zimmerpflanzen waren die gleichen, in den gleichen Blumentöpfen.

Sie hat bemerkt, daß ich alles anguckte. »Erstaunt? Das solltest du nicht. Gilboa ist eine Mischung aus einem Dutzend Städten, die ich kenne, Straßen, durch die ich gegangen oder in denen ich gelebt habe, zumeist in meiner Kindheit. Oneonta, New York, 1946; Rockville, Maryland, 1948; Danbury, Connecticut, 1938. Die Häuser sind die Häuser meiner Verwandten, meiner Großeltern und meiner Kindheitsfreunde.«

Das hat mich doch einigermaßen getroffen, als sie das sagte. »Und die Leute?« habe ich gefragt. »Woher bekommen Sie die Leute?«

»Ich weiß es nicht. Ich habe eine Vermutung, aber ich weiß es nicht.«

»Was vermuten Sie?«

»Ich vermute, daß sie Teile von mir sind, und rein körperlich sind sie zusammengesetzt aus Leuten, die ich gesehen habe, aber nicht gut kenne.«

Mir wurde übel, dann schwach und schwindlig, und als ich wußte, daß ich kotzen würde, sah ich mich schnell um, sah die Küche am Ende eines kleinen Flurs. Ich rannte hin und schaffte es gerade noch zum Becken. Als es vorbei war, stand ich zitternd da. Sie kam rein und wollte wissen, ob ich etwas brauchte, um wieder zu mir zu kommen. Dann half sie mir in einen Sessel.

Wir war'n beide verlegen. Ich glaube, sie ahnte, warum mir schlecht geworden war. Hätte nichts genützt, es auf billigen Fusel zu schieben. Nach 'ner Weile sagte sie: »Ich würde es gern so wie Gott machen, mit genetischen Codes und allem, was dazu gehört, mit Eltern, Großeltern, die ganzen Generationen und jeder Mensch ganz. Ich würde gern jeden Menschen auf der Erde zur Hauptperson in seiner eigenen Geschichte machen. Ich kann es nicht; ich habe nicht die Begabung dazu.«

»Aber uns aus Teilen von *Ihnen* zu fabrizieren ...«

»Ich bin der einzige Mensch, den ich wirklich gut genug

kenne, aber es gibt Eigenschaften, Einstellungen, persönliche Ticks, die ich von andern habe. Es ist nicht alles von mir.«

»Aber das meiste...«

»Ja, das meiste.«

»Obwohl ich *das* jetzt weiß, will ich nicht sterben.«

»Kannst du nicht begreifen, daß du nicht in dieses Buch gehörst? Du bist zu stark für die Rolle, die du spielst. Hast du dich nicht die ganze Zeit schon gewundert, daß du viel besser definiert bist als die meisten andern außer den drei Hauptpersonen – Vorlieben und Abneigungen, Gewohnheiten, Geschichte?«

»Ich weiß warum. Meine Erinnerung.« Ich erzählte ihr meine Entdeckung, daß ich stark war, weil ich von Anfang an dabei gewesen war.

Sie ließ mich ausreden, meinte dann aber: »Es hat keinen Sinn, Arne. Laß mich mit dir arbeiten, dich in andere Form bringen. Ich werde sogar deinen Namen übernehmen; ich stecke dich bloß in eine andere Geschichte.«

Ich lachte ihr ins Gesicht. »Davon hab ich nichts! Ich bin zu stark. Sie haben mich ausradiert, und immer noch bin ich nicht tot. Sie haben jeden Hinweis auf mich von jedem Freund oder Nachbar ausradiert, und trotzdem bin ich hier.«

Sie sah traurig aus. »Der letzte Teil ist noch nicht erledigt.«

»Was ist das?«

»Das Buch selbst ist noch nicht Wirklichkeit geworden. Die Leute in New York werden es lesen und mit Lektoratsanmerkungen versehen, dann kommt es in die Setzerei, und schließlich wird es gedruckt und gebunden, und dann erst ist es real. Wenn das passiert, wird alles, was dort nicht steht, all die abgebrochenen Gedanken, die zusätzlichen Menschen und Ereignisse, die sich um den Schreibprozeß herum gruppierten, all die Träume und Energie, die es für mich ins Licht gehoben haben, herausgeschnitten sein, und was übrigbleibt, ist nur das, was geschrieben wurde.«

»Wie wird das sein? Werde ich Schmerzen spüren?«

»Weiß ich nicht.«

»Warum, verdammt noch mal, haben Sie mit mir angefangen, wenn Sie mich dann nicht leben lassen?«

»Ich dachte... Ich weiß nicht. Verzeih mir.«

»Ich werde sterben, weil ich nicht in Ihren Plan passe! Nun, Sie sind nicht die einzige mit einem Plan! Ronald Calhoun De Becque III und Ramon Sanchez haben auch Pläne.«

»Ja, weiß ich. Alles ist möglich, bis die Worte gesetzt sind und das Buch gedruckt.«

»Wie lange haben wir noch? Werde ich wissen, wenn es los geht? Ich meine, werde ich sofort sterben oder allmählich verschwinden, und wann?«

»Weiß ich noch nicht. Ich rechne mit dem Satz in den nächsten drei Monaten.«

»Also habe ich drei Monate Lebenszeit.«

»Wahrscheinlich.«

Danach blieb ich einigermaßen unentwegt besoffen. Manchmal ging ich hoch zu De Becque III und Sanchez. Man konnte sie jetzt unterscheiden, weil Sanchez sich einen Piratenschnurrbart für Kinder gekauft hatte und seiner Stimme einen leicht spanischen Beiklang gab. De Becque III war zu einem dieser Fotoautomaten gegangen, hatte sich zweimal fotografieren lassen und behauptete dann, das wären De Becque der Zweite und De Becque der Erste, und daß sie alle Anwaltszöglinge der juristischen Fakultät der Yale-Universität wären. Trotzdem waren sie immer noch eiergesichtig; er pflegte die Fotos zu zücken und sie einem bei jeder Gelegenheit vor die Nase zu halten. Seine Instant-Vorfahren.

Das war ihr Weg, den Schmerz zu ertragen und nichts zu tun. Sie haben nie eine Klage zustande gebracht.

Im ersten Monat kam das Miststück ein-, zweimal pro Woche und ging bloß in der Stadt rum. Die meiste Zeit verbrachte sie mit den Hauptpersonen, Grace und den andern, aber beim Kommen oder Gehen hielt sie öfter bei den »Zwei Charlies« oder dem »High« oder dem »Zahltag« an, wo ich rumhing, und ein- oder zweimal stolperte sie wie zufällig dort vorbei, wo ich bei den Mülltonnen lag oder an dem Zaun, den sie aufstellten, als die Autobahn gebaut wurde. Tatsächlich bin ich einmal an dem Zaun aufgewacht, begraben unter Papier, das über mich geweht war, Plastikmüll und anderes Zeug, und sie stand da und sah auf mich herab. Ich dankte ihr, daß sie das Wetter schön und warm beließ, so mußte ich wenigstens nicht im Schnee liegen, und ganz schnell schüttelte sie den Kopf und ging weg. Später regelte sie es in den Bars so, daß ich meinen Schnaps bekam und daß ich in ihren Hinterzimmern schlafen konnte, wenn ich zu besoffen war, um nach Hause zu kommen. Danach hat sie nicht mehr so oft nach mir gesehen.

Als die Zeit weiterging, fing die Stadt an den Rändern an zu verblassen. Anfangs war draußen im Osten ein großer Campingplatz gelegen, wo der Fluß mit einigen Wasserfällen zu Tal rauschte, aber obwohl er auf dem Stadtplan vermerkt war, schrieb sie nie etwas darüber und ließ keine Handlung dort stattfinden. Eines Tags beschloß ich, hochzugehen, aber als ich die Cleve Road eine Meile entlanggegangen war, hörte die Straße auf, und alles wurde zu Nebel, obwohl die Sonne in Gilboa schien. Drüben im Süden verschwanden die Hügel. Man hatte sie sowieso nur innerhalb der Stadtgrenzen gesehen; im Rücken fiel das Land ab, als wäre es weggesprengt worden, soweit das Auge reichte.

In der Stadt wurde es immer schlimmer. Ich hörte auf, Tage oder Nächte zu denken, Wochen und Monate, jetzt war die Geschichte fertig, also hörte die Zeit auf. Es blieb einfach nur noch Nachmittag, in keiner bestimmten Jahreszeit. Außerhalb der Kneipen wurde mein Stadtteil zunehmend vom Nebel ihres Vergessens geschluckt. Sogar Leute mit Gesichtern verblaßten allmählich. Es gibt noch was Schlimmeres als Eiergesichter, und das ist so 'ne Art von Plastiksack, aufgeblasen als Person, aus dem langsam die Luft gelassen wird. Man konnte sie hier und da sehen, aber meist blieben die Straßen leer. Die Hauptpersonen waren alle in ihren Häusern und warteten darauf, gedruckt zu werden. Als ich Adam das letzte Mal sah, meinte er, daß die Realität für die Hauptpersonen so lange bestehen würde, wie die Leute das Buch lasen, und daß die Schrumpfung durch den Druck und die Wirklichkeit so groß wäre, daß die Stadt überhaupt nicht so bliebe, wie das

Miststück sie sich ausgedacht hatte. Außer, daß er sie ›Die Autorin‹ nannte.

Und ich lebe immer noch. Der Spiegel im Drugstore ist spinnenfädenverwoben, der halbe Laden weggenebelt, aber ich bin noch hier, deutlich und häßlich, ein sehr alter Mann, vielleicht einen Meter fünfundsechzig groß, mit kratziger, schmutziger Unterwäsche unter einem zerrissenen Overall. Das Miststück steckt mich in eine andere Geschichte, und ich muß hierbleiben, bis sie damit anfängt, oder bis der Druck beg…

Die Flucht nach Ägypten

Sie geben einem einen kleinen Plan im Museum. Das hatte er nicht gewußt. An der Tür hatte Claude unsicher gezögert. Er war erschöpft und aufgedreht. Die ausgestreckte Hand hatte ihn an eine Festnahme denken lassen, deshalb war er leicht zurückgeschreckt, bevor er aufgeblickt und den Mann mit dem Museumsführer in der Hand gesehen hatte.

Claude wurde verfolgt, was ihm bislang erst zweimal passiert war, ein Alptraum, die absolute Zwangsvorstellung bei seinen seltenen Besäufnissen.

Er war auf dem Weg zur Druckerei gewesen, ein Geschäft in der Bisher Street, um einen Satz Visitenkarten abzuholen, als ein Mann schrie: »Der Mann – das ist der Mann, der –«, und Claude war wie ein Verrückter blindlings losgerannt; Stimmen hinter ihm riefen nach jemand, der ihn aufhalten sollte.

Zwei Blocks. Drei. Claude haßte die Vollzugsanstalt, aber Untersuchungshaft war ihm noch mehr zuwider. Viermal war er in U-Haft gewesen. Als ihm nach Ausruhen zumute war, er hatte Seitenstiche und war erhitzt vom Laufen, dachte er an das Untersuchungsgefängnis und lief schneller. Er war nicht sicher, daß man ihn verfolgte. Er glaubte, immer noch Schreie und Schritte hinter sich zu hören, aber er wußte, wenn er anhielt und sich umdrehte, würde er seinen Vorsprung verlieren. Links verlief eine

Hecke, und während er sie entlanglief, kam er zu einer kleinen Öffnung, wo eine verdorrte Staude entfernt worden war. Er brach hindurch in ...

Zuerst dachte er, er hätte einen ernsthaften Fehler gemacht. Die Fläche zwischen Hecke und Gebäude war völlig offen. Seine einzige Hoffnung lag in einem Sprint mit voller Kraft zu dem Gebäude hin, und dafür hatte er keine Luft mehr. Sein Herz schien zu platzen. Es gab keine Alternative. Er glaubte, Stimmen zu hören, eine Bewegung auf der anderen Seite der Hecke. Mit einem verzweifelten letzten Atemholen setzte er sich in Bewegung und rannte zu dem Gebäude.

Er ging zur Rückseite des Baus, eine Einfahrt oder ein Lieferanteneingang, wo er Luft holen konnte. Es war Februar, zwar ohne Schnee, aber von einer trockenen Kälte, die die Luft in seinen Lungen zittern ließ. Als er endlich aufhörte, zu husten und nach Luft zu schnappen, war er steifgefroren. Er ging herum zur Vorderseite. Es stellte sich als das Kunstmuseum heraus. Natürlich – er war auf der Allee an der Frontseite vorbeigefahren. Von der Seite aus hatte er nicht gemerkt, wie viele Häuserblocks er seit Bisher Street hinter sich gelassen hatte. Er brauchte eine Toilette. Er fror und spürte immer noch die Angst, die wie eine schnurrbärtige Ratte seine Haut erkundete.

Als er hineingegangen war, hatte er jenen Moment der Unsicherheit, das Eintauchen und Schwanken zwischen Panik und Befreiung verspürt, und den Führer entgegengenommen. Er suchte nach Geld für den Eintritt – »Oh, heute nicht«, sagte die Frau. »Dienstags ist der Eintritt frei.«

Also ging Claude den großen Treppenaufgang in den zweiten Stock hinauf und untersuchte den Plan auf mögliche Verstecke hin, eine alte Gewohnheit, ging von Raum zu Raum und wurde dabei immer ruhiger und wärmer. Es war ein angenehmer Ort. Die Wände ein sanftes Blaugrau, eine Farbe, die er mit Ruhe assoziierte. Der Ort war tröstlich, Saal für Saal ein wortloses Echo des Wohlbefindens aus einer anderen Zeit. Claude fühlte sich sicher genug, um sich zu setzen. Hier standen die Stühle in der Mitte des Raums und blickten auf die Wände. An den Wänden hingen Bilder, in jedem Saal in einem anderen Stil, vermutete er, oder aus einem anderen Land. Er gestattete sich eine Ruhepause in der Wärme und Wohligkeit des Ortes. Diese Räume waren so, wie er sich das Leben von reichen Leuten vorstellte.

Claude verdiente sich seinen Lebensunterhalt als Trickbetrüger. Er verdiente gut, manchmal sehr gut, aber er lebte zu nah am Abgrund, um sich reich zu fühlen. Immer wieder führte er die modernen Varianten des Verschwundenen Erben, der Kanalaktien-Vertauschung, des Trunkenbolds und ein Dutzend anderer Schwindeleien auf. Nur einmal war er richtig eingelocht worden, aber ein paar ländliche Untersuchungsgefängnisse hatte er von innen gesehen. Diese Erfahrungen tauchten immer noch in Alpträumen auf.

Diesmal war er in dem Stadtbezirk erkannt worden, den er fürs Geschäftliche freigehalten hatte. Koinzidenz. In Philadelphia war es mal passiert, als das Opfer sich als Vetter eines Mannes herausstellte, den er in Tampa übers Ohr gehauen hatte. Das war in Kings Counsel gewesen, wo er auftauchte, nachdem drei andere ›Künstler‹ den gleichen Trick einer nach dem andern drei Jahre hintereinander durchgezogen hatten. Hinterher war's witzig, aber erst dann. Noch nie war er von einem früheren Opfer auf der Straße gesehen und erkannt worden. Ein Teil seiner Begabung war physisch, eine Funktion von Gesicht und Körper, wie bei einem Tänzer.

Claude konnte jedermann sein. Normalerweise unauffällig, konnte er herrisch oder bescheiden, lehrerhaft oder sportlich, elegant oder als guter Kumpel auftreten, irgend jemand... niemand. Wenn man ihn ohne den erinnerten charakteristischen Beigeschmack wiedersah, blieb er unerkannt, sogar in den wenigen Gegenüberstellungen, die er hatte mitmachen müssen.

Nachdem er den Raum nach verdächtigen Leuten durchforstet hatte, was er schon vor langer Zeit gelernt hatte und inzwischen fast unbewußt tat, wurde er sich auf einmal bewußt, daß er ein Bild anschaute.

Es war ein religiöses Bild mit dem Titel: *»Die Flucht nach Ägypten.«* Er erinnerte sich an die Geschichte und an ähnliche Bilder aus der Sonntagsschule, aber dies hier war ungewöhnlich. Maria war eine strahlend schöne Frau, sowohl jungfräulich als auch mütterlich, umschleiert von ihrem eigenen fliegenden Haar. Sie trug ihren goldenen Heiligenschein beinahe wie ein Kleidungsstück. Der freundliche und zahme Esel wurde von einem nachdenklichen Joseph geführt; ein zufriedenes Jesuskind, ebenfalls mit Heiligenschein. Das Ungewöhnliche des Bildes lag in der überwältigenden Atmosphäre von Lieblichkeit und heiterer Stille, die der Künstler vermittelte. Dies war keine

Flucht, sondern ein Spaziergang. Er war in jenen wenigen Minuten zwischen Sonnenuntergang und Dämmerung angesiedelt, wenn der Schatten, dessen Konturen inzwischen verloschen sind, hinter jedem Felsen und Baum hervorleuchtet. Gnade hing in der gemalten Luft wie Glockenklang. Im Hintergrund ging die Arbeit auf den Feldern weiter, ein möglicher Beistand, aber kein Eindringen in das ruhige Fortschreiten der Heiligen Familie. Und es handelte sich um Italien, nicht Ägypten, ein Land, in dem die Natur domestiziert war, in der sie gepflegt wurde und sich gütig erwies. Weder in Josephs noch in Marias Gesicht fand sich die Qual des Hungers, bekannt oder erwartet, die Anspannung der Furcht, die Fragen einer Flucht: wohin, was als nächstes? Claude, der von der unerwarteten Notwendigkeit der Flucht bedrückt war, fand sich im Angesicht einer göttlichen Flucht, die von beinahe verzückter Heiterkeit durchdrungen war.

Er wurde sich bewußt, daß die Zeit verstrich, aber er war zufrieden. Je länger die Verfolger brauchten, um so unwahrscheinlicher war es, daß sie ihn fanden. Er könnte später die Visitenkarten vom Drucker abholen, auf einem anderen Weg, vorsichtshalber. Zum Glück hatte das Opfer ihn auf der Straße, nicht im Geschäft gesehen. Er war sehr vorsichtig gewesen in dieser Stadt; der Zwischenfall mußte nicht unbedingt gefährlich werden. Ganz gefangen im Museum, im Leuchten dieses Bildes, überprüfte Claude seine Pläne. Er sah noch einmal hin: es war ein ehrliches Bild; kein Betrug. Keine Bewegungslinien verführten das Auge, keine perspektivischen Tricks verblüfften oder zwangen den Betrachter. Die Heilige Familie war einfach da, im Vordergrund, in einer ländlichen italienischen Szene. Er bewegte die Augen langsam von rechts nach links, als ob die langsame Gruppe sich auch bewegte, und er sah die kurvenreiche Straße, die an Bauernhöfen, kleinen Baumgruppen und gepflügten Feldern vorbeiführte. Es war ein Abend im Vorfrühling.

Claude stand auf und ging von Saal zu Saal auf der Suche nach einer ähnlichen Beglückung durch ein anderes Bild. Es gab viele hübsche Bilder, dachte er, einige waren dumm, manche häßlich, und einige waren Schwindel. Einige praktizierten die gleichen Tricks wie er; sie stellten mit den Menschen, die sie betrachteten, eine Verbindung her und legten ihnen nahe, wie sie sich fühlen sollten. Er hatte das sein Leben lang getan. Ein paar waren sie selbst, aber keins hatte die direkte Heiterkeit der *»Flucht nach Ägypten«*, jenes tiefe Schweigen. Er ging zurück und blieb noch eine Weile davor sitzen.

Claude war mit dem Schwindel groß geworden, damit, andern Kindern auszureden, ihn zu verprügeln, und später in der High School und auf dem College zog er ihnen Drogen und Geld aus der Tasche, machte ihnen die Mädchen abspenstig. Er hatte Jahre gebraucht, um zu lernen, daß der Appell an anderer Leute Begierden der zweite, unwichtigere Teil des Betrugs war; der erste war Vertrauen, sie dahin zu bringen, die Welt so zu sehen, wie er sie angeblich sah, ihr Interesse zu wecken. Dann schien ihre Begierde nicht mehr gierig, sie erschien eher wie Gerechtigkeit oder Spaß, oder Liebe, was auch immer er behauptete, daß sie wäre. Betrügereien hatten Claude Abwechslung und Abenteuer gebracht. Er war in zwei Dutzend Städten in einem Dutzend Jahren gewesen. Er hatte Zeit abgesessen, und er hatte keine Freunde und keinen wirklichen Frieden.

Hier arbeitete er gerade an einer Variante des Uranförder-Tricks, den er ›Giftmüll‹ nannte. Bei der ›Uranförderung‹ mußte man den Leuten einen Berg Minenrückstände verkaufen. Bei ›Giftmüll‹ verkaufte man ihnen nutzlosen Boden, je gottverlorener, ausgetrockneter und entfernter von Wasserressourcen, um so besser. Es war ein guter Trick, weil drei Viertel davon legal war. Dem Opfer gehörte das Land wirklich, wenn er es von Claude kaufte. Das einzig vorgetäuschte waren Claudes Name, seine Seriosität als privater Subunternehmer der Nuklearabfallkommission und die Information, daß die Regierung dieses Land von Privatleuten pachten oder aufkaufen wolle, um dort geringe Mengen von Giftmüll zu lagern. Die Grundstücke, die Karten und die Analysen stimmten alle. Daß die Geheimhaltung nur den Begierde-Anteil des Schwindels abdeckte, vermittelte den nervösen Opfern Sicherheit. Claude war gut vorangekommen. So gut, daß er sogar überlegte, Charley Quick die 500 Dollar im Monat zu bezahlen, um den Telefonanschluß in Washington D. C. zu reaktivieren. Dieser spielte die gespeicherten Ansagen ab, daß es sich um das Büro von Sowieso – welchen Namen auch immer Claude gerade benutzte – handelte. In den zwei Jahren, seit er mit diesem Trick arbeitete, hatten nur zwei Leute je nach Washington angerufen, um ihn zu überprüfen. Wenn er die Nummer wieder hätte, würde er die Opfer anrufen lassen. Das beschleunigte die Dinge.

Bald wurde geschlossen, und da es Winter war, war es dunkel. Er überlegte, schnell und geduckt zur Druckerei zu laufen, seine Bestellung abzuholen und zu verschwinden. Er stand auf, warf einen letzten Blick auf die Heilige Familie am Ende ihres Tages. Bald würden sie in eine mildere Nacht eintauchen und einen sanften Schlaf, sogar draußen auf warmer Erde und unter einem wohlwollenden Himmel.

Claude übernachtete immer in Hotels mittlerer Preisklasse, wenn er arbeitete, und weder ging er selbst noch führte er potentielle Opfer in teure Lokalitäten aus. Er mußte sich so verhalten, als wäre er wirklich vertraglich an das NWDC gebunden. Wenn er einen Betrug durchführte, mußte sein Leben eine größere Konsistenz als ein normales Leben aufweisen, und während die Sache lief: kein Alkohol, kein Spiel, keine Mädchen. Claude war vorsichtig. Er hatte zu viele ›Künstler‹ gekannt, die geschnappt wurden, weil sie dumm oder eitel waren oder an den falschen Orten gesehen wurden. Die Aktion dauerte jeden Tag vierundzwanzig Stunden, was langweilige Tage und lange Nächte bedeutete. Gewöhnlich verbrachte er seine Abende mit Zeitungslektüre, durch die er potentielle Opfer ausspähte oder Landkarten vorbereitete, die er nutzen würde. Hin und wieder las er Dinge zur Aufrechterhaltung seiner Identität, um bei seinen Schwindeleien überzeugend auftreten zu können.

Und jetzt kam das Geld herein. Er bearbeitete eine neue Klientel, Ergebnis einer Unterhaltung, die er im Flugzeug mitgehört hatte. Die neuen Opfer waren pensionierte Regierungsangestellte. Er entnahm ihre Namen kleinen Vorstadtblättern, zusammen mit Hinweisen auf ihre Clubs und andere interessante Einzelheiten. Diese Leute waren oft ausgebrannt und manchmal verbittert angesichts von Jahren bürokratischer Mittelmäßigkeit. Es war leicht, sie in der Kirche oder im Club zu treffen, ein Gespräch anzufangen, beim Essen damit weiterzumachen und ihnen die Idee nahezubringen, daß er ihnen etwas von dem Land verkaufen könnte, das die dicken Bonzen sowieso kaufen würden, bevor die Regierung es pachtete oder kaufte. Warum nicht selber zuschlagen? Warum nicht, nach all der Verschwendung und Unfähigkeit, die die Regierung ihnen zu schlucken gab, einmal auf der Gewinnerseite stehen? Es war leicht, herauszuspüren, wer darauf eingehen würde und wer nicht, rechtzeitig genug, daß fast alle ausgespielten Karten schon nach dem ersten Mal Trümpfe einbrachten, eine große Zeitersparnis. Diese Opfer verfügten über weit weniger Geld als seine gewöhnliche Klientel, aber es gab viel mehr von ihnen, und seine tausend Morgen Colorado-Wüste gingen in Zehn-Morgen-Parzellen für zweitausend pro Morgen weg. Es war ein großartiges Geschäft, erklärte er ihnen, und eine geringe Wiedergutmachung für all die Jahre der Plackerei und Anstrengung. Es handelte sich nicht um Gier, vermittelte er ihnen, sondern um Gerechtigkeit.

Er hatte Verabredungen, Mittagessen, Abendessen den ganzen Rest der Woche. Seine Parzellen und Landkarten füllten sich mit den Namen der Landbesitzer. Da niemand Schürf-, Wasser- oder Straßenbauanträge stellte, würden wenige der lokalen Behörden etwas mitbekommen. Claude hatte zwei Fahrten zu den Grundstücken unternommen und durchsickern lassen, daß er das Land für ein religiöses Refugium kaufte. Die Mitglieder seiner Sekte ehrten die Wildnis als gottgewollt und wollten sie auf diese Weise schützen, sagte er. Sie würden nur auf Pilgerreisen vorbeikommen. Es war eine Goldgrube, und er würde große Ländereien in Utah, Wyoming, Montana, Idaho, Nevada, New Mexico, Arizona aufkaufen ... überall war Platz für Mülldeponien. Er könnte den Schwindel in jedem Land der Union aufziehen. Er war zweiundvierzig, und solange es ihn nicht langweilte, könnte diese Sache ihn für den Rest seines Lebens versorgen.

Claude war kein religiöser Mensch, aber er war wie die meisten, die am Rande der Gefahr leben und arbeiten, abergläubisch. Das Museum hatte ihn gerettet; die Heilige Familie war ihm Freund geworden, und er tat, was nur recht und billig war. Er ging wieder hin, aus Dankbarkeit, und dachte über die Szene heiterer Dämmerung nach. Der Ausflug war so angenehm, daß er nochmals hinging, und auch ein viertes Mal.

Bei diesem Besuch schaute der Museumswärter, der am Eingang des Saales jenseits dieses Raums stand, vorbei und ging, als er ihn sah, zu ihm: »Hab Sie da sitzen gesehn, drei-, viermal. Wir haben einige regelmäßige Besucher, Studenten und so, aber Sie mal'n das Bild nicht ab; gibt einem irgendwie Auftrieb, finden Sie nicht? Sie sehen sich auch andere Bilder an, aber eigentlich kommen Sie zu diesem hier, hab ich recht?«

Claude nickte. »Dies hier ist hübsch, friedlich«, sagte der Wärter. Sie sahen es eine Weile gemeinsam an, und dann nickte der Mann und ging an seinen Platz zurück.

Dies war einer der seltenen Momente, erkannte Claude, den er mit einem anderen Menschen ohne ein anderes Ziel als genau dieses geteilt hatte. Claude ging jeden Sonntag zur Kirche, weil die Opfer Frömmigkeit immer noch mit Tugendhaftigkeit gleichsetzten. Er traf sie in der Kirche. Er ging zu Mittag- und Abendessen mit seinen Opfern, und er spielte Tennis und Golf und Handball mit ihnen. Mit jedem seiner anvisierten Opfer lebte er eine sorgfältig konstruierte falsche Identität: ein Familienvater mit Ehefrau und zwei Teenagern. Er sagte, es wären schüchterne Kinder, weil das die Opfer sympathisch fanden und sich dabei ein bißchen überlegen fühlen konnten, woraufhin sie dann über ihre eigenen Kinder sprachen. Claude war immer überrascht darüber gewesen, wie wenig Einzelheiten er herausgeben mußte. Seine Frau. »Meine Frau mag es nicht, wenn ich soviel reise.« Das war alles, was er über sie sagen mußte. Der Wärter war kein potentielles Opfer. Sie waren zusammen still gewesen unter dem Zauber des Bildes. Er hatte keine Lüge ausgesprochen.

Claude war nicht verheiratet. Mit neunzehn hatte er eine Dummheit begangen und die Scheidung des armen Mannes vorgezogen. Er war weggelaufen. Dann hatte es Louise gegeben, als er achtundzwanzig war. Sie hatten einen Teamjob geplant. Sie hatte die »Rachsüchtige Sekretärin«-Nummer in den Saloons gedreht, als er sie kennenlernte. Sie war wunderschön und sexy, aber völlig disziplinlos, sie war gierig, und, das schlimmste von allem, ihre Zeitplanung war schlecht. Sie konnte billigen kleinen Tricks nie widerstehen, zuwenig Wechselgeld herausgeben oder Taschendiebstahl, wenn er ein Opfer für ein paar Tausender an der Angel hatte. Sie hatten sich gestritten, weil er auf etwas hoffte, was er nie zuvor gewollt hatte – Freundschaft und Sex vielleicht, mit jemandem reisen, die... aber sie hörte nicht auf mit den Tricks, und er hatte sie in Las Vegas verlassen. Wahrscheinlich war sie gerade irgendwo eingelocht, aber er hätte gern...

Er saß vor den drei stillen Menschen und dem heiteren kleinen Esel, alle in Bewegung, und erinnerte sich an die Begeisterung beim Gedanken an diese Vorstellung, als er noch jung war. Gehen, fahren, wegkommen. Die Hälfte der aufregenden Faszination der Betrügereien stammte damals daher, daß man nicht angebunden war, nicht eingebunden, nicht festgebunden an einen langweiligen Ort und immer dieselben Leute. Er hatte sich von Frackville, Pennsylvania, verabschiedet, als er fünfzehn war, und von den Gesprächen über den Kohlepreis, ausländische Konkurrenz, Arbeitslosigkeit. Wo gab es denn Arbeit? Das ganze Land war schwer vor Geld, erschlagen von seinem Gewicht, und bettelte nur darum, erleichtert zu werden. Diese Maria, dieser Joseph, Spazierengehen im Abendlicht... Sie blieben den großen Städten fern. Großstädte hatten ihn fasziniert, als er anfangs unterwegs war. In den letzten Jahren hatte er festgestellt, daß kleiner einfacher war. Mittelgroße Städte haben keine großen Betrügerbanden. Die Leute hier waren besorgter um ihren Ruf, Ehrverlust und Scham waren schlimmer für sie als materieller Verlust. Er hatte zurückgesteckt und sein Einkommen verbessert. Er hatte härter gearbeitet, war mehr gereist, sechs Monate pro Stadt und dort immer nur jeweils Ding, egal wie verführerisch es war. In den letzten zehn Jahren war er dank einer Disziplin, die auf den Fehlern anderer aufbaute, frei geblieben und reich geworden. Er verbrachte seine monatelangen Urlaube in den besten Hotels der exklusivsten Feriengebiete. Manchmal spielte er. Wenn er an einem schönen Haus vorbeifuhr, stellte er sich selbst darin vor, aber er wußte, daß er sich nie niederlassen würde. Haus und Garten gab es nur in der Phantasie; zwei Minuten davon in Wirklichkeit, und er würde durchdrehen. Er gehörte zum fahrenden Volk, so wie sie, wie Maria und Joseph.

Seinen nächsten Museumsbesuch unternahm er, um sich zu verabschieden. Die Parzellen füllten sich, und die Landkarten waren fast soweit, zusammengerollt zu werden. Noch sieben Unterschriften, und er könnte weg sein, weiter nach New Mexico, um den halben Staat dort aufzukaufen.

Er saß in dem Stuhl gegenüber dem Bild. Er wollte die Szene im Gedächtnis behalten, die kleinen Menschen im Hintergrund zählen, die Häuser an ihrem Platz, den abendlichen Kaminrauch aus den Schornsteinen ganz am Ende der gepflügten Felder fixieren. Wenn er alles zählte, abmaß, verortete, vielleicht könnte er dann, wenn er wollte, das Bild heraufbeschwören, es für sich selbst an einem neuen Ort rekonstruieren. Der Wärter kam lächelnd herüber.

»Wie geht's?«

Claude wollte nicht lügen. »Ich muß bald fort. Ich wollte mir dieses Bild einprägen.«

Der Mann nickte. »Mein Bruder macht so was auch, Jobs von der Hölle bis nach Texas. Ein Umzug für länger, Ihr Fortgang?«

»Ja.«

»Hören Sie, ich hätte schon früher daran denken sollen. Unten gibt's einen Souvenirladen. Sie verkaufen dort Drucke, wissen Sie, Fotografien, sogar Reproduktionen, in der gleichen Größe und alles. Wenn Sie keine Reproduktion bekommen, könnten Sie dort zumindest ein Bild zum Mitnehmen erhalten.«

»Wirklich?«

»Natürlich; gehen Sie dort runter und fragen Sie nach diesem Bild.«

Die Verkäuferin in dem Laden meinte, sie hätten auch ein Foto und eine Weihnachtskarte, und es gab Drucke, in voller und in halber Größe. Einen Augenblick lang verspürte er einen Stich, daß ein solch besonderes, wunderbares Bild so gewöhnlich und ersetzbar gemacht worden war, aber er würde nicht wiederkommen, oder wenn, dann nicht mehr als einmal. »Ich möchte mir den Druck ansehen«, sagte er.

Er empfand eine eigenartige Erleichterung, als er sah, daß es nur ein Bild, keine Kopie der *»Flucht nach Ägypten«* war. Die Farben waren weder so fein noch so klar, und die leuchtende Qualität fehlte. Aber als Bild könnte es seine Erinnerung stützen, ausgerollt in Hotelzimmern oder in Zügen oder Flugzeugen, wenn er es brauchte, die Beschwörung von Frieden, die Süße seiner künstlerischen Vision. »Ich nehme den Druck«, sagte er.

Sie gab es ihm zusammengerollt aus einer Kiste mit

anderen Rollen. Er ging zur Post und besorgte sich eine Versandrolle, um es darin aufzubewahren. Bis Donnerstag wäre er weg. Außer wenn jemand mißtrauisch würde und die NWCD überprüfte, würde er sechs oder sieben Monate fort sein, bevor die Leute anfingen, sich in Washington nach ihrem Müllplatz zu erkundigen.

Claude verbrachte den Rest des Tages in der Bibliothek auf der Suche nach neuen Grundstücken, die er in vier weiteren Staaten kaufen wollte. Außerdem fing er mit seinen Verabschiedungsanrufen bei seinen zweiundneunzig Opfern an, was ihm einen längeren Vorsprung gewährte. Er sagte, er ginge zurück nach Washington, um der Kommission Bericht zu erstatten. »Natürlich werden Ihre Namen nicht erwähnt, und niemand wird wissen, daß Sie einen Teil des Landes gekauft haben. Gewöhnlich dauert es ein oder zwei Monate, bis die Zustimmung durch ist, aber Sie wissen ja, wie es bei der Regierung zugeht. Irgendwann, in vier bis sieben Monaten, wird man Ihnen ein Kaufangebot machen. Wenn Sie verkaufen, erwarte ich eine fünfprozentige Beteiligung am Geschäft. Und es zahlt sich aus, nicht zu habgierig zu sein. Im Gegensatz zu den Hundertfünfundsiebzig-Dollar-Schraubenschlüsseln mag unsere Behörde keine direkte Räuberei. Verlangen Sie einen vernünftigen Preis, und beide Seiten haben etwas davon.« Am Abend hatte er ein anderes Paar, einen pensionierten Postbediensteten und seine Ehefrau, eine Lehrerin. Der Mann war wütend auf das System und geladen. Claude versuchte nicht, seine Wut mit Logik zu bremsen. Das Geschäft war beinahe perfekt, bevor Claude soweit war. »Ich möchte Ihnen die Gegend zeigen«, sagte er.

»Ich kenne sie«, sagte der Mann. »Ich war schon in dem Teil des Staates.«

»Also, hier ist es«, und Claude entrollte die Erschließungskarte. »Ihre Gegend ist am Nordende von ...« Er sah das Paar an und erkannte an ihren Gesichtern, daß etwas nicht stimmte.

Er hatte die falsche Hülle genommen – er hatte *»Die Flucht nach Ägypten«* aufgerollt. Leicht zu erklären, was er auch tat – der Geburtstag seiner Frau, und er hatte das Bild gesehen und gedacht, es könnte ihr gefallen ... hatte die falsche Rolle in sein Attaché-Köfferchen gesteckt ... die andere war oben, nur eine Minute ... Vor Jahren hatte er gelernt, wenn etwas im kritischen Moment schieflief, wenn die Realität wie eine Sicherheitsnadel an den Strapsen eines Callgirls aufblitzte, daß dann der Deal platzte. Opfer mögen Verläßlichkeit durch Gleichförmigkeit, keine Tiefendimension.

»Ist schon in Ordnung«, sagte der Postbeamte.

»Eigentlich nicht«, antwortete Claude. »Ich fühle mich verpflichtet, Ihnen zu zeigen, was Ihnen gehören wird.« Er wußte es. Er wußte, es war vorbei. Er verließ das Paar und ihren Scheck am Tisch. Als er mit der Karte zurückkam, waren Paar und Scheck verschwunden.

Er hatte eigentlich keine Sorge. Rechtschaffenheit und Wirklichkeitssinn würden mit dem Morgen kommen, aber sie würden einen oder zwei Tage brauchen, sich zu entscheiden, und ein oder zwei Tage war alles, was er für den Verkauf der letzten paar Grundstücke brauchte, um danach zu verschwinden. Wahrscheinlich würden sie nicht zur Polizei gehen. »Eure Flucht hat meine Flucht ermöglicht« sagte er zur Heiligen Familie, rollte das Bild ein und steckte es in die Hülle zurück. Er war irritiert wegen des Vorfalls, seiner eigenen Gedankenlosigkeit, aber vor einem Monat, vor zwei Wochen – wäre er heiß vor Wut und Enttäuschung gewesen. Einen Moment lang fragte er sich, ob sich etwas in ihm verändert hatte, daß ihn seine Denkschärfe gekostet hatte. Potentielle Opfer lebten so, und bis jetzt hatte sie das in seinen Augen geschwächt. Ein Opfer in Louisville hatte seine Gewinne behalten wollen, um seinen behinderten Sohn bei sich zu halten. Ein Opfer in Wichita unterstützte seine unverheiratete Tochter und zwei Kinder – Liebe und Angst – Ärger und Verbundenheit. Dies waren gewöhnliche Erfahrungen für alle außer für Leute wie ihn. Normale Menschen wurden täglich durch das, was sie liebten und wofür sie sorgten, in Verlegenheit gebracht.

Der Fehler durfte allerdings nicht noch einmal passieren. Er würde die Hülle markieren, um sich selbst zu warnen, aber wie eine Familie würde es immer da sein, damit er es im Auge behalten und sich um es kümmern müßte. Es würde immer da sein, um ihn aufzumuntern. Vielleicht wäre er nie mehr so glatt in seinen Lügen. Im nächsten Ort, wenn die Geschichte, die Identität ausgelegt werden müßte, könnte er plötzlich die sorgfältig durchdachte Ehefrau, den schüchternen jugendlichen Sohn, die Tochter mit ihren Zahnspangen vergessen. Möglicherweise würde er sagen: »Das ist nur mein Bruder Joseph, und natürlich Maria und das Baby.«

Bleibende Erinnerung

Jurgen war zu Leonard auf den Hof gekommen, um ihm zu sagen, daß ein Besucher wartete. »Ich glaube nicht, daß es jemand aus der Verwandtschaft ist«, sagte er und sah Leonard dabei merkwürdig an. Leonard erhob sich und folgte ihm, froh über die Unterbrechung der Routine. Die Medienbesuche waren spärlicher geworden; wenn es eine Frau war, würde er sie vielleicht um Geld angehen können. Er brauchte Geld. Mit dem gleichen befremdeten Blick ließ ihn Jurgen sich frischmachen, bevor er hineinging. Der Besucherraum war groß und kahl und in der Mitte von einer Plexiglas-Barriere geteilt. Eine Person war da, seine Besucherin, die älteste, häßlichste Frau, die er je gesehen hatte, ein Skelett, ohne Lippen und völlig runzlig. Ihre Finger bewegten sich über Gesicht und Körper, berührten sich, zogen und zerrten an dem zerlumpten Kleid, das sie trug. Zum ersten Mal war er froh, nicht deutlich sehen zu können. Eine frühere Besucherin hatte ihre Seite der Plexiglas-Unterteilung mit Küssen bedeckt, und die Schmiererei war noch nicht abgewischt worden. Er setzte sich und sah sie mit geneigtem Kopf an. So machte er es mit der Presse.

Die Frau beobachtete ihn, dann öffnete sie zu seinem größten Schrecken den Mund und stieß einen gellenden Schrei aus. Auf beiden Seiten der Barriere drehten die Aufsichtsbeamten sich um, aber so etwas passierte hier, also drehten sie sich wieder weg. »Lady«, sagte Leonard, »ich kenne Sie nicht. Da muß ein Fehler passiert sein.« Sie ging ihm auf die Nerven.

Sie hustete und versuchte mit allen möglichen Verrenkungen und Schluckbewegungen, das Weinen zu unterdrücken. Sie verschluckte sich an der Luft und zwang einen weiteren Schrei zurück. Er war wie gelähmt, wie ein Zuschauer angesichts eines tödlich verwundeten Wracks. »Ich brauche Sie«, sagte sie. »Ich und die andern – all die andern – brauchen Sie«, und ihre Hände liefen wie Spinnen rauf und runter, rauf und runter an ihrem Gesicht, an ihrem Haar, an ihrem Körper.

Leonard war angewidert und von seinem Ekel fasziniert. »Was bedeutet das? Wer sind Sie?«

»Gehenna«, sagte sie.

»Also, Frau Gehenna.«

Ihr Lachen war fürchterlicher als ihr Schrei. Zum ersten Mal, seit er hier war, sah Leonard die Wachen erschaudern. Auf beiden Seiten der Barriere zogen sie sich hinter die Türen zurück und beobachteten sie durch das Glas. Die Frau holte wieder Atem. »Die Zeit reicht nicht zum Schreien«, sagte sie. »Es ist zu spät zum Lachen oder Schreien. Hören Sie zu. Gehenna ist nicht meine Identität«, und ein Lachen wie ein Schluckauf entfuhr ihr, »obwohl Gehenna meine Herkunft ist. Es ist die andere Seite, wo die Seelen der Bestraften schäumen, und Feuer vom Himmel fällt und sich in unserm Haar festsetzt. Hören Sie gut zu. An einem Tag der Woche, von der Morgen- bis zur Abenddämmerung des Sabbat, weicht das Gesetz, und wir sind von ihm frei; dann jubiliert die Hölle lauter als der Himmel.«

»Was soll das alles –«, fragte Leonard. Die Frau mußte verrückt sein.

»Hören Sie zu. Am Sabbatmorgen erlischt das Feuer, der Flammensee trocknet aus, und wir sind frei und können in die Welt hinausgehen. Hören Sie: Was stellen Sie sich vor, was wir machen, in Ewigkeit sechs Tage in der Woche kopfüber aufgehängt? Wie halten wir das aus, wie gebündelte Fledermäuse im Speicher, wo Flammenfetzen uns verbrennen, indem sie unser Fell anzünden?« Leonard schwieg. Sie beugte sich vor und flüsterte durch die Sprechöffnungen in der Plexiglasscheibe. »Wir erzählen uns Geschichten. Im ersten Jahrtausend erzählen wir unsere eigenen Leben, alle Beweise, Rechtfertigungen, wieder und wieder. Wir beweinen die Ungerechtigkeit unserer Verdammung, wir suchen unsere Verwundungen immer wieder auf, die eigenen und die andern zugefügten, immer und immer wieder.«

»Was wollen Sie von mir?«

»Hören Sie! Hören Sie! Warum glauben Sie, schuf Gott den Menschen? Weil er das Geschichtenerzählen liebte. In Gehenna verbrennen oder erfrieren die Musikinstrumente, und die Noten brennen in den Mündern der Spieler. Die Kunst wird zu beißendem Qualm; der Marmor der Bildhauer verbrennt zu ungelöschtem Kalk. Nur die Geschichten – hört! Wir sagen ›Hört!‹, und wir erzählen Geschichten.«

»Ich gehe zurück in den Hof«, sagte Leonard und stand auf. »Ich glaube, Sie sind verrückt.«

»Ich kann Sie hier rausbringen«, sagte die Frau. Leonard hielt inne. Auf der Höhe, auf der er jetzt stand, war das

Plexiglas weniger verschmutzt und zerkratzt. Er sah ihr Gesicht. Dann glaubte er, was sie sagte. Auf ihrem Gesicht gab es keine Narben, nur frische Brandwunden, aus solcher Nähe zugefügt, daß sie wie Staubverbrennungen aussahen, die immer wieder erneuert wurden. »Wie können Sie mich rausholen?«

Ihre Stimme klang körnig. »Sie sind zu fünfzehn Jahren verurteilt, Bewährung in siebeneinhalb. Raub in besonders schwerem Fall.«

»Es ging nicht ums Geld«, sagte Leonard. »Sie würden das nicht verstehen. Es war ein Statement gegen eine repressive Gesellschaft, gegen eine Gesellschaft, die das Recht auf Eigentum höher bewertet als die Menschenrechte.«

»Hören Sie. Dafür haben wir keine Zeit, für all die Gründe und Rechtfertigungen. Ich habe nur diesen kleinen Sabbat, einen Sabbat, den Sie vergeuden, einen Sabbat ohne Wert für Sie. Sie müssen 2737 Tage absitzen. Sie haben 364 abgesessen, so daß Ihnen einschließlich der Schaltjahre noch 2375 Tage bleiben. Für jeden einzelnen dieser Tage kann ich Ihnen das bieten, wonach Sie sich verzehren – Bewußtlosigkeit, Nichtsein, Träume – lange, liebliche Träume. Während Sie fort sind, funktionieren Sie in dieser Welt weiter, ohne den Risiken und Gefahren dieses Orts ausgesetzt zu sein. Hören Sie, Sie werden genau so lange bei Bewußtsein sein, daß Sie uns geben … was wir brauchen. Es wird zu einem Zeitpunkt vor dem morgendlichen Erwachen des Gefängnisses passieren. Dann werden Sie entscheiden, welche Ihrer Erinnerungen Sie uns geben. Das wird Ihr Beitrag zu dem sein, was wir brauchen, verbrauchen, begehren …«

»Erinnerung? Welche meiner Erinnerungen?«

»Unsere eigenen Erinnerungen brennen und verbrennen uns. Die schlimmen sind all diese Jahre von Selbstrechtfertigungen in endloser Wiederholung. Sogar die guten werden in Gehenna beschmutzt. Um jene auszuschließen, zu ertränken, hängen wir da in Angst und Furcht und schreien die Geschichten anderer heraus, nehmen uns andere Tage und andere Träume, sehen andere Straßen und leben in andern Häusern. Hört zu, sagen wir, und wir wickeln unser brennendes Fleisch in eure Empfindungen, in eure Beschwörungen der Vergangenheit. Behalten Sie, was Sie möchten; bewahren Sie sich, was Sie wollen. Geben Sie mir, uns, die demütigenden Momente, die Zeiten der Schwäche, der Feigheit, der Streitigkeiten mit Freunden, des Mißbrauchs durch unsere lieben Nächsten. Für diese Ereignisse und die damit verbundenen Empfindungen, für jede einzelne, können Sie einen Tag Bewußtlosigkeit im Rückzug von hier bekommen, von dem Haß, der Feindseligkeit, der Langeweile und Gefährlichkeit dieses Orts.«

Dann schwieg sie, aber ihr Körper vibrierte vor Ungeduld, ihre Hände zupften, glätteten, entdeckten die Funken ihrer Feuerwelt, als wollte sie sie auslöschen, bevor sie sich an ihr entzündeten.

»Ist dies ... ein Job ... nur für mich?«

Sie lachte. »Gehenna existiert jeden Tag und jede Nacht sechs Tage die Woche in Ewigkeit, und das Bedürfnis erlischt nicht. Wir haben eine Dame in New Jersey, die uns all die Häßlichkeit, die sie je gekannt hat – eine elende Kindheit, eine abstoßende Vergewaltigung –, überläßt und sich jedesmal in ein hawaiianisches Urlaubsparadies mit einem Traum-Liebhaber fortträumt, wenn die Familie ihres Mannes zu Besuch kommt. Oder der Mann in einem kubanischen Knast – im Vergleich mit ihm sind Ihre Tage hier himmlisch. Wir haben Kinder ...«

»Kinder?«

Die alten Falten zogen ihre Mundwinkel hoch. Er wußte nicht, ob es Lachen oder Stöhnen war. »Wie können Sie unterstellen, daß Kinder Leben führen genau so, wie sie wollen, oder daß sie keine Erinnerungen kennen, mit denen sie uns bezahlen können? Ihre Empfindungen sind sehr viel intensiver, ihre Erinnerungen weniger abgestumpft. Die Kleinen stehen dichter an der in der Sonne zusammengerollten Schlange oder der Pfingstrose an ihrem Stengel. Ich liebe ihre frischeren, helleren Leidenschaften, verglichen mit den späteren Empfindungen, bei Farben, Geschmack, die Leuchtkraft des Rots, die Süße des Zuckers – ja ...«

»Warum haben Sie mich ausgesucht?«

»Wir lauschen – wir können nicht verhindern zuzuhören. Der tägliche Lärm der Welt ist wie ein riesiges Brüllen, aber hin und wieder gibt es Stimmen, die wir heraushören können. Vielleicht kam jemand von uns vorbei und hörte Ihre Flüche ... Hören Sie, die Zeit ist kurz bemessen; wollen Sie oder wollen Sie nicht?«

Der Körper vor ihm fing an zu zittern, und die Finger, die gewohnheitsmäßig nach Feuersamen gezupft hatten, nach Feuermaden, fingen an, verrückt zu spielen über ihrem Gesicht und Körper, nervös und zittrig.

»Sie sind bereit, mir anzubieten ...«

»Betäubung gegen die Qual Ihrer Gegenwart.«

»Und mein Körper wird hier weiterfunktionieren...«

»Besser, als Sie hier funktionieren könnten. Kein Gefühl, das Ihnen in die Quere kommen kann.«

»Lassen Sie mich darüber nachdenken.«

»Das ist etwas, was wir Ihnen nicht geben können. Sehen Sie sich den Tag an – die Uhr tickt –, Sie sehen Schatten, die vor einer Viertelstunde noch nicht da waren, und keine Zeit. Sie haben keine Zeit. Ringnose will sein Geld, und wenn er es nicht bekommt, tötet er Sie vielleicht.«

Leonard starrte sie an. Ihr Wissen mehr noch als ihre physische Präsenz ließen ihn daran glauben, daß sie Kräfte hatte, die nicht seiner eigenen Bedürftigkeit, Langeweile oder seinem Knastfieber entsprungen waren. Die Schulden an Ringnose hatten ihn ziemlich in die Klemme gebracht. Zu Anfang, als er auf diesen Flur verlegt worden war, hatte der große Mann ihm Haschisch angeboten, und aus lauter Anfängerangst hatte er es angenommen, aus Furcht vor Ringnoses Bedrohlichkeit. Jetzt war Leonard ihm gegenüber verschuldet; Geld, Dienstleistungen, was noch? Er hatte darauf gehofft, daß sich das änderte. Er hatte an seine Eltern mit der Bitte um Geld geschrieben, aber sie hatten zuviel Angst, etwas Unrechtmäßiges zu tun, indem sie es ihm hineinschmuggelten. Er hörte nicht auf, zu hoffen, daß irgend etwas passieren möge seitens der Bewegung, deren Medien ihn als Held gefeiert hatten, »der unsere korrupten Institutionen dazu gezwungen hat, den Preis zu bezahlen«. »Sie haben mich nicht bei Ringnose ins offene Messer laufen lassen?« fragte er sie.

»Die Zeit – dafür ist keine Zeit. Hören Sie das Wasser

aus dem undichten Hahn tropfen? Jeder Tropfen ist eine Sekunde, jede Sekunde reitet durch die Welt von Ost nach West und fällt hinunter, weg. Geben Sie uns eine Erinnerung, und wir werden Ihnen einen freien Tag schenken - das Nichts, Entkommen, Ringnose ausgezahlt.«

»Irgendeine Erinnerung?«

»Irgendeine Erinnerung, die stark genug ist, ein Ereignis, das Sie vor sich sehen, das Sie im Kopf oder in den Eingeweiden spüren, in einer Vision heraufbeschwören, kennen. Sortieren Sie Ihre Empfindungen, die Schrecken, die Freuden, wenn Sie auch die verlieren wollen. Es wird reichlich von jenen geben, die Sie gern loswerden.«

Leonard dachte, daß er genug schlechte Erfahrungen gemacht hatte, um Jahre des Ausblendens abzuleisten. »Wann fange ich an?«

Die Arme des Geists schossen jubelnd in die Höhe, und ihre Augen leuchteten. »Heute nacht. Holen Sie eine Erinnerung für uns. Ich komme morgen früh, zum Sonnenaufgang, zu Ihnen, in Ihren Kopf, evoziere sie, nehme sie, und der Tag wird ausgelöscht sein.«

An dem Abend lag er auf seiner Pritsche und war sich bewußt, daß er zum ersten Mal seit seiner Inhaftierung interessiert, ja fasziniert war von dem, was er machte. Es tat gut, sich über etwas Gedanken zu machen, zu wählen, Möglichkeiten zu haben.

Er hatte Leonard Futterman geheißen; den Namen hatte er in Len Future geändert, als er im Anfangssemester am College war. Er hatte ein Leben ohne Verstrickungen mit der Vergangenheit gewollt, nichts, was die Loyalität, die er seiner Gruppe gegenüber empfand, in Zweifel ziehen könnte, einer revolutionären Gruppe, die eine neue Welt wollte. Seine Eltern hatten seine Energie bewundert. Sie hatten bis zu seiner Verhaftung nicht gewußt, wie weit sie ging. Die nervösen Bewegungen des Geistes hatten ihn ein wenig an die Furcht seiner Eltern erinnert, als sie ihm im Gefängnis gegenübersaßen und seinen Argumenten und seiner Wut, mit der er seine Positionen verteidigte, zuhörten. Inzwischen hatte er ihre Schüchternheit und Schwäche zu verachten begonnen. Erinnerung. Ereignis. Wähle.

Großvater Hermann hatte eine kleine Glasfabrik in Deutschland verlassen, als er 1932 nach Südamerika emigrierte, ein Jahr nach der Geburt seines Vaters. Leonard erinnerte sich an seine Großeltern als verstohlen und scheu, ewige Fremde. Es kam ihm manchmal ganz unwahrscheinlich vor, wenn er an die alten Leute dachte, wie blaß und ängstlich sie sich inmitten der farbigen, lauten Bewohner Brasiliens gefühlt haben mußten. Drei Jahre hatten sie dort verbracht, dann waren sie in die Vereinigten Staaten gegangen und auch dort Fremde geblieben. Sie waren auf mysteriöse Weise beschämt, hatte Leonard begriffen. Erinnerung: Großvater auf der Veranda, Brooklyn 1963, um seine verstorbene Frau weinend. Leonard war sogar damals verlegen gewesen, weil es so kindisch schien. Auf die Erinnerung konnte er gut verzichten. Er fragte sich, ob er sie in aller Fülle rekonstruieren konnte. Er versetzte sich selbst auf die Veranda. Er erinnerte sich, wie die graue Farbe auf dem Geländer hier und da abblätterte und in den Farbteilchen ihre hundert Unterstriche in dreißig Farbtönen entblößte. Er hörte die Schluchzer des alten Mannes – »O Gott, o Gott, was soll ich tun?« schrill wie die Stimme einer Frau an jenem heißen, stillen Nachmittag. In der Koje neben ihm murmelte Milburn Waycross, groß und zornig, in abendlicher Routine seinen Haß, ließ seine Bedürfnisse über die Rückwand der Zelle schießen und zog sich in den Schlaf zurück. Morgen würden Milburn Waycross und Ringnose und das Essen und das Warten und der Gestank und der Lärm weg sein. Wenn die Erinnerung vollständig genug wäre, müßte er sie nur noch heraufbeschwören, und sie – die andern könnten sie haben und dem Feuer geben, daß sie in seinem Wind zerstörte. Erinnere dich.

Er erwachte wie immer vor dem Wecksignal. Zum ersten Mal seit seiner Inhaftierung spürte er eine Erwartung, sogar Aufregung. Würde sie durch die Wände kommen? Während er wartend dalag, flüsterte ihre drängende Stimme in seinem Kopf: »Erinnerung! Erinnerung!«, und dann ließ Leonard sie haben, was er vorbereitet hatte, die Veranda, das Aussehen seines Großvaters in allen Einzelheiten, das Gefühl von Scham und Zorn, die Jahreszeit, den Geruch des gestrichenen Holzes, ölig in der Hitze der Handfläche. Er schien in einen Schlummer zu versinken, und wieder rief die drängende Stimme: »Erinnerung! Erinnerung!« Mrs. Farney, seine Lehrerin im dritten Schuljahr – Mrs. Farney das Fliegengesicht, die ihn zog und zerrte bis zum Büro des Direktors, die einen nie gehen ließ, sondern immer an einem zog, schob, zerrte, und deren schnarrendes »Kinder« ihn in seine Alpträume verfolgte. Das Wesentliche an ihr entstand in seinem Gedächtnis neu, und er lieferte die Tage, zwei verschiedene, und schlummerte wieder ein, erwachte, schlief ein, wieder und wieder.

Der Gedanke kam ihm, daß er betrogen wurde. Er hatte das Gefühl, erwacht zu sein, eine Erinnerung gegeben zu haben, in den Schlaf zurückgesunken und dann eine weitere Erinnerung losgeworden zu sein. Als die Stimme wieder auftauchte, sagte er: »Wie kann ich sicher sein, daß die Tage vergehen?«

Sie sagte: »Du selbst wirst den Beweis hinterlassen.« Jedesmal danach, wenn er erwachte, war ein Armband oder ein Faden oder ein Schnürsenkel in einer anderen Farbe um sein Handgelenk geschlungen. Dann drehte er sich um, streckte sich, durchforschte sein Gedächtnis, fand eine Erinnerung und gab sie, wieder und wieder. Manchmal war die Erinnerung nur bruchstückhaft, dann würde ihre Stimme, oder eine andere, aus dem Feuerort heraus schreien: »Gib sie, erinnere dich«, und er würde sich bemühen oder eine andere Erinnerung geben. Am Sabbat waren die Stimmen still, und Leonard nutzte die Pause, um die Zeit in Phantasien versunken zu verträumen, während sein Körper an die Arbeit ging und seine Strafe abbüßte.

Nach vierzig Tagen hatte Leonard den Großteil seiner Kindheit aufgebraucht. Zuerst hatte er gedacht, er hätte endlose Erinnerungen – seine Spielkameraden, Lehrer, Mrs. Teel, Paulie Malone. Da war der Tag, als er sich in die Hose machte, weil er in der Pause zu lange gespielt und die Zeit falsch eingeschätzt hatte. Es gab Schulwege und

Krankentage zu Hause und die Art, wie das Nachmittagslicht lange Schattenmesser quer über sein Bett warf. Er hatte geglaubt, all das würde Jahre füllen. Einmal, im Wachwerden, kam ihm der Gedanke, daß Träume auch Erinnerungen sind, und eine Weile lebte er von seinem Vorrat an Kindheitsträumen und jugendlichen Sexphantasien, diejenigen, die vollständig genug für sie waren.

Es war jetzt Winter, und sein Aufwachen zum Tropfen der schmelzenden Eiszapfen vom Überhang des fünften Gangs oder dem flockigen Schneefall vor dem Fenster machten ihm klar, daß Gehenna seinen Teil des Vertrags einhielt. Er hatte Momente der Angst, was seinen Anteil betraf. Achtzig Tage waren von 2375 vergangen. Ihm blieben noch 2295. Hatte er so viele Erinnerungen? Vielleicht tausend? Noch hundert mehr?

Sein Erwachen war immer öfter von Furcht begleitet. Dann entdeckte er, daß der Zugang zu seinem Gedächtnis leichter war, wenn er sich selbst einfach Substantive nannte: Fichte, Apfel, Straße. Er konnte sich an bestimmte Dinge erinnern, die damit verbunden waren. Er hatte noch sechzig Tage, aber am einundsechzigsten schlug er an die nackte Wand seiner bankrotten Vergangenheit. Es passierte mit dem Wort *Karamelmais*. Er erinnerte sich gerade an eine Karnevalsfeier, zu der er gegangen war, ein Tag, auf den er sich gefreut hatte, er und... er und... Stille. Nichts. Jemand hatte den Tag mit ihm verbracht, jemand, der aufgeregt, glücklich, erwartungsvoll war. Er und noch jemand waren mit dem Auto gefahren, hatten gelacht und gewitzelt, hatten Fahrten mit den Karussels gemacht, Karamelmais gegessen. Die Erinnerung mit dem

Verlust dieses Jemand lag luftleer vor ihm, verbraucht. Obwohl er den Tag heraufbeschwören konnte, die kindliche Intensität des heißen Sonnenscheins mit dem Geruch des kochenden Zuckers von Karamel und dem Ölgeruch des Popcorns, der Kirmesmusik und all den Farben um sie herum, das war das Ende. Die Erinnerungen wurden nicht nur mitgeteilt, sie wurden weggegeben, und wenn es keine mehr gab, würde er an die Mauer stoßen, nackt, total, ohne ein einziges Gesicht oder Szenen, die er kannte. Wenn alles vorüber wäre, würde es keine Erinnerung, kein Aus-dem-Gedächtnis-Holen von irgend etwas mehr geben, überhaupt kein Gedächtnis mehr.

Es war zu spät, um innezuhalten. Die wenigen Momente des Wachseins, sich Streckens, des Formulierens der Erinnerung waren schrecklich für ihn, unerträglich zu sehen oder zu riechen. Seine Zelle war winzig, zwei Kojen, eine sehr niedrige Toilette, das hohe Waschbecken darüber – manchmal mußte man sich waschen mit dem Gestank einer verstopften Toilette direkt unter sich. Die Wände waren übersät mit Graffiti, so daß das Auge beschäftigt war mit den häßlichen Wortfolgen, die auf den Anstrich gekratzt waren vom tausendfachen Zorn tausender Knackis. Er kaufte sich frei mit etwas, das vor nicht mehr als hunderteinundvierzig Tagen weniger wertvoll erschienen war als die kleinste Münze, die es gab. Erinnerung. Es griff. Sie waren am Strand, seine Tante und sein Onkel, Mutter und Vater von... wieder die Mauer. Er erinnerte sich an seine Tante, die am Strand immer ein Kopftuch trug, ein weißes mit roten Punkten. Er merkte, daß er hart arbeitete, bemüht, Einzelheiten aus einer widerspenstigen Vergangenheit herauszuquetschen, ohne zuviel wegzugeben. Erinnerungen konnten geteilt, gespart, haushälterisch verteilt werden. Der Tag am Strand jedoch, war es einer oder der Extrakt vieler solcher Tage? Auf jeden Fall muß er rationiert, in Stückchen wie eine Orange abgegeben werden, weil sein Geist auch wie eine Orange, Stückchen um Stückchen, verzehrt wurde. Die Mauer machte ihm das klar. Es hatte einmal jemanden gegeben, der mit ihm verbunden war und an den es jetzt keinerlei Erinnerung mehr gab.

Am hundertfünfzigsten Tag (2225 blieben noch) wachte Leonard auf und bat um eine Pause. Der Geist aus der Hölle heulte: »Weißt du, wie es ist, im Feuer zu sein, in der Scham deiner angenehmen Vergangenheit zu erfrieren?«

»Ich habe nichts mehr zu geben –«

»Dann verbüße den Rest deiner Strafe.«

»Nein, bitte, das kann ich nicht.«

»Streng dich mehr an. Wir haben die Sache mit Ringnose erledigt, niemand belästigt dich jetzt mehr. Wir haben dir nur Gutes getan.«

»Ihr freßt mich bei lebendigem Leib auf.«

»Hör zu! Du hast Verwandte, Freunde, du bist zur Schule gegangen, ins Ferienlager, du bist aus der *Mittelschicht*. Niemals in der menschlichen Geschichte haben Menschen mehr neue Erfahrungen gemacht, Reisen, Besuche, Ausflüge, Ferien. Erinnerung beruht auf der Neuheit einer Erfahrung. Hör doch!«

»Gebt mir Zeit, in die Bibliothek zu gehen, um mir Bücher zu holen, Bilder...«

»Gib's her – gib's her!« schrie sie.

Einige Zeit später erwachte er mit seinen High-School- und College-Jahrbüchern in der Hand. Er öffnete sie begierig, ohne Rücksicht darauf, Angenehmes von Unangenehmem zu trennen, das Ganze von den Bruchstücken. Er wußte, er würde alles geben, was er hatte, wo immer auch 2225 Erinnerungen gespeichert waren. Er fing an mit *Der Puma*, dem High-School-Jahrbuch.

Die Teams; da waren die Trainer, die Vereine, das Grün des Frühlings und der blauwindige Herbst. Er hatte einmal geglaubt, die besten zu retten, eine einfache Erinnerung an Willie Madigan, Joe Sperber, Clem Jones und ihn selbst, wie sie das hintere Ende der Rennbahn überqueren, nach der Schule. Es war der Tag, an dem sie gemeinsam beschlossen hatten, mit Fußball aufzuhören. Willie und Clem waren erste Wahl, Joe und Leonard dritte, was niemand mehr interessierte. An jenem Tag waren sie überrascht und stolz, auf Willie und auf ihre Freundschaft. Sie hatten eine Entscheidung getroffen, die erste, die sie in Gegensatz brachte zur erwachsenen Welt der selbstverständlichen Erwartungen. Es war ein Augenblick, der ihnen zu Kopf stieg. Die Bäume auf der anderen Straßenseite waren kahl, der Wind beinahe kalt, er zerrte an den Schulfahnen, so daß es klang, als klatschten sie Beifall. Sie waren für die Kälte angezogen, Willie in seinem Briefträger-Blau-und-Weiß, er selbst in einem Eisenbahneranzug, den er secondhand erworben hatte und wie eine Herausforderung trug. Damals waren ihre Körper so, daß sie gut ohne Kleidung hätten gehen können, ohne daß es ihnen etwas ausgemacht hätte. Sie spürten, daß das irgendwie ihre Stärke bedeutete. Ihrer Jugend sprachen sie das Verdienst dafür nicht zu. Unbesiegbar, wie sie waren, trafen sie die Entscheidung, das Podest zu verlassen. Für Willie und Clem war das nicht möglich gewesen, bis sie wußten, daß sie erste Wahl waren. In dieser Erinnerung verfangen, hielt Leonard einen Augenblick gequält inne, fast heftig genug, um aufzuhören, und dann ließ er sie gehen; er rief sie hervor, sie wurde genommen, und er schlief wieder.

Er brauchte das High-School-Jahrbuch in dreißig Tagen auf. Er konnte es von Buchrücken zu Buchrücken lesen, ohne sich an irgend etwas zu erinnern oder an irgend jemanden. Junior High School war vor Monaten verschwunden. Grundschule war ein Aufflackern wie ein Blitz am Horizont, der sich gegen die Wolken abhebt – zu sehen und schon wieder verschwunden, bevor er erkannt wird.

College. Die wenigsten der Knackis waren aufs College gegangen, und es gab einen gewissen Neid bei ihnen, den sie manchmal auch ausdrückten. Einer der Schwarzen, mit denen Leonard die Zelle geteilt hatte, hatte gemeint: »Du machst dir vor, alle wären gleich, darum überfällst du 'ne Bank für die Armen. Das is' aber erst, nachdem du selbst schon alles für dich gekriegt hast.«

Leonard hatte geantwortet: »Jeder kriegt, was er kriegen kann«, aber er hatte aufgehört, sich zu verteidigen, und dann hatte er aufgehört, sich um eine Veränderung seiner Sprechweise zu bemühen, um mehr wie sie zu klingen.

College war die Zeit gewesen, in der Leonard das Gefühl hatte, seine eigentliche Bestimmung gefunden zu haben. Es war die Zeit seiner größten Aufregungen und seines Erwachens. Seine Aktivitäten erschienen nicht im Jahrbuch, seine Argumente, sein Engagement, die Menschen. Nirgendwo gab es Bilder von Anthony Lorenzo, von all den Gesprächen und all dem Zuhören, die seine politische Bewußtwerdung begleitet hatten, von Barbara und Teri, Don Miller, Ken Seybright. Dennoch brachten die Campusszenen, die Wohnheime, das Studentenzentrum viele der Erinnerungen an ihre Treffen zurück, die Marathonsitzungen, das Organisieren und die Eigendefinition als ernstzunehmende politische Gruppe, sowie die Außendefinition als Radikale. Leonard hatte den Begriff *radikal* gemocht. Er genoß es, etwas Einmaliges, getrennt von den andern, zu sein. Lorenzo war ein brillianter Führer, die Art von Patriot, die in einem nicht gleich das Kotzen über die Welt hochkommen ließ. Er war jetzt Len, Len Future, und er und Lorenzo und Seybright und Barb und Teri würden das tun, worüber die Bücher räsonierten. Sie würden zerstören und neu aufbauen, Explosionen und Rekonstruktionen. Sie organisierten Protestmärsche, und wenn sie sich umdrehten, sahen sie andere, die ihnen folgten. Sie dachten über direktere Formen des Handelns nach.

Am Anfang hatte Leonard vorgehabt, diese Erinnerungen für sich zu behalten, doch jetzt sagte er sich, daß es romantisch und dumm wäre, etwas zurückzuhalten, was keinen praktischen Nutzen hatte und ein sinnloser Besitz war, ein inneres Photoalbum, das nicht weniger trivial und bürgerlich war als die Jahrbücher, die er in Händen hielt. Die folgenden wachen Momente verbrachte er mit der späteren Zeit, den Raubüberfällen.

Wie Gehenna die Überfälle liebte! Es gab jetzt auch andere Stimmen, ein Brabbeln und Schnarren, und wenn die Erinnerung besonders interessant war, stöhnten sie wie Liebende. Bei nachlässigen oder unvollständigen Erinnerungen bedrängten und zerrten sie an ihm: »Wie war der Tag genau?«

»Es war die Nacht, in der wir den zweiten Banküberfall planten«, sagte Leonard. Er hatte einen plötzlichen Schuldkrampf, weil er Namen und Gesichter aufgab, indem er sie in seinem Innern evozierte. Sie hatten sich Verschwiegenheit geschworen...

»Erinnerung! Erinnerung!« Sie plapperten wie Fledermäuse.

Er zögerte. Miller saß hier auch seine Strafe ab, aber in einem anderen Gebäude, und sie trafen sich selten. Lorenzo hatte sich ein milderes Strafmaß eingehandelt, Seybright war entkommen und, soweit Leonard wußte, immer noch auf freiem Fuß. Die Loyalität, die sie einander geschworen hatten... Er tauchte in die Erinnerung ein.

Es war eine Sommernacht gewesen, heiß und schwül. Sie hatten sich alle sehr mächtig gefühlt und in Kontrolle der Situation. Aktionen gegen das Eigentum waren gerecht, hatte Lorenzo gesagt. Leonards Aufgabe war das Auskundschaften und detaillierte Aufzeichnen des Bankinnern gewesen, mit Hinweisen auf alle Ausgänge, und die spätere Beobachtung des Verlaufs der Aktion.

»Gib uns das Ganze!«

Er bemühte sich, die Details herzugeben, von denen er wußte, daß sie sich nach ihnen verzehrten. Lorenzos Apartment, feucht, aber cool. Sie tranken Bier, keine Drogen vor dem Job. Leonard hatte den Grundriß der Bank ausgelegt. Sie waren alle high, eine stille Euphorie, wie beim Wildwasser-Kanufahren... jetzt mußte er an Kanufahren denken, eine andere Erinnerung, ein Tag gewonnen, und er schlief und wachte auf und gab ihnen das Wasser, lichtüberglänzt, als er sich den Stromschnellen näherte, die kilometerlangen Sehnen, die gegen sein Boot kontrahierten und sich streckten. Ich erinnere mich... und dann schlief er wieder.

»Was den Raubüberfall betrifft...«, sagte sie. Der Überfall selbst war ein Reinfall gewesen, an jenem Tag waren sie aus dem Tritt gewesen; beim Aufwachen wußte er es wieder, konnte sich aber nicht an Einzelheiten erinnern, die Aktion hinterließ nur noch eine einzige starke Erinnerung, der Augenblick, als sie in der Bank waren, als er das Aktenköfferchen fallen ließ und es wieder aufheben mußte. Er versuchte, ihr – ihnen – mit seiner inneren Stimme zu sagen, daß es eigentlich komisch gewesen war, Plumpheit, wo Anmut erforderlich war – ein Raubüberfall war schließlich ein öffentlicher Auftritt – und wie er beinahe »hoppla« gesagt hätte, aber es war nicht komisch. Die Zuschauer waren tödlich erschrocken; wenn man ihn behindert hätte, hätte er vielleicht den Revolver abgefeuert und blutüberströmt –. »O Gott«, hatte eine Frau geschrien und war ohnmächtig geworden. Eine neue Stimme verlangte jene Minute, und Leonard bemühte sich, dachte an erkalteten Humor, den Geruch der Luft genau in jenem Augenblick, heißer Tag, kalter Schweiß, und wie sie aus dem Rhythmus waren, so daß niemand daran gedacht hatte, zu planen, wer zuerst durch die Tür ginge, folglich gab es ein Gedrängel, und Lorenzo fiel beinahe hin.

»Gefühle, was waren deine Gefühle?«

Inzwischen wußte er, was sie wollten: Scham, Wut, Triumph, Freude. Er hatte keines davon. »Man versucht, ganz leer zu werden, ganz gefühllos. Man muß an zuviel anderes denken.« Dann erinnerte er sich an den Angstkrampf im Bauch. Die Tür. Dann erinnerte er sich an den Anblick der Straße, wie normal sie aussah, wie sie draußen auf dieser normalen Straße auf ihren Plan zurückgekommen waren, sich zu trennen. Er gab ihnen strahlende Sonne, Verwirrung, Angst, Erleichterung innerhalb von Sekunden. Sie nahmen den Moment.

Am zweihundertzehnten Tag erlitt Leonard eine Art Zusammenbruch. Er erwachte, und nichts war mehr da. Er spürte keine Empfindung, sah kein Bild vor seinem geistigen Auge – nichts. Sie kamen: »Erinnere dich. Erinnere dich!«

»Ich habe nichts.« Ein Schrei aus der Hölle – Furcht und Empörung, der Schrei der Süchtigen. »Ich bin ausgedörrt. Ich kann nicht...«, und dann gab es nur noch den Gefängnistag, der ihn erdrückte.

Zum ersten Mal in sieben Monaten stand Leonard leibhaftig auf, hörte das Aufwach-Husten, den Auswurf der Männer in den Gängen, pissende, stöhnende, fluchende Männer. Er roch die Gerüche. Die sieben Monate der Flucht in die Erinnerungen hatten seine Fähigkeit abgestumpft, sich vor dem Überfall seiner Sinneswahrnehmungen zu schützen. Er zog sich stümperhaft, den Tränen nahe, an, wurde zum Frühstück geführt, schreckte zurück vor der häßlichen Schwere aus Haß und Wut der Männer um ihn herum. Paranoide Spucke, der Rauch unbefriedigter Begierde, ihre Geräusche, ihre Gerüche, ihre haarnadelfeine Empfindlichkeit oder dumpfe Verzweiflung. Hin und wieder kamen Männer zu ihm und sagten irgend etwas, Dinge, die sich auf ihn, sein vorgetäuschtes Leben mit ihnen bezogen. Er antwortete, so gut er konnte. Ein- oder zweimal sah er Erstaunen in ihren Blicken. Es wurde schnell maskiert wie alles, und er sehnte sich unerträglich nach der Rettung, die ihm verlorengegangen war – warum konnte er sich nicht erinnern? Es mußte noch mehr geben. In der Abendpause ging er in die Bücherei und sah sich Kochbücher als Gedächtnisstütze an, Kataloge, Fotos, suchte nach irgendeinem Schlüssel, der die magische Tür wieder öffnen würde, eine Tür, durch die er einst so einfach gegangen war. Der Tag verging. Ein weiterer, noch einer.

Leonards Suche wurde immer verzweifelter, weil er nicht mehr in der Lage war, sich an den Knastalltag zu gewöhnen. Die Aussicht auf eine Alternative hatte seine Fähigkeit zerstört, sich gegen die Angriffe von Langeweile, Gefahr und Häßlichkeit zu wappnen. Drei Tage. Sie kam wieder in den Besucherraum. Sie war noch dünner, verwitterter, angespannter. Ihre Hände hörten überhaupt nicht mit dem Zupfen, dem spinnenfingrigen Betasten ihrer zerlumpten Kleider auf.

»Ich habe es verloren«, sagte er. »Es gibt nichts mehr.«

»Unsinn. Natürlich gibt es mehr. Sieh dich um. Du willst nicht hier sein – finde etwas. Hör zu!«

»Ich habe ausgespielt. Fertig.«

Ihre Augen blinkten auf. »Du brauchst Urlaub«, sagte sie.

Es war eine Autowerbung, die er vor Jahren gesehen hatte, ein anmutiges altes Haus unter großen Bäumen. Es gab eine großzügige Veranda mit einem Schaukelstuhl. Ein Sportwagen stand vor dem Haus, und darin lagen eine Tauchausrüstung und Picknick-Körbe.

»Wunderbar«, sagte sie, »geh dorthin und ruh dich aus. Im Haus ist alles, was du brauchst.«

»Für wie lang?«

»Eine Woche. Wir haben Ringnose jetzt, mit allem, was er uns bringt, Luchese, Kent. Laß es dir gut gehn.«

Alle Tage waren voller Sonne. Er lag auf der Wiese vor dem Haus oder im Schaukelstuhl auf der Veranda und las Zeitschriften. Zweimal nahm er das Auto zum See mit den Leuten, die vorbeikamen, den Besitzern der Ausrüstung und der Picknicksachen. Hübsche, lachende junge Mädchen und schlanke, saubere junge Männer, aber es waren Werbemenschen – sie hatten keine Vergangenheit, keine Zukunft, keine Hoffnungen, keine Erinnerungen. Sie nahmen ihn zum Tauchen mit, aber der See war schlammig und die Gesellschaft langweilig. Er schlief mit den Mädchen und vergaß es sofort wieder. Er hatte sich geschworen, sich von der Erinnerung zu erholen, aber ein paar Mal versuchte er es intensiv, wie ein Neurologiepatient, der das Vorhandensein oder mögliche Verschwinden einer Lähmung überprüft. Es gab keine Erinnerung, und in dem alten Eisenbett, am offenen Fenster unter kühlem Mondlicht, hörte er Ratten in den Wänden.

Und die Tage dort blieben immer gleich. Es regnete nie; es gab kein Gefühl der Fortbewegung durch eine Jahreszeit, keine absterbenden Pflanzen oder junge Knospen.

»Du hast dich erholt. Wir fangen jetzt an. Da ist noch mehr – natürlich ist da noch mehr.«

»Irgend etwas ist gegangen …«, sagte er, »ich spüre es.«

»Nur die Erinnerungen.«

»Lüg nicht. Ich habe es dort gefühlt, während ich mich in der Sonne räkelte, las, ritt, mit den Mädchen schlief. Ich habe euch meine Seele verkauft, nicht wahr?«

Sie lachte das kreischende Lachen, das die Wärter hinter die Türen vertrieb. »Niemand, nicht einmal du, gibt seine Seele auf.«

»Was gebe ich auf, neben meinen Erinnerungen? Ich habe gespürt, wie etwas aufhörte und in mir davonflog.«

»Ach das, das ist nichts Ernstes, kein lebenswichtiges Bedürfnis.«

»Was ist es?«

»Wenn es verschwunden ist, dürfte es die Fähigkeit zur Veränderung gewesen sein, die Kraft, dich selbst neu zu erschaffen. Es ist eher eine Wahlmöglichkeit als ein Bedürfnis, und du hast noch nie Veränderung in dir gewollt.«

»Ich habe mich verpflichtet, für Veränderung zu arbeiten. Die Bewegung …«

»Eure Truppe will die Veränderung der andern – der Gesellschaft.«

»Wie verändern Menschen sich?« fragte Leonard.

Einen Augenblick lang bremste sie sich und wurde ruhiger. »Sie beginnen damit, ihre eigenen Geschichten zu verändern, indem sie sie mit neuen Einfärbungen erzählen. Gibt es sanftere Momente in der Erinnerung, gibt es grausamere? Strich um Strich, Erinnerung um Erinnerung verändern sie über die Zeit hinweg ihre Vergangenheit und dann sich selbst, ihre Vorstellung von sich selbst in der Vergangenheit, der Gegenwart und dann ihre Möglichkeiten in der Zukunft.«

»Und ich habe keine Vergangenheit mehr. Ich habe alles euch gegeben.«

»Du hast sie gehaßt; jetzt ist sie weg.«

»Ich gehe auf Straßen ohne Namensschilder...«

»Erinnerungen verlieren heißt nicht das Gedächtnis verlieren. Hast du nicht früher einen Freund erkannt, auch wenn du einige der Dinge vergessen hattest, die ihr zusammen gemacht habt? Den Freund hast du immer noch, nur die Erinnerungen nicht.«

»Und die Veränderungen...?«

»Du wirst genau wie jeder andere alt werden, aber du mußt nicht mehr daran arbeiten, deine Vergangenheit umzuschreiben oder dich selbst neu zu entwerfen. Gib uns eine Erinnerung, jetzt, gib sie her. Erinnere dich!«

»Ich halte den Knast nicht aus. Ich kann diese Tage nicht ertragen...«

»Finde die Geschichten für uns. Sie sind da – weitere Hunderte, Tausende. Du willst sie nicht, du brauchst sie nicht. Gib sie uns, gib sie uns, und wir werden dafür sorgen, daß du bequem schläfst, liest, auf der Veranda im Schaukelstuhl liegst –«

Er ging in seine Zelle zurück, legte sich in seine Koje und durchforschte sein Gedächtnis. Freunde, alle verschwunden, Speisen, Namen, Blumen. Er brachte zehn Dinge auf eine Liste und weitere zehn, die vielleicht etwas hergeben würden – Blumentopf, ein zerbrochener Blumentopf. Wo war das? Wann passierte es? Er ging in die lärmige Cafeteria, schrieb alle Assoziationen auf, die ihm einfielen, verzweifelt auf der Suche: kariertes Hemd – indisches Hemd – wessen? Es war ein Kind in der Schule, Prentice. Es mußte noch mehr geben. Der Abend zog sich dahin. Ein Waschlappen – Verletzungen. Wann? Wo? Zehn weitere Erinnerungen, noch zehn. Erinnere dich an den Zeitpunkt, als ich meinen Finger in die Autotür klemmte und mein Papa... er schlief.

Am zweihundertfünfzigsten Tag erwachte er in trockener, vertrauter Verzweiflung, ging eine Liste von hundert Wörtern durch, hoffte, etwas zu evozieren, – aber da war nichts zu geben. Er versuchte weitere hundert Wörter, hoffte auf das Phantom im Augenwinkel, das sich in Sicherheit zu bringen versucht, bevor es gesehen und identifiziert werden kann, ein Mädchen, ein Freund... Die Vergangenheit war leer und eintönig, eine dämmrige Ebene ohne die Schönheit der Dämmerung. Zu den Schreien der Angst sagte er: »Es ist vorbei.«

»Finde es – finde es!«

»Ich bin fertig.«

Er erwachte in den Knastmorgen hinein. Da lag er und zählte die Zeit, die ihm noch blieb, die zweitausendeinhundert Tage, bevor eine Bewährung in Frage kam. Jeder dieser Tage würde ein Gefängnistag sein, ein Tag, durch den er wie gehäutet, der Gnade seiner Sinne ergeben, nackt gehen würde. Er würde nicht schlau sein, weil verletzliche Menschen nie schlau sind, und würde deshalb wahrscheinlich geschlagen, niedergestreckt, zum Opfer gemacht werden. Er wollte weinen, aber der Weckgong klang roh in seinen Ohren. Dann stöhnte der ganze Gang auf und erhob sich in gemeinsamem Haß. Leonard erkannte auf einmal, daß jeder Gefangene einen kleinen Zufluchtsort während des Tages hatte, leichter zugänglich als die Phantasien des Höllengeistes über die Neuinszenierung des Lebens. Dieser Zufluchtsort war das Gedächtnis. Der Mann am Wäschekorb, der dort Kleidungsstücke auftürmte und sortierte, fischte möglicherweise gerade auf einem einmal gesehenen See oder flanierte die Hauptstraße in Coffeeville an einem Samstag abend hinunter, mit laut aufgedrehtem Autoradio und einem Mädchen im hautengen Pullover neben ihm. Leonard, dessen Erfahrungen breiter waren als die der meisten Gefangenen, hatte freiwillig die Landschaft seiner Kindheit und Jugend fortgegeben. Es gab nichts Leuchtendes mehr hinter den häßlichen Momenten der Gegenwart, um sie erträglich zu machen. Die Tage, nackt wie er sie jetzt nehmen mußte, vergingen Stunde für Stunde. Er hatte angefangen, an Selbstmord zu denken. Dann hatte Rimper in Gang drei einen Herzinfarkt. Leonard meldete sich für den Job im Kraftwerk und bekam ihn, da kein anderer ihn wollte.

Die Arbeit war einfach. Er überprüfte die Monitore, die Licht, Wärme und Energie aufzeichneten. Vor Jahren war der Job noch lebenswichtig und voller Sondervergünstigungen gewesen. Jetzt waren alle Systeme doppelt gesichert und an eine Zusatzenergieversorgung angeschlossen, so daß die Arbeit nur noch langweilig war. Leonard wollte sie, weil er dabei allein sein konnte, was ihn davor bewahrte, das falsche Selbst weiterzuspielen, das er gewesen war, während sein Geist schlief.

Mai. Seine Eltern kamen. Sie waren wie immer vom Gefängnis eingeschüchtert. Sie krochen in sich hinein und schrumpften zusammen. Seine Mutter brachte verbotene Lebensmittel und flüsterte: »Geht es dir gut?« Er sagte ja. Sie fingen an, über Familiengeschichten zu reden. Tante Essie hatte einen Schlaganfall gehabt. Vetter Brian heiratete. Geburten und Bar Mizwahs, die jüdischen Initiationsfeiern. An nichts und niemanden konnte Leonard sich erinnern. Er erkannte seine Eltern, aber sie besaßen keine Bestimmtheit mehr, und es war schwer, auch nur ihren einfachsten Äußerungen zu folgen. »Es geht mir in die Füße – du kennst ja mich und meine Füße, nach all den Jahren immer auf den Beinen...« Und Leonard hatte keine Ahnung, worauf sein Vater anspielte und warum seine Mutter seufzte: »Betty regt sich natürlich auf. Man sollte meinen, bei all ihren Problemen...«

Er saß und beobachtete, wie sie sich hinter dem Plexiglas quälten. Er hatte alle Kusinen und Tanten und Tage weggegeben, die Marksteine seiner Kindheit, Berge, Küsten, Wolken, Spinnennetze, von denen... Moment mal... von denen Tau herabhing... Er sah es mit überscharfer Klarheit, eine Erinnerung ohne Rechtfertigungsdruck oder Hintergedanken, ein schlichtes, überwältigendes Bild, durchtränkt von kindlicher Bewunderung. Der Tau war derart über jenes perfekte Gewebe gespannt, daß jeder Tropfen, leicht beschwert und schwingend an den Spannungsfäden des Netzes, einen kleinen Regenbogen trug. Er sah es wieder, wie das Licht die kleinen Prismen randvoll füllte, und Prisma und Tropfen und Netz in jenem Frühlingsmorgen hingen, wo er nahe dem Geruch des feuchten Grases stand, weil er ein kleines Kind war. Gras berührte seine Knie, kalt-grün von morgendlichem Tau. Dann gab es einen Windhauch, und das Netz zitterte, der Tropfen erschauderte plötzlich, das Prisma zerschlug den Regenbogen und fiel vom Netz wie Tränen.

»Ich erinnere mich«, sagte er.

Sie glaubten, er spräche von Tante Essie und nickten.

Die zerstörte Landschaft hatte einen Überlebenden freigegeben. Wenn es einen gab, mochten mehrere da sein. Einer nach dem andern würden sie unter den Trümmern hervorkriechen. Hatte er im College nicht einmal nachts einen Betrunkenen heimbegleitet? Hatte er nicht vorgegeben, betrunkener zu sein, als er war, um die riesige Kuppel der Sterne sehen zu können, und, ja, ja, er hatte ein... es war eine Wolljacke, eine schwere Jacke, und eine blaue Strickmütze, und sein Freund – ein Schatten jetzt, hatte immer noch einen Teil von ihm, den er nicht weggegeben hatte. Spinnennetz und Sternennacht, warmbekleideter Schattenfreund wären für ihn, Stück für Stück, Jahr für Jahr könnte er sie benutzen, um sich selbst wiederherzustellen. Sein Freund sang in seinem Ohr. Er konnte die Melodie nicht greifen, und es gab eine Richtung, die er nicht einordnen konnte, aber die Erinnerung, Wind und Kälte und Gin und Müdigkeit und Sterne und das Lied... Tau im Spinnennetz – Gott sei Dank.

»Hast du nicht früher einmal langes Haar gehabt?« fragte er seine abgezehrte, zusammengekauerte Mutter. »War es nicht mit zwei gebogenen Kämmen an den Seiten hochgesteckt?«

Stammbaum

Es war März, und der Sturm warf nassen, zähen Schnee auf Denver. Die Stadt war verstopft, und in den Vororten waren die Straßen blockiert. Adam Cik lebte in der Gilpin Street. Unter seinen Kollegen war er der einzige, der zu Fuß zur Arbeit kam. Heute ging es nur langsam voran, und er kam eine halbe Stunde zu spät. Niemand war da. Er wartete. Einer nach dem andern riefen sie an. Adam war der älteste in der Denver-Filiale, die die gesamten Abrechnungen für die Gesellschaften in Chicago, New York und Detroit erledigte. Er leitete das Büro, schrieb die Berichte und führte die Statistiken. Die fünf andern fanden ihn schwerfällig – er hielt sich selbst für zuverlässig. Um 9.15 Uhr saß er am Schaltpult und holte die aus andern Städten eintreffenden Aufträge auf den Bildschirm, um sie zu verbuchen. Dann fing er mit Graces Arbeit an, der Überprüfung von Aufträgen an lokale Zweigstellen, die entgegen ihren vorgegebenen Inventarbeständen ausgegeben waren. Es dauerte eine weitere Stunde, bis er vier Abweichungen entdeckt hatte; um elf war er fertig.

Er hatte für heute ruhigen, aber keinen schlicht ausfallenden Bürobetrieb erwartet. Er holte Kaffee, ging zur Toilette, überlegte, ob er ganz gehen sollte. Er sah zur Garderobe und entschloß sich dann zu bleiben. Hier allein zu sein, barg eine gewisse Erregung in sich. Graces Geplapper ging ihm öfter auf die Nerven; unter Tonys scheinbarer Witzigkeit verbarg sich manchmal eine Beleidigung. Adam erinnerte sich, daß Larson vor sechs Monaten den Zugangscode von Data-Tix für Sportereignisse, Theater und Konzerte einprogrammiert hatte. Außerdem hatten sie die Zahlencodes für die Stadtbibliothek von Denver. An einem Tag wie diesem wäre reichlich Zeit, sich einzuloggen. Vielleicht könnte er seinen Namen durch ihren Hauptcomputer laufen lassen...

Adam Cik. In der Schule war er wegen seines Namens gehänselt worden: »Schick mal den Cik rüber.« Cik-Tick. Sein Vater hatte ihm erzählt, daß die Familie aus Griechenland nach Amerika gekommen war, daß sie aber keine Griechen wären. Als er älter wurde, packte ihn manchmal der Neid auf die bequeme ethnische Identität seiner Freunde. Er konnte von keinerlei kulinarischen Spezialitäten berichten, keinen rituellen Feiertagen oder Worten mit magischer Bedeutung.

Er war ein ruhiges, ernstes Einzelkind. Seine Mutter war gestorben, als er zwölf war. Als er in die Adoleszenz kam, wurde er allgemein für durchschnittlich und langweilig gehalten. Ihm schien das Problem eher im Fehlen von Traditionen, einer Vergangenheit, eigenen Wurzeln zu bestehen. Er glaubte, daß Gefühle sich am besten in Patriotismus ausdrückten, aber als er in der High School war, lachten seine Klassenkameraden ihn dafür aus. Der Ruf als Langweiler haftete ihm während der Schulzeit und bis in die Armee an. Er mochte die Ordnung und Übersichtlichkeit des Militärs, und eine Zeitlang dachte er über eine Karriere bei den Streitkräften nach.

Es war in der Armee, daß er anfing, versuchsweise nach

Namensvettern zu forschen. Er hatte Dienstpläne, Listen, Einberufungsverzeichnisse durchgesehen, um seinen Namen zu finden. Er besuchte sogar den Arlington-Friedhof, die Archive des Ersten und des Zweiten Weltkriegs, und suchte unter den dortigen Namen nach seinem. Dort gab es ihn nicht – es gab ihn nirgendwo. Er diente zwei Jahre, beide in den Vereinigten Staaten. Dann nahm er seinen jetzigen Job in Denver an, weil Marie, die er kennengelernt hatte, ein dauerhaftes Domizil wollte. Hin und wieder wurde er auf kurze Reisen in verschiedene Städte geschickt. Er gewöhnte sich an, an Telefonzellen zu halten und die dortigen Telefonbücher auf Ciks zu durchforsten, sogar das Flugzeug verließ er bei kurzen Zwischenstopps, um ins Telefonbuch zu sehen; er fand nie jemanden.

Auf seiner Hochzeit hatte einer von Maries Verwandten ihm in betrunkenem Zustand geraten, er solle seinen Namen ändern; ihre Kinder würden ausgelacht werden. Adam hatte zu seinem Vater hinübergeblickt, der ganz allein dasaß, ein kleiner, grauer Mann, verloren im Aufruhr von Maries großer, lauter Familie, und er hatte eine Antwort geben wollen derart, daß man ein Banner für die kleinste Armee tragen könne. Es klang blöd, und er hatte auch schon einiges getrunken. Er hatte sich von dem Mann abgewandt, ohne eine Antwort zu geben.

Zwei Jahre danach starb Adams Vater an Herzinfarkt. Bei der Beerdigung war Adam auf einmal klargeworden, daß er jetzt möglicherweise der einzige Cik auf der ganzen Welt war. Zwei Kinder, die sie später bekamen, waren Mädchen, und Adam hatte zwar nicht aufgehört, nach Ciks zu suchen, hoffte aber nicht mehr auf Verwandtschaft und suchte auch nicht mehr so gründlich. Als er in dem leeren Büro an diesem verschneiten Tag vor der Schaltzentrale saß, hingen seine Finger über der Tastatur. Er hatte bereits den Zugangscode eingegeben. Wenn er seinen Namen eintippte, was würde er finden? Vielleicht gäbe es einen Cik, der Schriftsteller, Dichter, Wissenschaftler gewesen war... Er lächelte und tippte dann CIK. ALLE ANGABEN, und wartete. Er merkte, daß er neugierig war. Er holte noch Kaffee.

Zu Anfang hatte Adam versucht, Maries Familie zu seiner eigenen zu machen. Er mochte sie, und sie schienen ihn auch zu mögen, trotz des komischen kleinen Banners, das er vor sich hertrug, und trotz seiner sonstigen Schüchternheit. Manchmal war er von ihnen überwältigt. Weil er überhaupt keine Familie hatte, fuhren sie an den Feiertagen mit den Mädchen immer zu den ein oder anderen Verwandten von Marie. Die Beaudines waren ein lärmiger, lebhafter Haufen – ursprünglich Frankokanadier und Iren. In Colorado lebten sie schon seit Generationen, und sie waren von sich überzeugt bis an die Grenze der Eitelkeit. Einmal hatte Adam nach der Auswanderung der Familie nach Amerika gefragt und eine einstündige Geschichtslektion erhalten. »Du hättest sie nicht draufbringen sollen«, meinte Marie hinterher. »Du weißt, wie Claude und Martha sind...«

»Sie sind stolz auf die Beaudines und Dupuys, die Collerans und die Hallorans und die Hogues. Zum Glück haben sich mich nicht nach den Ciks oder nach den Petersens gefragt.«

»Zum Glück? Bloß schlechtes Benehmen –«

»Ich wünschte, ich könnte auf meine Vergangenheit zurückblicken, wie deine Familie das tut, ein langer Blick durch eine offene Tür, hinter der Leute stehen. Wenn ich durch meine Tür sehen will, ist dort niemand.«

Maries Tröstungen waren so ungeschickt gewesen wie Claudes Stolz. Sie sagte, er sollte sich nichts draus machen. Zu viele Menschen lebten zu sehr in ihren Stammbäumen. Adam stritt nicht mit ihr. Marie, die in ihrer Identität beheimatet war, hatte bisher kein Schweigen wie seins gekannt.

Manchmal neckte sie ihn wegen seines Patriotismus. Es war nicht schwer zu erkennen, daß er Amerika als eine Art familiäre Ersatz-Identität benutzte. Als Ginny und Lydia noch klein waren, hatte er alle Nationalfeiertage mit ihnen zelebriert. Marie ging selten mit zu den Paraden, aber die drei standen bei jeder einzelnen am Straßenrand: der Unabhängigkeitstag, Labor Day, der Tag der Arbeit, der Staatsfeiertag von Colorado, St. Patricks und der Veteranen-Tag. An jedem einzelnen beflaggten sie das Haus. Maries Familie lachte darüber: »Eine Flagge so groß wie die auf dem Arlington-Friedhof.« Manche von den Nachbarn sagten ähnliches. Manchmal bei sommerlichen Grillparties und beim Rasenmähen im Vorgarten neckten ihn Bob Wylie oder Harry Stamps: »Wofür hängt denn heute die Fahne draußen?«

Ein- oder zweimal hatte Bob angedeutet, daß Adams Patriotismus maßlos und peinlich wäre. Als die Mädchen älter geworden waren, fingen sie auch an, sich zu beklagen. »Warum mußt du diese riesige Fahne raushängen, kaum daß man sich umgedreht hat?« »Papa, Bud Callan nennt dich *Yankee Doodle* [Anmerkung der Übersetzerin: patriotisches Marschlied aus der Zeit des Bürgerkriegs].« Später sagten sie: »Wir wollen, daß du unsern Namen änderst – *Cik* – niemand heißt *Cik*. Cicki-micki. Cik-Tick...«

»Machen die Kinder das immer noch?«

»Ja. Wir können es nicht ausstehen.«

»Diesen Spott hatte ich auch immer in der Schule zu ertragen«, meinte Adam. »Sogar die gleichen Witze. Es ist die einzige Familientradition, die die Ciks haben.«

Adam war gerade mit dem Kaffee an der Tür, als er das Klicken des Computers hörte, der mit dem Ausdrucken begonnen hatte. Wenn es nicht so geschneit hätte, wäre er nicht in den Hauptspeicher der Bibliothek gelangt. Er zog einen Stuhl heran und beobachtete, wie die Maschine ruckhaft Papier ausspie. Stop. Es hatte aufgehört. Er hob den Ausdruck hoch, voller Stolz auf seine Idee. Er hatte nichts erwartet, aber hier war jetzt eine Art Liste, Einträge, die literarischen Beiträge zur englischsprachigen Welt durch Leute mit dem Namen Cik. Es gab nur drei, aber sie waren wie sein Name, ein Name, den er nie vorher gesehen hatte, außer in bezug auf sich selbst oder seinen Vater. Er lächelte leicht, scheu, und ließ seine Augen langsam die Kopie hinunterwandern: Ein Eintrag war eine Monographie von einem Bruder Anton Cik, 1847, die hypothetische Kartierung eines bestimmten Planeten. *Bruder* Anton. Dort gab es wohl kaum Kinder. Bruder, du hättest dich sorgfältiger mit Abstammung und Verbindungen befassen sollen. Während du Sterne kartographiert hast, hast du nicht an deine Nachwelt gedacht...

dann gab es da ein Buch über die medizinischen Bestimmungen von Füßen und Beinen, 1886. Dr. Robert Cik. Chicago. Vielleicht hatte er eine Familie, und sie lebte noch irgendwo im Land. Adams Auge fuhr zum letzten Eintrag hinunter. Es sah aus wie eine Autobiographie: *Reise eines Verdammten*, 1888, eine Übersetzung aus dem Serbischen, verfaßt von dem Mörder Joachim Cik, 1740, einschließlich eines Berichts von seiner Gefangennahme, dem Prozeß und seiner Hinrichtung.

Adam riß den Ausdruck ab und sah ihn eine Zeitlang an. Serbien. Wenigstens das wußte er jetzt. Ein Mörder. Die Vorstellung bremste ihn einen Augenblick lang. Dann dachte er: »Es gibt auch Mörder, die Smith und Miller heißen.« Es bedeutete ja nur, daß ein Cik 1740 ein Verbrechen begangen hatte – vielleicht in Reaktion auf eine Diktatur oder in Selbstverteidigung. Vielleicht würde er es herausfinden, wenn er sich intensiver mit dem Hintergrund beschäftigte. Er gab wieder den Namen CIK ein, diesmal für Bücher, Artikel und so weiter zum *Thema* CIK. Auf den anderen Terminals trafen jetzt Aufträge, Anfragen und Rechnungen aus verschiedenen Landesteilen ein. Er sortierte sie und war wieder für zwei Stunden beschäftigt. Um zwei Uhr verzehrte er sein mitgebrachtes Lunchpaket und trank Kaffee aus der Kaffeemaschine. Danach ging er zurück und las, was in der Ablage der Bibliothek gekommen war.

Es gab fünf Einträge: *Warum töteten sie: Eine Studie über Joachim Cik und seine mörderische Familie* von Julius Leonard, 1963; zwei Kapitel in *Vererbte oder familiär verursachte Psychopathologie*, eine Dissertation von Lucy

Manuel, 1957; die Autobiographie, die Adam bereits vorher gesehen hatte; *Die Prozesse und Hinrichtungen der Familie von Girard Cik*, den Gerichtsprotokollen des Gerichtstags von Sarajewo 1738–40 nachgezeichnet, übersetzt und mit Anmerkungen versehen von Marius Reiner. Der letzte Eintrag lautete: *Festnahme, Verhör und Hinrichtung der Euphemia Cik* wegen Hexerei in Bayern 1760, eine Untersuchung zur Massenpsychologie von Hans Munck, 1925.

Adam saß wie erschlagen da, seine Gedanken drehten sich in einem Nebel von Leugnung. Er dachte ununterbrochen: »Das ist nicht fair. Das ist nicht in Ordnung.« Dann bemühte er sich, vernünftig zu überlegen. Die Leute sprechen selten über ihren familiären Hintergrund. Sogar Maries Familie hatte Vettern, Onkel, deren Namen von Schweigen umgeben waren. Jede Familie hat ihre Geisteskranken, ihre Kriminellen ... man muß nur weit genug zurückschauen ... die halbe Erdbevölkerung stammt von den Söhnen Kains ab ... Wie viele ganz normale Leute sind Nachkommen der Youngers, Daltons oder Jameses. Es tat ihm jetzt leid, daß er allein war, daß er sich diesem Wissen ausgesetzt hatte, ohne daß jemand da war, der den alltäglichen Tagesablauf gewährleistete, der die passenden Platitüden sagte, das gewohnte Bürogespräch, um die kleinen Realitäten des Lebens wieder in ihr Recht einzusetzen – ›Vielleicht sind Sie noch nicht mal mit ihnen verwandt‹. Es könnte unzählige Ciks in Bosnien geben. In Bosnien ist Cik vielleicht so ein Name wie Miller oder Smith.

Er begann eine dunkle Angst zu spüren. »Mörderische

Familie«, hatte Julius Leonard geschrieben ... Andererseits, an jedem Ort, zu unterschiedlichen historischen Epochen konnte es passieren, daß Krieg oder Anarchie ganze Familien zu Gewaltreaktionen greifen ließ ... Diese Gedanken entstanden in der verlangsamten schwarzweißen Lesebuchversion von Schock und Verleugnung. Er starrte eine lange Zeit hinaus in den Schnee, dann tippte er einen weiteren Code in die Maschine. Damit würden die fünf Einträge als Bestellung aufgenommen und an seine Bibliothek geschickt. Es war Zeit, das Büro zu schließen. Er tat es völlig unbewußt, und nur der Kälteschock auf seinem Gesicht, als er hinaustrat, durchbrach seine Versunkenheit für einen Moment. Er ging nach Hause, die Ausdrucke hatte er in der Tasche. Als er heimkam, las er sie noch einmal.

Adam erhielt die Bücher, die er bestellt hatte, und las sie wie ein Alkoholiker, der an der Flasche hängt. Girard Cik geisterte durch die Tage in Denver. Er war ein riesiger, brutaler Mann gewesen, schon in seiner Jugend gefürchtet. Er hatte eine Frau namens Perdita ihrer schreckerstarrten und widerstrebenden Familie entrissen und lebte offen mit ihr in einem Dorf nahe Jajce im damaligen Bosnien. Es gab keinen Hinweis darauf, ob die Familie bosnischer, bayrischer oder griechischer Herkunft war. Girard und Perdita hatten sechs Söhne und mindestens so viele Töchter, und mit ihnen und einem Haufen Verwandter, die nicht weniger unersättlich waren, hatten sie den Landstrich im Umkreis vieler Meilen terrorisiert. Ihr Haus war eine Festung, die von Hunden und Familie bewacht wurde. Fünfzehn Jahre lang, von 1722 bis 1737, stahlen, töteten, vergewaltigten, brandschatzten und entführten Girard und Genossen, ohne daß sich Widerstand regte. Die Jungen wuchsen zu Männern heran und raubten Mädchen, die sie in die Festung verschleppten. Langsam, einer nach dem andern, durch Unfälle oder Hinterhalte, in die sie heimlich, um Rache zu vermeiden, gelockt wurden, wurden vier der Jungen und fünf der Mädchen getötet. 1737 gab der Landesherr schließlich den Auftrag, das Nest auszuräuchern. Eine Armee marschierte auf die Hochburg der Ciks zu, stürmte sie, machte sie dem Erdboden gleich und fand, nachdem überwiegend Frauen und Kinder getötet worden waren, nur noch zwei der Cik-Männer lebend vor: Girard, inzwischen alt und, wie es hieß, »übersät mit abstoßenden Geschwüren«, und den Sohn, Joachim, den einzigen, der lesen und schreiben konnte. Girard starb im Gefängnis. Joachim wurde für den Proezß aufgespart, »um ein Exempel zu statuieren für alle, die auf Abwegen wandeln«, sagte der Chronist, »auf daß die Gerechtigkeit, wenn auch ihre Mühlen langsam mahlen, am Ende siegt.« Das Geständnis, von dem man nicht weiß, ob er es selbst geschrieben hatte, wurde jedenfalls von ihm selbst verlesen und dauerte zwei Stunden. Dann wurde er hingerichtet, sein Körper an einer Wegkreuzung begraben, »damit er den Fluch der Vorüberkommenden ertrage, bis er und seine Taten vergessen wären.« Das dauerte fünf Generationen. Adam verlor ... verlegte ... den Frühling in jenem Jahr. Seine gegenwärtige Welt, die Bäume, Häuser, Menschen, seine Arbeits- und Urlaubstage ließ er links liegen, wie man an einem Fenster auf dem Weg zu einer größeren Aufgabe vorbeigeht. Die Bäume, die Adam sah, die Leute, die Sonnenaufgänge und Vollmonde, geschahen in Bosnien und Serbien zur Zeit von Girard und Joachim Cik.

Adam fing an, die Geschichte jener umstrittenen Orte zu studieren. Er versuchte, über zwei Kontinente und einen Ozean zu blicken, dort Berge und Wälder zu erkennen, die Lebensweise der Leute, die farbenfrohen Trachten, in den Büchern über die qualvolle Vergangenheit, die Armut, die Revolutionen und Diktaturen zu sehen. Er versuchte, Girard zu folgen, politisches und soziales Geschichtswissen einzusetzen, um zu verstehen, was ihn formte, ihn in Beziehung zu der Welt setzte, in der er lebte. Er bemühte sich, zu sehen, wie es mit Joachim und den anderen namenlosen Jungen und Mädchen gewesen sein mußte, und schließlich noch Euphemia, die den gewaltsamen Tod der Familie dreißig Jahre später nachvollzog. War Euphemia eine Tochter? Eine Enkelin? Keiner der Berichte hatte alle Namen der Familie aufgelistet. Hatte irgend jemand die Festung verlassen, bevor sie geschleift worden war? Gab es noch andere Verwandte, Neffen, Kusinen? So wie über sie geschrieben wurde, schienen sie eher eine Heimsuchung des Bösen als eine Familie von individuellen Mitgliedern mit unterschiedlichen Persönlichkeiten und Stilen zu sein. Er hatte bereits alles, was er über die Familie bekommen konnte, gelesen und versucht, noch mehr in den deutschen, serbischen und kroatischen Eintragungen zu finden. Über Euphemia gab es etwas mehr. Die Aufzeichnungen über ihren Prozeß waren anscheinend im Zweiten Weltkrieg verlorengegangen; geblieben war nur noch der Bericht von Munck, und er war weniger an Euphemia als an der Psychologie ihrer Ankläger interessiert gewesen. Munck hatte es als unwahrscheinlich zurückgewiesen, daß sie tatsächlich eine Hexe war oder auch nur eine böswillige Nachbarin. Seine Untersuchung zeigte ihn als einen modernen, aufgeschlossenen Zeitgenossen, der stolz auf seine vernunftgeleitete, deutsche Denkweise war.

Marie, die Adam zunächst in seinen Forschungen unterstützt hatte, war inzwischen müde und auch erschrocken angesichts der Enthüllungen, die ihn überwältigt hatten. Ihre Erfahrung mit Familien war eine sonnige, alltägliche, die Geschichte von mehr oder weniger anständigen Generationen und dem gelegentlichen Schwarzen Schaf. Das war eine schlechte Vorbereitung auf Adams Teufel, seinen Zorn und seine Zwanghaftigkeit, trotz dieses Zorns mehr zu erfahren, immer mehr. »Es muß doch andere Ciks gegeben haben«, schrie er auf, wenn sie ihn aufforderte, die Familiengeschichte ruhen zu lassen. »Wenn sie alle in der Festung getötet oder gefangengenommen worden wären, hätte es vielleicht nie einen Bruder Anton oder einen Dr. Robert gegeben. Mein Vater meinte, daß unsere Zeit in Samothrake nicht mehr als zwei Generationen betrug...«

»Ich sehe, wie du von diesem Moloch verschluckt wirst«, sagte Marie. »Diese Leute sind plötzlich wichtiger für dich als deine eigenen Kinder, als ich.«

»Stimmt nicht, aber ich muß wissen, wer wir waren, warum...«

Memorial Day, der Volkstrauertag, kam und verging ohne Adams Flagge oder sonstige Feierlichkeit. Marie war so besorgt, daß sie mit ihrem Bruder Roger darüber sprach. Als Adam davon erfuhr, ärgerte er sich. »Roger ist Schulpsychologe«, meinte er.

»Er erkennt, daß deine Veränderung jahrelanger Gewohnheiten ein Anzeichen psychischer Spannungen ist«, sagte sie, wobei sie unbewußt wie Roger klang. »Er glaubt, daß wir Hilfe brauchen.«

»Ich brauche Hilfe von einem Familienforscher. Warum regst du dich auf? Lydia kommt aufs College, Ginny ist es egal; die Nachbarn haben sich jahrelang über meine Beflaggung lustig gemacht.«

»Und deshalb hast du dieses Jahr nichts zelebriert?«

»Natürlich.«

Es war nicht wahr. Er war unten im Familienzimmer gewesen, um die Fahne und die Memorial-Dekorationen, die er beinahe zwei Jahrzehnte lang benutzt hatte, heraufzuholen, und er hatte einen plötzlichen Stich verspürt: Schuldgefühl und Zorn zugleich. Die Ciks, die in Bosnien, waren böse, selbstsüchtig, grausam, aber sie akzeptierten nie die zweitbeste Lösung, gaben sich nicht mit weniger zufrieden, indem sie die Familie durch das Land ersetzten oder das moralisch Annehmbare anstelle des nackten Rufs ihrer Begierde hinnahmen. Ihre Motive waren klar, unvermischt. Sie empfanden keinen Stolz auf Nation, Provinz, Kultur. Sie verteidigten niemand außer sich selbst. Das Böse war übermächtig, aber ebenso, dachte Adam, war auch ihr Selbstbewußtsein. Und er hatte die Fahne weggelegt und den Tag vergehen lassen, ohne die Parade zu verfolgen oder wegen der Zeremonie an den Gräbern nach Fort Logan zu gehen, von denen keines seinen Verwandten gehörte.

Es war die Macht dieser Vorfahren, die ihn in Faszination gefangen hielt. Sie füllten ihre eigene Leinwand; sie hatten nie nachgegeben, sich irgendetwas von andern nehmen lassen, wie er es sein ganzes Leben lang getan hatte, schien ihm.

Im Juni machte Adam seine jährliche Reise zum Hauptbüro in Detroit. Die Stadt stöhnte unter einer Hitzewelle. Als er aus dem Flughafengebäude trat, schlug ihm die Luft pelzig und abgestanden ins Gesicht. Er nahm sich immer vor, diese Zeit zu einem vertiefenden Besuch der Stadt zu nutzen, aber dieses Mal ließ die Hitze ihn sofort das Hotel aufsuchen. Er hatte seine Arbeit gut gemacht. In seinem Aktenkoffer lag eine Reihe sorgfältig erarbeiteter Pläne und Berichte. Er wußte, daß er Vertrauen haben konnte, aber das Gefühl, an einem unsichtbaren Maß gemessen zu werden, seine Methoden Managern erklären zu müssen, die sie vielleicht nicht verstanden, machte ihn immer ängstlich, und während er zum Hotel fuhr, die Anmeldung vornahm und in sein Zimmer ging, fühlte er sich zunehmend eingeschränkt und unruhig.

Wegen dieses Gefühls empfand er sich als zu beschäftigt, um Ruthven oder Morrison aufzusuchen, die auch in diesem Hotel untergebracht waren – zumindest nicht vorm Abendessen. Er ging in sein Zimmer hoch, nahm die Berichte heraus und überflog sie, dann badete er und entschloß sich zu einem Gang durch das Zwischengeschoß des Hotels. Vielleicht konnte er in den Geschäften ein paar Kleinigkeiten für Marie und die Kinder besorgen.

Er ging die Treppe vom vierten Stock hinunter. Es tat gut, sich etwas zu bewegen. Im Zwischengeschoß öffnete das Treppenhaus sich auf einen ausladenden und ziemlich großartigen Treppenaufgang hin, mit Ladenarkaden rings um den Springbrunnen, der auf die Eingangshalle blickte. Er begab sich in die Kreisbahn, schlenderte an den Pelz- und Schmuckgeschäften vorbei, einem modischen Rauchwarenladen, einer Damenboutique. Das meiste, was er sah, war kunstvoll gearbeitet und überteuert. Marie mochte Mitbringsel, die sie in ihre Vitrine stellen konnte und später ihren kleinen Nichten und Neffen schenkte. Er ging weiter herum bis zum östlichen Ausgang der Arkaden.

Er wurde sich eines Geräuschs bewußt – einer Serie von Geräuschen hinter der Biegung der Arkaden, außerhalb seines Blickfelds. Laute Stimmen, splitterndes Glas. Dann Schüsse. Zwei, dann noch einer. Weil er nichts sehen konnte, wußte er nicht, ob er sich von der Stelle rühren, stehen bleiben oder auf den Boden werfen sollte. Seine Dienstzeit in den Streitkräften hatte keine Kriegserfahrung mit sich gebracht – er hatte keine instinktive Reaktion auf Schießereien entwickelt. Er dachte, wenn er sich auf den Boden legte, wäre er zu keiner weiteren Fluchtbewegung mehr fähig, aber das Geräusch des splitternden Glases hatte ihm seine Nachbarschaft zu den großen Schaufenstern klargemacht. Er bewegte sich von ihnen weg und ging hinaus in die Mitte des Ganges.

Dann rannte ein Mann an ihm vorbei, ein mittelgroßer Mann in Arbeitskleidung, ein Mann, dessen schweißüberströmtes Gesicht in der Maske streng kontrollierter Furcht gefroren war. Er lief beinahe blind, mit einem Revolver in der Hand. Sein Geruch beim Vorbeilaufen trug panische Angst in sich. Er war sauer, der Geruch des Erwachens nach Alpträumen. Dieser Geruch war es, der Adam Angst einjagte und ihm den Impuls eingab wegzulaufen, aber inzwischen war es zu spät. Der Mann hatte ihn nicht gesehen, bis sie zusammenstießen, und dann griff er nach ihm. »Arschloch – warum bist du nicht aus dem Weg gegangen?«

»Warten Sie!« sagte Adam und versuchte, sich loszumachen, aber der Mann hatte ihn jetzt fest im Griff.

»Du kommst mit, Arschloch.«

Auf einmal gab es ein Gefühl umfassenden Beleidigtseins in ihm, unglaublichen Zorns. »Wissen Sie nicht, wer ich bin?« schrie er, und seine Stimme war wie die eines andern, eines wilderen, freieren, stärkeren Mannes. »Ich bin ein Cik – einer der Ciks«, und er sagte das dem Mann ins Gesicht wie einem Idioten.

Schock weitete die Pupillen des Mannes. Er stand für einen Augenblick völlig erstarrt, und Adam begann, in die andere Richtung zu zerren, und dann schien er eiskalt vor Zorn zu werden. Der Mann verstärkte seinen Griff. »Tick – du hast 'nen Tick? Du mußt schon tot sein, damit ich dich hier zurücklasse.« Sie kämpften miteinander, der Mann zog, Adam sträubte sich. Adam sah durch die Röte seines Zorns das Gesicht und schlug mit der Faust mitten hinein, und eine Art Wut und Freude erfüllten ihn. Er wollte mehr Gesicht, um reinzuschlagen, mehr Körper zum Verprügeln. Der Verbrecher schrie: »Was machst du?« voller Ungläubigkeit und Zorn. Sie fielen beide. Adam versuchte zu treten, genauso viel Befriedigung aus dem Treten wie aus seinem Faustschlag zu beziehen. Blut spritzte. Das Blut ließ ihn vor Glück aufbrüllen. Er spürte keinen der Schüsse, die in ihn hineingefeuert wurden.

Seite an Seite lagen sie in der Notaufnahme. Der Kriminelle war selber von der Sicherheitspolizei angeschossen und später auf den Kopf geschlagen worden. Sie mußten Adams Hände von ihm lösen. Der Mann – er hieß Luther – war gefesselt. Er wütete angesichts der unglaublichen Tatsache, daß Adam die einfachsten, offensichtlichsten Gebräuche und Erwartungen nicht kannte. »Das ist nicht dein Job gewesen, Mann – du sagst, ich hätte 'nen Tick – du bist selber 'n Psycho. Es kam ihm auf einmal – es war Selbstverteidigung – ich hab' ihn angeschossen – dieser Mann ist verrückt. Er ist 'n Psycho«, sagte er wieder und wieder zu den Schwestern, Pflegern, Ärzten und zur Polizei.

Zu Adams Überraschung schienen sie alle Luther zuzustimmen. »Seht euch die Hand an – einige Knochen wird man zurechtrücken müssen. Sie hätten nicht versuchen sollen, es mit ihm aufzunehmen.«

»Er war bewaffnet.«

»Dachten Sie, Sie könnten ihn festnehmen? Er hätte Sie töten können!«

Adam sah den Polizisten an, der das gesagt hatte, während er seinen Bericht ausfüllte. Er wollte über die Ciks sprechen, die Wildheit, die Verrücktheit, die er mit ihnen geteilt hatte. Er war für die Operation betäubt worden, und das Sprechen fiel ihm schwer. Er sagte: »Ich könnte niemals eine solche Beleidigung akzeptieren. Meine Leute sind...« Aber die Bilder von Bosnien im Jahre 1730 verblaßten, als der Schmerz der Einschüsse an seinem Körper zu brennen anfing, und seine gebrochene Hand schoß Schmerzen in Arm und Schulter. Sie hatten ihm gesagt, daß er sich erholen würde. Marie kam. Die Firma war informiert worden. Als sie ihn in Richtung Operationssaal rollten, neckten sie ihn mit seiner Herkunft. »Sie sind uns ja ein ganz schöner Cowboy«, und als er auf das Vergessen unter der letzten Betäubungsspritze vor der Operation wartete, fing er an, ihnen zu erzählen, daß seine Tat mehr über Bosnien als über Denver vermittelte, aber die Worte kamen nicht so aus seinem Mund, wie er sie gedacht hatte. »Joachim und Girard – sie hatten auch Berge. Ich habe mich wahrscheinlich in der Nähe des Gebirges niedergelassen, weil … Sehen Sie, in diese Stadt gehöre ich nicht. Diese Stadt ist zu flach, und wenn sie noch die Bäume fällen …«, und dann kam er durch die Tür, hinter der er das Paradox vermutete, aber sie schloß sich einfach hinter ihm.

Muttersprache

Roses Eltern waren aus einem Ort namens Eagle Spring gekommen. Wenn sie davon sprachen, verklärten sich ihre Augen sehnsuchtsvoll, und ein kleines Lächeln erschien auf ihrem Gesicht. Als Rose einmal mit Sprossie, Tee und Mary zwischen den Häusern spielte, hörte sie ihren Vater am offenen Fenster sprechen. Seine Stimme und seine Worte klangen anders als die der Leute hier, die er ›Städter‹ nannte. »An Tagen wie diesem bin ich immer in Chilion's Grove gegangen«, sagte er. »Angeln war dann immer gut.« Sie hörte lächelnd zu, und Sprossie schlug verärgert ihre Hand, weil sie ihm mal wieder voraus war, weil sie ganz versunken ins Zuhören war, ohne daß er etwas davon mitbekam.

Sie waren ›taube Nüsse‹, ihre Freunde Sprossie, Tee und Mary. Ihre Eltern waren *Taubundumm*. Daddy meinte, daß es ein Fehler wäre, sie so lange mit solchen Leuten zusammenzulassen, Eltern und Kinder gleichermaßen Taubundumm, aber dann seufzte er und sagte: »Arm sein heißt eben, keine Chance zu haben.« Sie waren hierher gezogen, um in der Rüstungsfirma zu arbeiten, wo die Elektrizität hergestellt wurde, die es in Flugzeugen gab. Anfangs glaubte Rose, daß sie für diese Tätigkeit ausgewählt worden seien, weil sie aus Eagle Spring, einem Ort, der eng mit dem Fliegen verbunden war, kamen. Wenn sie mit Sprossie über Eagle Spring redete, würde sie das Zeichen für Frühling machen, damit der Name die Bedeutung von Schönheit weitergab, die ihre Eltern dem Ort gegeben hatten, ein Frühling von Adlern.

Roses Familie besaß ruhige Stimmen, die sich kaum auf und ab bewegten. Ihre Hände und Körper bewegten sich nicht beim Sprechen, und sie zeigten Gefühle nicht durch deutliche Blicke. Um sie zu verstehen, mußte man nach einem Muskelzucken in Vaters Gesicht suchen, wenn er zornig, oder um seine Augen herum, wenn er müde war. Mama machte sich zurecht, wenn es ihr gut ging, und ließ ihr Haar strähnig werden, wenn sie verärgert oder müde war. Und an der Nasenspitze gab es zwei Falten, die ›verschwinde‹ sagten.

Ihre Freunde, die Allmons, sprachen mit dem ganzen Körper. Jeder einzelne beanspruchte Raum um sich herum, den er ganz füllte. Sie zeigten Menschen in der Luft, ›du‹, ›er‹, ›sie‹, und gaben ihnen Sprechrollen mit Hilfe von Körpergewohnheiten, die typisch für sie waren. Ihre Sprache bestand nur aus Fingern, Händen, Gesicht. Rose ging manchmal mit ihnen in die Gehörlosengottesdienste. Sie hatte ihre Sprache schnell erlernt, ohne darüber nachzudenken.

Als der Krieg vorbei war, wurde die Fabrik umgerüstet und produzierte jetzt Fernseher. Alle waren glücklich. Daddy hatte seinen Job, Mama war zu Hause und kümmerte sich dort um alles. Rose war inzwischen zehn, und die Allmons-Kinder, eins nach dem andern, waren zur Gehörlosenschule gegangen. Wenn sie im Sommer zurückkamen, waren sie voll geheimer Schulgespräche und -witze und kannten neue Zeichen und Privatscherze. Sie hatten Zeichen-Spitznamen und unterhielten sich über Mädchen und Jungen, die Rose nicht kannte. In ihrer Schule war sie schüchtern und sprach leise, und meist wurde sie links liegengelassen.

Sie hatte schon vor langer Zeit begriffen, daß sie die Zeichensprache der Allmons nicht zu Hause oder in der Schule benutzen durfte, nicht mal die kleinsten Bewegungen, das Abrutschen des ›na und‹ von der Nase herunter, oder das Auf-sich-selbst-Zeigen des ›ich glaube‹. Die Allmons und ihre Sprache machten die Leute nervös, aber Rose liebte die langen grüngoldenen Sommer, wenn sie mit ihnen Tage draußen am Fluß oder am Stadtrand verbrachte. Sie spielten ihre Spiele lange, nachdem die hörenden Kinder damit aufgehört hatten, Nachlaufspiele oder Stockspiele. Ihre Gespräche waren witzig und komisch, und immer imitierten sie darin Leute, die sie kannten.

Aber als sie dreizehn, vierzehn und dann fünfzehn wurde, bemerkte Rose, daß ihre Welt sich langsamer erweiterte als die der hörenden Kinder an ihrer Schule. Sie schienen weniger zu wissen über ganz gewöhnliche Dinge. Sie lasen keine Bücher oder Zeitungen. Ihre Fernsehsendungen waren kindlich.

Auf eine Art, die sie sich nicht erklären konnte, begann Rose, sich von Tee und Sprossie getrennt zu fühlen. Sie bemühte sich stärker darum, da zu sein, wo die hörenden Kinder sich versammelten, ihren Gesprächen zu folgen und ihre Geschmäcker kennenzulernen. Es war nicht einfach, die unmittelbaren Eindrücke einer Sache aus einem Luftbild zu übersetzen, spontane Freude oder Kummer, die Hand zu bremsen, bevor sie sich erhob.

In dem Sommer, in dem sie sechzehn war, arbeitete sie im *Five-and-Dime*-Kaufhaus. Den ganzen Tag über hingen feuchte, hungrige, stumpfgesichtige Kindmänner an der Jukebox herum und ließen Platten laufen. Sie lernte die Texte und die Lieblingszeilen der Jungen, aber sie mußte aufpassen, daß sie sie nicht direkt ansah, so direkt, wie sie die Allmons und ihre Freunde immer angesehen hatte. Anfangs hatte es deswegen Ärger gegeben.

Eines Tags kam Daddy nach Hause und sagte: »Das war's.« Mehr nicht. Die Fabrik war geschlossen. Er und dann auch Mama bemühten sich um andere Jobs, aber es gab nichts. Drei Wochen im August war Roses Geld das einzige Einkommen der Familie. Sie lebten von Bohnen und Keksen. Im Dezember brach das Auto zusammen. Weihnachten sagte Daddy: »Wir gehen nach Eagle Spring zurück.«

Die Stimme, die den schönen Namen sagte, sprach ihn flach und leblos aus. Rose wollte ihm plötzlich mit Zeichen signalisieren: Nicht *du* hast versagt; die Dinge haben *dir* Unrecht getan. Es wäre eine schnelle Drehung gewesen – Subjekt nach außen, Objekt nach innen, und die verneinende Feststellung als Zeh, der nach vorn stößt.

Sie waren unglücklich, was Rose wunderte. Wo war denn jetzt der sanfte Strom der Erinnerung? »Im Winter haben wir uns immer um das Feuer herum versammelt«, sagte Daddy jeden Winter, »dann haben wir Geschichten erzählt, Kastanien geröstet, nichts ist schöner als ein Holzfeuer, weißt du –« Sie erinnerte sich genau an die Sehnsucht in seiner Stimme, zerbrechlich wie Zeichen in der Luft, einmal verschwunden, nie beweisbar.

Auf der Rückfahrt entfaltete sich vor ihren Augen das wunderbare Land. Berge und Flußläufe. Sogar mit den winternackten Bäumen, die in dunklem Schweigen dastanden, hatten die Orte eine sanft dahingleitende Großartigkeit, ein Gefühl von Weitsicht und eine Würde, die Rose nach Luft schnappen ließ. Und die Namen: Fourways, Hidden Creek – Namen, die Mama als Schlaflieder benutzt hatte –, Rest Easy und Sayward. In Bethany stiegen sie aus dem Bus aus. Es war ein drei Kilometer langer Weg nach Eagle Spring und weitere drei zu Großvaters Haus, wo sie wohnen würden. »Wir werden bei Oma und Opa bleiben«, sagte Mama, »aber ich habe Geld gespart, damit du wieder von dort weg kannst. So, jetzt geh rein, wenn wir ankommen, zieh deine Kleider aus und bewahre sie dafür auf, wenn du wieder fortgehst – alle deine Sachen, ist das klar?« Ihr Ton war winter-bitter.

Sie bogen in den Feldweg ein, langsam, aber ohne anzuhalten. »Das ist der Aufstieg zum Berg, wirst du noch lernen«, sagte Daddy. »Nein, wird sie nicht!« schnauzte Mama ihn an.

Sie wohnten bei Mamas Verwandten in »The Branch«. Rose lernte, Fleisch zu enthäuten und abzuhängen, Fisch zu räuchern, Wild zu konservieren. Außerhalb des stark riechenden Hauses mit seinen nackten Fußböden breiteten die Berge sich im Nebelmeer aus; der Winter schloß sie ein. Sie lernte schwer und langsam, Tag für Tag. Sie verlor Eier und zerbrach Öllampen und ließ sie verrußen. Sie erschreckte die Hühner und ruinierte den Käse, aber die Fremdheit lag tiefer als in diesen äußeren Dingen. Sie lag in der Sprache, den Worten, die sie sprach, der Art, wie sie sie sagte. Als es Frühling wurde, gingen sie alle nach Eagle Spring hinunter, um einzukaufen und zur Kirche zu gehen, und Rose wußte, daß eine undefinierbare Andersartigkeit sie von den Leuten von »The Branch« und den Leuten von Eagle Spring auf Armeslänge fernhielt, auf immer getrennt.

Mama war stolz. »Sprich nur immer weiter so nett, wie du es gelernt hast. Du mußt dich nicht anpassen und hier bleiben!« Aber die jungen Männer und Frauen von Mountain Meadows und Chilion's Grove sahen sie an und waren neugierig. Untereinander lachten und redeten und neckten sie sich, aber wenn sie sprach, wurden sie still. Die Jungen zogen sich etwas zurück, höflich, und die Mädchen verloren in ihrer Gegenwart ihre Unbeschwertheit. Durch Rose fühlten sie sich als ›Landeier‹. Wenn sie versuchte, vorsichtig ihre Worte zu benutzen, wurden die Jungen scheu und die Mädchen drehten sich zur Seite und gingen weg, um ohne sie zusammenzusein.

Da Mama darauf bestand, fing sie wieder an, zur Schule zu gehen. Ihre städtische Schulvergangenheit beeindruckte die Lehrer, und man gestattete ihr, eine Klasse zu überspringen. Als sie zur Krankenschwesternausbildung angenommen wurde, gab Mama ihr das ganze nebenher verdiente Geld vom Verkauf selbstgemachter Quilt-Dekken und der Eier, ihre gesamten Ersparnisse und einen Koffer mit den Stadtkleidern, die inzwischen eine Nummer zu klein waren. Sie begleiteten sie durch die Berge und dann von Eagle Spring aus zum Bus, und dann war sie fort, dorthin, was sie ›Die Welt‹ nannten.

Die Sprache lernen. Sie mußte sich mehr anstrengen als

die meisten anderen Studenten. Nacht für Nacht paukte sie die schwierigen medizinischen Begriffe, die Geheimsprache der Ärzte und Krankheiten, und allmählich lernte sie, die Worte zu hören und sie dann auszusprechen, bis es ihr leichtfiel, sie zu benutzen. In der Schwesternschule war sie weniger einsam als jemals in ihrem Leben, mit Ausnahme der Jahre mit den Allmons, aber es fehlte ihr etwas, ein Ort, den sie noch nicht gefunden hatte.

Als die Zeit verging, bekam Rose so etwas wie eine besondere Identität im und um das Krankenhaus. »Ist die Landpomeranze da?« »Bitten Sie auch die Dame vom Land um ihr Erscheinen.« Sie horchte nach, um Spuren von Verachtung zu bemerken, aber das war es nicht. Es war Interesse und sogar ein bißchen Zuneigung. Ihr Dialekt schien Teil des Charmes ihrer Andersartigkeit, ›authentisch‹, sagte einer der Internisten, ›natürlich‹. Sie fühlte sich überfordert, ihnen zu erklären, wie falsch sie damit lagen.

Weil sie in Eagle Spring nie natürlich oder authentisch gewesen war und sich mit jedem Besuch weiter von Mama und Daddy entfernte. Die Worte, die sie gebrauchte, sogar ihre Zusammenstellung, veränderten sich. Ihre Sprache war eine neue Art, die Welt zu sehen. »Du denkst an Sachen, da hab ich nich' mal von gehört«, sagte Mama. Sie konnte sich immer schlechter vermitteln, ihnen und den Leuten auf den hohen, schweigenden Bergrücken, wo Omas und Opas Hütte stand.

Manchmal, in Träumen, wagte sie sich zu den allerersten Menschen zurück, zur ersten Sprache, der Sprache, die an ewigen Sommer erinnerte, der Sprache der allerersten Intensitäten und Erinnerungen – der Zeichensprache. Viele Menschen in ihren Träumen waren nicht taub, benutzten aber trotzdem die Zeichensprache, weil es in ihren Träumen die natürliche Sprache der Menschheit war.

Die Verbindung zur Psychiatrie entstand in Roses Fortgeschrittenen-Semester. Es war ein dreimonatiger Dienst im Landeskrankenhaus. Am dritten Tag standen Rose und ihre Partnerin, eine junge Frau namens Ellie Metcalf, wie festgefroren auf ihrem Posten im Tagesraum einer Männerstation, ›zur Beobachtung‹ war ihnen gesagt worden. Nach dem Mittagessen bewegte sie sich auf einmal unbewußt auf einen kahlgeschorenen Mann mit leerem Gesichtsausdruck zu, der ganz für sich allein dastand, einer aus einer Reihe von Männern, die in weichen Baumwollhosen und Denim-Hemd herumstanden. Ihre Hände fuhren wie selbstverständlich hoch, ihr Körper bereitete sich auf die Frageposition vor – das Signalisieren erfolgte schnell und in Umgangsform. »Mögen Sie das Mittagessen?« in einer Haltung, als wolle sie den Raum zwischen ihnen zur Unterhaltung vorbereiten. Sie hätte ihn schlagen oder küssen oder ihm den Elektroschock verpassen können, den sie hier einsetzten. Sein Kopf fuhr hoch, seine Augen zentrierten sich, wurden weit. »Wer?« signalisierte er, in einer Haltung von Frage-und-Verwunderung. Er bewegte sich von der Wand fort. »Wer sind Sie?«

»Rose«, buchstabierte sie und wies gleichzeitig auf ihr studentisches Namensschildchen.

Es war die nackte Sprache für sie beide, und beide sprachen sie, ohne über die Worte nachzudenken. »Sie – Lettie –« Er zeigte auf Letties Platz neben sich, um so in der Art der Gehörlosen von ihr zu sprechen. »Hat sie Sie hergeschickt – o Gott – hat sie Sie hergeschickt, um ein Ende...« Er zog das Einsamkeits-Zeichen in langen Ellipsen, riesig und langsam, so daß Rose die Einsamkeit jedes einzelnen Tages, die ganze Einsamkeit, Tag für Tag die Einsamkeit sehen mußte, bis zum Ende des Erträglichen und darüber hinaus.

»Wie lange?« fragte sie. »Wie lange hier?«

»Ich weiß es nicht.« Ein einziges Zeichen aus einem Gesicht hinunter, das zeigte, er wußte nicht, wie er fragen, wissen, messen könnte. Sie standen bewegungslos, aber untrennbar da. Sie wollten einander in die Arme fallen, aber so etwas würde von den Hörenden mißverstanden werden. »Einmal«, sagte er, »auf einem Spaziergang, sah ich – das ist ein anderer, ein Tauber – wir sprachen eine Minute lang. Ich habe ihn gesucht, aber – könnten Sie, würden Sie ihn finden?«

»O ja, wenn ich es kann.«

»Hat Lettie Sie geschickt?«

»Nein, das hier ist Teil meiner Ausbildung – als Krankenschwester.«

»Also wird es ein Ende finden.«

»Nicht jetzt, noch nicht. Wir werden später darüber sprechen.«

Er stand da, wie die Gehörlosen stehen, und weinte. Zugleich wurden sie sich der Leute bewußt, die herumstanden, auch der Oberschwester. Er versteifte sich – »Wird es Ihnen schaden, dies hier?«

»Das werden wir schon früh genug sehen.«

Er lachte.

Die Schwestern und Pfleger waren überrascht. »Saunders hat sich in all den Jahren, die er hier ist, kaum bewegt!«

»Woher haben Sie es gewußt?« »Wie haben Sie gelernt...«

Sie erhielt die Erlaubnis, mit Saunders durch die Gänge zu gehen. Niemand hatte gewußt, daß er taub war oder wieviele Gehörlose es noch gab. Für die Tauben waren sie unwiderstehlich. Hier und da lösten sich lebende Statuen von den Wänden, mit Fingern, die in einen Schrei ausbrachen, weit aufgerissenen Augen, zusammenbrechenden Gesichtern. Einige liefen zu ihnen, erzählten zum ersten Mal ihre Geschichte, in kruder oder eleganter Zeichensprache, wütend oder ängstlich gefärbt; viele sprachen den zusammengestückelten und häßlichen Gebärdenslang der Gehörlosen, die niemals Gebärdensprache gelernt und nur Kontakte zu hörenden Familienangehörigen hatten, die inzwischen tot waren oder weit verstreut lebten. Männliche und weibliche Insassen, chronisch oder akut, auf Dauer eingewiesen oder in Behandlung, trugen ihre eigene Geschichte mit sich herum, sprachen zu sich selbst und zueinander, eine leidenschaftliche, wachsende Menge, zwanzig, dreißig, die zum ersten Mal die anderen Leidensgenossen wahrnahmen. »Du hier?« »Wie lange?« »Ich lebe auf Station –« »Ich heiße –«

Und Rose erzählte ihnen von Sprossie und Tee und Mary, von Mr. und Mrs. Allmon. Sie sprach von ihnen, wie sie sie mit fünf gekannt hatte, mit zehn, fünfzehn. Sie konnte kaum glauben, wie gut es ihr dabei ging, wie glücklich sie war, eine tonlose Welt mit Bedeutung zu füllen, das wahrhaftige Wort aus dem Herzen des Lebens auszusprechen.

Rose erhielt die Erlaubnis, alle Stationen während ihres dreimonatigen Praktikums zu durchlaufen. Sie fand andere, scheuere gehörlose Patienten. Einige, die sie fand, waren schwer krank, mit ungeordneter und irrationaler Gebärdensprache, aber viele schienen ihr ganz normal, und sie verbrachte viele ihrer freien Tage in ihrer Gesellschaft, in der sie sich unbeschwert und glücklich fühlte. Für einige setzte sie sich bei den Ärzten ein, und ein paarmal übersetzte sie in Belegschaftsversammlungen. Mehr war ihr nicht erlaubt. Als ihre Zeit um war und sie gehen mußte, zog die alte Mrs. Sprinkles an ihrem Pullover und sagte: »Komm zurück und arbeite hier – du bist so gut wie taub. Du tätest es für *dich*. Wir Taube sehen ja, wie deine Augen leuchten, wie dein Gesicht leuchtet, wenn du bei uns bist. Geh nicht in die Welt der Hörenden. Da gibt es schon genug Menschen. Siehst du, wie sie vergeudet werden? Bleib taub – wir sind die ehrlichen Menschen. Wir legen unsere Gefühle in unsere Gesichter und sprechen nicht nur mit dem Mund, ohne etwas zu sagen.« Rose sagte, sie würde darüber nachdenken.

Aber eine Stationsleiterin meinte: »Dies ist kein Platz für Sie. Die Bezahlung ist schlecht, meilenweit keine Stadt, und im Dorf niemand in Ihrem Alter, mit dem Sie sich anfreunden könnten. Mein Mann kränkelt; wir leben hier, weil es billig ist – dafür ist es gut – für Leute im Ruhestand.« Sie hatte recht. Mrs. Sprinkles auch.

Als Rose zum Schulkrankenhaus zurückkehrte, folgte die Neuigkeit von ihrer ›Gabe‹ ihr auf dem Fuß. Manchmal wurde sie gerufen, um zu übersetzen, wenn Gehörlose anwesend waren. Meist entpuppten sie sich als Menschen, die im Alter ertaubt waren, keine Gebärdensprache kannten und von ihren ›Gesten‹ abgeschreckt wurden.

Am Wochenende vor ihrer Abschlußfeier nahm Rose den Bus nach Norden, in die Stadt und zu den Freunden, die sie mit sechzehn verlassen hatte. Es war eine lange Fahrt. Die alte Nachbarschaft hatte sich verändert. Wie das Gesicht eines sterbenden Freundes war sie bis in die Knochen vertraut, aber nicht mehr im Fleisch. Pech hatte wie eine ansteckende Krankheit um sich gegriffen. Das Viertel war davon durchseucht. Bäume waren gefällt worden oder waren abgestorben, die Vorgärten überwuchert und ungepflegt. Sie kam zu dem Häuserblock, in dem sie gewohnt hatte. Jetzt lebten viele Schwarze dort. Kinder in leuchtenden, aber zerlumpten Kleidern fuhren auf Rollschuhen auf und ab, wie sie damals. Sie ging an ihrem Haus vorbei. Eine farbige Frau saß auf den Stufen und spielte mit einem Baby. Rose ging zum nächsten Haus, dem der Allmons, und klopfte. Die Allmons hatten einen Hund gehabt, der gewöhnlich auf sich aufmerksam machte, wenn jemand zur Tür kam. Rose wartete, klopfte noch einmal. Die Tür öffnete sich, und ein halbes Gesicht wurde auf der andern Seite sichtbar. »Was woll'n Se?«

Rose erklärte es. Es dauerte lang; als sie aufhörte, sagte die Frau: »Gibt keine toten Leute hier.« Rose erklärte es noch einmal. Die Frau öffnete etwas mehr, um zuzuhören.

»Sie hießen Allmon; da war ein Mann mit seiner Frau und drei Kindern –«

»Ach, Kleines, das Haus hier hat so oft die Besitzer

gewechselt, kann ich mir nich' alle merken, aber 'ne alte Frau, da drüben über die Straße, Mrs. Thompson, drei Häuser 'rauf. Blaues Dach. Geh mal da hin fragen.«

Mrs. Thompson erinnerte sich an die Allmons, aber nicht daran, wohin sie gegangen waren. Sie richtete wäßrige, verwirrte Augen auf Rose und sagte: »Ja, ich erinner' mich an sie. Sie und diese Übergeschnappten, die neben ihnen wohnten, damit hat alles angefangen. Das hier war mal ein ordentliches Viertel – arm, schon, aber anständig, bis die komischen Leute kamen.« Sie hatte Roses Namen nicht erkannt. Es dauerte einen Moment, bevor Rose merkte, daß »die Übergeschnappten« ihre eigene Familie gewesen war.

Rose stand auf der sonnigen Straße. Sie versuchte sich an die Namen der Freunde der Allmons zu erinnern, an Mr. Allmons Arbeitsplatz. Die Kirche war der einzige Ort, an dem sie es noch probieren konnte.

Dort war es still, fünf Häuserblocks an verlassenen Grundstücken und aufgegebenen Fabriken vorbei. Sie ging zum Haus des Pastors und klopfte. »O ja«, sagte der Pfarrer, »wir haben hier immer noch die Gehörlosen, die sonntags zum Frühgottesdienst kommen. Sie treffen sich hinterher im Untergeschoß zur gemeinsamen Begegnung. Eine Dolmetscherin ist dabei. Der frühere Pastor beherrschte die Gebärdensprache, aber er ist pensioniert.« Der Mann schien sympathisch, und sie glaubte in seiner Sprache ein winziges Echo von Eagle Spring zu hören, traute sich aber nicht zu fragen.

Sie verbrachte die Nacht in der Busstation. Am Sonntag stellte sie sich an die Kirchentür und sah sich die Leute an, die hereinkamen. Außer einem vage bekannten Gesicht waren sie ihr alle fremd. Sie war selbst nicht wiederzuerkennen, und eins nach dem andern – dies Paar waren nicht die Allmons, jenes auch nicht, und dieses nicht. Die Leute füllten langsam die Kirche.

Die Gehörlosen gingen alle auf die linke Seite, wo sie die vorderen Bänke besetzten. Rose folgte ihnen und setzte sich, sah sie genau an in der Hoffnung, wenigstens einige ihrer Freunde wiederzuerkennen, sich an einige Namen zu erinnern. Der Gottesdienst begann.

Der Dolmetscher war ein ernster Mann, akkurat, konzentriert und völlig ohne Ausstrahlung. Die Worte wurden groß signalisiert, wenn die Stimme des Pastors anschwoll, kleiner, wenn sie leiser wurde, aber es war keine Poesie darin, kein Spiel, kein Fingertanz oder Gesichtsausdruck, der die Sprache der Hände kommentierte. Die Leute schauten respektvoll zu, aber hin und wieder, während der Gottesdienst seinen Fortgang nahm, fingen sie an zu kommunizieren: blitzschnelle Witze oder Grüße an Neuankömmlinge. In ihrem dringlichen Wunsch danach, mit den andern zusammenzukommen, unterhielten sich ein oder zwei Gehörlose die ganze Predigt hindurch, als ob die Kirche leer wäre.

Rose fing an, sie zu beobachten, genoß ihre Sprache, ihr Spiel. Bei jeder Redepause fuhren ihre Hände hoch, ein Wald von Händen, ein stummes Stimmengewirr, das nichts mit den Gebeten oder dem Priester oder der Predigt zu tun hatte, nicht mehr jedenfalls als Fernseh-Shows mit den Werbespots, die sie umrahmen und unterbrechen. Endlich Amen und Aufstehen zum Gehen.

Die Hörenden verließen den Raum sehr zeremoniell, indem sie ruhig und feierlich den Gehörlosen zunickten. Die Tauben erhoben sich in ihre Unterhaltung hinein, die, wenn sie hörbar gewesen wäre, alle vier Kirchenwände zum Einsturz gebracht hätte. Zu zweit und zu dritt schlenderten sie ins Untergeschoß.

Während sie sich um Kaffee und Plätzchen anstellten, erwischte Rose das kurze Auge-hoch-Hand-Hinabgleiten als Zeichen der Beendigung eines Gedankens bei einer Frau und unterbrach das Gespräch. »Bitte entschuldigen Sie mich – ich komme aus Morgantown, und ich suche eine Familie, die Allmons. Mr. und Mrs. Allmon, die früher in der Sanford Street wohnten. Drei Kinder, Sprossie, Tee und Mary –«

»Entschuldigung, nein, wann?«

»Fünf Jahre.«

»Ich kenne sie nicht, aber dies ist Mrs. Oliver, sie ist schon länger hier –«

Und wieder: »Entschuldigung, nein, wir haben an diese Kirche gewechselt, als die St.-James-Gemeinde ihre Gehörlosen-Mission beendete.«

»Wer?«

»Allmon. Drei Kinder, Sprossie...«

»Ja, ich habe von ihnen gehört, aber ich weiß nicht, wo sie hingegangen sind –«

Inzwischen ging eine kleine, interessierte Schar mit ihr von Gruppe zu Gruppe. »Allmon? Wo hat er gearbeitet?«

»Die Gießerei. Da waren auch noch andere Gehörlose...«

»Wurde geschlossen, diese Gießerei, oder ist weggezogen von hier.«

»Jenny, gab es da nicht eine Frau, die immer – oh, ja, ja, drei Kinder –«

So passierte es ganz von selbst, daß Rose zum Zentrum der Gruppe wurde, die sich an die Allmons erinnerte oder zu erinnern versuchte, wohin sie gegangen waren. Bis eine Frau sagte: »Wo leben *Sie*? Wo ist *Ihre* Gruppe?«

»Ich bin Krankenschwester«, antwortete Rose ihnen zum ersten Mal. »Ich habe gerade mein Examen gemacht, und . . .«

Auf einmal herrschte ein Schweigen, nicht der Stimmen, sondern der Moleküle im Raum. Keine Hände versetzten sie mehr in Bewegung. Die Hände hielten inne. »Sie sind nicht taub«, sagte eine Frau. Der Ton der Gebärde war weder ungläubig noch erstaunt, sondern anklagend. Sie drehte sich zu ihrer Freundin um. »Sie ist nicht taub«, sagte sie mit dem Finger auf Rose.

»Oh, nein«, sagte Rose. »Ich bin nicht taub.«

»Warum tun Sie dann so als ob?«

»Viele Hörende benutzen die Gebärdensprache«, sagte Rose. »Der Dolmetscher im Gottesdienst heute war nicht taub.«

»Ja, aber er signalisiert wie ein Hörender. Sie benutzen die Gebärdensprache, als wären Sie taub. Sie verhalten sich taub. Die Hörenden benutzen unsere Zeichen«, sagte die Frau, und sie fing an zu reden. Die Gebärden waren die gleichen, aber die Grammatik, die Struktur waren in einer Weise verändert, die Rose spürte, aber nicht definieren konnte.

»Das ist nicht meine Schuld«, sagte Rose. »Ich bin mit Mr. und Mrs. Allmon aufgewachsen und mit ihren Kindern. Wir haben immer zusammen gespielt –«

»Sieh, sieh nur, das ist ein Schulzeichen, Internat. Sie tut so, als wäre sie ins Internat gegangen –«

»Ich will euch nicht täuschen«, sagte Rose. »Ich muß meine alten Freunde finden. Ich will wissen, wohin sie gegangen sind.«

Ein Mann trat aus der Gruppe heraus, die sich jetzt um Rose versammelte. »Entschuldigen Sie uns bitte«, meinte er, »Sie haben uns überrascht. Die Gießerei hat vor fünf Jahren dichtgemacht. Ich erinnere mich an John Allmon, aber ich weiß nicht, wohin sie gegangen sind. Ich glaube nicht, daß sie hier in der Umgebung geblieben sind, sonst wären sie auch bei den Gehörlosen-Clubs und Treffen oder in einer Kirche, die wir kennen.«

»Sie darf nicht so tun, als wäre sie taub.« Die Frau neben ihm legte Mißbilligung auf ihre Oberlippe.

Die Frau, die angefangen hatte, die andern Leute für Rose zu fragen, berührte sie an der Schulter. »Wir waren überrascht, das ist alles. Fanny dort drüben mag keine Überraschungen. Wir sollten uns entschuldigen.«

Das taten sie auch, aber zurückhaltend und steif, mit förmlichen Gebärden, gestelzt und mehr wie Englisch. Später, als sie ging, meinte Rose: »Ich habe mit allen Gehörlosen im Landeskrankenhaus gesprochen. Sie wußten, daß ich höre, und sie –« Aber in dem Moment erkannte sie, daß solch isolierte und einsame Seelen ihre Erwartungen in eine viel kleinere Form zeichneten. Und als sie die Kirche verließ, wußte sie auch, wenn sie jemals

Sprossie oder Tee oder sogar die Allmons wiedertreffen würde, würden sie sie in jener förmlichen, anglisierten Sprache begrüßen, die sie für Außenstehende verwendeten, der Gebärdensprache, die sie als Hörende definierte und ihr und ihnen den Platz in der Welt zuwies, in die sie tatsächlich gehörten.

Dem Wind einen Namen geben

In dieser Jahreszeit kam der Wind von Norden. Nacht für Nacht fiel er heulend und böig aus Nordnordwest über Windy Gap her, wie die Apokalypse selbst. Er traf mit voller Wucht auf Warrens Haus, und das Gebäude und der Stall stöhnten im Dunklen. Es gab Geräusche, von denen wußte er, daß sie den ganzen Tag über vorkamen – Haus und Stall waren alt, ihr Holz immer verwitterter, aber in stürmischen Nächten wie dieser ließen sie ihn nicht zur Ruhe kommen, peitschten Schreie aus seinem Haus und, eingeflochten in ihre meilenlange Mähne, stürzte sich ein Heer anklagender Geister auf ihn – mahnend, was er hätte tun und lassen sollen. Die ganze Nacht über ritten die Geister, so daß er nur ein oder zwei Stunden vor der Dämmerung zum Schlafen kam. Er verschlief. Als Lois Silverman ihr Pferd zum Beschlagen vorbeibrachte, war er nicht im Stall; sie mußte zum Haus hinaufgehen, um ihn zu holen.

»Ich habe heute morgen verschlafen. Jetzt ist es schon acht Uhr, und ich bin erst beim Frühstück. Kommen Sie rein, und trinken Sie eine Tasse Kaffee mit uns.«

Sie trat ein und setzte sich. Sie sah ebenfalls müde aus; eine hübsche Frau, deren Gesicht jetzt aber einen angespannten Ausdruck trug. Sie und Cassie unterhielten sich im Plauderton. Er hatte Cassie wegen der neuen Leute geneckt. »Du machst aus diesen Städtern richtige Dörfler:

Klatsch und Tratsch am laufenden Band.« Cassie nannte es Nachbarschaftspflege; nichts Boshaftes. Warren hing seinen Gedanken nach, während er immer noch den Wind draußen hörte, wie er sich allmählich in den Hinterhalt zurückzog.

Er könnte sich geduckt halten, hinter den nahen Bergen, und sich wie die Guerillaarmeen, die er in Korea gesehen hatte, vorwärtsbewegen, da und schon wieder verschwunden, Grün gegen Grün, Grau gegen Grau, Angriff und töten und weglaufen, bevor man es überhaupt merkte.

Plötzlich rief Lois Silverman: »Ich hasse diesen Wind!« Warren war überrascht, nickte aber nur leicht. Ihre Hand umschloß den Becher, um sich zu wärmen. »Wenn er wenigstens nachts aufhörte. Es wird so schlimm, daß man nicht mehr schlafen kann und aufstehen auch nicht, und dann liegt man nur da und hört ihm zu. Jetzt kündigt der Wetterbericht noch weitere Stürme an.«

Aus einem ihm selbst unersichtlichen Grund hatte Warren das Gefühl, seine Berge und Weiden gegen ihre Anschuldigung verteidigen zu müssen. »Das ist die Jahreszeit«, sagte er, »man kann nicht erwarten, daß der Sommer ewig dauert.« Sie nickte und ahmte dabei unbewußt seine Haltung nach, bemüht um stoische Geduld, stoische Weisheit. Am anderen Ende des Tisches verkniff Cassie sich das Lachen; er konnte es in ihren Augen sehen. Sie hatten darüber gesprochen: »Martin Jones und Charlie Ruff meckern über alles, aber sobald Zugezogene damit anfangen, tun sie so, als hätten sie nie eine Klage gehört.« Er stand auf. »Ich helfe Ihnen, die Pferde aus dem Transportanhänger zu schaffen. Hab ich richtig gehört, daß Sie ihre weiße Stute verkauft haben?«

Warren konnte sich an viele stürmische Jahre erinnern, aber jetzt war es schlimmer, weil die Zugezogenen für ihre Häuser im Norden und Westen des Ortes so viele Bäume gefällt hatten, daß nichts den Wind mehr aufhielt und er kreischend durch den Paß und in die Schluchten hinabfuhr, um dann mit voller Breitseite auf sein Haus und seinen Stall zu donnern. Auf dieser Seite der Schlucht hatte es immer heftige Winde gegeben. Er konnte sich daran erinnern, als Kind im Bett zu liegen und sie durch die Dunkelheit fräsen zu hören, aber damals war er durch die Mauern und die Wärme getröstet worden, sicher im Bett verpackt. Er hatte plötzlich das Bild vor Augen, wie seine Mutter im Morgenmantel am Herd stand, ihr Haar in zwei dicke Zöpfe geflochten. An solchen Morgen nach einer Windnacht pflegte sie ins Herdfeuer zu seufzen: »Wind hat alle Sterne umgepustet. Wind hat den Mond nach China geblasen.« China. Er hielt Lois Silverman die Tür auf, und sie gingen zu ihrem Pferdeanhänger. Er erinnerte sich an China, wo am Ende alles zusammenkam: »Wenn dein Dad dieses Durcheinander sieht, wird er dich bis nach China prügeln.« »Die Pumpe hat keine Kraft mehr – das Wasser ist nach China abgeflossen.« Dann ging er selber hin, oder nach Korea, was eigentlich nahe genug war, und hatte keines der verlorenen Dinge dort gefunden, weder die Uhr noch das Wasser, noch die Prügel oder das Herdglanzmittel seiner Mutter, noch den Achsbolzen seines Vaters. Nur den Wind.

Sie holten die Pferde heraus und koppelten den Anhänger ab, und sie fuhr mit dem Wagen fort. Er besah sich die alten Hufeisen ihres großen Wallachs, die nichts mehr taugten. Er nahm das hintere linke ab und bemerkte dabei die Abnutzungsspuren; dann paßte er das neue an, bog es zurecht, paßte es erneut an und verlor sich in seiner Arbeit. Er hätte lieber ihre Klage über den Wind ernst genommen. Sie hatte abgespannt und unausgeschlafen ausgesehen, ähnlich unscheinbar wie seine Mutter, wenn sie am Herd stand. Sie war eine nette Frau – ihre Kinder ritten im Bergrodeo mit, das durch die Zugezogenen und ihre Kinder zu neuem Leben erwacht war. Es war eine Rodeotruppe, die ungewöhnliche Formationen ritt und damit durch den ganzen Staat tourte und an Wettkämpfen teilnahm. Während er arbeitete, kamen noch zwei Leute vom Rodeo – Morrissey mit seiner kastanienbraunen Stute und Hendry mit seinem Pferd. Warren fühlte sich roh und leer. Er war froh, daß die beiden Männer nur Zeit hatten, die Pferde vorbeizubringen, zu grüßen und wieder zu gehen. Beide waren neu, Fachleute aus Aureole. Lag irgend jemand von ihnen nachts schlaflos und von Vorwürfen verfolgt Stunde um Stunde da und hörte dem Wind zu?

Warrens Windnächte bestanden oft aus seinen Erlebnissen in Korea, Dingen, die er getan oder nicht getan hatte, beschämende oder feige Dinge in jenem Beinahe-China am Ende der Welt. Er hatte kein besonders traumatisches Erlebnis wie My Lai gehabt, aber er war als Zuschauer und auch aktiv an Vertreibungen und dem Abbrennen von Feldern beteiligt gewesen, hatte in die Gesichter von Zivilisten in eroberten und zurückeroberten Dörfern gesehen. Als er diese Dinge tat, berührten sie ihn kaum. Erst jetzt, Jahre danach, während er sicher zu Hause wachlag, wuchsen diese erinnerten Augenblicke ins Riesenhafte. Er hatte auch Momente von Tapferkeit und Großzügigkeit gehabt, aber sie waren vom Winde verweht, und seine Augenblicke von Feigheit klebten an ihm und stanken, genau wie die Begierde und Selbstsüchtigkeit, die ihn jetzt noch zusammenzucken ließ. Er hatte aus Angst eine Frau getötet und danach herausgefunden, daß sie als Spionin ins Lager gekommen war. Sie hatte ein Kind von vielleicht vier Jahren gehabt. Das Kind war häßlich und unglücklich gewesen. Miller hatte es getötet, und Warren hatte nichts gesagt. Die Grausamkeiten, die er und seine Kameraden verübten, entstanden nicht aus Haß oder Sadismus, außer vielleicht bei Miller und eventuell Carlson. Sie entstanden aus Langeweile, aus der Anspannung, auf Angriff oder Verteidigung warten zu müssen. Das Warten in Korea war viel schlimmer als die tatsächlichen Patrouillen oder Kämpfe, und während der zwei Jahre dort hatte er eine schleichende Aufweichung seines Realitätssinnes festgestellt. Er hatte bemerkt, daß jener Warren Knowles, den er kannte, allen alles antun konnte, wenn die Sinnhaftigkeit sich verwässert, in ihm aufgelöst hatte, aus ihm ausgelaufen war. Das Wissen hatte ihn auf eine Weise leer zurückgelassen, die er spürte, aber nicht beschreiben konnte. Cassie wußte davon nichts, deshalb war ihr Lachen über ihn so tröstlich. Sie schlief gut, mit oder ohne Wind.

Er war damit nach Hause zurückgekommen, mit der Leere und dem Wissen um ihre Möglichkeiten. Das hatte ihn unruhig und häßlich gemacht. Seine Hand zitterte, er driftete mitten in einer Unterhaltung ab, war unfähig zur Konzentration. Seine körperliche Kondition war perfekt, aber er stand manchmal an den Heuballen oder mit der Farbpistole in der Hand da, mit einem Ausdruck von Qual auf dem Gesicht, den er selbst nicht spüren konnte.

Sein Vater war im Ersten Weltkrieg gewesen, in den Schützengräben, aber er hatte nie über diese Erfahrung gesprochen. Sanft, aber unnachgiebig hatte er Warren veranlaßt, mit ihm spazierenzugehen, manchmal im Gespräch, manchmal schweigend. Als Warren sich öffnete, hörte ihm Ken Knowles mit umfassendem Verständnis zu. Während des ganzen folgenden Jahres half er Warren, wieder zu sich zu finden. Später sagte er: »Ich habe mich immer gefragt, wofür es eigentlich gut war, daß ich drüben gewesen bin – ich weiß noch nicht mal, ob ich beim Schießen je etwas getroffen habe, aber vor diesem Hintergrund kann ich verstehen, was du durchgemacht hast und womit du heimgekehrt bist, und damit bin ich schon zufrieden.«

Kenneth Knowles starb in einem Pflegeheim in Aureole. Nach einem Schlaganfall ging es ihm zu schlecht, als daß Cassie ihn hätte pflegen können, zusätzlich zu den Kindern und der Ranch. Weder sein Bruder Tom noch seine Schwester Celia waren in der Lage einzuspringen. Großmutter war selber krank und geistig verwirrt. Das Pflegeheim war eine Notwendigkeit; das wußte jeder. Warren hatte seinen Vater Sonntag nachmittags besucht.

Zu jener Zeit dauerte es eineinhalb Stunden, um nach Aureole zu gelangen. Er blieb eine Stunde da und mußte dann den gleichen langen Weg zurückfahren. Zwei Jahre. Es war eine Pflicht ohne Vergnügen, sonntags und an den Feiertagen saß er am Bett seines Vaters, während dieser schrie und bettelte. In den Windnächten kamen diese Schreie als Beschuldigungen von Selbstsüchtigkeit und Treulosigkeit wieder, weil Ken Knowles' Tod nach diesen zwei Jahren eine Befreiung für ihn gewesen war. Korea und die Schuld Koreas gegenüber seinem Vater waren das Erste, das Gewöhnlichste, das Wesentlichste.

Der Wind flaute während des Tages zu einer normalen Brise ab. Warren beschlug acht Pferde und machte sich dann auf den Weg, um nach seiner kleinen Herde im nahen Weidegrund zu sehen. Es war Januar, und die winterliche Dunkelheit kam schnell. Er mußte der Herde jeden Tag Futter bringen.

Die Weide lag am Fuß des Berges, und über ihm nahm der Schnee Farbtupfer des Himmels an, rot beim Sonnenaufgang, blau und silberblau um die Mittagszeit, violett und rot beim Sonnenuntergang. Er atmete tief durch. Die Luft vermischte ihre Düfte – Fichte und Schnee –, und an stillen Tagen, inmitten der Herde, waren das Süßgras und der beißende Dunggeruch weniger scharf als in anderen Jahreszeiten. Warren mochte sein Leben. Er liebte Cassie. Ihre Jungen waren groß und gut geraten. Sein Neffe Allan studierte in Fort Collins Weidewirtschaft, nach seinem Abschluß würde er hierher kommen und sein Leben hier gestalten. Warum trug der Wind all diese Anklagen vor seine weit aufgerissenen Augen?

In der Dämmerung verstärkte sich der Wind wieder. Während er mit Cassie fernsah, konnten sie das entfernte

Brüllen und dann die Luftströme hören, die auf die ungeschützte Seite des Hauses stießen, in dem nicht mehr blockierenden Zwischenraum zwischen Windy Gap und den Ranch-Gebäuden. Es war ein Jammern in den Wäscheleinen, Seilen und Fernsehantennen und um die Ecken herum, das die Nacht bösartig werden ließ.

Während er schlaflos im Bett lag, erinnerte sich Warren an Lois Silvermans Fluch auf den Wind, und auf einmal dachte er an Wilson Peach. Peach war der erste Knecht seines Großvaters auf dem alten Hof gewesen. Ein guter Mann, Peach, ein sanfter Mann, gut mit den Tieren, und so geduldig, daß er Warren das Reiten und Lassowerfen und ein gutes Dutzend Knoten, die in und um die Ranch in Gebrauch waren, beibrachte. Damals war Warren neun. Sein Vater war mit den zwei älteren Jungen beschäftigt; sein Großvater war zu mächtig und in sich zurückgezogen. Peach war Warrens Beschützer und Freund.

Als Warren zehn war, erlebte er Peach auf einmal verwandelt. Eines Morgens ging er zum Pferde-Korral und fand dort Peach vor, dumpf und gewalttätig verfluchte er die Pferde, das Land, die Leute. Sein Zorn war beängstigend. Zwei Monate später passierte es wieder, und diesmal kam Warren zu nah, und Peach wandte sich gegen ihn, schrie mit verzerrtem Gesicht: »Nimm dein verdammtes Sattelzeug!«, und warf es so, daß das Geschirr, fast wie eine Peitsche, an den Hinterläufen der Pferde vorbeiflog und Warrens Arm traf, der vor seinem verwandelten Freund in Deckung ging.

Er hatte keine Worte gehabt, um irgend jemandem eine Frage nach Peachs plötzlicher, schrecklicher Verwandlung zu stellen, aber das Ledergeschirr hinterließ einen langen Striemen, den seine Mutter zwei Tage später sah. Sie fragte ihn, wie das passiert sei, und ein kleiner Teil dieses Verrats kam heraus. Seine Mutter sagte: »Peach trinkt schon mal, an Weihnachten und den Feiertagen, und dann gibt es noch besondere Jahrestage für ihn – seine Hochzeit und der Todestag seiner Frau. Wenn er trinkt, ist er nicht er selbst.«

Sie hatte es wahrscheinlich seinem Vater erzählt, weil er später seinen Vater im Gespräch mit Jeff, seinem ältesten Bruder, hörte: »Ma meinte, wenn Peach trinkt, sei er nicht er selbst. Ich denke, wenn ein Mann nüchtern ist, ist er nicht er selbst. Wenn er ein bißchen was getrunken hat, verliert er nur seine guten Manieren.« Jeff starb nüchtern und deshalb nicht als er selbst, 1944 in Frankreich. Er kam nicht durch die Hand des Feindes, sondern durch Kinderlähmung um, was ihn in den Augen seines Vaters mehr kostete als nur das Leben.

Warren hatte immer versucht, sein öffentliches und sein privates Selbst zusammenzubringen, und wenn es nicht diese Windnächte gegeben hätte, hätte er sich wohl auch vorgemacht, daß er es geschafft hatte. Jetzt wußte er, daß er sich niemals gut nennen könnte. Er drehte sich wieder im Bett um und beneidete Cassie um ihr einfaches Hinnehmenkönnen und ihren ungestörten Schlaf.

Die Winde stürmten bis in den dritten Tag hinein, und die Bergrodeo-Leute brachten noch mehr Pferde. Sie bereiteten sich auf das erste Ereignis des neuen Jahres vor. Lois Silverman brachte ihre andere Stute vorbei. Warren sah die Schlaflosigkeit in ihrem Körper und ihrem Gesicht.

Jill Friedburg kam, während Lois noch da war. Ihre Stimmen bei der Begrüßung und ihr Gespräch schienen von still geweinten Worten aufgerauht, vielleicht in Selbstrechtfertigung; ihre Augen schienen gerötet von Anblikken, die ihnen ihr vorwurfsvolles Selbst verschafft hatte. Vielleicht auch nicht, vielleicht war alles seine Einbildung, seine eigene in ihm widerhallende Angst.

Dann sagte Lois halb zu Jill, halb zu Warren: »Oh, dieser Wind!«, und darauf verteidigte Warren wieder, verdammenswerterweise, seinen früheren Anspruch auf die Berge und das Ute-Tal, das sich im Besatzungszustand durch all die neuen Leute befand. »Die Leute ziehen im Sommer hierher«, sagte er, »wenn das Klima angenehm ist. Dann kommt der Winter, und sie stöhnen und jammern über das Wetter.« Er hatte es mit einem kleinen Lächeln sagen wollen, aber die Worte kamen widerwillig und mißlaunig heraus. Sie hätte ihm sagen können, daß seine Scheinheiligkeit zum Himmel stank, aber sie lachte nur ein wenig und sagte: »Ich schätze, daß wir Sommerrekruten sind. Ich bin aus Pennsylvania hierher gekommen. Wir hatten Schnee im Winter und Hagelstürme im Frühling, aber Winde wie diese gab es dort nie ...«, und sie grub ihre zartgliedrigen Hände tief in die Taschen ihrer kleinen Daunenweste. Er drehte sich um, um wegzugehen, und hörte sie zu Jill Friedburg sagen: »Ich liege wach da, und es ist wieder wie ein einziger Yom Kippur.« Jill lachte. »Fünfzig Sünden, nicht gezählt ...«, sagte Lois, »ich dachte, wir würden Yom Kippur da unten lassen, die Sünden und die Reue, und würden sie in dem alten Leben und in den alten Synagogen zurücklassen.« Warren hatte aufgehört zuzuhören. Er stand auf der andern Seite von Jills Pferd und machte sich an seinem rechten hinteren Huf zu schaffen. Er verstand nicht alle Worte, aber dieser komische Begriff schien einer zu sein, der die Geographie seiner mitternächtlichen Landschaft beschrieb. Die Frauen brachen zu ihren Pferdeanhängern auf.

Einige der älteren Leute mochten die Neuen nicht. »Entwickelitis«, sagte Cal Bropes, »und der Ort hat sich völlig verändert. Buu-Tieck. Es ist alles eine große Buu-Tieck.« Die neuen Bewohner hatten große Veränderungen für die vier Dörfer am Ute mit sich gebracht. Die Preise waren gestiegen. Ebenso die Steuern. Aber sie hatten Pferde, und Warrens Arbeit als Hufschmied hatte den Hof gerettet. Cassie arbeitete auch hin und wieder als Putzfrau. In Aureole lebten jetzt Vietnamesen und Schwarze, in Gold Flume diese jüdischen Leute und die von den Christian Scientists, eine Art Sekte. Er mochte die Vielfalt von Methoden und Ideen, aber zur gleichen Zeit war er wütend und immer in der Defensive wegen der Veränderungen, die sie über das Land und die Dörfer gebracht hatten. Die Bäume waren gefällt worden, der Wind ... Sie waren nicht schlecht – er mochte die Silvermans und ihre Kinder –, er war es, der einen Keil zwischen sich und sie trieb, indem er irgendeine Art von Schuld von ihnen einforderte, die sie nicht bezahlen konnten, eine Art umfassende Bereitschaft zum Ertragen der Umstände, eine Tugend, die er selber nicht besaß. Lois sagte: »Auf Wiedersehen, Warren. Lassen Sie sich nicht umpusten.« Und wieder konnte er nicht nachgeben. Er sagte nur. »Hm«, und hob Melodys Huf hoch, um den alten Belag herunterzuholen.

Zuerst schien es, als würden die Winde Ruhe geben. Der Abend war ruhig; die Bäume in der Nähe des Überhangs standen aufrecht und still; alles schien den Atem anzuhalten nach einigen leuchtenden Momenten des Sonnenuntergangs in vollständigem Schweigen. Als wollten sie die Stille noch unterstreichen, brach ein Schrei sich streitender Nachtvögel aus einem Gebüsch hinter dem Haus hervor und verlor sich, während sie sich zerstreuten. Als Warren im Krankenhaus in Inchon war, hatte er sich an die Wechselschichten des Personals gewöhnt. Als er nach Hause kam und den Einsatz der vertrauten Nachtgeschöpfe nach dem Sonnenuntergang hörte, sagte er sich: »Nachtschicht«, und brachte in dieser angenehmen Version die Erinnerung mit nach Hause.

Cassie zeigte auf die Szenerie vor dem Fenster, an dem sie saß. »Der Mond ist schon aufgegangen.« Sie blieben eine Weile schweigend sitzen und betrachteten ihn. »Ich habe heute einen Brief von Andy bekommen.«

»Wie geht es ihnen?«

»Wenn ich zwischen den Zeilen lese«, sagte sie, »glaube ich, daß er sich Sorgen macht. Es sieht so aus, als wäre Mary wieder schwanger. Die Geschäfte gehen nur schleppend.« Warren sagte nichts. »Ich dachte mir«, meinte Cassie, »vielleicht wäre es mal wieder an der Zeit, sie einzuladen. Es ist schon drei Jahre her, daß wir sie alle zusammen hier hatten.«

Ihre Sehnsucht traf ihn. »Ruf sie an«, sagte er, »es stimmt, sie sollten kommen.«

Sie richtete sich zu ihrer Verteidigung auf, so wie er das Wetter gegenüber den neuen Leuten verteidigte: »Sie haben es schwer, Andy und Mary. Paul, na ja, Rochelles Verwandtschaft lebt in Denver, von daher ...«

Sie hörten ihn beide zur gleichen Zeit, wie er sich über den Hügel, den Hang, zehn Meilen breit und lang wie ein ellenlanger Vorwurf wälzte, der Wind. Warren wollte weinen. Cassie seufzte. Warren stand auf und sagte leise: »Ich werde mal überprüfen, ob alles in Ordnung ist.«

Draußen war es erstaunlich warm, kein Wunder, da der Wind sich mehr nach Westen gedreht hatte. Er blies aus schneefreien Gegenden und trug die Wärme frisch sonnendurchglühter Steine mit sich und den weichen farnigen Geruch von vor einer Million Jahren aufgeworfenem Meeresgrund aus meilenweit entfernten Tälern. Am Ende der Welt war wahrscheinlich ein Zaun, um all die Dinge aufzufangen, die über dieses Land geweht wurden, seit China sie nicht mehr aufnahm. Er hörte das Muhen einer Mutterkuh aus dem Stall.

Er ging hinüber zur hoch aufragenden Seite des Stalles und hielt überrascht inne, als er sah, von welcher Schönheit umgeben sein nächtlicher Ankläger sich bewegte. Die Bäume um das Haus herum bogen und dehnten sich, dem Halbmond war die Sichel abgerundet worden, und die Sterne waren Seite an Seite, blau und hart gescheuert, über den Nachthimmel geweht. Sie warfen ein blaues Licht auf den Schnee. Vor sich hörte er etwas sich heben und schlagen: ein paar Eimer, die er vergessen hatte, und die Tür hielt nicht trotz des Zusatzschlosses, das sie angebracht hatten, um sie am Herausbrechen zu hindern, wenn der Wind heftiger wurde.

Im Stall hörte er die beruhigenden Geräusche der atmenden und kauenden Kälber im Halbdunkel. Er ließ sich von den wenigen kleinen Nachtlampen leiten und befühlte eins nach dem andern die geduldigen, nebeneinander liegenden Rümpfe der Färsen. Er bewegte sich hinüber und fand Good Girl, ihre Mutter, und tätschelte sie mit der Hand. Dann, plötzlich, beugte er sich über ihren Rücken und gab sich einem langen Schluchzen hin.

In Warrens Kindheit war sein Vater schnell bei der Hand gewesen mit harter Bestrafung, mit Schlägen, und bei ernsthaften Vergehen mit dem Riemen, der nahe der Stalltür an einem eigenen Haken hing. Diese Eimer jetzt, die er vergessen hatte. »Unaufmerksamkeit«, und schon hätte es einen Schlag gegeben. Sein Vater wütete nicht; ein Schlag wurde ausgeteilt, und damit war es vorbei. Jetzt gab der große Bestrafer es ihm die ganze Nacht, jede Nacht von neuem, und Warren konnte nicht wie damals seinen Atem anhalten und den Schmerz zurückdrängen.

Als der Augenblick vorüber war, stand Warren auf, ging um den Stall herum, überprüfte alles, zuletzt die Schuppen, und dann zurück ins Haus. Im oberen Stockwerk bewegte sich Cassies Silhouette vor und zurück, während Cassie ihre Vorbereitungen für die Nacht traf. Von außen gesehen schien der Raum geräumig und friedlich, aber Warren wußte es besser, in jenem Zimmer war das Bett, auf dem er liegen mußte, das Streckbett der Vorwürfe und Anklagen.

Diesmal, schon seit drei Nächten, erschienen die Vorwürfe in verwirrtem, schlafdurchwachsenem Durcheinander – sein Sohnesdasein, seine Vaterschaft. Er sah seinen Vater im Pflegeheim – »Ich will nicht hier sein!« in der verschwommenen Sprechweise eines Anfallskranken. Den Jungs hatte er auch nicht viel besser zugehört. Vor ein paar Jahren erst hatte er erfahren, daß Paul, der jüngste, eher klein und verträumt, wie er war, in der Schule von einer Schülerbande drangsaliert und bedroht worden war. »Du bist immer mit zerrissener Kleidung nach Hause gekommen – deshalb habe ich dich bestraft –« Paul hatte ihn abwägend angesehen und gesagt: »Allerdings.« Er hatte Paul angesehen und gemeint: »Warum hast du mir nichts gesagt?« Paul hatte keine Antwort gegeben. Diese Verschwendung. Diese Verschwendung. Er hievte sich ins Bett und war schon halb eingeschlafen. Der Wind nahm wieder an Stärke zu. Jetzt seufzte das Haus mit. Am Morgen waren Teile der Verkleidung von Stall und Haus abgelöst, und Dachziegel standen an der nordwestlichen Seite des Stalldachs hoch. Warren fühlte sich an ein Pferd erinnert, das gegen den Strich gestriegelt worden ist. Er verbrachte die frühen Stunden mit Aufräumen und ersetzte die zerbrochenen Bretter, nachmittags setzte er die Ziegel wieder richtig ein. Seine Grundlinie war nicht in Mitleidenschaft gezogen, aber die äußeren Verteidigungslinien waren hier und da eingebrochen, und er war verletzlicher als Holz oder Stein. Seine Augen quälten ihn und waren vor Unausgeschlafenheit verkrustet, sein Kopf fieberte und schmerzte vom Riemen des Anklägers.

Aber der Wind hatte aufgehört. Der Tag, von leuchtendem Blau, erhob sich glühend über seinem Stall und den Feldern. Vom Aussichtspunkt seines Daches sah er hinaus auf die Häuser im Winkel von 360 Grad bis ganz in die Ferne. Es war wolkenlos und klar. Die wild um sich schlagende Luft, freigebrochen, war jetzt an ihren Kanten gehalten und wieder eingebunden worden.

Um vier Uhr sehnte er sich nach Schlaf. Einen Moment lang stellte er sich vor, sich quer über den Dachfirst zu legen und die Welt außen vor zu lassen, wie es die Katze tat, wenn sie sich über die Armlehne hängte. Die Reparaturen mußten erledigt werden, aber die Arbeit war für einen erschöpften Mann gefährlich. Er beschloß, hinunterzugehen und einen starken Kaffee zu trinken. Auf der Leiter war er vorsichtig und umständlich, weil er müde genug war, um einen Fehler zu machen. Cassie war weg, um bei Lois Silverman zu putzen. Warren ging zum Briefkasten und dann zum Haus. Als der Kaffee fertig war, setzte er sich und wollte die *Ute River Rundschau* aufschlagen...

Er erwachte mit steifem Nacken aus einer über dem Tisch zusammengesunkenen Haltung. Er hatte ungefähr eine Stunde geschlafen, traumlos und ohne Schutzbedürfnis. Er lachte. Vielleicht sollte er sich sein Bett am Tisch machen.

Er kletterte wieder aufs Dach. Bald würde das Licht weg sein. Er war gerade dabei aufzuhören, als er Cassies Auto auf der Straße und dann in der Einfahrt sah. Sie stieg aus und rief zu ihm hinüber, eine so vertraute Gewohnheit, daß er es sich gar nicht anders vorstellen konnte. Er rief vom Dach aus zurück und lachte, als sie einen Moment brauchte, um ihn zu lokalisieren. Normalerweise hätte sie jetzt zurückgelacht und irgend etwas Scherzhaftes gesagt, aber diesmal sagte sie: »Komm 'runter. Ich muß dir etwas sagen.« Er kam herunter. »Ich habe versucht, dich anzurufen...«

»Ich war hier oben.«

»Lois – Lois Silverman«, sagte sie – »sie hat sich letzte Nacht umgebracht.«

Sein Gehirn setzte aus. Er sagte: »Sie war gestern hier.« Er sah Lois deutlich; sie trug die kleine Daunenweste, mit geballten Fäusten in der Jackentasche. Was war das Wort, das sie Jill gegenüber benutzte? »Sie sagte etwas zu Jill Friedburg. Sie standen genau da.« Er wollte die Normalität der gestrigen Szene beschwören, die Kleine-Mädchen-Situation, hübsch sogar im Kummer... *Kummer*, nicht Verzweiflung. Sie hatte über den Wind gesprochen.

»Sie hat es in der Garage getan, im Auto. Ich vermute, sie wollte es aus dem Haus halten, weg von Bill und den Kindern. Ich bin um zehn hingekommen, und der Sheriff und der Leichenbeschauer waren schon da. Bill bat mich, zu bleiben und im Obergeschoß zu putzen und dann die Anrufe entgegenzunehmen und mit allem zu helfen. Jill kam vorbei, um sich um die Kinder zu kümmern. Morgen wird die Beerdigung sein – eine schreckliche Eile, wenn du mich fragst.«

»Ich glaube, es war der Wind«, sagte Warren, aber er konnte Cassie nicht von den Anklagen erzählen. Vielleicht kannte sie auch die Schlaflosigkeit, aber mehr bestimmt nicht. »Ich wette, sie konnte nicht einschlafen.«

»Tja, das Haus liegt wirklich hoch, und es ist oberhalb der Eselsschlucht.«

»Wind in den Zähnen«, sagte Warren. Cassie hatte ein paar Einkäufe erledigt. Sie fingen an, die Taschen aus dem Auto zu räumen.

Früher, wenn ein Nachbar starb, ging man zur Beerdigung, und danach brachte die Frau ein Essen oder so etwas herüber. Wenn das eigene Heu schon eingefahren war, wäre man hinübergegangen und hätte das Gras der anderen geschnitten, oder man hätte eine Ladung Holz vorbeigebracht, damit die Leute in dem Haushalt nicht mit vor Angst zusammengebissenen Zähnen arbeiten mußten. Aber dies waren neue Leute, und einige von ihnen waren Juden, mit fremden Gebräuchen und andersartigen Lebensweisen, und Warren hatte für sich und ihnen gegenüber die Unterschiede immer wieder hervorgehoben. Cassie stellte die Packungen auf den Küchentisch.

»Ist jemand wegen des Pferdes gekommen?« fragte sie.

»Nein, es steht noch im Stall. Ich denke, ich lasse es stehen und berechne ihnen keine Verpflegungskosten«, sagte Warren.

Sie hatten kein Licht angemacht. Cassie nickte im Dunklen. Er konnte nur ihre Umrisse sehen. »Sie hinterließ eine Notiz.«

»Wenn ich mir jemals das Leben nehmen würde, würde ich keine Nachricht hinterlassen«, meinte er. Die Dunkelheit um sie herum machte sie frösteln. »Was stand drin?«

»Nur diese komischen Worte, *Yom Kippur* dreimal hintereinander.« Das waren die Worte, die er gehört hatte, die Worte, die die Ankläger, die im Wind ritten, benannten. »Ich habe es Carol Santoy gesagt ...«

»Der Frauen-Buschfunk.«

»Das ist nicht fair!« rief Cassie. »Wenn John Teets oder John Cole Selbstmord begangen hätten, würdest du Herb und Willy anrufen und dich ebenfalls mit ihnen laut darüber auslassen ...«

»Wahrscheinlich. Sie sagte es beim letzten Mal, als ich sie sah, das Ding – Yom Kippur. Ich dachte, es wäre ein Feiertag.«

Endlich war die Nacht still. »Mach das Licht noch nicht an.« Im Dunklen war der Klang ihres Gesprächs von einer Tiefe mit kleinem Nachhall nach den Worten wie das zweite Geräusch eines Hammers, der auf einen Huf traf. »Hübsche Frau«, sagte Warren, »und auch noch jung.« Er fragte sich, was so heftig an ihr gezerrt hatte, daß sie nicht daran vorbei konnte. Er wußte, wie die Qual gekommen war, wie und wann, und er zitterte ein wenig im Dunklen.

Später im Bett lag Warren noch wach, nachdem Cassie sich wie immer einmal umgedreht hatte und schlief. Es war still. Der wilde Ahorn, den seine Großmutter gepflanzt hatte, war jetzt kahl, und heute nacht bewegte sich nicht der kleinste seiner schlanken Zweige. In dieser Gegend war der Ahorn ein Busch; er hatte keinen Baum gesehen, bis er nach Korea kam. Sein Kopf ruhte sich aus; seine Gedanken berührten mal dies, mal das. Bald würde er schlafen. Er dachte über Lois Silverman nach und dann über die Neuzugezogenen. Sie waren in all die neuen großen Häuser an der Eselsschlucht gezogen, und der Architekt hatte sie in Rosengrund umbenannt, hatte Straßen mit aufgemotzten Namen durch all die Hügel gezogen, durch die der Ute-Fluß mäanderte. Aus innerem Protest heraus war Warren nicht in der Lage, sich die Namen dieser Straßen zu merken, Blumennamen, Bergnamen. An den Hügelflanken waren die Bäume gefällt worden, jetzt wanden sich Straßen hindurch, und das ließ den Wind hart durchbrechen, erst zu ihnen, dann zu ihm.

In der nächsten Woche, im nächsten Monat, würde der Wind hoch aus den Schluchten und hinunter in den Windy Gap und die Eselsschlucht und durch die Bergwerksstollen, die Große Suzannah und das Stirb-oder-Werde hindurch mit Yom Kippur in den Zähnen heulen.

Elizabeth Baird

Sie war mit einer kleinen krankhaften Veränderung im Gehirn zur Welt gekommen, die kurze Pausen beim Sprechen und in ihren Körperbewegungen verursachte, so daß sie immer zu zögern schien, bevor sich ihre Gedanken oder ihr Wille enthüllten. Diese schüchtern-sanfte Eigenart gab reichlich Anlaß zu Kommentaren und Lob während ihrer Kindheit in Iona. Die Hitze in jenen Sommern in Carolina wurde nur durch Ventilatoren in Bewegung gehalten. Junge Mädchen und Frauen trugen weich fließende Kleider aus Batist und Baumwolltüll. Es gab ein Bild von ihr vor einem Schneeballbusch. Das Bild gab ihre Zartheit wieder, aber der Fotograf hatte keine Möglichkeit gehabt, jenes kurze Zögern, den vor dem Heben innehaltenden Arm, die angehaltene Stimme – kein Stottern –, aufzunehmen – wie das Innehalten eines kleinen Tieres, bevor es sich aufs offene Feld hinauswagt. Die Leute im Dorf betonten diese Zartheit. Dr. Bairds Mädchen war so, wie ein Mädchen sein sollte. Ihre Schönheit hatte nicht den dramatischen Aspekt wie bei ihrer Mutter; sie war keine Herausforderung. Ihre Art war liebenswürdig, fraulich und bescheiden, und sie war winzig wie eine Elfe.

Niemand wußte damals von der Anomalie. Sie wurde erst entdeckt, als sie im Krankenhaus in Kalifornien war, wo die Ärzte sich bemühten, die verheerenden Wirkungen zu untersuchen, die Schläge, Mangelernährung, Dschungelkrankheiten, Parasiten und unbehandelte Verletzungen auf die Gefangenen gehabt hatten. Als einer der Ärzte zu Elizabeth an den Platz auf der Sonnenveranda herauskam, den sie als ihren markiert hatte, bewegte er sich langsam, setzte sich langsam, sprach langsam. Die Gefangenen fielen bei schnellen Bewegungen leicht in Ohnmacht. Sie waren jetzt alle wie Elizabeth, ruhiggestellt, unfähig, in Sekundenschnelle, was ihnen manchmal wie ein ganzes Leben vorkam, zu denken, zu sprechen oder zu hören.

Sie begriff erst nicht, was er sagte. Später glaubte sie, geträumt zu haben. Noch später bat sie Sue Garland, ihr die Aufzeichnungen zu zeigen, und da sah sie es im Gekritzel des Neurologen. Sie ging auf die Station zurück und dachte lange, langsame Gedanken über die Jahre ihrer Andersartigkeit. Es war mehr gewesen als die unerkannte Mangelhaftigkeit ihres Gehirns. Sie war ihre gesamte Kindheit hindurch zur Vorsicht erzogen worden.

Dr. Baird war der einzige Kinderarzt im Umkreis von hundert Meilen gewesen. Er war ebenfalls sehr aufmerksam seiner Umwelt gegenüber gewesen, weil Stühle und Möbelkanten ihn immer zu fangen und zum Stolpern zu bringen schienen, wenn er abends müde nach Hause kam, und oft zwang ihn ein morgendlicher Kopfschmerz zu größter Vorsicht beim Bewegen seiner Füße.

Elizabeths Mutter war Alicia Powell Baird. Sie war eine gefeierte Schönheit gewesen, mit kastanienfarbenem Haar, dessen Zöpfe dick wie Schiffstaue waren, eine Gesellschaftstänzerin mit aufgerollten Strümpfen und einem modischen jungenhaften Körper. In den Jahren des Dutts tanzte sie den Charleston mit offenem, lang über ihre Schultern hinabfließendem Haar. Was für ein trauriges Erwachen, sich jeden Morgen als Mutter eines verträumten kleinen Mädchens und Ehefrau eines gintrinkenden Arztes in einem kleinen, entlegenen Dorf wiederzufinden. Herrin eines Hauses, das an der Hauptstraße lag und deshalb immer ordentlich und nett aussehen mußte, Herrin auch dreier murmelnder, tabakschnupfender schwarzer Bediensteter, die stahlen, logen und so wenig wie möglich taten, weil sie keinen Respekt vor ihr hatten.

So lernte Elizabeth zusätzlich zu ihrer natürlichen Zurückhaltung noch eine Vorsicht, die tief in ihre Knochen eingegraben wurde. Sie lachte selten und war die stillste in der Schule, die zögerndste in jeder Gruppe.

Das Leben änderte sich plötzlich, als sie vierzehn war. Ihr Vater starb. Sie stand in der heißen, blumenübersäten Kirche in ihrem rosafarbenen, aber schwarz gefärbten Voilekleid, zwischen den fremden Verwandten, die ihren Vater auf eine Art beschrieben, wie sie ihn nicht gekannt hatte. Seinem zugeschippten Grab wurde kein Stein aufgesetzt, weil es dafür kein Geld gab. Als sie ihr Leben vor dem Hintergrund ihres neuen Wissens analysierte, lag sie ruhig im Bett und sah das Grab vor sich, die langsame Stadt, das überwucherte Stück Erde, für dessen Pflege Alicia in ihrer Bedrängnis keine Zeit aufbringen konnte. Sie fragte sich jetzt, ob sie das Grab überhaupt finden würde. Lange Jahre. Es dauerte ebenfalls einige Jahre, bis Mrs. Agnew ihr sagen würde: »Aber Schätzchen, jeder wußte, daß er trank. Die besseren Leute haben ihm ihre Kinder nicht anvertraut, und die ärmeren konnten sich keinen anderen Kinderarzt leisten. Deshalb war kein Geld da, aber trotzdem war er ein guter Mensch. Vergiß bei all deinen Sorgen nie, daß er gut war.«

Das hatte Elizabeth um so vorsichtiger gemacht, hatte das Zögern, das ihre Anomalie ihr auferlegte, um so notwendiger werden lassen.

In den ersten Jahren ihrer Witwenschaft war Alicia an der Armut verzweifelt. Überall ließ die Depression die Möglichkeiten verkümmern. Sogar die Arbeit, die sie hätte tun können, gab es weder in Iona noch sonstwo in der Nähe.

Elizabeth hatte mehr Erfolg. Sie arbeitete im *Five-and-Dime*-Kaufhaus und später bei der Bank. Die beiden sparten und gönnten sich nichts, vermieteten Zimmer an Durchreisende und brachten so etwas Geld für Elizabeths Studiengebühren zur Krankenschwesternausbildung zusammen.

Sie trennten sich, um nach Hause zu fahren. Wegen der Ereignisse im Lager hielt Elizabeth sich von den anderen fern, den Frauen, mit denen sie die drei Jahre ihrer Gefangenschaft verbracht hatte. Als sie sich voneinander verabschiedeten, gab es für sie keine Tränen und Umarmungen. Dieser Unterschied war dem Krankenhauspersonal nicht entgangen, aber niemand sprach darüber. Elizabeth wurde in einen Zug gesetzt, einen Schlafwagen, und man gab ihr viele Medikamente für die Krankheiten und Schwächen, die sie noch hatte. Der Schaffner war über sie informiert, gnädigerweise nicht über den Unterschied zwischen ihr und den andern. Für ihn war sie eine von ihnen, jener berühmten Gruppe von Armee-Krankenschwestern, die zu Heldinnen geworden waren, weil sie Jahre in den japanischen Gefangenenlagern auf den Philippinen verbracht hatten. »Ich werd mich drum kümmern, daß Sie sich gut erholen auf dem Weg nach Savannah«, sagte er. »Erholen Sie sich, und essen Sie auch tüchtig auf dem ganzen Weg.«

Sie war noch immer erschöpft und benommen vom Kranksein. Es war eine Erleichterung, in ihre Koje zu kriechen und sich hinzulegen, aber sie schlief nicht. Sie brauchte Zeit für das Wissen, daß es da eine geheime Spalte gab, die sie sich halbmondförmig vorstellte und die in die leuchtend grauen Falten ihres Gehirns eingebettet war.

Wenn sie in der Kindheit gewußt hätte, was sie jetzt wußte, hätte es irgend etwas verändert? Wahrscheinlich nicht. Sie war in Iona dafür gepriesen worden, und sie war während der trockenen, grausamen Jahre der Schwesternausbildung genauso unverdient dafür verflucht und bestraft worden.

Ihr erstes Jahr am Savannah General Hospital war ein plötzlicher Schock gewesen, gefolgt von langgezogenem Elend. Von den Studentinnen erwartete man höchste Schnelligkeit. Ihre Lehrerinnen schienen zu glauben, daß ihre Pausen vor einer Handlung oder Rede aufgrund von Dummheit oder Trotz erfolgten. Miss Martin schrie sie an: »Muß ich ewig warten!« Mrs. Templeman: »Ist das hier ein Asyl für Geistigbehinderte?« Und in der langen Pause konnte Elizabeth noch nicht einmal das einfache »Nein« unterbringen. Sie war erstaunt, daß einige vom Lehrpersonal verbittert über ihren Beruf waren. Das Erstaunen hatte weiteres Schweigen zur Folge; mehr Schweigen, stärkere Außenseiterrolle. »Das hier ist etwas, den sogar Miss Baird durchführen kann.« »Zombies und Schwachköpfe schicken sie uns heutzutage hierher.« Hätte Elizabeth einen Fluchtort gehabt, wäre sie geflohen. Da es keinen gab, blieb sie und gewann langsam, zuerst bei den Kolleginnen, dann geduldig Jahr für Jahr auch bei den Lehrerinnen eine schrittweise und unwillig gezollte Anerkennung. Sie war hübsch. Ein oder zwei der Mädchen baten sie um Begleitung bei einer Verabredung mit Männern. Sie war dankbar, lehnte aber ab. Sie schrieb ihrer Mutter: »Ich will unabhängig und frei sein. Die Mädchen hier reden davon, sich einen reichen alten Mann als Patienten zu angeln. Ich werde wenig Geld verlangen, meinen Ort und meine Bedingungen aber selber bestimmen.« Später schrieb sie: »Iona ist nichts für alleinstehende Frauen. Es gibt Orte, wo wir beide arbeiten und ein gutes Leben haben können. Wirst du jemals das Haus verkaufen können?« Sie arbeitete und lernte und gab kein Geld aus. Sie versuchte, die Schwäche ihrer gebremsten Bewegung und den plötzlichen Stillstand nicht zu hassen; sie bemühte sich um Ausgleich für ihre winzige Körpergröße, wegen der sie von den Patienten »meine Liebe« und »hübsch« und »wie ein Püppchen« genannt wurde, wie eine Puppe, die sich erst mit einem Ruck in Bewegung setzen kann, wenn die Pause zum Aufdrehen des Mechanismus vorbei ist.

Plötzlich kam ihr der Gedanke, daß man sie nicht zur Krankenschwesternausbildung angenommen hätte, wenn bekannt gewesen wäre, was in ihrem Gehirn los war, und mit Sicherheit wäre sie nicht in die Armee gekommen, und wenn sie sich nicht der Armee verpflichtet hätte – sie fing an, in ihrer Koje zu kichern, leise, gegen die Metallwand. Sie hätte tatsächlich die Kriegsanstrengungen unterstützen können.

Sie schloß 1939 ab und trat zwei Tage später in die Streitkräfte ein. Das war damals die erste mögliche Tätigkeit. »Warum?« schrie Alicia aus Iona. »Ich dachte, du wolltest unabhängig sein!«

»Ich möchte einen Ort für uns finden, und das heißt, daß ich mich umsehen muß.« Dummerweise hieß es auch eine ganz neue Reihe Vorgesetzter mit Eisesmienen, denen sie beweisen mußte, daß sie weder dumm noch unwillig war. »Großer Gott! Was schicken sie uns da!« hatte Major Bradema beim ersten Mal aufgeschrien, das erste Mal von vielen, und es war immer schlimmer, wenn die Spannungen durch das Zusammentreffen mit Vorgesetzten verschärft wurden.

Sie wurde in New Jersey stationiert. Sie wurde nach San Diego versetzt. Sie untersuchte Möglichkeiten und Orte, suchte nach einem Ort für sich und Alicia, wo sie beide sich niederlassen, arbeiten und ihre Ruhe haben konnten und niemand etwas schuldeten und keine Aufmerksamkeit auf sich zögen. Gegen Ende 1941 wurde sie in das große Krankenhaus auf Oahu versetzt, in der Nähe von Pearl Harbor, und als sie es sich ansah, hatte sie das Gefühl, den Ort gefunden zu haben. Sie schrieb mit einem Plan an Alicia. Wenn Hawaii gut war, würde sie nach einer dauerhaften Möglichkeit dort suchen. Alicia würde das Haus verkaufen für das Geld, was es dann erbringen würde, und zu ihr kommen. Alicia schrieb zurück, schwankend und hoffnungsvoll. »Glaubst du wirklich, wir könnten es schaffen? Wenn du hinkommst, schau dir an, ob es gehen könnte; ich wage kaum zu träumen!«

Während ihrer Ausbildung hatte es Kriegsgerüchte gegeben, aber Elizabeths persönliches Problem war Alicia zu dringlich, als daß sie irgendeinen Gedanken daran verschwendet hätte. Ihr eigenes Leben ging ihr so unter die Haut, ihre Auseinandersetzungen mit Verkäufern wegen halber Schuhsohlen und Reinigungsrechnungen waren so intensiv, daß es keinen Raum für andere Kämpfe gab. Sie hatten vor zwei Tagen San Francisco verlassen, als der Schiffskapitän ihnen mitteilte, womit die Welt sich beschäftigte, während sie in ihre privaten Kämpfe verstrickt waren: Die Japaner hatten amerikanische Einrichtungen auf Hawaii bombardiert. Die Nation befand sich im Krieg.

Im ersten Schock der Erkenntnis verhielten sich alle wie Elizabeth mit ihrem schweigend angehaltenen Atem, in der Bewegung gebremst, sprachlos während des endlosen Nachluftschnappens, das nur Sekunden dauerte. Dann erhob sich ein Gebrüll, ein Wutschrei, an dem sie nicht teilhatte. Sie und die andern Schwestern, mitten in der Reise unterbrochen, reisten auf einmal zu langsam. Krankenschwester in der Armee zu sein hatte plötzlich eine andere Bedeutung als noch vor einem Tag. Sie waren an vorderster Front, in der ersten Reihe. Schweigen, Stille, Verstecken – ihre sämtlichen Bedürfnisse waren weggeblasen und weggebrannt.

Niemand auf dem Schiff hatte schon einen Krieg erlebt. Elizabeth hörte den andern Schwestern zu, sie schienen die Welt besser zu kennen als sie. Sie hatten Angst, waren aber auch aufgeregt auf eine Art, die sie nicht teilte. Jetzt mußten sie nicht mehr länger auf eine Herausforderung und einen Sinn hoffen; und auf einmal war nichts mehr Routine.

In Honolulu wurden einige zum Dortbleiben abkommandiert; die meisten Schwestern wurden auf andere Stützpunkte verteilt. Elizabeth schickte man auf die Philippinen, wo sie am meisten benötigt wurde. Sie lernten ihre Bedeutung kennen, hatten aber nicht lange Gelegenheit, Dienst zu tun. Sie wurden von der Invasionsarmee überrollt, festgenommen und brutal behandelt. Die, die am Leben blieben, lebten in der Hand des unverständlichen, nicht entzifferbaren Feindes. Sie mußten marschieren – halb verhungert, geschlagen, ausgedörrt und krank mußten sie sich in lange Gefangenschaft in ein Frauenlager in der Nähe von Luzon treiben lassen.

Das Lager lag im dampfenden Dschungel. Ihre Bewacher funktionierten in einer solchen Umgebung nicht sehr gut. Sie empfanden es als ungeheuerlichen Gesichtsverlust, für diesen niedrigsten aller Zwecke gebraucht zu werden – die Bewachung von Frauen –, und am Anfang ließen sie ihre Abneigung an den Gefangenen aus. Major Naohito Nishimura war der Lagerkommandant. Er war bei einer Übung verwundet worden – kein Ehrverlust, aber dennoch ...

Erst nach zwei Jahren sollte Elizabeth begreifen, warum Major Nishimura sie wählte. Am Anfang dachte sie, es wäre einfach wegen Iona, South Carolina, das zwölf Meilen vom Meer entfernt niedrig, feucht und versumpft lag. Das hatte ihr die Anpassung an die tropische Hitze erleichtert, an die Feuchtigkeit und den Gestank des Dschungelgefängnisses. Sie war besser als die meisten damit fertig geworden. Nishimura hatte nach einer Verbindungsperson gesucht. Sein Auge hatte die versammelten weiblichen Gefangenen überflogen. Sie kamen ihm häßlich vor. Sie waren riesig, körperlich gesehen; ihre Größe stieß ihn ab und bedrückte ihn; sie waren unweiblich; ihre Glieder waren zu lang, ihre Gesichter standen in unattraktiver Weise nach vorn ab. Außerdem waren sie schmutzig, unruhig, mit lang herabhängenden Haaren, und sie stanken. Diese eine aber...

Elizabeth hatte in einer Haltung gestanden, die so nah wie möglich an Aufmerksamkeit herankam, obwohl sie nicht aufmerksam war. An diesem ersten Tag im Lager reichte es aus, still dazustehen, unbeweglich unter dem Palmblatt, das sie für sich ausgesucht hatte, nicht mit Tritten und Schlägen der Soldaten rechnen zu müssen, die sie vorangetrieben hatten wie eine Horde Tiere. Ihr war mehr angetan worden als den meisten andern, wegen ihres Zögerns, der halben Sekunde, die sie brauchte, bevor sie sich in Bewegung setzte. Immer wieder war sie mit dem Tode bedroht worden. Sie hatte viel Glück gehabt. Bis jetzt... Sie spürte neben sich eine Bewegung und hob leicht die Augenlider. Die Frau neben ihr zischte: »Er will dich!« Elizabeth hatte früh in ihrer Gefangenschaft gelernt, sich zu verbeugen; sie schienen es als Einleitung für alles zu wollen, sogar für den Tod. Sie verneigte sich. Der Dolmetscher war ein Sergeant Akimoto. Er erklärte etwas, aber sein Englisch war schlecht. Elizabeth verstand ihn nicht. Noch einmal, langsamer. Diesmal verstand sie, aber

Furcht und Erschöpfung hinderten sie an irgendeiner Reaktion. Ihr verfluchter Körper, nie so eifrig wie der anderer Menschen, hatte angesichts der neuen Herausforderung gänzlich aufgehört zu funktionieren. Eine Frage: »Name, du!«

Ein weiterer langer Augenblick. Sie könnten sie töten. Eine weitere Verbeugung. »Baird, Elizabeth, Otaii San.« (Das hatte sie um den Preis eines langgezerrten Ohrs und eines Zahns erlernt.) Von allen Japanern kam Gelächter, aber diesmal war es kein zorniges oder rachsüchtiges Lachen: es war fast spielerisch. »Ebisu«, sagte der Sergeant. Sie lachten wieder. Als sie sie unter ihren Lidern hindurch ansah, sah sie die plötzliche Veränderung in den Augen ihrer Bewacher. Später sollte sie begreifen, daß sie den Namen Elizabeth nicht verstehen konnten, daß aber Ebisu eine beliebte Figur aus einem japanischen Kinderreim war – ein Meeresgott; alle Soldaten kannten seine Abenteuer, und ein Stadtteil von Tokyo war nach ihm benannt. Der Klang ihres Namens erinnerte die Soldaten an ihre Heimat, eine Heimat, die hinter dem Gestank der Verbannung leuchtete – nicht ihre Lust, sondern ihre Menschlichkeit war angesprochen. Vergewaltiger und Mörder, Verweigerer von Wasser für die Sterbenden, trugen sie jetzt den Gesichtsausdruck von Schuljungen: Ebisu.

Und es war ihr Zögern gewesen, ihre niedergeschlagenen Augen, ihr schnelles Atemholen vor dem Sprechen, alles, was für sie in der Schule und bei den Streitkräften immer nur Schmerz und Scham bedeutete, was in den Augen dieser einsamen Männer die Eigenschaften darstellte, nach denen sie sich bei einer Frau sehnten.

Tagesanbruch. Der Zug hielt an Bahnhöfen wohlhabender Städte, und bei jedem Halt gab es ein Ziehen, zart und beständig wie von einem Kind am Rockzipfel der Mutter: niemand hier kennt mich – hier würde es nicht die fesselnde Freundlichkeit ihres Städtchens geben ... Elizabeth wußte, daß sie noch zu krank war, um wieder arbeiten zu können. Die Ärzte hatten gemeint, daß es noch Monate dauern könnte, aber die Ruhe von Iona bedeuteten keine Erholung für sie, sondern Hoffnungslosigkeit. Wenn sie nur einen Ort finden könnten, sie und Alicia ... Sie versuchte, sich durch das Reisen zu entspannen; der Zug durchquerte eine Gegend, die in keinster Weise wie Dschungel oder wie ein Lager aussah. Einst hatte sie sich danach gesehnt, es zu sehen; jetzt schien es ihr ungeschützt, beängstigend, ohne Konturen. Die Ärzte hatte ihr geraten, alles zu vergessen, was passiert war, aber sie wußten nur von dem Leiden, nicht von den Verwirrungen, die es begleitet hatten. Elizabeth-Ebisu. In den Befragungen, denen sie alle ausgesetzt waren, hatten andere von ihr wahrscheinlich als Kollaborateurin gesprochen. Die Beschuldigung war nicht überprüft worden, und die Ärzte hatten sich – unbedacht, wie sie meinte – bemüht, alles zuzudecken, was sie nicht verstehen konnten ...

Nach der ersten Woche der Routine im Lager fing die Gemeinschaft an, sich aufzusplittern. Es entstand eine eigene kleine Welt. Es gab *Mütter* und *Chefs* und *Geber* und *Nehmer, Hausmütter* und *Klatschtanten, Lügner* und *Kriecher,* und die hoffnungslos Kranken. Ebisu, einzigartig unter ihnen, sah sich von wenigen Freunden und vielen Feinden umgeben. Am Anfang versuchte sie, sich vernünftig mit der Verachtung der andern auseinanderzusetzen. »Ich habe keine Privilegien; *sie* haben mich ausgesucht.« Es half nichts. Alle wußten sie, daß die wenigen Verbesserungen von Elizabeths guten Beziehungen zu den Wachen und zum Major abhingen. Es war auch offensichtlich, daß die Dinge für alle einfacher wurden, je mehr und je besser sie Japanisch lernte, aber sie waren krank und hungerten, und die Gefühle waren mächtig und häßlich und dauerhaft: Ärger über ihre Abhängigkeit von Ebisu und dem Feind und ein schrecklicher, verzweifelter Zorn, als die Vorräte dahinschmolzen und neue Krankheiten auftauchten. Später waren sie zu müde für Zorn und richteten sich in einer dumpfen, unausrottbaren Abneigung ein.

Nishimura und den anderen Bewachern wurde Ebisu immer lieber. Am Anfang hatte sie unwissend das abgehackte Männerjapanisch gelernt anstelle der weicheren Frauensprache. Sergeant Akimoto mußte sich um ihre Erziehung kümmern. Viele ihrer Verhaltensweisen mußten korrigiert werden, und natürlich auch ihr Aussehen, ein Gesicht, das durch die Röte überladen wirkte, und das fuchsfarbene Haar; das hexenhafte Haar war beunruhigend, aber ihre Statur und jene zögernde Anmut, die Ruhe, die sie ausstrahlte, die rituelle Pause beim Sprechen und in der Bewegung erinnerten sie schmerzhaft an die Frauen zu Hause. Es war schwierig, die anderen Gefangenen nicht zu mißhandeln; die meisten waren viel zu groß und häßlich rot, sie starrten und hatten keine höflichen Manieren. Ebisu war wie eine geliebte, leicht zurückgebliebene kleine Schwester, deshalb mußte man sie beschützen und ihr verstohlen kleine Geschenke machen.

Es war der dritte Reisetag. Sie hatten nach den verdorrten Ebenen des Westens Texas durchquert und kamen jetzt in eine Landschaft, die Elizabeth als Landschaft des Südens identifizierte; es ging Richtung Heimat. Als sich der Zug Savannah näherte, stieg jene Kombination von dringlicher Vorfreude und Angst in ihr auf, die sie befürchtet hatte. Plötzlich wurde sie von einem Malaria-Anfall geschüttelt. Sie hatte Medikamente bei sich, die das Fieber und den nachfolgenden Schüttelfrost besänftigen sollten, aber obwohl sie die Tabletten nahm, hinterließen die Krämpfe sie erschöpft, schweißdurchtränkt und den Tränen nahe. Sie hatte angezogen gesessen. Jetzt begab sie sich in ihre Koje zurück und erinnerte sich im Fiebertraum an die letzten Tage der Gefangenschaft, Begierde und Furcht und das Fieberzittern, wie jetzt gerade.

Tag für Tag lösten die alten Regeln sich unaufhaltsam auf. Die Lagerinsassen spürten die Verbreitung der unterschwelligen Anarchie und fürchteten Nishimura und den Zorn seiner Männer. Alle wußten, daß die Lieferungen von Lebensmitteln und Waffen später und seltener kamen und schließlich ganz ausblieben. Die geplante Stationierung von Landetruppen nahe dem Lager, die Bewaffnung für weitere Angriffskämpfe und dann für die Verteidigung wurde nie Realität. Immer seltener waren die am Himmel gesichteten Flugzeuge japanischer Herkunft. Immer weniger von Sergeant Akimotos Funksprüchen kamen durch.

Im Lager grassierten Ruhr und Fieber. Die anfangs kaum ausreichenden Wasservorräte waren jetzt verunreinigt. Sie fingen Regenwasser auf, das schnell sauer wurde und Algen ansetzte. Überall entstanden übelriechende Wucherungen. Jeden Morgen mußte zuerst der Busch weggeschnitten werden – wenn man ihn nicht ständig zurückschnitt, überwucherte er jeden Pfad und würde sogar das Gelände ersticken. Die Gefangenen bemerkten, daß Nishimura und seine Soldaten sich im dichten Wald unwohl fühlten. Während es sie nicht störte, Leute eng zusammenzupferchen – kein Amerikaner hätte die Barakken so voll belegt, wie sie es taten –, versetzte die hereinbrechende Vegetation sie in Panik. Sie verlangten von den erschöpften Gefangenen, daß sie breite Schneisen am Rande des Geländes freibrannten oder -schnitten, damit sie offene Ausblicke und eine weite Sicht hatten. Es ging nicht darum, einen Ausbruch zu verhindern; der Dschungel und das Meer waren gefährlicher als das Lager, trotz Ruhr und Fieber.

Eines Tages wurden die Gefangenen beim Unterholzschlagen von einem Geräusch aufgestört, einem Geräusch, das nicht sofort verschwand. Über sich am Himmel sahen sie Flugzeuge, erst eins, dann ein weiteres, die wie riesige Wespen kreisten und schwirrten. Es waren Kampfflieger von ... in ihrer verdunkelten Koje lag Elizabeth zitternd und erlebte den Luftkampf von neuem, sah ihn wieder in den gespenstischen Farben des Fiebers. Die Flugzeuge flogen nicht lange genug parallel zur Erde, um ihre Form zu identifizieren, wie sie es alle gelernt hatten, und sie waren zu hoch und zu schnell, als daß die abgestumpften Frauen irgendwelche Insignien erkennen konnten. Drei Minuten lang bewegte sich im Lager überhaupt nichts; die Macheten wurden nicht aufgehoben, Körper waren ruhig, Gefangene und Bewacher gleichermaßen starrten nach oben, atemlos angesichts des Anblicks, der sich ihnen in der Luft bot. Niemand wußte mehr, als daß der Krieg, der sie alle der Einsamkeit und dem Leiden an diesem stinkendem Ort ausgesetzt hatte, im Miniaturformat ausgetragen wurde, wie ein Tanz in großer Schönheit, hoch oben.

Eines der Flugzeuge schien die Fähigkeit zu besitzen, sich ohne Seiten- oder Vorwärtsdistanz fallenzulassen, und dieses Flugzeug gelangte immer wieder unter die andern und kam dann mit einem spuckenden Geräusch wieder hoch, so als fluche es; Worte, dann Schweigen, dann wieder Worte. Bei einem dieser Manöver drehten sich die beiden Flugzeuge wie geöffnete Türen voneinander weg, und das kluge Flugzeug erhob sich zwischen ihnen, sie wendeten und schossen, das kluge Flugzeug schwankte, und zur gleichen Zeit drehte eines der anderen Flugzeuge ab und schoß, und ein anderes brach in Flammen aus, die einen Fleck am Himmel zeichneten, aus dem sie kleine Teile fallen sahen. Immer noch bewegte sich niemand, weil niemand wußte, welches Flugzeug abgeschossen worden war und auf welcher Seite der Sieg sich ankündigte. Das kluge Flugzeug schien in der Luft zu ertrinken; es kämpfte um seine Balance. Die drei andern kreisten es ein, und die Gefangenen erhaschten einen kurzen Blick auf die Unterseite des einen. Es sah aus … es war eine P-40, unsere. Niemand glaubte es. Es war zu leicht, zu halluzinieren, ausgehungert und krank wie sie waren, in den Gasdämpfen des Dschungels. Das kluge Flugzeug verlor an Höhe, aber wie ein Blatt, flatternd. Eines der andern bewegte sich fort und kam in einer Schlaufe wieder zurück; es sprach seine Worte aus den Kanonen, und ein schwarzer Rauchschal schoß aus dem klugen Flugzeug auf, es wendete scharf, konnte den Qualm aber nicht loswerden und kam brüllend und unmißverständlich auf sie herunter, Augen entgegen, die blinzelten, um jeden Zweifel wegzublinzeln, daß sie den roten Kreis von Japans Totemsonne sahen.

Die Gefangenen klatschten. Trotz der offensichtlichen Gefahr löste sich ein holpriger Schrei. Die Soldaten waren immer besonders nervös, wenn Gehölz geschnitten wurde, wenn sie von den Wäldern umgeben waren, die sie haßten, und die Gefangenen Macheten in den Händen hatten. Die Gefangenen spürten die Angst ihrer Bewacher. Dann waren immer Gewehre auf sie gerichtet. Die rauchverzierte Null tauchte wie freiwillig in den Grund jenseits des Geländes. Es gab weder Feuer noch Explosion, aber ein reißendes, zerreißendes Geräusch, und einen Aufprall. Das Geräusch wurde dann abgeschnitten, wie vom Dschungel verschluckt. Bei dem Aufprall warfen die Gefangenen die Arme hoch und klatschten Beifall.

Elizabeth war in einer der Schnittgruppen gewesen. Auch sie hatte die Schönheit des Luftkampfs mit aufgerissenem Mund verfolgt, sie hatte die Unterseite der P-40 gesehen und schämte sich für ihre Schwäche, falls es eine Halluzination war. Ihr Herz schien außer Kontrolle zu geraten, als sie es sah und blinzelte und immer noch sah; der roten Kreis des Feindes: eine Null. Sie hatte ihren Kopf nach hinten gelegt und den Mund geöffnet, um Beifall zu rufen, aber als der Augenblick kam, wurde sie von jenem schrecklichen, erstickenden Gefühl überwältigt, ihr Kopf kam nach vorne und fiel hinab, die Worte blieben stecken, während ihr Körper zitterte und ihre Hände bizarr von ihren Oberschenkeln abstanden. Das rettete ihr Leben. Corporal Abé sah, wie die Gefangenen mit unbewußten Bewegungen die Macheten erhoben; er hörte den trockenen Triumphschrei aus ihren ausgedörrten Kehlen. Weil er den Schrei haßte, weil er sie haßte, hatte er das Feuer eröffnet, war durch ihre Reihen gefahren, bis er Ebisu sah und innehielt, die mit geneigtem Kopf wie festgefroren dastand.

Nishimura, der aus seinem Büro gekommen war, sah es auch. Er hatte Abé angeschrien, aber der Korporal war nicht mehr aufzuhalten und jenseits der Reichweite einer menschlichen Stimme. Er sah die Kugeln treffen und die Frauen niederfallen. Und in dem Ganzen hatte Ebisu sich weder bewegt noch gesprochen. Nishimura hatte sie gesehen, hatte voller Erstaunen innegehalten angesichts ihres unendlichen Mutes, stehenzubleiben und zu ertragen, was immer kam. Er lief ihr entgegen, um Abé zu stoppen. Dann hörte Abé auf. Die letzte Kugel mußte ihr aus einem Reissack gefertigtes Gefangenenhemd gestreift haben. Es herrschte totale Stille. Nishimura drehte sich um und ging zu seinem Büro zurück. Wenn er ihr Schutz anbot, würden die andern sie am Ende töten, und er machte sich keine Illusionen mehr, welches Ende zu erwarten war. Er rief Abé ins Büro und ohrfeigte ihn wegen seines Kontrollverlusts. Er näherte sich Ebisu weder dann noch später.

Es stand auf Messers Schneide, daß Ebisu wegen Kollaboration von den Fanatikern umgebracht wurde. Der glückliche Zufall lag in dem Umstand, daß die kleine Gruppe der Buschschnitterinnen, die in Abés Gewehrfeuer geriet, von den andern Gefangenen durch einen umgefallenen Baum getrennt war. Sie waren für die andern nicht sichtbar gewesen, die den Luftkampf beobachtet und dann die Schüsse gehört hatten. Zwei Frauen in Elizabeths Nähe waren auch verschont geblieben, weil sie in ihrer Panik hingefallen waren und Elizabeth als Abés Haltepunkt nicht gesehen hatten. Diejenigen, die ihr plötzliches Gefrieren, ihr innehaltendes Schweigen, ihre Unfähigkeit zur Teilnahme an Risiko und Triumph des Beifalls gesehen hatten, waren getötet worden. Abé hatte sie gesehen, und Nishimura. Der Major ordnete ein ordentliches Begräbnis für die Frauen an. Ihre Essensrationen wurden nun unter den Lebenden aufgeteilt, und deswegen überlebten sie. Elizabeth blieb die gehaßte, aber notwendige Verbindung zwischen dem Kommandanten und dem Lager. Sie war es, die sich tief verbeugte, in jenem hoch eingezogenen Atemholen, dessen Höhepunkt ein Schweigen war, den ehrwürdigen Sergeanten um etwas bat, den großartigen Lieutenant anflehte ...

Die Gefangenen wurden bei der Rückeroberung der Insel befreit. Eines Morgens erwachten sie ohne die Trillerpfeife und erkannten nach einigen Momenten der Verwirrung, daß die Japaner nicht mehr da waren. Panik folgte. Fünf Frauen, die Jahre des Hungers und der Mißhandlung ertragen hatten, starben drei Tage vor der Ankunft der ersten Marines.

Jetzt kam sie als Heldin nach Iona zurück. Landesweit

erscheinende Zeitungen hatten Berichte über die Krankenschwestern, ihre Gefangennahme und die Jahre im Frauenlager gedruckt. Es sollte eine offizielle Feier geben; der Bürgermeister – erstaunlicherweise immer noch Bürgermeister Seddon – sollte sie am Bahnhof empfangen. Es würde eine Band, Honoratioren, Reden geben. Sie hatte versucht, hatte darum gebettelt, dieser Ehrung zu entgehen, aber Alicia hatte geschrieben, daß die Feierlichkeiten jetzt angesetzt waren und daß Elizabeth sie einfach still aussitzen könnte. Sie war zu müde und hatte schon zu lange nichts mehr verlangt oder verweigert oder sich widersetzt. Flucht lag jenseits des Vorstellbaren, wie im Dschungel. Es gab nur das, was es in den letzten drei Jahren gegeben hatte: die Kraft zum Ertragen. Der Zug fuhr in einen merkwürdig betriebsamen und bevölkerten Bahnhof in Savannah ein. Wo waren all diese Leute hergekommen? Elizabeth wurde vorsichtig zu einer Bank geführt, wo man mit ihr wartete, bis der Anschlußzug eintraf. Ihr Kopf brummte, und sie fühlte sich benommen und krank. Für die kurze Fahrt wurde sie wieder sorgsam zu einem Stuhl gebracht. »Bald werden Sie zu Hause sein«, sagten sie, wie um sie zu trösten.

Reisebenommen und mit Dutzenden verschiedener Krankheiten im Leib, konnte Elizabeth doch wahrnehmen, daß das Land hier, die Höfe und Straßen und Leute, sich sehr verändert hatten. Als sie damals wegging, mußte ein Reisender nach Iona erst nach Marshal fahren und dort den Shuttlebus nehmen. Jetzt hatte die Stadt ihren eigenen Bahnhof, sagte man ihr. Als es weiterging und das Land ihr allmählich vertraut wurde, bemerkte sie, daß die ihr bekannten Felder der schwarzen Pächter und die Farmen der armen Weißen gepflegter und wohlhabender aussahen. Zu Anfang glaubte sie, daß sie den alten Ort mit den neuen Augen einer aus Gefangenschaft Heimkehrenden sah, daß im Vergleich mit der erbärmlichen Lagerrealität jede amerikanische Szene großartig wirkte, aber sie erkannte bald, daß sie weitaus mehr sah als den reinen Unterschied zwischen amerikanischem Reichtum und der Armut im Lager. Abseits der Straßen, die der Zug passierte, waren die engen Pächterhütten durch bequeme, frisch gestrichene Häuser ersetzt; sie sah Autos und Busse hin und her fahren und neue, asphaltierte Straßen, die das dunkelgrüne Land durchschnitten. Es gab viel mehr Autos, viel mehr Menschen, weniger Maulesel und Leiterwagen. Hier waren Veränderungen eingetreten, große Veränderungen. Sie erreichten den Bahnhof von Iona, ein großes, geräumiges Gebäude mit neuem Dach und frischem Anstrich. Draußen standen Pflanzen in großen, bemalten Blumenkübeln.

Ihre Mutter setzte sich zu ihr ins Auto, um sie zu den grüßenden Honoratioren zu führen. Elizabeth hatte Alicia in dem Krankenhaus in Kalifornien gesehen, in das sie zuerst gebracht worden war, aber da war sie noch zu krank gewesen, um zu erkennen, wie sehr ihre Mutter sich verändert hatte. Jetzt sprangen ihr die Unterschiede ins Auge. Die verwirrte und sich abplagende Witwe war zur modernen Matrone geworden. Ihre Kleidung war teuer und seriös. Sie trug einen Anzug, und ihr wundervolles Haar war im Nacken zusammengefaßt. Die Veränderung zeigte sich auch in ihrem Verhalten; in ihrer Stimme lag Autorität, in ihren Gesten Selbstbewußtsein. Sie führte Elizabeth zum Ausgang und die Treppen hinunter. Als die Menge sie sah, fing die Band an zu spielen. Die kriegsbedingten Gelegenheiten für Militärmusik hatten Iona wenig geholfen. Elizabeth biß sich auf die Lippen und dachte an Zugunglücke. Sie beobachtete das respektvolle Verhalten des Bürgermeisters und anderer gegenüber Alicia. Dies schien tiefere Gründe als ihre Rolle als Mutter einer Kriegsheldin zu haben. Die Reden wären von der alten Alicia mit Kichern und peinlich berührt zur Kenntnis genommen worden. Diese Frau biß die Zähne zusammen, um jedes mögliche rebellische Wort in ihrer Kehle zu ersticken.

Heldin. Amerikanischer Heldenmut. Bürgermeister Seddon und Pastor Aycroft sprachen in stetig anschwellender Tonhöhe darüber. Sie lobten nur die falschen Dinge auf die falsche Art. Elizabeth stand, saß, beugte den Kopf, wartete auf das Ende. Schließlich war die Zeremonie vorbei, und Alicia brachte sie zum Auto. Als der Bürgermeister und der Pastor sich ihnen anschließen wollten, brachte Alicia sie geschickt und effektiv davon ab. »Sie ist noch krank und sehr müde – Sie können es ja sehen. Ich möchte sie ein bißchen in der Stadt herumfahren, damit sie einen Eindruck bekommt, und dann bringe ich sie nach Hause ins Bett.«

»Wessen Auto ist das?«

»Meins. Siehst du den Aufkleber? Unbegrenzte Benzinversorgung.«

»Fahren wir nicht nach Hause?«

»Natürlich fahren wir nach Hause, Liebes, aber nicht zu dem Mausoleum, das dein Vater uns hinterlassen hat. Das ist jetzt ein Mietshaus – wie die meisten Häuser...« Sie bogen in eine neue, asphaltierte Straße ein, eine Straße, die sich früher am Fluß entlanggeschlängelt hatte. Sie fuhren zu einem Ort, den es damals noch nicht gegeben hatte. Die Straße war jetzt gerade, der Flußlauf ebenfalls eingefaßt und begradigt, und das Dickicht und die Wälder am anderen Ufer waren gerodet, um eine dreißig Meter breite Schneise zu schaffen. »Die Armee hat diese Straße gebaut und die Baracken, in denen ich lebe...«

»Baracken?« Elizabeth spürte eine plötzliche Schwindelwelle. Einen Augenblick lang sah sie eine Vision von Bambus. »Baracken –«

»Wir sind gleich da, du wirst schon sehen«, fuhr Alicia fort, während sie sicher das Auto lenkte, ohne die Panik ihrer Tochter zu bemerken.

Sie fuhren die Straße hinauf, und Elizabeth sah den Grund für die Veränderungen in Iona. Sie kamen zu einer riesigen Fabrik, einem Gebäudekomplex so groß wie ein Dorf. »Lebensmittel«, sagte Alicia, »da ist eine Konservenfabrik und eine Trockenfabrik und eine Lebensmittelverarbeitungsanlage und ein Schlachthaus und eine Verpackungsanlage. Wir produzieren Feldrationen, und jetzt, wo der Krieg ausläuft, werden wir all die Flüchtlinge in Europa versorgen.«

»Du arbeitest hier?«

»Ich bin verantwortlich, Darling. Personal. Ich habe jeden und jede angestellt, die hier arbeitet.«

Alicia hielt, und beide Frauen saßen stumm da und schauten auf die Gebäudeansammlung. Leute kamen und gingen, bewegten sich schnell und energisch. Weiße und

Schwarze gleichermaßen, und die Schwarzen, von denen Elizabeth immer geglaubt hatte, daß sie von Natur aus langsam waren, bewegten sich mit der gleichen zielgerichteten Energie. Sie fühlte sich inmitten dieser Geschwindigkeit und Energie der andern vollkommen verloren. Während der drei Jahre, die sie und die andern Leute im Lager verbracht hatten, in denen sie gewaschen, Unterholz geschlagen, gegessen, sturmgeschädigte Baracken wiederaufgebaut hatten, hatten sie sich in einer Trance zwischen Verhungern und Krankheit bewegt – wie Unterwassermenschen –, während in der gleichen Zeit, hier im Hinterland, die Gänge der normalen Welt beschleunigt und immer mehr beschleunigt worden waren, so daß die Gefangenen immer weiter zurückblieben. Elizabeth hatte das Gefühl, bis fast zum Verschwinden zu schrumpfen.

Alicia redete. »Ich wollte immer raus aus dieser Stadt; du erinnerst dich an alle unsere Pläne; aber dann kam der Krieg, und ich hörte davon, daß diese Fabrik kommen sollte, und ich habe meine Chance beim Schopf gepackt und festgehalten. Iona ist jetzt reich und wird noch reicher, und das heißt moderner. Wart's nur ab. Es wird mehr Geschäfte und Schulen und Unterhaltung geben, und mehr Fachkräfte werden hierher kommen, um hier zu leben. Im Augenblick lebe ich weit dahinten in einer provisorischen Siedlung, aber ich habe Geld, viel Geld gespart, und wenn der Krieg vorbei ist, werden wir uns was Hübsches bauen. Ich habe das Grundstück schon ausgesucht ...«

Sie fuhr fort, während Elizabeth unaufmerksam wurde. Ihr Tonfall war so selbstbewußt, so kompetent, als sie

Abkürzungen und Neologismen in ihre Sprache einstreute, die sowieso schon verändert klang, mit einem Ton und einer Geschwindigkeit und Dynamik jenseits von Elizabeths Verständnis.

»Liebes, der ganze Süden ist vorangekommen. Wir haben jetzt keinen Platz mehr für schlurfende Neger und Mint-Julep-Cocktails auf der Veranda. Der Neue Süden wird produzieren, er wird den Norden in der Produktion überflügeln. Wir haben jetzt die Menschen, Leute fangen an, hierher zu kommen, anstatt wegzugehen. Wenn wir erst einmal unser politisches System verändert haben . . .«, und sie redete immer weiter über Arbeitskräfte, Elektrifizierung, Kohle, Energie. Es strömte an Elizabeth vorbei, die mit gesenktem Blick dasaß, eingeschlossen in den momentanen neurologischen Affekt, der als Faulheit, Dummheit, Unterwürfigkeit, Unschuld und zuletzt als weibliche Bescheidenheit nach japanischem Muster mißverstanden worden war. In zwei Phasen ihres Lebens war dieses Schweigen ihres Körpers akzeptiert und gelobt worden. Sie wurde sich mit einem ironischen Gefühl, beinahe wie ein Lachen aus den Tiefen ihrer Selbst, bewußt, daß ein solches Angenommenwerden und solches Lob nie wieder möglich wäre, außer natürlich, wenn sie das Land des Feindes besuchte.

Die Epidemie

GOLD FLUME, EINE WEITERE ERFOLGSSTORY

Gold Flume, einst ein blühendes Silbercamp, erlebte in den 1890ern, als der Silberpreis fiel, seinen ersten Niedergang. Dann gab es wieder einen Boom – das Uran-Fieber der fünfziger Jahre –, aber danach fiel das Ute-Tal, wie der Rest der Vereinigten Staaten, in die Depression. Jetzt erlebt es eine dritte Blüte als topaktueller Skiort. Pickaxe im Norden und die Städtchen Granite, Bluebank, Callan und Aureole im Süden bieten ausreichend Wohnraum für das in Gold Flume arbeitende Personal, wo das ganze Jahr Saison ist. Mary Rember, die 1926 in Gold Flume zur Welt kam, ist begeistert: »Wir haben jetzt eine Bücherei«, sagte sie, »und die Lebensmittelgeschäfte bieten Sachen an, von denen wir nur vom Hörensagen wußten. Früher war der einzige Arzt in der Gegend ein Tierarzt. Jetzt haben wir Spezialisten und ein gutes Krankenhaus.« Marvin Stopes aus Callan ist weniger enthusiastisch: »Sicher haben die Dörfer im unteren Tal profitiert, aber sie sind jetzt übervölkert, die Kriminalitätsrate schnellt in die Höhe, und es gibt soziale Klassenschranken, von denen wir keine Ahnung hatten, als ich noch ein Junge war.« Manchmal wird Gold Flume als vergoldetes Ghetto bezeichnet. Inflationäre Bodenpreise haben viele von Gold Flumes jungen Leuten zum Weggehen gezwungen. Jacqueline Brown ist in Gold Flume geboren, lebt aber jetzt in Callan und sagt, sie kann es sich nicht leisten, ein Haus in der Nähe ihrer alten Eltern zu kaufen, die im Whiskey-Gulch als Siedler angefangen haben. »Ich komme mir vor, als wäre ich aus meinem eigenen Heim vertrieben«, sagt sie. Ihre Mitschülerin Lucy Tyrone zeigt sich erfreut über die Veränderungen. »Der Ute war früher voller Minenrückstände. Jetzt sind wieder Fische darin. Das Leben ist in den Fluß zurückgekehrt. Sehen wir den Tatsachen in die Augen: die neuen Bewohner hier gehen sehr sorgsam mit der Umwelt um, besser als wir es jemals taten, und wenn Jackies Familie stirbt, wird sie ein Stück Land von Millionenwert erben.«

Denver Post, 16. September 1975,
Beweisstück bei der Anhörung am
Ute-Provinzgericht, Aureole, November 1986.

MYSTERIÖSE EPIDEMIE IM UTE-TAL

Eine Zusammenkunft, die den Epidemiologen Michael Mariani, den Psychiater Richard Seale, den Pfarrer John Embry, Dr. Paul Bissel und die Bürgermeister Thompson und Pratt an einen Tisch brachte, fand am Dienstag im Amtsgericht von Aureole statt. Der Zweck des Treffens lag in der Koordination gesellschaftlicher Kräfte vor dem Hintergrund der sogenannten »Mystery-Seuche«, die seit Mitte September im Ute-Tal zweihundert Opfer und ihre Familien betroffen hat. Die Resultate der Zusammenkunft sind zwar noch nicht endgültig, lassen aber einen gedämpften Optimismus für das Tal zu, in dem Panik und Kummer herrschen, seit Freunde und liebe Angehörige von der Krankheit ergriffen wurden, ohne daß eine Diagnose in Sicht ist. Seit dem 21. September hat es keine neuen Opfer gegeben, und Dr. Bissel erklärte, daß die offiziell registrierten Erkrankten sich in stabiler Kondition befänden. Die Teilnehmer des Treffens äußerten sich zur Panik der Angehörigen und zu dem, was Bürgermeister Pratt »unpassende und falsche Beschuldigungen« der Einwohner von Gold Flume nannte, das zusammen mit Pickaxe überweigend verschont geblieben ist. Die Informationen aus Untersuchungen und Interviews können folgendermaßen zusammengefaßt werden:

1. Die Folgen der »Seuche« traten plötzlich auf und waren ernst. Sie begannen am 14. oder 15. September. Symptome waren tiefe Depression, Schlaflosigkeit, Weinen und Lethargie.

2. Dieser Zustand befiel ganze Familien oder auch nur ein oder zwei Familienmitglieder. Alle Altersgruppen und beide Geschlechter sind betroffen, darunter mehr Männer und mehr alte Leute. Der Ausbruch war plötzlich und erschreckend.

3. Die »Seuche« scheint sich Dorf für Dorf im unteren Bereich des Tales vorgearbeitet zu haben. Zuerst wurde sie in Granite festgestellt, dann in Bluebank, dann in Callan und schließlich in Aureole, das mit einhundertzwanzig Fällen am stärksten betroffen war. Zwei Fälle wurden später noch in Gold Flume gemeldet, einer in Pickaxe.

4. Der vorhandene Gesundheits- und Sozialdienst sieht sich der Herausforderung durch die Epidemie nicht gewachsen. Alternativeinsatzpläne werden überlegt, die Bedeutung für die Zivilverteidigung ist immens.

5. Es sind keine neuen Fälle gemeldet worden. Die letzten Opfer sind die Mitglieder der Alderson-Familie aus Gold Flume und Elmer Diez aus Pickaxe.

6. Wasserproben aus Brunnen und anderen Quellen der Wasserversorgung von Aureole sind negativ; Luftuntersuchungen und Boden- und Wasserproben um den Ute herum sind weiterhin negativ. Alle anderen Untersuchungsergebnisse waren bislang negativ. Die Bundesregierung behauptet, daß weder Kriegs- noch Chemieprodukttests in Vergangenheit oder Gegenwart in den Bergen um den Ute herum oder in seinem Bewässerungssystem vorgenommen worden sind.

Ute-Tal-Rundschau
18. November 1986

Mariani hatte die Zusammenkunft mit einem vertrauten Frustrationsgefühl, von dem er hoffte, daß es unbemerkt geblieben war, verlassen. Das Bild war nur zu bekannt: eine plötzliche Welle von Erkrankungen mit gleichartigen Symptomen, aber keinerlei Hinweise. In seinen Proben ließ sich nichts Außergewöhnliches feststellen. Die Gegend war voller alter Minenrückstände, aber es gab kein Anzeichen dafür, daß sie irgendeine neue Substanz in den Fluß oder die Wasserversorgung versickern ließen. Sie waren negativ für anormale Biotine oder Partikel irgendwelcher Schwermetalle. Dennoch waren zweihundert Menschen infiziert. John Embry, der Pfarrer, hatte ihn zu den Leuten nach Hause gebracht; einige hatte er mit blindem Blick aus dem Fenster starrend vorgefunden; einige saßen stumm und bewegungslos auf Stühlen; einige lagen im Bett; aber alle waren in eine unvorstellbar schwarze Depression verfallen. In Fällen, wo eine ganze Familie betroffen war, mußten Nachbarn kommen und sie alle versorgen. Viele der älteren Menschen mußten in die Klinik gebracht werden. Es hatte siebenundvierzig Selbstmordversuche unter den zweihundert Opfern gegeben. Niemand konnte oder wollte davon sprechen, was passiert war. Sie saßen und starrten mit Augen vor sich hin, die die Verzweiflung wie gefrorenes Quecksilber in sich trugen. Er verließ das Gericht, ging einmal um den Block, um den Kopf frei zu bekommen, und ging zurück zu seinem provisorischen Schreibtisch im Gesundheitsamt, um sich die Berichte noch einmal vorzunehmen.

»Atlanta ist in der Leitung für Sie«, sagte die Sekretärin. Es war Doris Eppling vom Zentrum für Seuchenkontrolle. »Das wird aber mal Zeit«, meinte sie, »endlich haben Sie uns die zweite Gruppe von Proben geschickt.«

Er kam mit Doris nicht gut zurecht. Ihr konfrontativer Stil machte ihm die Kommunikation nicht leicht. »Wir hatten über hundert Zulaufflüßchen und Flüsse zu kontrollieren. Wie sind die Ergebnisse?« Sie nannte sie ihm. »Ist der ph-Wert nicht etwas hoch?«

»Alkalische Erde. Borat. Im Wasser sind auch säurehaltige Anteile; verrottete Kiefernnadeln, Pferdeurin, Pyrit, Mineralien, Bierdosenrost, Reifenabrieb. Es ist nicht gerade Perrier, aber auch nichts, womit ich nicht gerechnet hätte.«

»Normal.«

»Wenn man es nicht trinkt.«

»Das hat niemand.«

An jenem Abend lag er gemütlich in der mit warmem Wasser gefüllten Badewanne von Bernard Krolick in Gold Flume. Er war schon öfter dagewesen. Krolick war ein orthopädischer Chirurg, der mit sechzig eine aufreibende Praxis in Boston aufgegeben hatte, um nach Gold Flume zu ziehen, wo er jetzt Ski- und Sommerunfälle heilte.

»Ich bin von dieser Seuchengeschichte fasziniert«, sagte Krolick, »und von der Arbeit, die ihr Jungs tut, Spuren zurückverfolgen und so. Ist es ein Virus, der in einem Schlangenauge genährt wurde und durch eine Ratte zur Welt gekommen ist?«

Mariani schmunzelte. »Solch wunderbare Einsichten gibt es nur einmal im Leben. Die Alltagsarbeit birgt keine spannenden Auflösungen.«

»Möchten Sie einen Drink?«

»Nein, ich fühle mich so, wie ich bin, wohl. Meine Gedanken haben aufgehört, sich um sich selbst zu drehen. Embry, der Pfarrer, Seale, Bissel – wir sind die Möglichkeiten immer wieder durchgegangen, bis ich es leid war, immer über eure Seuche nachzudenken.«

»Bissel ist in Ordnung«, sagte Krolick, »aber Seale kann ich nicht leiden. Ein kalter Fisch. Der Pfarrer, John Embry, ist ein guter Mann – großzügig; unsere Gemeinschaft benutzt seine Kirche.«

»Gemeinschaft?«

»Har Shalom. Eine kleine jüdische Gruppe, Leute aus allen Dörfern hier.«

»Ich wußte nicht, daß es hier Menschen jüdischen Glaubens gibt.«

»Zwischen Pickaxe und Aureole gibt es etwa zwanzig Familien, aber die meisten von uns sind alleinstehend, so wie ich, geschieden oder im Neuanfang, und ein paar junge Leute.«

»Interessant«, meinte Mariani.

Krolick räusperte sich. »Über die Gemeinschaft zu sprechen, ist neu für mich. Ich bin fünfundsechzig und aus einer Generation, die zu Außenstehenden nicht über ihr jüdisches Leben sprach. Es war alles sehr abgetrennt, sehr privat. ›Spuren verwischen, um zu überleben‹ war unser Motto. Die Dinge liegen jetzt anders, und ich versuche, mich zu verändern. Jetzt kündigen sie jüdische Festtage schon im Fernsehen an.«

»Was empfinden Sie dabei?«

»Für mich ist es immer noch etwas beunruhigend. Ich bin unsicher. Jedenfalls ist Embry sehr gut zu uns. Er gibt uns das Gefühl, ein Teil des Ortes zu sein.«

»Ich mochte ihn auch. Seine Sonntagsschulklasse half mir mit einigen der Proben.«

»Ich weiß. Ich habe ihm Informationen über die Proben und über Ihre Methoden aus der Nase gezogen. Er hat mich ein epidemiologisches Groupie genannt.«

Mariani lachte und lehnte sich in der Wanne zurück. Das Wort blieb hängen. Krolick war ein großer Mann, muskulös und dominant, mit eisengrauem Haar. Das Wort *Groupie* ließ eine gänzlich andere Assoziation entstehen, ein durchstochenes Ohr, grünes Haar, Sonnenbrille, ein Halskettchen.

»Groupie«, sagte er, und sie lachten. Aber das Wort ...

Am nächsten Morgen hing er bei Doris in der Leitung. »Könnte es sich um eine chemische Substanz wie LSD handeln? Denken Sie an flüchtige Symptome, nichts im Körper nachweisbar nach sechs Stunden, nichts im Wasser. Hätten sie nicht, um ihre Spuren zu verwischen, den Fluß mit normalem Wasser überfluten lassen, damit unsere Tests verwässert würden?«

Doris seufzte am andern Ende der Leitung. »Das glauben Sie doch nicht wirklich, oder?«

»Im Grunde nicht. Ich habe nur mal frei assoziiert, mich ein bißchen entspannt. Manchmal hilft das.«

»Was Sie auch denken, es spricht zuviel dagegen. Als erstes müssen Sie sich die Gleichförmigkeit der Reaktion ansehen. Mit diesen Drogen hätten Sie eine Vielfalt von Reaktionen, Halluzinationen, Manie, Depression, Täuschungen... man würde riesige Mengen der Droge in der Wasserversorgung brauchen, nicht im Fluß.«

Am nächsten Tag ging Mariani zu Embrys Kirche, wo es ein weiteres Treffen besorgter Bürger gab. Die Leute hier waren alteingesessene Farmer, die entlang des Ute gelebt hatten, lange bevor die aktuellen Veränderungen passiert waren. Viele der Opfer waren Familienangehörige oder Freunde.

»Sie müssen bleiben, bis das hier gelöst ist«, sagte Ev Rember. Er war bei allen öffentlichen Zusammenkünften dabei gewesen. »Wir haben Angst, daß Sie uns verlassen, bevor wir alles wissen.« Mariani mußte erklären, daß es Regierungsrichtlinien gab, die die Länge seines Aufenthaltes festlegten, wenn ein Fall sich nicht weiter bewegte. Es gab noch andere Jobs, die erledigt werden mußten.

Eine ältere Frau erhob sich. Er hatte sie schon vorher gesehen, aber nicht gewußt, wer sie war. »Ich pflege diese Leute. Es war im Fisch.«

»Das haben wir zuerst geglaubt«, sagte Mariani, »und vielleicht ist es auch so, aber unsere Tests waren alle negativ.«

»Es war der Fisch«, beharrte sie, »und da war noch etwas. Die Leute sagen, daß das Angeln an jenem Tag – an den zwei Tagen, als die Sache anfing, daß das Angeln – besonders – besonders gut war. Ich habe mit Leuten gesprochen, die behaupteten, daß die Fische an jenem Tag in ihr Boot sprangen, daß sie sich selbst hineinwarfen oder regelrecht in die Netze sprangen. Sie brachten die Fische nach Hause und aßen sie, und am nächsten Tag standen sie auf, so wie sie jetzt sind, verzweifelt und elend und todessüchtig.«

Hier und da gab es zustimmendes Nicken in der Zuhörerschaft.

Mariani hatte die Geschichten vom Angeln gehört. Es war richtig, daß die meisten Opfer Flußfische gegessen hatten, aber bei keinem der später untersuchten Fische oder auch in Proben von zum damaligen Zeitpunkt eingefrorenem Fisch hatte es Hinweise gegeben, die auf eine in ihnen liegende Ursache hinwiesen. Die Frau fuhr fort.

»Ich habe mit den Stopes gesprochen, und sie haben das gleiche gesagt. Auch die Collettis. Vielleicht waren die Fische selbst in irgendeiner Weise verzweifelt; auch krank. Vielleicht war ihr Verhalten *ihr* Selbstmordversuch.« Irgendwo gab es ein Kichern. »Ich weiß, daß es verrückt klingt – deshalb habe ich auch bei den anderen Treffen nichts gesagt, aber wenn man hört, was für Theorien herumgeistern – Kommunisten, Hippies, Drogenabhängige –, dann hört sich kranker Fisch auf einmal ziemlich vernünftig an.«

Mariani fragte nach ihrem Namen.

»Ich bin die Krankenschwester des Bezirks, Jean Heath.« Er hatte sie bei der letzten Zusammenkunft im Amtsgericht gesehen; vielleicht gab es noch neue Informationen von den Patienten, die einen Aufenthalt von einer weiteren Woche oder auch zweien rechtfertigten. »Die Ärzte haben Bluttests gemacht, szintigraphische Untersuchungen, Ultraschall«, sagte Jean, »und sie haben alle möglichen Tranquilizer ausprobiert, Muntermacher, Vitamine –«

»Hat irgend etwas geklappt?«

Sie sah ihn starr an. »Wir sind hier unter Freunden«, sagte sie. »Ich pflege die Leute in diesem Landstrich seit dreißig Jahren, und alle zwei Jahre mache ich einen Auffrischungskurs mit Zertifikat.«

Er schüttelte langsam den Kopf. »Ich werde nicht lachen.«

»Okay«, sagte sie. »Kakao klappt. Heißer Kakao in einem großen Becher mit Marshmallows. Die Wilhelm-Tell-Ouvertüre funktioniert und das Geräusch eines Schaukelstuhls. Halloween hat sehr gut geklappt. Vielen Leuten ging es besser, nachdem sie Halloween-Süßigkeiten gegessen und Halloween-Masken in den Fenstern der Nachbarn gesehen hatten. Danach konnten sie aufstehen und sich bewegen. Einige erkannten Familie und Freunde. Sie sind nicht geisteskrank. Die Geisteskranken, die ich gepflegt habe, haßten die Feiertage. Ich glaube, Thanksgiving und Weihnachten wird diesen Leuten sehr gut tun. Ich glaube...«

»Was?«

»Schnee. Der erste Schnee; der fallende Schnee wird funktionieren und der Schnee auf der Erde, und der Klang von Schlittenglocken auch.«

»Es klingt ein bißchen wie...«

»Ich weiß«, sagte sie, »aber ich will nicht sagen, daß Kakao in einem großen Becher irgend jemanden kuriert; die meisten sprechen danach für eine Weile. Holzfeuerrauch klappt. Rauch vom Holz tut ihnen allen für eine Zeitlang gut.«

Während Mariani Jean Heath zuhörte, verstand er, warum sie bei dem Treffen in Aureole geschwiegen hatte. Seale, der Psychiater, hätte sie auseinandergenommen. »Haben Sie eine Ahnung, warum das so ist?«

»Ich weiß, was es nicht ist. Es ist nichts, was das Gehirn oder das Zentralnervensystem angreift. Es ist eine akute Depression, Verzweiflung, aber nicht im psychiatrischen Sinn.«

»Dann gibt es gute und schlechte Nachrichten«, meinte Mariani. »Die gute Nachricht ist, daß wir es mit einem einzigartigen Vorgang zu tun haben, der sich vielleicht nie wiederholen wird. Den Leuten geht es zunehmend besser, und das wird sich wahrscheinlich fortsetzen. Die schlechte Nachricht ist, daß wir wie so oft bei solchen Ereignissen die Ursachen vielleicht nie erfahren und mit der Unsicherheit leben müssen.«

Dasselbe sagte er zu Krolick, als er an jenem Abend

wieder bei ihm in der Wanne lag. »Ich bringe die Woche zu Ende, und dann fahre ich. Sie wissen doch sicherlich, daß das meiste, was ich untersuche, genauso ist wie hier, flüchtige Effekte, eine Krankheit mit unbekannter Ursache, die sich nicht wiederholt. Denken Sie daran, wenn Sie sich wünschen, daß Ihre Arbeit mehr Geheimnisse in sich trüge. Knochen verschwinden nicht. Geben Sie mir das Glas. Ich will auf den fünfzehnten September trinken und die Sache hinter mich bringen.«

»War das der Tag? Ich dachte, es hätte am Vierzehnten angefangen.«

»Das war ein Gerücht. Der erste überprüfte Fall war die Familie Rember am fünfzehnten abends.«

»Oh, das wußte ich nicht.« Krolick schwieg lange. Dann sagte er ruhig: »Es war ein wunderschöner Tag. Ich erinnere mich gut.«

»Wieso?«

»Es war ein jüdischer Feiertag. Ich hatte mir freigenommen.«

»Eine Stunde –«

»Jüdische Gottesdienste dauern lange«, sagte Krolick. »Gegen eins haben wir den Morgengottesdienst beendet, dann gingen wir hinunter zum Fluß.«

Mariani verspürte verstärkte Überraschung und Neugier. »Wo?«

»Hier in der Nähe, die erste Biegung außerhalb von Gold Flume.« Krolick sah ihn fest an.

»Warum waren Sie da?«

»Es ist ein ... es war eine Sache, die wir da taten ... tun, ein alter Brauch, sehr alt.«

Mariani spürte Krolicks Zurückhaltung. »Erzählen Sie's mir«, bat er.

»Sind Sie in Ordnung, Mann?« fragte Krolick. »Wie anständig, wie frei von Haß sind Sie?«

»Wovon reden Sie?«

»Ich spreche von einem Alptraum, darüber, wo wir waren und was die Leute denken werden.«

»Was zum Teufel war es denn?«

»*Wir* waren am Fluß, wir alle diesmal, um Tashlish zu begehen. Wir standen an der Flußböschung mit Brotkrumen, einem einen Tag alten Brot, und wir feierten Tashlish.«

»Was ist das?«

»Eine Zeremonie, ein Ritus des Sündenabstreifens, und wir sprachen ein oder zwei Gebete und warfen das Brot ins Wasser. Es war ein lieblicher Tag, mild-warm. Wir waren uns alle der Süße des Wetters bewußt, es gab eine kleine Brise, und ich war glücklich, diese wunderbaren, epochenüberdauernden Gebete da draußen zu sprechen und sie den wiegenden Bäumen und dem Mittagshimmel darzubieten. Wir sind moderne Juden, pragmatische Leute, und wir fühlten uns etwas scheu wegen der Zeremonie, dem urtümlichen ... na ja – dem symbolischen Abwerfen der Sünden. Einige von uns lachten ein bißchen und waren unsicher, und deshalb gingen wir nicht zur Brücke, sondern zur Flußbiegung – privat, verbanden wir damit, aber nicht geheimnistuerisch.«

»Sie sagen, Sie haben es zum ersten Mal getan –«

»Für mich war es das zweite Mal. Einige Leute haben es jetzt schon zwei oder drei Jahre praktiziert, aber die meisten von uns waren noch nie dabei – diesmal war es das erste Mal mit fast der ganzen Gemeinschaft.«

»Welcher Feiertag war es?«

»Rosh Hashana, Neujahr. Tashlish ist eher ein Brauch, kein Gesetz. Und daß wir es taten, daß wir es noch nicht vorher taten, hat mit dem zu tun, was ich Ihnen das letzte Mal erzählt habe – darüber, wie es war und ist –«

»Sie meinen, daß Sie jetzt freier und offener sind?« Mariani kannte einige Juden, wußte aber wenig über ihre Zeremonien.

»Ja. Plötzlich schien es in Ordnung zu sein, an einer Uferböschung zu stehen, in einen Schal gewickelt, und diese symbolische Handlung zu vollziehen, ohne Angst, beschuldigt zu werden –«

»Welche Beschuldigungen?«

»Sie wissen es wirklich nicht?«

»Nein.«

»Ich vergesse manchmal, daß es Menschen gibt, die nicht Teil unseres Alptraums sind. Die Anklage ist mittelalterlich. Sie lautet auf Brunnenvergiftung.«

Mariani fing an zu lachen. »Ich habe von jüdischem Schuldbewußtsein gehört; inzwischen werden ja Witze darüber gemacht, aber Sie glauben doch nicht im Ernst, daß Ihr Brot den Fluß vergiftet hat –«

»Wir haben eine alte Religion und eine lange Geschichte. Gebete sind mächtig. Mein medizinischer Kopf sagt nein, aber nach diesen Ereignissen –«

»Und jetzt sind Sie nicht sicher, daß die Beschuldigungen unwahr sind, daß Ihre Leute nicht doch die Macht haben, die Natur mit Schuldbewußtsein zu infizieren ...«

»Sünde. Die Natur spürt die Auswirkungen anderer Sünden – Gier, Trägheit...«

»Das Wort ist ungenau, und deshalb gibt es diese Verwirrung. Die Sünden sind schon begangen worden. Sie haben sich von Schuld befreit, der Scham über die Sünden.«

»Ich habe solche Angst, daß jemand das, was er im Vorbeigehen sah oder halb sah, eine Gruppe von uns im Gebetsschal, die irgend etwas ins Wasser warf, damit in Verbindung bringen wird...«

»Wann haben Sie angefangen, so darüber zu denken?«

»Als Sie mir von dem Fisch erzählt haben – ich habe Angst, daß jemand den Alptraum wiederaufleben lassen wird.«

»Also ich werde nicht plaudern. Niemand sonst hat bis jetzt etwas gesagt. Worum sorgen Sie sich?«

»Vielleicht beeinflussen unsere Seelen wirklich die Natur. Wenn nicht, warum beten wir dann? Wenn doch, haben wir vielleicht ahnungslos – alle diese Generationen...«

»Das können Sie nicht ernst meinen.«

»Ich bin ausgebildeter Arzt, aber ich habe Dinge gesehen, die sich dem Verstand verweigern...«

»Ich weiß nicht, was im Fluß oder im Fisch war. Ich weiß nicht, was oben in den Bergen passiert ist, welche chemische Reaktion dies auslöste. Ich weiß allerdings, und das ist das Kreuz – entschuldigen Sie den Ausdruck –, das ich tragen muß, daß flüchtige Effekte, plötzliche unerklärliche Veränderungen in einer sehr komplexen Biochemie und elektrochemischen Matrix passieren. Ich habe Ihnen schon früher gesagt, daß die Leute Antworten wollen, die sie nicht immer bekommen können, chemische Antworten, die meist nicht verifizierbar sind.«

»Wir sind so oft für so vieles beschuldigt worden. Als ich aufwuchs und wo ich aufwuchs, hörte ich Lügen – vielleicht fing ich an, einige von ihnen zu glauben, oder zum Teil zu glauben. Ich verstehe jetzt, warum diese wunderbare Zeremonie, zusammen draußen unter blauem Himmel in der warmen Sonne an der Flußbiegung zu stehen – warum uns unwohl war. Würde uns jemand sehen und sich erinnern, uns anklagen ... oder haben wir wirklich mit unserem sprichwörtlichen komischen Schuldbewußtsein die Macht, die uns unsere Verfolger nachsagen ...«

»Ist es im Mittelalter passiert?«

»Nein.«

»Warum nicht letztes Jahr, oder vorher?«

Krolick saß aufrecht, nach vorn gebeugt in der Wanne. Seine Haltung erschien Mariani seltsam, bis er erkannte, daß er noch nie jemand in einer Badewanne angespannt und zerstreut gesehen hatte. Krolick fing seinen Blick auf und machte einen bewußten Versuch, sich zurückzulehnen. Die Wirkung war irritierend.

»Warum nicht?« fragte Mariani ein zweites Mal. »Sicher haben Sie darüber nachgedacht.«

»Die Schuld war eine andere. Die Menschen, die diese Zeremonie früher durchführten, wußten viel mehr als wir heute. Sie waren ganz und gar vertraut mit allen Worten und den richtigen Formeln. Sie empfanden nur so viel Schmerz, wie die Sünden ihnen eingaben. Wir tragen das zusätzliche Gewicht unserer Unwissenheit, wir müssen die Worte abschreiben, die Gebete lernen, sind unsicher und ungeschickt. Haben wir etwas vergessen? Mußte man vorher oder nachher noch ein anderes Gebet sprechen, oder an anderer Stelle in der Zeremonie? Auf diese Weise ist das jüdische Exil ein doppeltes, nicht nur, weil wir Jerusalem 37 A.D. verließen, sondern weil wir *uns selbst* irgendwo zurückgelassen haben, alle diese Worte, das ganze Wissen.«

»Ich bin kein Theologe«, sagte Mariani. »Ich studiere Infektionswege. Sie wären überrascht, wie wenig wirklich ansteckend ist, wie wenig die Körpernetze und -einfallstore durchdringt. Wir alle haben TB-Bazillen in den Lungen. Im Essen sind Giftstoffe. Das Wasser enthält Tausende von Viren, warum nicht auch *Verzweiflung* und *Reue*? Sind sie in einem so winzigen Virus enthalten, daß das Mikroskop sie nicht entdeckt?« Er lachte.

Krolick lachte auch. »*Algovirus hebraicus.*«

»Benennen Sie ihn nach seiner Dichte; hat es sich inzwischen gesetzt?«

»*Gravovirus hebraicus.*«

»Sie glauben es nicht; nicht wirklich; Sie können es nicht glauben.«

»Warum habe ich dann Angst?«

»Nicht wegen eines möglichen Virus, sondern wegen Ihrer so selbstsicheren Nachbarn.«

»Und wegen unseres eigenen Exils von unserem Glauben.«

Mariani streckte sich und hievte sich aus der Wanne, indem er sich mit den Armen hochzog. »Das wollten Sie am Fluß wirklich tun, oder – bessere Juden sein? Wenn das, was ich in zweihundert Menschen gesehen habe, die Schuld ist, die euer Volk in sich herumträgt, dann kann ich mich nur wundern, wie ihr überhaupt funktioniert.«

Krolick antwortete nicht, verließ aber auch seine Wanne, und sie trockneten sich ab. Mariani sagte: »Viren werden nach vielem benannt, aber die Krankheiten, die sie verursachen, werden nach dem Arzt bezeichnet. Diese wird ›Marianis Unbehagen‹ heißen.«

»Wie wäre es mit ›Krolicks Klage‹? Möchten Sie ein Sandwich? Ich habe guten Käse da und Bier –«

Mariani war müde und wollte nach Hause. Das Bad hatte ihn entspannt. »Ich muß noch ein paar Anrufe tätigen«, sagte er, »und Schlaf nachholen. Ich lasse Sie hiermit allein: Hansen entdeckte das Lepra-Bakterium 1871, deshalb wurde Lepra zu ›Hansens Krankheit‹. Er starb 1912, und so hat er vierzig Jahre lang im Mund der Leute seinen Namen mit Furcht und Schrecken assoziiert gehört. Sein Name fiel wie ein Verhängnis auf Tausende. Hodgkin – er fand eine Krankheit, die Kinder bekommen, und für Kinder ist es noch naheliegender, den Überbringer der schlechten Nachricht für die Nachricht selbst zu halten. Während ihrer eigenen Lebensspanne, die erfüllt und nicht von besonderen Qualen durchzogen war, hatten diese Ärzte ...«

»Ich weiß, daß *Haß* nicht töten kann, denn wenn das so wäre«, sagte Krolick, während er sich im Innern des Sweatshirt verbarg, das er sich über den Kopf zog, »dann wären viele Völker schon vor Generationen vom Angesicht der Erde verschwunden.«

In der nächsten Woche fuhr Mariani weg, um an einer Konferenz in Dallas teilzunehmen. Die Flußproben blieben unverändert. Die Fische waren nicht ungewöhnlich aktiv. Alles andere blieb normal. In den Häusern der Betroffenen geschah es, daß die Kranken auf die Stimmen von Freunden oder auf Mrs. Heaths Kakao mit Marshmallows reagierten. Bald würde Thanksgiving sein, dann käme der Schnee, und Pfarrer Embrys Sonntagsschule würde mit Schlitten durch die Straßen fahren, mit Pferden und Glocken, Erinnerung vor jedem Wort, und dann wäre Weihnachten, und es würde ihnen besser gehen. Menschen, die um jeden Preis eine Antwort brauchten, würden ihn der Vertuschung von Geheimtests in den Bergen beschuldigen. Das alles war normal und nicht ungewöhnlich. Flüchtige und/oder zufällige Phänomene würden Aufnahme in seine Computerlisten finden, und eines Tages würde vielleicht jemand in der Lage sein, dieses Phänomen mit anderen unerklärlichen Erscheinungen zusammenzubringen und heute noch ungeborenen Ärzten die wahre Geschichte zu erzählen.

Zwei Monate später arbeitete Mariani an einem Parasitenbefall in Landry Parish, Louisiana, als er einen Nachsendebrief aus Atlanta erhielt. Er war in Krolicks faszinierendem Arzt-Gekritzel verfaßt:

»Ich bin kein Groupie mehr – ich bin geheilt. Ich nehme jede Kniefraktur an. Ihr müßt zuviele Phantome bekämpfen. Jetzt geht das Gespräch, das die gleiche Bande, die letztes Jahr das Vieh auf der Ranch verstümmelt hat, in den Fall verwickelt sei. Außerirdische. Die Regierung – das sind Sie, mein Lieber – vertuscht alles.«

Mariani lächelte.

»Ich glaube, daß niemand daran denken wird, Ihnen zu berichten, wie alles endete, deshalb schreibe ich Ihnen. Jean hatte recht. Weihnachten schaffte es. Weihnachtsbäume in den Häusern. Es war erstaunlich. Die Leute standen einfach auf und gingen in die Stadt, um die Lichter zu sehen. Der Kirchenchor ist wieder voll und klingt kein bißchen besser, aber sie sind alle wieder da, sogar die älteren, die in der Klinik waren. Jean hatte recht, daß es keine gewöhnliche Geisteskrankheit war – es scheint kein Nachspiel zu geben – nicht einmal einen Heilungsprozeß.

Aber sind sie wie früher? Nicht ganz. Embry erzählte mir, daß Luke Brown (Sie erinnern sich, es hatte die ganze Familie getroffen) zur Kirche geht und betet, sich aber weigert, Gottes Namen überhaupt auszusprechen. Ev Rember bleibt während des ganzen Gottesdienstes stehen und wiegt sich vor und zurück, Zeugnis ablegen nennt er das. Die Leute, die was immer es auch war, hatten, sind empfindlicher, zorniger, sagt Embry, und intensiver. Sie sind streitsüchtiger, aber auch aufmerksamer. Ich habe ihm gesagt, daß es wahrscheinlich der Schmerz ist, den sie alle durchstanden haben. Er meint, das eigentümlichste wäre, wie offenherzig sie sich alle dazu äußern. Dies sind Menschen, deren Angehörige während eines ganzen Jahres kaum ein persönliches Gefühl von ihnen gehört haben; jetzt können sie kaum den Mund halten. Daß sie über ihre Erfahrung sprechen, hat Auswirkungen auf andere Bereiche ihres Lebens. Letzte Woche gab es einen Waschmittel-Werbestand in Bluebank, und drei von ihnen hielten aus dem Stand eine politische Rede, die jeweils bis zu fünfund-

vierzig Minuten dauerte. Ray Stopes hat angefangen, eine Anklageschrift gegen Gott zu schreiben. Er sagt: ›Der Herr hat uns ziemlich viel zu erklären.‹ Manche schreiben Bücher – wenigstens zehn sind damit beschäftigt. Vier schreiben Lieder. Bis jetzt sind einhundertsechsundsechzig Klagen in Gang gebracht, davon einhundertzwanzig gegen die Regierung – die Stadt, den Staat und die Bundesregierung; zweiunddreißig gegen Ärzte; vierzehn gegen die örtlichen Geistlichen als Sprachrohre des Allmächtigen, hätten Sie das gedacht?

Ich flehe Sie an, darüber mit niemand zu sprechen. Alles, was sich bewegt, wird verklagt. Ich werde Gold Flume nicht verlassen, aber ich werde auch keiner Seele verraten, daß ich verstehe, was diese Leute machen. Embry sagt, da war noch etwas Merkwürdiges. Viele von ihnen kommen jetzt in Cowboykleidung in die Kirche. Er begreift es nicht. Ich schon. Die Fransen; es sind die Gebetsschalfransen.«

›*Einführung in die Seismologie*‹

Das Foto war aus dem Schlafzimmer, wo seine Frau Lila eine Wand mit Bildern ihrer Familie dekoriert hatte. Es war das einzige, was Paul von seiner Familie hatte, der ersten amerikanischen Generation auf seiten seiner Mutter. Sie waren zu zwölft, die personifizierte Energie. Sie waren so ungeduldig, daß sie sich der Kamera entgegenbeugten, Onkel und Tanten und Vettern und Kusinen. Drei der Frauen waren schwanger, und sie gruppierten sich so, wie kein Fotograf es täte; es war ein Klumpen, eine Masse, und alle außer den Kindern grinsten, mit Zahnlükken und runden Gesichtern, und sie platzten aus Kleidern und einer Vergangenheit, die zu klein für sie war, nur Hände, Wangen, Zähne, und voran und tun und machen und sein, ganz weit dem neuen Land geöffnet, lebendig, lebendig.

Er brachte das Foto ins Trauerhaus, wo seine Großmutter saß. Das kleine Mädchen, das sie einst war, starrte daraus hervor. Fünf Jahre alt. Sie trug ein kariertes Kleid, offensichtlich nicht ihr eigenes, und ein großes Kopftuch, das ihr winziges Gesicht fast erdrückte. Durch die dicken Gläser der alten Frau sah Paul das gleiche schockierte Staunen über die Welt, wie es das kleine Mädchen trug, während sie durch die schweren Wollfalten lugte.

Sie nahm das Bild und hielt es eine lange Zeit, dann fing sie an, Namen für Namen zu identifizieren. »Ich wußte nicht, daß du es hattest. Hier ist Mendel und Tante Rina, Mama, Papa. Das war vor der Zeit, als sie sich in alle Winde zerstreuten, hinaus in die weite Welt – Amerika«, und ihre Hand vollzog die Geste der Ausbreitung – nicht als ob Samen gesät, sondern als ob etwas verlorengegangen wäre.

»Und du bist ausgerechnet in Gold Flume hängengeblieben.« Sie nickte, fügte aber nichts hinzu.

Paul war an ihr Schweigen über diese Zeit gewöhnt. Die Eltern seiner Freunde schienen gern die harten Zeiten wiederauferstehen zu lassen, aus der Sicherheit des gegenwärtigen Komforts heraus. Vielleicht lag es auch daran, daß die Zeiten so hart nicht gewesen waren. Er wußte, daß Imah zufrieden schien, in Denver in der Nähe ihres Sohns zu leben, und daß die andern Kinder, die es noch gegeben hatte, seine Onkel und Tanten, alle weggegangen waren, verstreut wie die Menschen auf dem Foto. Pauls Vater war ihr ein guter Sohn gewesen, und jetzt, da auch er fort war, blieben nur noch Paul und Lila als Familie von den sechs Kindern, die sie und Abner Bronfman gehabt hatten.

»Gibt es irgendwo noch mehr Bilder?«

Sie seufzte. Die Eltern und Brüder ihres Mannes waren im Alten Land zurückgeblieben und im Holocaust untergegangen. Er war vor Jahren gestorben. Paul hatte angefangen zu begreifen, daß die schlimmste Zermürbung des Alters in seiner Entvölkerung lag. Imahs Welt wurde allmählich so eingeschränkt wie ihre Sehfähigkeit. »Bilder?« fragte sie. »Ich habe einige gemacht – dein Vater hat einige gemacht, als sie frisch verheiratet waren und du noch ein Baby warst.«

»Die habe ich gesehen«, meinte Paul. »Hast du keine aus deiner und Großvaters ersten Jahren?«

»Nein. Keine.«

»Sind sie beim Umzug nach Gold Flume verlorengegangen?«

Sie hatte ihm mal erzählt, daß Kartons voller Sachen bei dem Umzug nach Abners Tod verlorengegangen waren. Sie sagte: »Dein Vater hat lange genug gelebt, um zu sehen, daß du Erfolg hast und mit einer wirklich guten Frau verheiratet bist. Dein Abschluß – das war ein Segen.«

Als Paul im letzten Frühjahr aufs Podium gegangen war, um seinen Doktor entgegenzunehmen, hatte er seinen Vater angegrinst, den er mit Lila in der Menge der Zuschauer entdeckt hatte. Der alte Mann war zu Pauls sämtlichen Feierlichkeiten gegangen, vom Vordiplom bis zum Doktor in Seismologie, der Lehre von den Erdbeben. Erst später, als er sich an die Haltung seines Vaters erinnerte, erschien ihm die Pose steif, und er dachte, er mußte sogar damals schon Schmerzen gehabt haben. Leonard Bronfman war stolz auf die Erfolge seines Sohnes gewesen, ein geheimer, tiefer, schweigender Stolz. Die Familie war verzweifelt arm gewesen in Gold Flume, das hatte Paul gewußt, und daß sein Großvater Abner Bronfman Bergmann gewesen war. Manchmal glaubte er, daß er von diesem Großvater einen Ruf zur Erde geerbt hatte. Die Erde bewegt sich, verschiebt sich, wird zu Asche oder Treibsand, fällt ein, hebt sich, sprengt Berge oder Spalten auseinander, schafft Schlupflöcher und Canyons in einem Tag. Als er auf dem College war und Geologie studierte, hielt ihn das Wissen um die Instabilität dessen, was am stabilsten von allem sein sollte, manchmal wach: die Felssohle. Solche Ängste konnte er gegenüber niemandem in seinen Klassen zugeben, aber als er einmal mit seinem Vater arbeitete, der im Keller eines neuen Hauses Rohre verlegte, sagte er: »Würden die bei einem Erdbeben halten?«

Leonard Bronfman hatte in seiner Arbeit, dem Löten eines Verbindungsstücks, innegehalten und langsam geantwortet. »Du verlierst mehr im Prozeß von Gefrieren und Auftauen als in Erdbeben. In bebengefährdeten oder absinkenden Gegenden wird geplant. Hier haben wir das Gefrieren und Tauen, und das kann Felsen sprengen.«

Dann erzählte Paul seinem Vater, was er weder seinen Freunden noch seinen Klassenkameraden erzählen konnte, sowohl von der Furcht als auch von der Erregung, die sein Studium in ihm auslöste, dem riesigen Tanz der Erde, dem Aufwerfen von Bergen, die geboren und dann wieder fortgespült wurden, den Meeren, die anrollten und sich dann wieder zurückzogen, den Ausbrüchen von Vulkanen und der langen, langsamen Zermürbung durch Wind und Wasser, von Gewichten, die zusammenpressen, falten, Platten so groß wie ganze Länder, die sich bewegen und gegeneinander mahlen. Er gestand, daß er manchmal im Seminar saß und ganz in Erregung, in simpler Bewunderung aufging.

Sein Vater antwortete nicht. Paul kannte das, aber Leonard sah seinen Sohn an und nickte langsam mit dem Kopf. Irgend etwas von dem, was Paul gesagt hatte, gefiel ihm. Paul fragte sich, was.

Leonard Bronfman war kein Mann, dessen Gedanken oder Gefühle man leicht erraten konnte. Paul hatte viele Sommer und in den Ferien mit ihm in seiner Klempnerei gearbeitet. Seit seiner frühen Jugend tat er das, aber er wußte immer noch beinahe nichts über das Innenleben seines Vaters. Man konnte nur Gewohnheiten sehen. Er trug immer ein weißes Hemd, sogar bei der Arbeit. Wenn er frustriert oder zornig war, hielt er inne, in tödlichem Schweigen, fast ohne zu atmen. Sein Zorn war wie eine Verwirrung, eine Verwirrung, die all seine Bewegungen und anscheinend auch seine Sinne gefangenhielt. Wenn etwas Zeit vergangen war, atmete er wieder aus und kam wieder in Bewegung, aber danach mußte er weggehen und sich erholen; er war benommen wie nach einem Anfall.

Pauls Mutter war gestorben, als er im ersten Collegejahr war. Sie war voller Geschichten über ihre Familie gewesen, über ihre Ankunft in Amerika, ihre Niederlassung, ihre Gewohnheiten. Die bis ans Schweigen grenzende Zurückhaltung seines Vaters hielt er für geschlechtsspezifisch. Männer waren zurückhaltend und sprachen nicht über alles, was sie fühlten oder dachten. Sie zeigten ihre Liebe durch das Sorgetragen, enthüllten ihr Geheimnis durch Tätigkeit. Sie reparierten und bauten und studierten und trafen Voraussagen. Sie setzten ihre Schraubenschlüssel an hanfumwickelte Rohre an, dachten aber nicht an die Metapher eines Körpers, in dessen Gefäßen und Zuleitungen Flüssigkeiten sich herein- und herausbewegten. Als Paul das einmal tat, hielt sein Vater einen Augenblick an und schüttelte den Kopf, es war Erstaunen, kein Zorn. Dann seufzte er, beschäftigte sich wieder mit dem Rohr vor sich und hörte weiterhin zu, aber ohne zu antworten.

Als Paul im College war, hatten sie sich etwas auseinandergelebt. Worte trennten sie, Gedanken, Theorien. Paul begann, seine Urlaube in Erdbeben- und Vulkangegenden zu verbringen und nachts zu arbeiten, um das College bezahlen zu können. Als er Lila traf, deren Eltern Professoren waren, blitzte ein säuerlicher Selbstvorwurf in ihm auf, denn er schämte sich, daß das Leben und die Sprache seiner Eltern so viel weniger gebildet waren als die von Lilas Eltern.

Dennoch war es seine Familie und nicht die von Lila, die formell und gehemmt bei ihren Besuchen war, still und unauffällig. Paul saß bei seiner Großmutter und sprach über die Schweigsamkeit seines Vaters. »Er war so um seine Würde bemüht. Weißt du, daß ich ihn nie ohne sein Hemd gesehen habe? Im Sommer, bei meinen Jobs, war es brüllend heiß, und ich zog mir das Hemd aus, aber er hatte immer etwas an – noch nicht einmal bis zum Unterhemd hat er sich jemals entblößt, nicht mal zu Hause.«

Imah nickte. »Ja, er war ein guter Mann, auch ein guter Junge. Deshalb...«, und sie hielt inne und seufzte.

Sie hielten die *Shivah,* die Totenwache, nicht die ganzen sieben Tage über. Imah war müde, und Lila mußte arbeiten. Freunde aus der Gewerkschaft kamen, und ein paar aus der Nachbarschaft, scheu, weil sie keine Juden waren und nicht wußten, was in einem jüdischen Trauerhaus erwartet wurde.

Am vierten Tag kam ein Anruf. Ein Mann mit einer hellen Tenorstimme fragte nach seiner Mutter. »Es tut mir leid, sie lebt nicht mehr.« Dann kam eine Pause. »Gibt es denn einen Sohn oder eine Tochter?«

»Ich bin der Sohn, was kann ich für Sie tun?«

»Ich weiß, daß es merkwürdig klingt – ich habe den Namen in der Zeitung gesehen, den Namen Ihres Vaters, und ich hatte sowieso geplant, zu schreiben. Jetzt ist es zu spät, ihm zu schreiben, aber ich muß Ihnen schreiben –«

»Worum geht es?«

»Erinnerungen, denke ich – Dinge, die ich aussprechen muß. Er ging doch von 1933 bis 1944 in Gold Flume zur Schule...«

»Ja.«

»Ja, danke dann.« Und der Mann legte auf.

Der Brief kam drei Tage später:

»Ich nehme an einem Zwölfpunkteprogramm teil in der Hoffnung, meine Alkoholabhängigkeit zu besiegen und trocken zu werden. Als Teil dieses Programms werden wir angeregt, unsere Vergangenheit zu durchforsten und Leute um Vergebung zu bitten, die wir verletzt haben. Ihr Vater, den ich als Lenny Bronfman kannte, war so jemand. Wir haben ihn ausgelacht, die andern Kinder und ich. Genau die, die seine Freunde und Beschützer hätten sein sollen, machten sich einen Spaß aus seinem Unglück. Daß es auch andere taten, ist keine Entschuldigung für meinen Anteil. Auch einige Lehrer waren dabei, obwohl Mr. Seeger, der Mathematik und die naturwissenschaftlichen Themen unterrichtete, versuchte, es zu unterbinden. Ihr Vater hat Ihnen wahrscheinlich von jenen Zeiten erzählt, die eigentlich glückliche Kindertage sein sollten und für ihn in jeder Beziehung das Gegenteil bedeuteten. Falls er grausam war, so müssen Sie wissen, daß er es von Meistern gelernt hat, von denen ich einer war, wie ich beschämt zugeben muß. Ich hoffe, daß er mir vergeben hat und daß Sie mir vergeben werden. Ich hoffe, daß er Erfolg und Glück in seinem Leben gefunden hat trotz allem, was er erleiden mußte.

Mit freundlichen Grüßen,
Eliot Nostrand«

Unglück? Ein grausamer Mann? ›Imah?‹ Er war auf dem Nachhauseweg bei ihr vorbeigefahren. Sie nahm den Brief, ihre Brille glühte förmlich, ihre Lippen bewegten sich und lasen halblaut und sorgsam. Sie richtete einen vagen und beunruhigten Blick auf ihn.

»Was meint er?«

»Ich dachte, du könntest das wissen. Keiner von euch spricht über eure Zeit in Gold Flume. Dads Brüder und Schwestern, ich habe noch nicht mal beim Begräbnis Onkel Hermann oder Onkel Jules getroffen. Als ich sie während der *Shivah* nach jenen Tagen fragte, sagten sie, sie würden sich nicht erinnern.«

»Es waren schwere Zeiten«, sage Imah. »Wir waren sehr arm. Vielleicht haben die Leute deshalb über deinen Vater gelacht. Vielleicht war es ein anderer Bruder, und dieser Mann hier hat ihn verwechselt.«

Da war ein Ausweichen, das er nie zuvor in ihr bemerkt hatte. Sie war beim Lesen blaß geworden. Unter der ausgedünnten Haut und den Haaren, unter ihrer Alte-Damen-Blässe hatte es einen schnell wieder verschwindenden Blauton gegeben, wie ein Schock.

Gold Flume. In den 1860ern hatten sich die Ute-Tal-Bergbausiedlungen in sprunghaftem Aufschwung befunden, es gab Züge und Wagenpfade, Schulen, Kirchen, jede Menge Saloons, aber 1910 kam der Zusammenbruch und ein langsames Sterben, und in den späten 1920ern mußte es ein Ort schwindender Hoffnung und abgerissener Fensterläden und weniger zurückgebliebener Bergleute gewesen sein, die die erschöpften Flöze nicht nach Gold, sondern nach allem absuchten, was auch immer aus den Bergen oder den Minenrückständen, aus denen gelbes Alkali in den Hazard Creek und die Indian-Creek-Siebteiche sickerte, herausgeholt werden konnte.

Auf einmal kam es ihm so vor, als sei die Zurückhaltung seines Vaters und seiner Großmutter nicht aus passiver Gleichgültigkeit, sondern aus aktiver Verschlossenheit heraus geschehen und daß kindliche Neugier im Hinblick auf den Ort und die Leute dort ruhig, aber zielstrebig abgelenkt worden war. Seine Mutter hatte über die Bronfmans gesagt: »Sie waren arm, und ich glaube, sie wollten nicht über das häßliche Dorf und das, was sie zum Überleben tun mußten, sprechen.«

»Gab es noch andere jüdische Menschen dort?«

»Ich weiß nicht, ob es irgendwelche gab. Irgend jemand hat die Kinder in Hebräisch unterrichtet – dein Vater kann es lesen. Ich glaube, die Familie lebte aus reiner Not koscher – zu arm, um Fleisch oder Hühnchen überhaupt jemals zu Gesicht zu bekommen.«

Sein Vater hatte einmal gesagt: »Über diese Zeit sollten wir uns Gedanken machen, nicht die damalige. Die Vergangenheit kann man nicht verändern.« Als er zum Skilaufen in das Skigebiet nahe dem Städtchen gefahren war, das jetzt wieder auflebte und in Mode gekommen war, sah er die Schönheit der dortigen Berge. Sogar in der Armut hatte es Sommer und goldene Oktober gegeben. Während sein Vater noch lebte, hatte er nicht über dieses Paradox nachgedacht. Wie war Gold Flume damals gewesen?

Er wollte mehr wissen. Er erinnerte sich, einmal mit McKinstry auf der Arbeit darüber gesprochen zu haben. McKinstrys Familie war auch von dort, und er war ein Lokalgeschichtsenthusiast. »Juden? Sicher. In Denver und im San-Luis-Tal gab es Juden um 1850, 1869 herum. Das älteste erhaltene religiöse Bauwerk in Denver ist eine Synagoge, und in all den Canyon-Dörfern und den prosperierenden Städtchen gab es Familien, Bergleute und Ladenbesitzer.« Er glaubte, sich daran zu erinnern, daß McKinstry ihm erzählt hatte, daß sein Großvater Lehrer in Gold Flume gewesen war.

Als er zur Arbeit zurückging, hielt er an dem Tisch, an dem McKinstry mit den andern Leuten von der Dokumentationsabteilung zu Mittag aß. »Großvater hat in der High School in Gold Flume von 1930 bis zu ihrer Auflösung 1950 unterrichtet. Von ihm habe ich mein Interesse für die Lokalgeschichte.«

»Lebt er noch?«

»Oh ja. Er ist sechsundachtzig und pensioniert, aber sehr klug.«

»Und er erinnert sich an jene Zeit?«

»Natürlich – ich habe Tonbandaufnahmen mit ihm gemacht, Oral History, die sogenannte lebensgeschichtliche Interviewmethode.«

Paul spürte ein Erstaunen und ein bißchen Neid über diese Verwurzelung, die Sicherheit und Weisheit angesichts des Besitzes all dieser Vergangenheit. »Heißt er Mr. McKinstry?«

»Nein, er heißt John Seeger – er ist der Vater meiner Mutter.«

Paul merkte, wie sein Herzschlag sich verdoppelte. »Meinst du, er würde mich sehen wollen?«

»Ein alter Mann mit einem Hut voller Erinnerungen und einem jungen Ohr zum Zuhören – was glaubst du denn?«

Das Haus war in Elati, nahe der High School; sie saßen in dem taschentuchgroßen Garten und hörten die Geräusche vom Spielfeld der Schule, wo die samstäglichen Sportübungen abgehalten wurden. Paul hatte die Gitter an Fenstern und Türen der Umgebung bemerkt, obwohl die Häuser ordentlich und gut instandgehalten waren. Es war fast zu novembrig, um noch draußen zu sitzen. Er spürte die Kälte und fragte sich, wie der alte Mann sie vertrug.

»Die Familie will, daß ich wegziehe«, sagte Seeger, »aber hier bin ich nahe bei allem, und wenn ich abends ausgehen will, rufe ich ein Taxi. Die Nachbarn sind nett, obwohl es angeblich eine kriminell belastete Gegend ist. Die Kinder – ich schätze, mein Schicksal sind eben die jungen Leute.« Er sah Paul verständnisheischend an. »Mein Enkel sagte, daß Sie über Gold Flume und die Schule dort reden wollen. Sind Sie Schriftsteller?«

»Nein, eigentlich geht es um meinen Großvater, Abner Bronfman – oder eher um die ganze Familie.«

»Oh –«, sagte John Seeger.

Ein fassungsloser Blick huschte über sein Gesicht, von dem er sich schnell zu erholen suchte, um Paul keinen falschen Eindruck seiner Reaktion zu vermitteln. »Es tut mir leid – ich habe den Namen so lange nicht mehr gehört – er ruft so viel in Erinnerung – all diese Jahre... die Dreißiger, der Flume –«

Es funktionierte nicht. Paul erkannte, daß er etwas Verwirrendes, wenn nicht gar Schambesetztes angesprochen hatte. Er erzählte Mr. Seeger von dem Brief. ›Mr. Seeger versuchte, es zu unterbinden‹, hieß es. Was zu unterbinden? Was meinte er? Er bat mich, Grausamkeit in meinem Vater zu vergeben, weil er von Meistern gelehrt worden war. Wer waren diese Meister? Was war das für ein Leben?

»War Ihr Vater ein grausamer Mensch?«

»Nein. Mein Vater war zurückhaltend und verschlossen, und ich wußte lange nicht, wie verschlossen, bis ich heiratete und meinen Schwiegervater kennenlernte. Ein Kind akzeptiert, was ihm entgegengebracht wird, und das ist die Welt für es. Meine ganze Familie hat die Vergangenheit weggeschlossen, und ich erkenne erst jetzt, daß wir wie diese kriegstraumatisierten Flüchtlinge sind, deren Land keine Geographien, keine Geschichte kennt, deren Kilometermarken keine Nummern tragen. Jetzt ist mein Vater tot, und ich fühle mich von der Geschichte abgeschnitten. Ich habe über Gold Flume gelesen – ich bin dagewesen, interessanterweise, ohne jemandem davon zu erzählen.«

»Lebt Ihre Mutter noch?«

»Nein, nur meine Großmutter, aber sie ist genauso schlimm wie er, und sonst gibt es niemanden mehr. Zwei Onkel tauchten bei der Beerdigung meines Vaters auf, aber nur für den Tag. Sie behaupteten, sich nicht zu erinnern.«

»Ich habe immer die Meinung vertreten, daß die Wahrheit gesagt werden muß«, sagte Seeger hauptsächlich zu sich, »völlige Offenheit. Hin und wieder bin ich etwas scheinheilig damit umgegangen, aber dies sind nicht meine Wahrheiten, die ich Ihnen geben könnte.«

»Ich will nicht mehr von Ihnen als Ihre Sichtweise meines Vaters und meiner Großeltern. Im Brief hieß es: ›Mr. Seeger versuchte, es zu unterbinden‹.«

Mr. Seeger holte seufzend tief Luft. »Sie müssen sich vor Augen halten, daß es wüste Zeiten waren damals. Auch ein wüster Ort. Der Bergbau in jener Zeit war ein bitteres Unterfangen, die Arbeit hart, dunkel und bedrückend, die Schächte klein und unbelüftet. Wenn ein Bergmann mit den Rückständen arbeitete, mußten sie mit Säure behandelt werden, und die Dämpfe gerieten in seine Lunge und fraßen sie allmählich weg. Die Preise waren niedrig, die Löhne noch niedriger, und die Kinder – sogar kleine Kinder – arbeiteten mit einem im Schacht oder an der Schlacke. Ihr Vater – er –«

»Was?«

»Ich versuche ja, es Ihnen zu erklären. Väter schlugen damals ihre Kinder, das war üblich. Harte Prügel. Ihre Großmutter gab mehr, und Ihr Vater erhielt mehr als die anderen Kinder, das ist alles. Sie ertrugen alle – mehr. Wenn er – wenn es sein mußte, kam er nicht zur Schule, und danach kam er dann wieder, ohne die Lektion gelernt zu haben, und die andern lachten über ihn.«

»Als wäre er ein Dummkopf.«

»Ja.«

»In der Familie waren sechs Kinder. Warum erinnern sich alle an meinen Vater?«

»Der Junge hatte einen wachen Geist, und er wollte zur Schule gehen. Die andern gingen mit zehn oder elf Jahren ab – das Gesetz schrieb einen Schulbesuch bis dreizehn vor, aber in den Bergarbeiterlagern gab es keine Schulinspektoren, und deshalb war nicht mit Sanktionen zu rechnen, außer wenn jemand aus der Reihe tanzte und bewußt Ärger machte.«

»Sie –«

»Ja, für einige schon. Jenkenson war damals der Rektor, ein übereifriger Mann, der aus gutem Grund Angst vor den Bergleuten hatte. Manchmal bedeutete die Arbeit dieser Kinder die Spanne zwischen Überleben der Familie und ihrem Untergang. Ihr Großvater ließ seine Jungen arbeiten, seit sie neun oder zehn waren. Haben sie jemals mehr Ausbildung bekommen als die gelegentlichen Besuche in der fünften Klasse?«

»Das weiß ich nicht. Wie gesagt, zu Dads Beerdigung kamen nur zwei, und ich konnte ihnen keine Fragen stellen.«

Seeger war sehr bemüht, vorsichtig und taktvoll zu sein. »Er hatte einen begierigen, analytischen Kopf, den ich immer für wissenschaftlich begabt hielt. Hat er die Schule je beendet?«

»Das glaube ich nicht. Er war Klempner. Er las ziemlich

viel, und, ja, er las besonders gerne Naturwissenschaftliches. Ich erinnere mich, daß ich eines meiner Oberschul-Physikbücher nicht finden konnte, und Mutter gab es mir zurück. Er hatte darin gelesen. Ich konnte mir nicht vorstellen, warum ein erwachsener Mann solche Bücher lesen wollte.«

Ein Abgrund tat sich vor ihm auf, ein körperliches Bewußtsein vom Hunger seines Vaters, von seinem Schmerz und seiner Bedürftigkeit; vom Hunger seines Vaters nach Respektabilität. Er sah das weiße Hemd jetzt mit anderen Augen. »Er trug immer ein weißes, gestärktes Hemd, sogar bei der Arbeit, im Sommer.«

Seeger senkte seinen Kopf, so daß Paul sein Gesicht nicht sehen konnte. »Die Prügel waren, wie ich schon sagte – hm – sie müssen deutliche Narben hinterlassen haben.«

»Oh.«

Sie saßen schweigend da, und Paul fragte sich, warum er die ganze Zeit den Lärm vom Fußballfeld nicht mehr gehört hatte. Er hatte seine Abwesenheit erst durch seine plötzliche Präsenz erkannt, Rufe, Klatschen. Ihm war kalt. Die Geräusche klangen hohl in der Kühle. Er fühlte sich erdrückt durch das Gewicht dessen, was er gehört hatte, und verlagerte sein Gewicht im Sessel.

»Ich glaube, es wird allmählich kühl«, sagte Seeger. »Ich hatte vor, Kaffee hier herauszubringen, weil ich diese Herbsttage liebe und sie gerne genieße, bis ich nicht mehr draußen bleiben kann. Kommen Sie herein. Er ist fertig, und ich kann noch eine Kleinigkeit dazugeben. Ich glaube, Sie können es gebrauchen.«

Sie sprachen über Gold Flume während der Rezession, über unergiebige Flöze und Menschen, die sich verrannt hatten. »Einige von ihnen gruben nach Gold, um zu überleben, indem sie auf illegal überlassenen Landstücken für die acht oder neun Dollar arbeiteten, die sie mit den Goldsplittern verdienten, die in diesen alten Flözen oder Schlackehaufen noch zu finden waren. Es gab keine staatliche Wohlfahrt oder Essensmarken, um die Not zu mildern. Man kann diese Menschen nicht nach heutigen Maßstäben verurteilen. Niemand empfand damals, daß Auspeitschen der Kinder Kindesmißhandlung war.«

»Aber mein Großvater ... ging noch weiter.«

»Er war ein sehr großer Mann, ein grimmiger Mensch. Normalerweise nahm irgend jemand einen Mann beiseite, der seine Frau oder Kinder verprügelte, bis der Streit oder die Trunkenheit vorüber war. Pater Cleary nahm sie sich oft vor. Immer gab es jemand. Ihr Großvater war riesig. Er war ein zorniger Mann – und er trank nicht. Wir hatten alle Angst vor ihm. Ich habe versucht, die Kinder davon abzubringen, Lenny und die andern auszulachen. Die Familie lebte in Furcht.«

»Gab es keine Polizei?«

»Nein. Es gab einen Sheriff für die Gegend, aber was Ihr Großvater zu Hause tat, war zu jener Zeit nicht gegen das Gesetz.«

Sie saßen lange da, ohne zu sprechen. Paul versuchte, sich seinen Vater als Kind vorzustellen, seine Großmutter als Ehefrau in jenen Tagen.

»Ich habe Ihnen eine Menge Stoff zum Nachdenken geliefert«, sagte John Seeger.

Paul nickte.

»Übrigens, wer war der Mann, der den Brief schrieb?«

»Nostrand«, sagte Paul. »Eliot Nostrand.«

»Er machte ein Zwölfpunkteprogramm?«

»Ja.« Paul fiel es schwer, zu sprechen.

»Ich erinnere mich – ein dürres Kind – irgend etwas war mit ihm nicht in Ordnung. Er hatte so ein graues Aussehen. Sein Vater hatte eine kleine Rinderfarm, also ging es ihnen nicht so schlecht. Über den Alkohol bin ich nicht erstaunt. Damals tranken alle mehr. Da es keine Zentralheizung gab, hatte es einen wärmenden Effekt, zumindest scheinbar. Die meisten beurteilten schweres Trinken anders als heute. Einige Bergleute stellten ihren eigenen Fusel her, indem sie Terpentin oder Kerosin hineingaben, und wenn sie oder ihre Freunde dann erblindeten oder durchdrehten oder starben, war es eben so. Niemand rief wegen irgend etwas nach dem Gesetz.«

Paul war still und fragte sich, wann das Gefühl des Überwältigtseins wohl nachlassen würde.

Seeger sagte: »Als Sie anriefen, dachte ich, ich hätte vielleicht ein Foto. Ich habe einen Karton mit Sachen aus jener Zeit durchsucht. Möchten Sie es sehen?«

Paul bemerkte seine Einsilbigkeit. »Oh. Ja. Wir haben nichts – sie hatte oder behielt kein einziges Bild.«

»Wahrscheinlich zu arm. Viele hatten nicht die paar Cents für einen Abzug.«

Paul dachte an das einzige Bild auf seiner Wand – Imahs Eltern und Onkel und Tanten. Sie waren auch arm, aber sie hatten jemand dazu gebracht, dieses Bild zu machen, sie wollten in diesem Augenblick von Hoffnung und Optimismus fixiert werden. Das, nicht die Armut, war der Unterschied.

Seeger ging einen Moment lang weg und kam mit einem gerahmten Schulfoto zurück, das schon etwas verblaßt war. Paul nahm es vorsichtig. Da standen sie auf den Treppen des Schulgebäudes, steif und ernst. Es gab drei Lehrer, den Rektor, und die gesamte Schülerschar – von Grund- bis Oberstufe. Die meisten Kinder waren für den Fotografen feingemacht. Hier und da blitzte ein weißer Kragen, und die Jacken waren um des ordentlichen Erscheinungsbildes willen zugeknöpft.

»Wo sind Sie?«

Seeger zeigte auf einen spindeldürren jungen Mann mit strohfarbenem Haar und einem vorquellenden Adamsapfel. Das Lachen des alten Mannes erlaubte Paul ebenfalls ein befreiendes Lachen. »Ganz schön flotter Bursche war ich, nicht wahr? Ich war gerade auf der Balz – ein Mädchen aus Aureole. Sie starb einen Monat, nachdem dieses Foto gemacht wurde – Lungenentzündung. Das sollte mein letztes Jahr in Gold Flume sein. Wenn ich ihn mir ansehe, weiß ich nicht mal mehr, was seine Ambitionen waren. Ihr Dad – hier.«

Der Junge hatte jene weitaufgerissenen Augen, den erschrockenen Blick wie seine Großmutter, derselbe Ausdruck. »Wie alt war er damals?« sagte Paul, um nicht weinen zu müssen, nachdem er seinen Vater und seine Großmutter aus den gleichen Augen hatte blicken sehen. Hatte er auch diesen Blick, wenn er sich unbeobachtet fühlte? Wenn er auf der sich hebenden Böschung einer Erdspalte stand, die sich unter ihm auftat und buckelte, wie es ihm dreimal in den Nachbeben eines Erdbebengebietes passiert war, war das dann sein Gesicht?

»Zehn oder elf, würde ich sagen. Sein Vater wollte, daß er von der Schule ging, wie die andern. Der Junge hat bis dreizehn durchgehalten.« Sie schwiegen beide und sahen den Jungen an. Paul fragte sich, was die Entscheidung, in der Schule zu bleiben, ihn gekostet hatte. »Haben Sie Kinder?« fragte Seeger.

»Nein, noch nicht. Wir glauben, in ein oder zwei Jahren. Das macht mich jetzt traurig. Dad wäre ein guter Großvater geworden.«

Seeger steckte das Bild weg. Paul erhob sich, um zu gehen. Er sagte Seeger, daß er dankbar sei, aber es gab einen Unterton von Verzweiflung in seinen Worten.

»Ich hoffe, daß es in Ordnung war«, sagte Seeger, »oder daß es dahin kommt.«

Paul wartete eine Woche, zwei. Er tat seine Arbeit und erinnerte sich dabei an das Bild des kleinen Jungen, der ihn aus dem Foto heraus angesehen hatte. Er erzählte Lila von Seeger, aber nicht, was Seeger ihm erzählt hatte. Er fühlte sich wund von dem Wissen und merkwürdig beschämt. Hin und wieder tauchten Erinnerungen im Halbschatten dessen auf, was er jetzt wußte. Sein Vater, ein praktizierender, aber nicht religiöser Jude, war immer von den Weihnachtserzählungen beglückt gewesen, und je süßlicher und überladener sie waren, um so mehr liebte er sie. Paul hatte sich darüber lustig gemacht, als er zur High School ging, wenn sein Vater gespannt vor dem Fernseher saß, seine narbigen Hände mit den abgebrochenen Nägeln und den Brandwunden vom Löten über dem Knie hängend. Er beobachtete dann immer all die kleinen Kinder, die für Hunde oder Pferde oder das Leben ihrer Eltern beteten. »Wie kannst du den Blödsinn nur aushalten?« lachte Paul dann immer. Leonard Bronfman hatte nie geantwortet, und jetzt zog der Gedanke an Jahre mit Schlitten und kleinen Tieren und plötzlich auftauchendem, magischem Wohlstand am Weihnachtsmorgen seine Brust vor Trauer zusammen.

Am meisten erinnerte er sich an jene unbegreiflichen Momente, wenn sein Vater bewegungslos und wortlos dastand und auf etwas starrte, das jenseits seiner gegenwärtigen Wut oder Frustration lag. Sah er seinen eigenen Vater? Hatte er Angst vor dem, was er selbst werden könnte? Seine Mutter hatte all diese Geheimnisse gekannt. Sie hatte den vernarbten Körper gesehen und ihm vielleicht bei den Worten zugehört: »Mein Vater hatte zuviele Kinder. Wir werden nur eins haben. Ich hätte vielleicht nicht genug Geduld für mehr.« Wieviel vom Leben seines Vaters war bereits festgelegt gewesen durch jene bedrohlich hinter ihm aufragende Präsenz?

Schließlich ging er zu Imah. »Ich habe Mr. Seeger besucht, den Lehrer, Dads Lehrer. Erinnerst du dich an ihn von früher in Gold Flume?«

»War er groß und ziemlich dünn?«

Paul erinnerte sich an den Mann auf dem Bild. »Ja, und er hatte einen ganz schön großen Adamsapfel.«

»Ich erinnere mich«, sagte sie, und kein Wort mehr.

Paul blieb hartnäckig. »Er hat mir erzählt, daß Großvater Dad geprügelt hat; ich meine nicht einen Klaps auf den Po, ich meine geschlagen und verprügelt.«

Schweigen. Dann liefen die Augen der alten Frau über, füllten sich mit Tränen. Ihre Spuren liefen eine nach der andern die Wange hinunter, aber sie gab keinen Laut von sich. Er fühlte sich abgestoßen, dann beschämt.

»Du verstehst das nicht«, sagte sie schließlich.

Er hatte zart mit ihr sein wollen, aber er wollte es auch wissen. »Was verstehe ich nicht? Mama ist tot. Sie kann es mir nicht sagen. Dad ist tot; Großvater ist tot, und ich habe ihn nie gekannt. Ich bin meinen Onkeln ein Fremder. Du weißt all die Dinge, von denen ich ferngehalten wurde. Ich habe meinen Vater nie beim Baden oder Rasieren gesehen. Ich habe ihn nie anders als vollständig angezogen gesehen. Der Beerdigungsunternehmer weiß Dinge über meinen Vater, die ich nicht weiß. Warum war es so? Lag es daran, daß er so viele Narben hatte? So viele?«

Die Brille war beschlagen. Sie hatte sie nicht abgezogen. Jetzt nahm sie sie herunter. »In Wirklichkeit fragst du mich, warum ich nicht weggegangen bin«, sagte sie. »Warum ich nicht die Kinder genommen und ihn verlassen habe.«

»Gut, dann erzähl mir das. Laß es mich verstehen.«

»Die Zeiten waren schlecht damals. Die Leute hungerten. Er kam ganz allein aus dem Alten Land, ein Junge von vierzehn Jahren, aus einer noch schlimmeren Armut. Ohrfeigen, Schläge ins Gesicht, Prügel – das war wie eine Sprache für ihn – er benutzte sie statt Worten. Ich glaube nicht, daß er wollte ...«

»Imah –«

»Du hast mich gefragt. Du beschämst mich mit deinen Gedanken. Ich sage dir, unsere Zeit ist nicht wie jene Zeit.

Denk an deine Lila, die so emanzipiert ist, die sagt: ich plane, ich denke, ich brauche. Manchmal möchte ich diese Frauen anschreien, weil sie uns mit ihren Gedanken kritisieren; warum sind wir nicht weggegangen? Solche Frauen schlagen uns ins Gesicht, ohne eine Hand zu erheben. Wohin hätte ich gehen sollen? Wer würde uns aufnehmen, wo würden wir bleiben und arbeiten? Dein Vater hat sich ihm widersetzt. Er hat deinen Vater mehr als die andern geschlagen, mehr als mich. Als er dreizehn war, flehte ich Leonard an, wegzulaufen, wenn er sich nicht unterwerfen konnte, ich bat ihn, mit aufrechtem Kopf durch die Welt zu gehen, von der Schule abzugehen wie die andern und zu arbeiten. Und wenn er erwachsen wäre, sollte er seine Ausbildung zu Ende bringen. Die andern gingen schon langsam weg; einer nach dem andern schlüpften sie davon und entkamen ihm und waren dann für mich für immer verloren. Manchmal schrieben sie, manchmal nicht. Sie haßten mich dafür, daß ich sie nicht beschützt, daß ich ihnen den ganzen Schmerz nicht erspart hatte. Wenn deine Lila wüßte –«

»Meine Mutter wußte es, sie muß es gewußt haben, wenn sie den Körper meines Vaters gesehen hat.«

»Sie wußte es und wußte es doch nicht. Er sprach nie über diese Zeit oder ließ es zu, daß sie ihm auch nur eine einzige Frage über seine Kindheit stellte.«

»Das bedeutete, daß sie auch über ihre Kindheit schweigen mußte. Siehst du nicht, wie es ihrer beider Vergangenheit versiegelte?«

»Einmal haben wir darüber gesprochen, dein Vater und ich. Das ist schon lange her, und ich erklärte ihm, daß ich einen Weg gefunden hatte, um weitere Grausamkeit zu verhindern. Das war ein einziges Mal, daß wir über das sprachen, was passiert war, nur haben wir nicht mehr als das erwähnt – wir sagten ›Über das, was passierte‹.«

»Du meinst, noch nicht mal ihr beide?«

»Ganz besonders nicht wir beide. Wenn das kein Geheimnis war, ein Geheimnis, das wir einander vorenthielten, wie hätten wir dann einander ins Auge sehen können?« Sie nestelte an ihrer Brille und ihrem Haar herum, indem sie die losen Enden in einen nicht mehr vorhandenen Haarknoten schob.

»Was hast du Dad gesagt?«

»Ich sagte, daß es nach ihm keine weiteren Kinder mehr gäbe. Dafür hatte ich gesorgt. Ich erklärte deinem Großvater, daß ich auch noch die Lebenden töten würde, wenn er nicht aufhörte.«

Sie stand auf. Sie hatte neben Paul auf dem kleinen Sofa gesessen, das sie in die Nähe des Kamins gerückt hatte. Er dachte unkonzentriert darüber nach, daß dieses ganz gewöhnliche Möbelarrangement verändert werden müßte, wenn die Stadt ein Brandbekämpfungsgesetz bekäme. Eine Notwendigkeit trifft auf eine andere und schiebt sie beiseite, und unter der Erde verschieben sich Platten und Spannungen bauen sich auf. Vor einem Jahrhundert trank niemand hier sauberes Wasser oder atmete saubere Luft, und diese Dame, mißbraucht und verzweifelt, schleppte Holz herein und trug Asche hinaus und spaltete Feuerholz mit der Axt... Er schüttelte den Gedanken ab und sah sie an, wie sie ziellos im Zimmer herumlief, ihre Hände wie eine Blinde ausstreckte, um sich zu orientieren, ein Vorhang, ein Lichtschalter, ein Teller, ein Tablett, das er ihr von einem Feldforschungstrip mitgebracht hatte.

Weitere Erinnerungen würden ihr nur weh tun. »Ich koche uns einen Tee«, sagte er. Plötzlich fragte er sich, ob ihr Körper auch Narben trug. Den Gedanken mußte er auch wegschieben. Er begann ein Gefühl dafür zu entwickeln, wie es die ganzen Jahre für sie gewesen sein mußte: unterdrück diesen Gedanken, denk an jenes nicht. Geh nicht hierhin, dahin, sogar in den Träumen. Er erkannte, daß sie Trost brauchte. Sie war nicht in der Lage, ihm die Dinge zu erzählen, die er wissen wollte, wie sein Vater das Unerträgliche ertragen hatte und wie er ganz bewußt seinen Zorn gezügelt haben mußte, ihn hinuntergeschluckt hatte bis tief in sein Innerstes, um ihn nicht gegen seine eigene Frau oder seinen Sohn loszulassen.

Sie ließ ihn nicht den Tee machen. Sie nutzte die Entschuldigung, um wegzukommen und sich mit Gastfreundlichkeiten zu beschäftigen, fröhlich herumzuwirtschaften, wie sie es all die Jahre getan hatte, Stoffservietten und kleine Papierdeckchen auf den Untertassen, aufgeschnittenes und zubereitetes Obst, delikate Plätzchen.

Sie hatte die Angewohnheit, ihn nach seiner Arbeit zu fragen. Vor Jahren hatte er versucht, die komplizierte Mathematik und Physik sich bewegender Erdplatten, Kompression, Verflüssigung, Belastung und Verwerfung zu erklären. Als er sah, daß sie nichts von dem verstand, was er sagte, wollte er aufhören, aber sie hatte nicht aufgehört zu fragen, und seit kurzem vermittelte er ihr einzelne Fakten in den kleinsten Einheiten, die er sich vorstellen konnte, und sie hatte sie wißbegierig aufgenommen und hoch geschätzt, als würde sie sein Werk mit ihm teilen. Er hatte es mit Nachsicht betrachtet, aber während seines letzten Besuchs hatte sie etwas gesagt, das ihn wegen ihrer Beherrschung der Materie erstaunte. Wenn ein Baby kommt, werde ich es genauso mit ihm machten, dachte er, Stück für Stück, Fakt für Fakt, und er spürte den Beginn einer kleinen Welle von Freude, obwohl es noch kein Kind gab.

Jetzt saßen sie in ihrem Lieblingszimmer, sonnig und mit weißen Vorhängen, und sie lächelte und sagte: »Annie Carson kommt, um mich zum Einkaufen mitzunehmen. Bevor sie kommt, wo bleibt denn meine Lektion, meine *Einführung in die Seismologie?«*

Er sah zu ihr hinüber, wie sie aufgeweckt und begierig da saß. Er fing an. »Wie du ja weißt, ist die seismische Aktivität fortdauernd –«

»Sie hält dich beschäftigt«, sagte sie, ein Witz, was selten bei ihr vorkam.

»Die Erde wurde geschaffen mit der Vorstellung, daß es Seismologen gäbe. Du kennst die rhythmischen Wellen der Absorption und deren Unterbrechung durch verschiedene Dicken und Dichtigkeiten von Felsgestein.« Sie nickte. »Gelegentlich fängt eine Serie von Wellen in Erdschichten an, die sich nicht beugen oder falten oder heben, weil sie schon viele Male zuvor von früheren Wellen zerschlagen wurden. Wir sehen, wie gewaltig die Aktivität ist, aber es gibt keine Verwerfung oder einen Auswurf, weil die Erde so oft in Unordnung gebracht wurde, daß der Effekt dem von winzigen Pillen in einer durchgeschüttelten Flasche gleicht. Sie setzen sich dichter ab, und die Masse wird stabiler, nicht lockerer.«

»Wie nennt man das?« fragte sie.

»Es hat ein paar Namen, aber es gibt etliche besondere Erscheinungsformen dabei, die ich untersuche, und wenn ich jemals darüber schreiben werde, werde ich es den ›Bronfman-Effekt‹ nennen, nach Dad.«

»Das hätte ihm gefallen«, sagte sie.

Paul betrachtete seine Großmutter in dem schimmernden Raum. Er dachte an das alte Gold Flume, in den Canyon gedrängt, seine Hütten mit den wenigen Fenstern, ein notwendiges Opfer an Wärme für Licht und Ausblick. Auch sie hatte den Rest ihres Lebens Tag für Tag, Entscheidung um Entscheidung zurückgelegt, eine ständige Zurückweisung von Grausamkeit und Elend. Er fragte sich, ob er die Geduld und Stärke besessen hätte, den Zorn beiseitezuschieben, ihn tief zu vergraben und sich dann seiner Frau und seinem Kind mit solch verzweifelter Liebe anzubieten? »Ich müßte ihnen schon sagen, welcher Bronfman es war«, meinte er.

Mitternachtsveilchen

Das erste Mal sah Wreford die Frau, als sie mit den anderen Zeugen an die Fensterscheiben des Ladens gedrängt stand, um einen möglichst großen Kreis um den toten Jungen und das ganze zersplitterte Glas freizulassen. Der Einbruch war die stümperhafte, blödsinnige Arbeit stümperhafter, blödsinniger Jugendlicher gewesen, dachte er; das Glas aus dem Schaufenster zu schießen, um dann den Schmuck herauszugreifen. Der Einbruchsalarm war losgegangen, der Wachmann kam herbeigelaufen, hatte sich mit den Kids eine Schießerei geliefert, und jetzt lag einer von ihnen hier auf dem Marmorboden der Einkaufsgalerie, seine Handvoll Beute in dem Durcheinander zerbrochenen Glases verschwunden.

Andere Beamte liefen mit Kamera und Notizblock herum, um Aussagen und Fakten festzuhalten. Der Leichenbeschauer war gerufen worden. Die Zeugen (immer tauchten sie wie von selbst auf, obwohl es zwei Uhr nachts war) standen herum und starrten wie festgefroren auf diesen dramatischen Moment. Wreford bemerkte die Frau, weil sie als einzige nicht auf die Leiche oder das Glas starrte. Sie war eine gewichtige alte Dame, klein und breit, und sie hatte sich gegen das eisige Wetter mit Schals und allen möglichen Umhüllungen gewappnet, genug, um in der bitteren Kälte warm zu bleiben. Er ging mit seinem Notizblock zu ihr.

»Waren Sie während der Schießerei oder vorher hier?«

»Vorher«, sagte sie. »Ich ging spazieren und hörte Glas splittern, deshalb kam ich hierher.«

Er befragte sie routinemäßig. Sie konnte wenig hinzufügen. Ihr Seh- und Hörvermögen waren nicht mehr gut genug, als daß sie die Einzelheiten wahrgenommen hätte, an denen ihm am meisten lag, aber ihr Kopf war klar, und sie stellte die Aussage des Wachmanns in Frage, daß die jungen Männer (es waren vier gewesen) gerade in der Schmuckauslage herumwühlten, als der Wachmann die Szene betrat. Er hatte ihnen zugerufen, aufzuhören und die Hände hochzuheben. Einer hatte gehorcht, aber ein anderer hatte angefangen zu schießen. Die drei liefen weg. Sie hatte nicht gesehen, ob sie Schmuck mitgenommen hatten. Kugeln waren geflogen, und eine oder mehrere hatten wahrscheinlich den Dieb getroffen, weil er nach der Schießerei einfach hinübergesackt und in die Scheibe gefallen war.

»Wo haben Sie gestanden?« fragte Wreford. Sie zeigte es ihm. Er sah sie ungläubig an. »Warum sind Sie nicht zurückgewichen? Sie standen mitten in der Schußlinie, Sie hätten getroffen werden können.«

»Ich bin klein«, sagte sie. »Das meiste ging über meinen Kopf hinweg. Ich hielt es für klüger, einfach stillzuhalten.«

»Also, Sie haben ganz schön Glück gehabt«, meinte Wreford. »Was haben Sie eigentlich um diese nächtliche Stunde hier draußen gemacht?«

»Ich hatte Kopfschmerzen«, antwortete sie, »und kein Aspirin mehr. Am Ende der Galerie ist ein Laden, der ist rund um die Uhr geöffnet. Ich bin hier durchgegangen, um im Warmen zu bleiben.«

Er nahm ihren Namen auf, Violet Scheinfeld, ihre Adresse und ihr Alter, achtzig.

»Fräulein oder Frau?«

»Frau«, sagte sie, »Witwe.«

Er lächelte auf sie herab. »Also, bleiben Sie mal schön zu Hause das nächste Mal. Schießereien sind nichts für nette alte Damen.« Sie erwiderte mit einem rätselhaften Blick. Sie war eine interessante Frau. Er überlegte, einen uniformierten Beamten mit ihr zur Drogerie und dann nach Hause gehen zu lassen. »Wie geht's Ihren Kopfschmerzen?«

»Verschwunden. Der Spaziergang hat gutgetan.«

»Sind Sie sicher, daß Sie nichts mehr brauchen?«

»Ich möchte allein nach Hause gehen.«

»Seien Sie vorsichtig. Es ist eisig, und gehen Sie nachts nicht mehr aus. Die Straßen sind voller Dreckskerle.«

»Ist das ein Polizeiterminus?«

Als sie wegging, bemerkte er, daß ihr ausladender Oberkörper sich zu schlanken, sogar dürren Beinen verjüngte und daß sie ein Paar flotte Stiefel mit Pelzkante trug.

Wreford verbrachte den Rest der Nacht mit der Erledigung seiner Verwaltungsarbeit. Hin und wieder dachte er an die alte Dame. Sein Bezirk war früher reines Arbeitermilieu gewesen, mit kleinen Zweifamilienhäuschen. Jetzt verkam er allmählich zum sozialen Brennpunkt und wurde gefährlich. In den letzten zehn Jahren hatte die Kriminalitätsrate sich verdreifacht. Es tat ihm um die älteren Bewohner leid, die nicht wegkonnten. Zufallsverbrechen an Menschen nahmen einen immer breiteren Raum bei seiner Arbeit ein.

Drei Wochen später untersuchte Wreford einen Unfall, in den ein Bus und ein Lastwagen verwickelt waren. Es war zehn Uhr abends, und sein Dienst hatte gerade angefangen. Der Bus war überfüllt gewesen mit Leuten aus dem Stadion. Außer um Sanitäter hatte die Polizei um Kriminalbeamte gebeten; eine Bande Jugendlicher war zum Unfallort gekommen und hatte angefangen, die Opfer zu berauben, während sie in den Trümmern lagen. Eine Polizeistreife gab gerade einen Bericht ab, als Wreford aus dem Auto stieg.

»Wir haben zwei geschnappt. Offensichtlich kam gerade eine alte Dame vorbei, sah, was passierte, stürzte sich ins Gewühl und fing an zu schreien und um sich zu schlagen. Als die Jungs sich schließlich von der Überraschung erholt hatten, beteiligten sich ein paar der Umstehenden und jemand rief die Eins-Eins-Null. Sie hätten sie umbringen können, aber in der Dunkelheit – sie wollten keinen der Ihren treffen. Sie boxten sie ein paar Mal, aber sie scheinen nicht gut getroffen zu haben. Wir haben sie in Autos verfrachtet und können losfahren.«

»Ich sehe sie mir im Büro an. Wo ist *Wonder Woman?«*

»Sie erholt sich in meinem Auto.«

Es war die alte Dame von dem Einbruch in der Einkaufsgalerie. Anfangs wußte er nur, daß er sie schon vorher gesehen hatte, und dann blickte er hinunter und erkannte die hübschen, pelzbesetzten Stiefel und erinnerte sich. »Frau ... hm ...«

»Scheinfeld«, half sie ihm. »Violet.«

»Sie hätten das nicht tun dürfen«, sagte er. »Sie sind eine Zivilistin. Sie hätten umkommen können.«

»Ich bin auch eine reizende alte Dame. Das haben Sie selbst das letzte Mal gesagt.«

»Aber Sie können nicht einfach in solche Situationen hineinspazieren.«

»Ich habe sie geschnappt, nicht wahr? Ich habe die andern Leute so in Verlegenheit gebracht, daß sie mir zu Hilfe kamen. Vor Jahren wäre das ohne mein Zutun so gegangen. Ich erinnere mich, in den Zwanzigern gab es diese Bande – wir nannten sie damals ›Die Harten Jungs‹. Einmal versuchten sie ...«

»Das spielt jetzt keine Rolle«, unterbrach er. »Die Zwanziger sind vorbei. Die Leute sind heute mit Gewehren bewaffnet –«

»Was glauben Sie, was sie damals hatten, Steinäxte?«

»Haben Sie Ihnen etwas getan, sind Sie verletzt?«

»Ein bißchen, hier an der Schulter.«

»Wo?«

Wie vorher war sie in mehrere Lagen Kleider gehüllt, aber ihr Mantel hatte einen Schnitt, der Stoff war so sauber geritzt wie mit Absicht. »Großer Gott, Sie sind ja getroffen«, sagte er. Er drehte sich nach den Sanitätern um.

»Nein!« schrie sie auf. Er spürte ihr wildes Zittern durch alle Kleiderschichten hindurch. »Es ist nichts. Mir geht es gut. Ich will nicht, daß irgend jemand an mir rumstochert. Ich habe kein Geld, um damit um mich zu werfen. Ich bin eine von diesen reizenden alten Damen mit festem Einkommen, die Katzenfutter essen.«

»Sie sind verletzt –«

»Blödsinn.« Sie öffnete die zwei oberen Knöpfe ihres Mantels. Darunter war ein Pullover, den sie ebenfalls aufknöpfte. Ein Männerhemd erschien darunter und dann ein T-Shirt. »Sehen Sie irgendwelches Blut?« fragte sie sarkastisch, als sie ein Kleidungsstück nach dem andern beiseiteschob, um die nächste Schicht zu enthüllen. »Strömt das Blut aus?« Kein Blut. Der Messerschnitt war durch den Mantel, durch den Pullover und das Männerhemd gefahren. Das T-Shirt war unversehrt.

»Sie könnten tot sein. Warum kann ich Ihnen nicht begreiflich machen, wie gefährlich das alles ist?«

»Es ist mehr als gefährlich, es ist traurig. All diese Kleider ruiniert, und ich kann nicht mehr genug sehen, um sie zu flicken. Vor zehn Jahren hätte ich sie alle noch retten können. Ich war eine gute Schneiderin. Um den Stoff zu verstärken, würde ich zuerst...«

»Ach, lassen Sie. Haben Sie noch was abbekommen?«

»Sie haben mich am Arm geknufft und versucht, mich zu schlagen, haben aber nicht getroffen. Inzwischen waren dann Leute da, die versuchten, mich von ihnen abzubringen.«

»Also, gehen Sie jetzt mal nach Hause und kochen Sie sich einen Tee. Und halten Sie sich fern von –«, er schüttelte den Kopf, »von den ›Harten Jungs‹.«

Scheinfeld. Der Name blieb ihm jetzt im Kopf hängen. Katzenfutter. Festes Einkommen. Wo lebte sie? Er würde es in den Berichten zu dem Einbruch in der Galerie finden. Er ging zum Terminal und holte die Daten auf den Bildschirm. Toledo Street: 1413 Toledo. Es war eine Seitenstraße der Bisher Street, einer alten, heruntergekommenen

Straße. Die Häuser waren Reihenhäuser, einfach, aber massiv. *Gideon* Scheinfeld. Die Assoziation tauchte plötzlich auf. Es war ein Name von früher, ein Name aus dem Viertel vor mehreren Generationen. Gideon Scheinfeld war damals eine Legende gewesen. Wie viele Arbeiterviertel verfügten über ein anerkanntes mathematisches Genie? Damals hatte man vom Nobelpreis gesprochen. Wrefords Vater war einer von den vielen Jungen gewesen, die zu Scheinfelds Garage kamen, um ihn am Computer zu sehen. Er war von führenden Zeitschriften aus dem Bereich der Naturwissenschaften interviewt worden, und während des Zweiten Weltkriegs hatte das Militär um seinen Rat gebeten, dennoch war er mit seiner Familie in dem alten Haus in der Toledo Street geblieben. Er mußte vor Jahren gestorben sein, und die Witwe, Violet – er hatte ihren Namen und die Adresse schon auf dem Monitor. Nebenbei, abwesend betätigte er den Aufruf-Code. Vielleicht war sie nach all dieser Zeit wirklich arm. Vielleicht war das Haus alles, was sie ... Der Bildschirm schien sich auszudehnen, bevölkerte sich mit Namen, Daten, Orten.

Wreford verfolgte es mit Erstaunen. Vor drei Jahren, im Juni, war in Violet Scheinfelds Haus eingebrochen worden. Sie war von den bewaffneten Einbrechern bedroht, aber nicht verletzt worden. Sie hatten mitgenommen: Teil X, Teil Y, Teil Z. Das übliche. Sie waren nicht gefaßt worden. Im nächsten Juli war sie um zwei Uhr nachts Zeugin eines Überfalls in der Vandalia Street gewesen und hatte hilfreiche Beschreibungen der zwei jungen Männer abgegeben. Im September war sie Zeugin zweier Vorfälle gewesen. Im letzten Jahr – er zählte sechs. Er sah sich die

Orte an, wo die Verbrechen passiert waren: verlassene Einkaufszentren, leere Straßen, schlecht beleuchtete Plätze, drei in Vandalia Park, vier außerhalb von *Bittner's*, einer Kneipe, wo es so viele Auseinandersetzungen gab, daß die Polizei ihre Daten unter gesondertem Code speicherte. Die meisten Fälle waren am frühen Morgen in Straßen passiert, wo alte Damen sich besser nicht aufhielten. In diesem Jahr hatte es bislang drei Fälle gegeben. Die zwei von Wreford und einen anderen, von dem er nichts gewußt hatte, in der Vandalia Street nahe Lester, ein Bandenkrieg unter einer Bahnunterführung um halb zwölf nachts. Drei Vorfälle, und es war erst Februar.

Plötzlich fiel Wreford auf, daß dies nur die Vorkommnisse in seinem Bezirk waren. Bei ihrer ersten Begegnung hatte sie gesagt, daß sie durch die Einkaufsgalerie ging, um Aspirin für ihre Kopfschmerzen zu kaufen. Eine Schlaflose. Jemand, der schlaflose Nächte durch Spazierengehen überwand. Er dachte an diese Stiefel, die sportlichen, pelzbesetzten Stiefel, die sie trug. Es war verrückt. Er tippte den Code für gesamtes Stadtgebiet ein und drückte die Ausdrucktaste. Die Maschine fing an, ihm die Früchte ihres Gedächtnisses wie eine lange, lange Zunge auszuspucken.

Er nahm den Ausdruck mit zum Bezirksplan und erkannte, warum Violet Scheinfeld vorher noch niemandem aufgefallen war. Die Vorfälle hatten sich in vier Bezirken ereignet, und ihre Verteilung – es kam ihm so vor, als besuchte sie, plante geradezu, stichprobenartige Besuche in Bezirken mit hoher Verbrechensrate. Die Schlaflosigkeitstheorie genügte nicht. Einige der Verbrechen waren Meilen entfernt passiert.

Er brachte den Ausdruck zu Luebbe, seinem Vorgesetzten, der ihn ansah und müde sagte: »Bring die Alte her. Ich will ihr sagen, daß wir ihr auf der Spur sind.«

»Was glauben Sie denn, was dahintersteckt?«

»Ich weiß, was es ist. Sie werden beraubt. Der Fernseher, das Familiensilber, aber es ist immer noch mehr dabei – eine Brosche von ihrem Mann, ein Bild in einem hübschen Rahmen. Vielleicht ist es das einzige Foto, das sie von ihm haben, auf dem er so aussieht, wie sie sich an ihn erinnern, und die Schufte haben es wegen des Rahmens mitgehen lassen, und das Bild ist weg. Die Opfer sehen keine Gerechtigkeit. Für Menschen wie sie, die das ganze Leben hindurch bestimmte Vorstellungen von Gesetz und Recht gehabt haben, ist die Realität ein schrecklicher Schlag. Ein Mann, den ich kenne, ist wochenlang durch die Stadt gelaufen, weil er die Diebe finden wollte, die eine Drei-Dollar-Pralinenschachtel gestohlen hatten – sein verstorbenes Kind hatte sie ihm zu Weihnachten geschenkt.

Ich gebe zu, so schlimm habe ich es noch nie erlebt, und noch nie bei einer so alten Person wie dieser Dame, aber mein eigener Vetter hat es getan. Es hat ihn fast seine Stellung und seine Ehe gekostet, daß er sich so damit herumquälte, die Jungs zu finden, die seine Tochter überfallen hatten. Diese hier –«

»Hat nichts Besseres zu tun, wollen Sie das sagen?«

»Na ja, wegen ihrer Gesundheit kommt sie jedenfalls nicht um zwei Uhr nachts zu *Bittner's*. Ich will sie hier haben. Sie muß damit aufhören.«

Wreford brachte Violet Scheinfeld mit seinem Wagen

zur Polizeistation. Er hatte sie gebeten, ohne Haftbefehl, aber sie war weit davon entfernt, sich einschüchtern zu lassen. Wreford wußte, daß Luebbe auf die Atmosphäre der Wache und des Untersuchungszimmers baute, um sie zu erschrecken. Luebbe verabreichte ihr die volle Behandlung, ließ sie durch die Hintertür hereinkommen, an den Schreibtischen der uniformierten Beamten vorbei, vorbei an den Arrestzellen und den Verhörräumen. Sie schien völlig unbeeindruckt, gefolgt von ihren Schals und Tüchern und eingewickelt in den Mantel, der maschinengeflickt war, wahrscheinlich in der Reinigung – und nicht allzu gut. Ihre kleinen, pelzbesetzten Stiefel folgten Luebbes schweren Boots mit einem gewissen Elan. Als sie zum Untersuchungszimmer gelangten, war ihr klar, daß sie einen Umweg geführt worden war. »Setzen Sie sich«, befahl Luebbe.

Das Interview entwickelte sich nicht nach Luebbes Planung. Violet fing damit an, die Büros zu kommentieren. »Diese Computer da unten – sie fragen wahrscheinlich Gideons Fragen. Sie wissen, daß es die Fragen waren, die Art, wie Sie die Fragen stellen mußten, die die Computertechnologie erschlossen. Das war vor vielen Jahren. Gideon hat mir immer gesagt, daß das, was die Menschen am meisten in der Welt brauchten, die richtigen Fragen seien.«

Luebbe versuchte es mit allen seinen Methoden. Er versuchte, sie als Verbündete zu gewinnen. Er versuchte es mit ungeschickter Freundlichkeit, er versuchte es mit Einschüchterung. Sie war allem gewachsen. Sie war eine Bürgerin und hatte das Recht, ihre eigene Schlaflosigkeit zu behandeln, meinte sie. »Wenn Sie alt sind, schmerzen Ihre

Knochen. Wenn Sie dann im Bett liegen, zählen Sie die Knochen einzeln. Es ist besser, dann aufzustehen, spazierenzugehen. Nachts ist es dunkel und ruhig in den Straßen. Tagsüber gibt es zu viele Autos. Alle zwingen sie einen, sich schnell zu bewegen, aus dem Weg zu gehen. Wissen Sie eigentlich, wie wenig Zeit sie einem heutzutage geben, um die Straße zu überqueren, bevor die Ampel wieder auf Rot springt?«

»Es ist zu gefährlich nachts in der Innenstadt«, beharrte Luebbe. »Es ist für Sie zu gefährlich, überhaupt unterwegs zu sein!« »Und wessen Fehler ist das?« sagte sie. »Ist es mein Fehler, daß meine eigene Stadt mich nicht schützen kann? Schreien Sie die Kriminellen an, aber doch nicht mich.«

»Halten Sie sich von *Bittner's* fern!« Luebbe brüllte inzwischen. »Wenn Sie sich daran nicht halten, loche ich Sie ein.«

Sie sah erst Luebbe und dann Wreford an, der etwas abseits saß und so tat, als läse er einen vor ihm liegenden Bericht. »Wußten Sie«, sagte sie, »daß ein Computer niemals voraussagen kann, wie oder wann etwas Schlimmes passieren wird, nicht mal bei *Bittner's*? Ein Computer kann den Kurs eines Raumschiffs bestimmen und die Anzahl der Kleenex-Boxen, die eine Armee in einem Jahr braucht, aber –«

»Bleiben Sie da weg«, knurrte Luebbe.

»*Bittner's* liegt auf meinem Weg«, sagte Violet, »aber ich mache einen Umweg. Kein *Bittner's* mehr. Wußten Sie, daß es viel gefährlicher für mich innerhalb dieses Gebäudes ist als draußen? Die Treppen hier sind scheußlich, und das Geländer – man kann sich nicht daran festhalten; der Lauf ist zu breit. Versuchen Sie's mal selbst.«

So hatte sie das letzte Wort. Wreford fuhr sie nach Hause. Sie bat ihn zu einer Tasse Tee hinauf. Er hätte gern über Gideon Scheinfeld geredet, aber er hatte keine Zeit – zuviel Arbeit. Er fragte sich, ob irgend jemand ein wertvolles Teil wissenschaftlicher Ausrüstung heute noch in einer heruntergekommenen Garage aufbewahren würde. Er beobachtete sie, wie sie die Stufen hinauf und in ihr Haus ging. Die Stufen waren steil. Sie mußte jede einzelne überwinden, wie ein Kind.

Im März gab es im Bezirk einen Vergewaltiger, der in der Nähe des Krankenhauses und der Süßwarenfabrik tätig war. Wreford war mit der Untersuchung und mit einem Drogenring, der in der Schule operierte, ausgelastet. Hin und wieder erinnerte er sich an Violets Bemerkung über die richtigen Fragen. Obwohl das meiste, was er zu tun hatte, Routine war, konnte er die Idee doch hin und wieder in Befragungen von Zeugen oder Verdächtigen anwenden. Am Ende der Interviews stellte er dann oft die Frage: »Welche Fragen sollte ich stellen?« Dafür bekam er von seinem Partner merkwürdige Blicke und manchmal einen Fluch oder einen ungläubigen Blick von Verdächtigen, aber gelegentlich förderte die Frage überraschende und fruchtbare Antworten zutage, und einmal sogar ein Geständnis.

Und Violet Scheinfeld war anscheinend auch beschäftigt. Zweimal sah er die Stiefel im Hintergrund während der Zehn-Uhr-Direktnachrichen. Einmal standen sie hinter dem Kopf eines Bankräubers, einmal an der Seite des

Opfers in einer Messerstecherei. Zweimal tauchte ihr Name auf seinem Schreibtisch auf, als Teil einer Zeugenliste. Andere waren auch auf Violet aufmerksam geworden. Sie wurde allmählich so etwas wie ein Witz auf der Polizeiwache. »Ist sie ein altes Groupie?« fragte Bridger. »Ein Unfall-Junkie?« Es gab Leute, die Unfälle liebten, die irgendeine Art von Befriedigung aus dem Blut und der Dramatik zogen, andere, die beinahe sexuell durch Uniform und die Macht von Polizisten erregt wurden.

»Die Frau ist achtzig Jahre alt!« protestierte Wreford.

»Die Hoffnung blühet ewiglich«, meinte Bridger.

Die Möglichkeit betrübte Wreford, obwohl er immer noch glaubte, daß Luebbe recht hatte, daß Violet einem Dreckskerl hinterherpirschte, an den sie sich inzwischen kaum noch erinnerte, zwanghaft, aufgrund eines Schmerzes, der andern dumm vorkommen mußte.

In den Witzen hörte er die gleichen herablassenden Worte, die er über Violet benutzt hatte. Jetzt ließen sie ihn zusammenzucken: »Straßen-Oma«, sagte Halloran, »die blinde Zeugin.«

»Was hat sie gesehen?« fragte Bridger, um an Hallorans Angelhaken anzubeißen.

»Hat sie vergessen«, antwortete Halloran. Sie lachten. »Mitternachtsveilchen« war der Name, der haften blieb.

»Mitternachtsveilchen ist wieder erblüht«, sagte Bridger, als Wreford eines Abends zur Arbeit kam. »Eine Autojagd und -schießerei praktisch in ihrem Schoß. Zehnte und Institut Street. Fünfzehn Kugeln abgefeuert. Keine Verletzungen. Erstaunlich, wie Panik die Zielschärfe vermasselt.«

Zehnte Straße und Institut. Das war im Vierten Bezirk. Auf der andern Seite der Stadt. Hatte Violet die lokalen Möglichkeiten erschöpft? Sie konnte nicht so weit gelaufen sein. Die Busse fuhren um diese Zeit so sporadisch, daß sie ein Taxi zu ihren Szenen nehmen mußte. Er sprach mit Luebbe.

Luebbe zuckte mit den Schultern. »Die alte Dame ist uns über. Sie ist eine freie Bürgerin. Wenn sie in der schlimmsten Straße um die schlimmste Zeit spazierengehen will, ist das ihr Recht. Sie wußte, daß ich wegen *Bittner's* geblufft habe. Die Straße dort ist öffentlich. Es ist ihr Recht als Amerikanerin, sich mit Blei vollpumpen zu lassen.«

»Wenn sie nach den Kriminellen sucht, die in ihr Haus eingebrochen sind, könnten wir sie wegen Einmischung verhaften.«

»Unmöglich«, sagte Luebbe. »Keine Beweise.«

»Wenn ich den Beweis fände?«

»Machen Sie sich dran«, erwiderte Luebbe, »wenn die Kriminalitätsrate hier so abnimmt, daß Sie mit ihrer regulären Arbeit gelangweilt sind.«

Wreford war während der ganzen Schicht beschäftigt, aber danach setzte er sich an seinen Computer und tippte eine Anfrage nach Violets Adresse ein. Gehörte ihr das Haus immer noch? Ja – Gideon Scheinfeld und Violet Perski Scheinfeld. Einer Ahnung folgend verschaffte er sich Zugang auf die übergeordnete Ebene und fragte nach Perski, jeder Eintrag. Die Maschine summte von der Speicheraufladung.

Einen Augenblick später begann der Monitor anzuzeigen, was es gab. Glücklicherweise waren Violet und Gideon aus der Gegend, hier im Bezirk geboren und aufgewachsen. Sonst hätte er kaum ... Ein Perski, Ephraim, war im Alter von zwanzig von einer verirrten Kugel in einem Schußwechsel zwischen rivalisierenden Schwarzbrennern getötet worden. 6. April 1919. Der Kampf hatte sich in der Van Allan Street zugetragen. Er lebte in der Bisher Street, fast ein Block entfernt. Seine Adresse war 114 Bisher. Bruder? Vetter?

Er tippte die Dateinummer in die Maschine. Irgendwelche Verhaftungen? Verurteilungen? Als er den Ausdruck las, erkannte er, daß der Fall niemals richtig untersucht worden war. Zufallsmord. Damals war es eine korrupte Stadt. Die Eisenbahner waren tief in den Vertrieb schwarzgebrannten Whiskys verstrickt. Sie klärten ihre Probleme selber, während die Polizei in die andere Richtung blickte.

Ein Familientrauma aus der Vergangenheit, für das keine Sorge getragen worden war, keinerlei Untersuchung des Falls. Es war wahrscheinlich eine Blamage für die staatlichen Kräfte gewesen, eine Tatsache, auf die die Untersuchungsbeamten schroff reagierten, weil einige von ihnen Anstand genug besaßen, sich zu schämen.

Verzögerte Gerechtigkeit ist versagte Gerechtigkeit. Jahre später, nachdem die Witwenschaft Violet verletzlich und zerbrechlich gemacht hatte und das Alter diese Gefühle noch verstärkte, geschah der Einbruch, die Bedrohung, der Raub gehüteter Dinge. Und wieder mußte es das Gefühl von Nichtstun, von fehlenden Verdächtigen und fehlender Auflösung gegeben haben. Dazu kam wahrscheinlich noch das Gefühl, daß die Räuber jederzeit wiederkommen konnten, daß die Straßen nicht gefährlicher waren als ihr Haus. Wenn es schon keine Gerechtigkeit gab, wollte sie wenigstens Rache nehmen.

Plötzlich wurde Wreford klar, daß er immer angenommen hatte, daß Violet keine Pistole besaß. Diese vielen Kleider... So betrachtet konnte sie ein Waffenarsenal mitschleppen. Einige der unidentifizierten Kugeln, die entkommenen Bandenmitgliedern zugeschrieben wurden, konnten gut aus einer Waffe stammen, die sie abgefeuert hatte. Oder aus mehreren Waffen. Sie war eine furchtlose Frau – sie hatte Luebbe standgehalten, und Luebbe war großartig gewesen. Mit ihrer Sehschwäche, und wenn das, was er jetzt dachte, stimmte, war sie die Gefahr, nicht die Kriminellen.

Bevor Wreford mit seinem Verdacht zu Luebbe ging, überlegte er, wie er sich dagegen wappnen könnte, von seinem Chef ausgelacht zu werden. Er tippte eine weitere Anfrage in den Computer: Verbrechen, die in den letzten Jahren von über Achtzigjährigen im Bezirk begangen worden waren. Der Ausdruck überraschte ihn: achtunddreißig, und alles vom Stehlen von Wohlfahrtsschecks bis zu Mord.

»Sie wissen, daß Sie keinerlei Beweis für irgend etwas haben, aber gehen Sie hin, reden Sie mit der Alten und schaffen Sie sie sich aus dem Kopf.«

»Ich besuche sie morgen früh auf dem Heimweg.«

Luebbe winkte ihm zu und grinste: »Seien Sie sanft.«

Wreford nahm alle Ausdrucke mit, die der Computer ihm gegeben hatte, sämtliche von Violets Auftritten und

Ephraim Perski. Sie öffnete die Tür und lächelte, als sie ihn erkannte. »Da ist Kaffee und ein Hörnchen«, sagte sie. »Ich dachte, Sie arbeiten die ganze Nacht.«

»Ja, ich bin gerade fertig.«

Das Haus war alt. Die Zimmer, die sie durchquerten, um in die Küche zu gelangen, waren heruntergekommen und leer, und in den Ecken, wo nicht viel Licht hinkam, hingen vereinzelt Spinnweben. Ein modriger Geruch von Mäusen und verschlossenen Räumen hing in der Luft. Die Küche dagegen war hell und sauber, ein freundlicher Raum. Violet beschäftigte sich mit dem Kaffee und einem tiefgefrorenen Hörnchen.

Sie plauderten eine Weile. Sie fragte ihn, ob er verheiratet wäre. Ja. Hatte er Kinder? Ja. »Wir auch – vier. Sie gingen an die Küsten. Zwei von ihnen sind pensioniert und selber Großeltern. Ein gutes Leben – sie hatten alle ein gutes Leben.«

Als er ihr von Mellies Arbeit erzählte, schüttelte sie den Kopf.

»Wenn Ihre Frau im Gefängnis arbeitet und Sie als Kripobeamter, müssen Sie ja denken, daß die ganze Welt kriminell ist.«

»Indizienbeweis«, sagte er, und sie lachten. Dann fuhr er fort: »Was ich im übrigen gegen Sie habe.« Sie sah ihm direkt in die Augen und sagte nichts. »Ich glaube, ich weiß, was Sie machen.«

Wreford nahm die Ausdrucke aus der Tasche und gab sie ihr über den Tisch. Sie nahm sie und holte eine andere Brille aus ihrer Jackentasche, wobei sie murmelte: »Man sollte vermuten, mit dieser Brille...«. Dann überflog sie die ganze Liste wie ein Börsenmakler, der die morgendlichen Abschlüsse durchsieht.

»Wie viele weitere Vorfälle gab es?« fragte Wreford sanft.

»Ich behalte den Überblick nicht.« Sie las das andere Papier, den Perski-Fall. »Wie haben Sie das gefunden?«

»Computer-Suchprogramm«, sagte er. »Polizeiarbeit.« Sie sah ihn an, ihre Augen schwammen in den starken Linsen. Dadurch sah sie so zart und hilflos aus, daß er sich plötzlich schämte. »Ich habe Sie, und das wissen Sie auch, nicht wahr?« meinte er.

Sie zuckte mit den Schultern, aber ohne den Zorn oder die Kühnheit, die er an ihr zu sehen gewohnt war.

»Ich habe hier eine Frau, die nach Gerechtigkeit sucht, oder danach, was sie für Gerechtigkeit hält. Vielleicht auch ein bißchen Rache.«

»Rache?« Ihre Augen weiteten sich hinter der immensen Korrektur der Linsen. »Vielleicht haben Sie recht. So habe ich es nie gesehen.«

»Hören Sie«, und Wreford holte tief Atem. »Was damals geschah, ist unverzeihlich. Es waren korrupte Zeiten – das wissen Sie. Die Polizei war bis zum Hals mit den Schnapsbrennern und -schmugglern beschäftigt. Ihr... war er Ihr Bruder?«

Sie nickte. »Sie haben es nie untersucht«, sagte sie.

»Ich weiß«, sagte Wreford. »Als Justizbeamter muß ich mich dafür entschuldigen, für sie – für das, was passierte... daß es keine Gerechtigkeit für ihn gab. Das andere Mal, der Einbruch in Ihr Haus und daß Sie bedroht wurden –«

»Ich hatte Angst«, sagte sie leise. »Ich hatte so viel Angst, daß ich nur da stehen und in die Gewehrmündung starren konnte.«

»Wahrscheinlich sollte ich erwähnen, daß uns das auch leid tut, weil jeder Mensch sich in seiner Wohnung sicher fühlen will und wir das eigentlich auch nicht garantieren können...«

»Ich weiß.«

»Wenn Sie das wissen, warum gehen Sie dann nachts auf die Straße, um diejenigen zu finden, die es getan haben?«

Ihre Augen schlossen sich einmal kurz, ihr Mund klappte vor Erstaunen hinunter. Sie starrte ihn über den Tisch hinweg an. Dann lachte sie: »Sie glauben also, daß es das ist, was ich tue?«

»Etwa nicht?«

Sie holte tief Atem. »Vor Jahren, als Gideon und ich umeinander warben und ich noch in der Bisher Street lebte, kam die Polizei eines Tages und berichtete uns von Ephraims Tod. Als wir den Körper sahen, waren wir erstaunt, wie leicht er von uns gegangen, wie er in einem Augenzwinkern für immer hinweggeglitten war, nicht einmal eine Minute. Später, mit meinen eigenen Buben, hatte ich immer Sorge, daß...« Und ihre Finger vollführten eine Geste, als zerdrückte sie die Zeit zwischen ihnen.

»Ich habe Ihnen erklärt«, sagte er, »warum die Polizei...«

»Zum Teil war es Gideons Schuld«, sagte sie und sah Wreford dabei milde an. »Gideon und seine Computer. Er war immer so aufgeregt über die Möglichkeiten, die sich aus ihnen für die Menschheit ergäben. Er sagte immer, daß die Belastung der Menschen dank der Gedächtnisfunktion und der Rechenfunktion des Computers so abnehmen würde, daß wir alle frei würden, uns schöpferisch, denkerisch zu betätigen. Bis zum Ende wußte er nicht, was die Computer noch angerichtet hatten.«

»Was hat das mit Ihren Suchaktionen in den Straßen zu tun?«

»Gideon lag im Krankenhaus im Sterben, er starb an all den vielen Dingen, die man heutzutage zum Sterben braucht, Lungenentzündung reicht ja nicht mehr. Er starb immer mehr, und sie zwangen ihn immer wieder zurück, nur durch Computerüberwachung, die sein Herz abhörte und die Elektrizität seines Körpers, die es in Gang hielt. Dreimal brachten sie ihn zurück, und jedes Mal verursachte es neues Leiden und neue Verluste, und die Computer, seine Computer, beobachteten ihn mit ihren kalten Fingern, die das Leiden messen, ohne es zu empfinden. Sie hatten das ganze Rechnen, das ganze Gedächtnis übernommen. Als sie uns so frei für unser kreatives Denken ließen, gab es keinen Geist, aus dem wir hätten schöpfen, denken können, weder bei anderen noch bei Gideon oder mir.«

»Sind Sie auf die Straße gegangen, weil Sie das Gefühl hatten, daß die Straßen sicherer als Ihre Wohnung sind? In den Straßen hat man wenigstens eine Chance, kann weglaufen.« Er dachte an jene kleinen Stiefel und dann an ihr Alter, ihre Zerbrechlichkeit. »Wie war das mit dem Einbruch?«

»Ich habe Ihnen ja gesagt, wieviel Angst ich hatte«, sagte

sie, »viel zu ängstlich, um überhaupt etwas zu tun. Als die Kerle weg waren, habe ich mich selbst tagelang verflucht. Ich hatte sie einfach weggelassen. Sie hätten mir helfen können, so leicht zu sterben wie Ephraim, erschossen – denn zwei von ihnen hatten ein Gewehr, und alle hatten sie Angst. Was tat ich stattdessen – ich ließ die Chance vorübergehen. Furcht ließ mich meine Chance verpassen, und jetzt muß ich vielleicht wie Gideon sterben und nicht wie Ephraim.«

Sie saßen eine Weile einfach da. Dann stand sie auf und schenkte noch Kaffee nach. »Eine schreckliche Sache, die Sie mir da erzählen«, sagte er, »daß Sie durch die Straßen geistern, um einen jungen Mann zu Ihrem Mörder zu machen.«

»Diese jungen Männer sind nicht sehr nett. Einige haben schon gemordet. Ich finde, daß Sie uns andern einen Gefallen schulden. In ein paar Jahren, wenn die Computer noch besser werden, sind diese jungen Kerle vielleicht unser einziger Ausweg, und dann werden sie von Leuten angeheuert werden und Einzelfallhilfe leisten wie die Rechtsanwälte. Wie schrecklich sie auch sein mögen, besser als die Maschinen sind sie in jedem Fall. Die haben weder auf mich noch auf Gideon gehört, die Maschinen. Wir waren machtlos. Manchmal liege ich im Bett und erinnere mich, wie machtlos wir waren, Monat für Monat.«

»Warum nicht Selbstmord, wenn Sie wirklich – wenn der Schmerz so groß ist oder die Behinderung so schrecklich?«

»Das ist eine Sünde. Außerdem kann ich noch nicht mal

Schlaftabletten von meinem Arzt bekommen. Ich weiß nicht, wie ich mit einer Pistole schießen soll. Ich würde es vermasseln; das weiß ich genau.«

»Haben Sie deshalb die Busräuber attackiert?«

»Ach die. Nein, das waren einfach schreckliche junge Männer.«

»Warum bleiben Sie hinterher noch am Tatort?«

»Also –« Sie sah ihn beinahe kokett über den Rand der Tasse hinweg, aus der sie gerade trinken wollte, an. »Ich zahle Steuern, ich wähle immer noch. Ich muß eine gute Bürgerin sein.«

Sie sprachen über anderes. Sie zeigte Wreford ein Foto von Gideon und die Auszeichnungen, die er für bestimmte Errungenschaften erhalten hatte. »Während des Kriegs arbeitete er für die Armee, wußten Sie das? Das war sehr geheim.« In ihrer Stimme lag Stolz. »Dieses Haus war günstig und während des Kriegs sehr sicher. Wir blieben einfach drin wohnen. Wissen Sie, als er starb, habe ich die Maschinen verflucht – jedesmal, wenn sie ihn zurückbrachten. Dann lachte er mich immer aus, weil ich die Maschinen behandelte, als hätten sie einen eigenen Willen. Ich wußte, daß es so nicht war, aber verflucht habe ich sie trotzdem. Ich dachte an sie, so wie man an ein gutwilliges Idiotenkind denkt, das dankbar einen Vater rettet, ohne zu wissen warum. Ihr Gedächtnis ist lang, viel länger als das eines Idioten, aber die Dankbarkeit war genauso schrecklich...«

»Bürgerin, Steuerzahlerin, Wählerin«, meinte er. »Ich kann Sie nicht abhalten, oder?«

»Seien Sie nicht traurig. Ich verpacke mich gut. Niemand wird mich wegen natürlicher Ursachen kriegen. Außerdem, alle gehen wegen ihrer Gesundheit heutzutage spazieren.«

»Und falls ich Sie noch mal an einem Tatort sehen sollte ...«

»Bringen Sie eine Thermoskanne mit. Dann trinken wir Kaffee«, und sie hielt ihm den Teller mit dem Hörnchen hin.

Hölle muß ein Ort wie Sevilla sein

Es gab keinen Grund, weshalb die verdammte Karre nicht mitmachen sollte. John hatte sie aus zweiter Hand gekauft und neu spritzen lassen, und sein ganzes erstes Jahr, das beste Jahr seines Lebens, hatte er sie so gefahren, wie er sich vorstellte, daß sie durch die Gatter von Herrenhäusern, in Hollywoodstudios und zu New Yorker Parties gerollt war. Dort gab es Ruhm, kühle Räume, lange Blicke, sanfte Stimmen, die ihn miteinbezogen.

Das Auto war ein Reinfall gewesen. Über die üblichen Probleme eines Jaguars hinaus, die er bald kennenlernen sollte, Licht und Scheibenwischer, die im Regen versagten, Kurzschlüsse, deren Ursache nicht ermittelt werden konnte, Rost, entstanden andere Probleme mit dem Auto und seinem Leben mit ihm. In jenem ersten Jahr verlor es eine Stange, im zweiten wurde es von zwei Teenagern gestohlen, die darin herumfuhren und es dann irgendwo stehenließen, und danach war es öfter inner- als außerhalb der Werkstatt. Es war so empfindlich wie ein uralter Invalide. Während jede einzelne Pannenursache sich allmählich zu einem einzigen langen Unglück weitete, beobachtete John Passanten, die voller Neid an die Reifen traten. Der Wagen schien ihm wie eine Metapher des Rostens und Heruntergekommenseins in seinem eigenen Leben. Er hatte gelernt, in solchen Metaphern zu denken. Er war Schriftsteller. Er hatte das Auto zehn Jahre lang gehabt. Er hatte es 1979 gekauft, als *Hölle muß ein Ort wie Sevilla sein* angenommen und mit einer Option für die Verfilmung versehen worden war. Man erwartete damals einen riesigen Taschenbuchverkauf.

Den Taschenbucherfolg hatte es gegeben, aber keinen Film. Sein zweites Buch, *Flagge im Staub*, war besser, dachte er, hatte aber nicht soviel Erfolg. Es war ein Post-Vietnam-Roman über Männer, die er in einem Veteranen-Hospital kennengelernt hatte. Es hatte eine aufregende Handlung, interessante und eindringliche Charaktere. Er hatte es als Verbesserung gegenüber dem teilweise schlampigen Schreibstil von *Hölle muß ein Ort wie Sevilla sein* empfunden. Er konnte die gelangweilte Reaktion der Verlagsleute nicht verstehen, die sein neues Buch mit so viel weniger Begeisterung begrüßt hatten. Ein großer Teil der Redaktion hatte sich verändert. Er forderte seinen Agenten auf, an einen anderen Verlag mit *Von Verwunderung getragen* heranzutreten. Das Buch finanzierte seine Scheidung von Faye und ermöglichte ihm den Auszug aus dem Apartment, das so viele ihrer Streitereien verursacht hatte. Er hatte seine Selbstbezogenheit erkannt und war bereit, erwachsen zu werden. Der Jaguar, hatte sie gesagt, das verdammte Auto war ein Symbol dieser Selbstsüchtigkeit. Er wußte, daß er sie besser beide aus dem Apartment geschafft hätte, bevor er das Auto kaufte, das ihm so viel bedeutete. Die Lektion hatte er zu spät gelernt. *Verwunderung* kam auf die Auswahlliste eines Kritikers. Sein Agent meinte später, daß er sein Potential nicht ausgeschöpft hatte. Er wußte nicht, was das bedeutete oder wie er es ändern konnte. *Schutzschilde*, *Lots Weib und meins* und eine Sammlung von Erzählungen, *Kämpfer für den Frieden*, verschwanden von der Szene, ohne daß sie vertrieben oder vermarktet worden wären, unrezensiert und ungelesen.

Er verdiente soviel Geld wie damals vor fünfzehn Jahren, als er *Hölle muß ein Ort wie Sevilla sein* geschrieben hatte, in einem nicht gewerkschaftlich organisierten Glasereibetrieb. Der Anstrich des Jaguars war zu einer unattraktiven Ziegelfarbe oxidiert, und seine Geräusche, auf die er jetzt eher wie ein Arzt als wie ein Liebhaber horchte, waren rauh und abgehackt. Als er anfing, über Selbstmord nachzudenken, kam ihm die Idee, es mit dem Jaguar zu tun.

Er war vierunddreißig und hatte sozusagen aufgehört zu schreiben. Seine Ehe war vorbei; seine Exfrau war mit einem Mann in Richmond verheiratet. Seine Eltern hatten sich getrennt und lebten jetzt im Sunbelt, dem Sonnengürtel der USA, in Häusern, mit denen ihn kein Gefühl und keine Erinnerung verband. Seine Schwester lebte in Europa, seine Freunde waren mit dem allmählichen Schwinden seiner Hoffnungen einer nach dem andern auch verschwunden. Er wußte, daß es sein eigener Fehler war, daß Selbstaufgabe im Scheitern eine Krankheit ist, deren Geruch schlimmer als Faulbrand ist. Er fühlte sich geschlagen, zerstört. Abfinden mit der Glaserei? Hoffnung worauf?

Der Selbsttötungswunsch, der sich zunächst an der Peripherie seiner Gedanken bewegte, nahm Witterung auf, schnüffelte und rückte näher. Er sah ihn an, maß ihn, untersuchte ihn. Er lag in seinem Atem und saß in seinem Blick. Er wurde eine Möglichkeit, dann eine Serie von Plänen, dann ein einzelner Plan. An einem Montag Ende

Oktober machte er seine Einkäufe und fuhr am nächsten Tag hoch in die Berge, mit einem holpernden und spukkenden Jaguar, dessen Vergaser gegen den Höhenunterschied protestierte. Er hatte seinen Glaszirkelschneider, eine Tube Abdichtmasse und einen Schlauch, den er auf einem Schrottplatz mitgenommen hatte, dabei, und eine Decke und ein kleines Kopfkissen, um es in den Raum zwischen den Schalensitzen zu stopfen, so daß er sich hinlegen konnte. Er hatte eine kleine Decke, die ihn zudecken würde, obwohl er auch die Heizung laufen lassen wollte. Einen Ziegel und eine Rolle Tesafilm. Eine Thermoskanne Kaffee und einige Dinge für die Wartezeit. Eine Taschenlampe und ein Schweizermesser.

Der Aspen war im plötzlichen Frost schwarz verfärbt. Keine goldenen Bäume zitterten und brannten in der blauen Luft der höher gelegenen Berge. Auf den Seitenwegen würde es keine wandernden Touristen mehr geben, und bis er seinen Platz gefunden und alles vorbereitet hatte, wäre es sowieso Abend. Er wollte warten, bis es dunkel war, mit präpariertem Auto, und dann würde er den Motor anstellen und in dem verdammten Ding sterben, das besser zum Sarg als zum Vehikel für glänzende Auftritte getaugt hatte.

Er fand den Platz, oben an einem alten Bergarbeiterpfad, der von einer der vielen aufgegebenen Straßen abbog, die noch aus der Zeit stammten, als die Berge voller gieriger Goldsucher waren. Die Straße war seit Jahren unbenutzt. Verrottete Fichtennadeln und braune Blätter füllten ihre Löcher aus. Ein tiefes und willkommenes Schweigen herrschte.

John hatte zum ersten Mal seit einem Jahr ein Gefühl von Ruhe und Zufriedenheit. Er maß den Durchmesser des Schlauchs, stellte den Glaszirkelschneider auf den flachsten Teil der hinteren Winschutzscheibe, klebte Tesafilm herum und schlug den Glaskreis sauber heraus. Der Tag kühlte ab. Nachdem er den Schlauch angebracht und abgedichtet hatte, damit er sich nicht löste, schob er das andere Ende über den Auspuff. Er hatte alles sorgfältig ausgemessen. Es war eine befriedigende Arbeit.

Dann blieb er ruhig sitzen und wartete auf den langschattigen Nachmittag. Er kam, und dann gab es ein Nachglühen und die Dämmerung und darin ein plötzliches Klappen wie ein Loslassen vom Laut, wie der Applaus eines wohlerzogenen, aber tiefberührten Publikums, und eine Wolke Fledermäuse flog aus der Öffnung eines Schachts. Der Anblick jagte ihm Schauer über den Rükken; er wollte ihnen für ihre Geschwindigkeit und Flugsicherheit Lob zollen; es war ein unverdientes Geschenk. Er schenkte sich den letzten Kaffee, den er sorgfältig gekocht hatte, ein und trank ihn. Er schmeckte köstlich. Er setzte sich ins Auto und stellte den Motor an.

Der Motor lief holprig. Er machte es sich mit der Decke zwischen den Schalensitzen bequem. Es war jetzt fast dunkel. Er glaubte, daß die Dämpfe Übelkeit auslösen würden, wenn er den Motor zu schnell laufen ließ, und dann müßte er sich übergeben und würde daran ersticken, eine Vorstellung, die er haßte, oder vielleicht würde er halbbewußt die Tür öffnen und den Plan ruinieren. Er legte den Ziegelstein aufs Gaspedal in einem Winkel, der gerade für ein langsames Laufen reichte.

Atme. Er atmete. Warte. Er wartete. Die Dämpfe ließen seine Augen leicht tränen, also schloß er sie. Als er sie wieder öffnete, sah er Menschen, die sich hinunterbeugten und ihn durch die Fenster anstarrten. Da war ein Licht. Er war erleichtert, als er sich erinnerte, daß er die Türen verschlossen hatte, obwohl es ihn störte, daß die Leute überall um ihn herum standen und ihm beim Sterben zusehen würden. Es gab ein Stimmengemurmel, und dann wurde das Auto zu seinem Schrecken hochgehoben. Er war machtlos. Sie brachten ihn irgendwo hin, obwohl der Motor weiterlief. Während der Wagen transportiert wurde, versuchten zwei Leute, die Türen auf beiden Seiten zu öffnen. John dachte: »Warum schlagen sie nicht die Fenster ein, wenn sie zu mir gelangen wollen?« Aber er wollte nicht, daß die Fenster eingeschlagen wurden. Auch zog niemand den Schlauch heraus. Was für Leute waren das? Einmal rief er ihnen zu: »Dies ist meine Angelegenheit, nicht eure.« Aber der Wagen machte die ganze Zeit Lärm, und sie alle sprachen, einige murmelnd, andere lauter.

Sie waren jetzt im Innern eines Gebäudes, einem Stall oder einer Garage, und sein Kopf wurde klarer. Jemand zerrte am Türschloß, dann gab es nach und Hände, viele Hände zogen ihn heraus. Er trat nach ihnen und kratzte, versuchte sich freizustrampeln, während sie ihn wie ein Bündel in die Mitte des Platzes schleppten. »Das hier ist meine Entscheidung – ihr habt kein Recht, euch da einzumischen.« Dann eine Stimme an seinem Ohr: »Beruhige dich, Junge. Wir werden tun, wofür wir hergekommen sind, und dann kannst du fortgehen und machen, was du willst.« Die Stimme war rauh, eine Whisky-Stimme, wie sein Vater gesagt hätte. Er schloß die Augen und erschlaffte. Es mußten etwa fünfzehn bis zwanzig von ihnen da sein. Kämpfen war sinnlos, und er wußte nicht, was sie wollten.

Sie setzten ihn unbeholfen auf, so wie ein schwerer, unbeweglicher Gegenstand auf einen Boden aufgesetzt wird, mit Endgültigkeit. »Ich war gerade dabei, Selbstmord zu begehen«, sagte er unsinnigerweise. »Ihr seid dazwischengekommen...«

»Das ist in Ordnung«, sagte der Mann mit der Whisky-Stimme. »Ich sagte Ihnen doch bereits, daß Sie dort weitermachen können, wo wir Sie unterbrochen haben, nachdem wir hier fertig sind.«

Er stand in einem verdunkelten, stallähnlichen Raum. Das Auto war auch hereingetragen worden. »Es ist so dunkel...«

»Mach das Licht dahinten an, Louise«, sagte der Mann.

Der Raum wurde urplötzlich in gleißendes Licht getaucht. Es war ein alter Feuerwehrschuppen oder so etwas wie eine Garage. Breite Tore hatten das Auto hereingelassen. Es sah irgendwie bekannt aus, aber John konnte noch nicht hier drin gewesen sein. Vielleicht erinnerte es ihn an einen Ort seiner Kindheit. Sein Vater war in seiner Kindheit meist unterwegs gewesen: Nebraska, Wyoming, Colorado... Er ließ seine Augen sich an das grelle Licht gewöhnen. Der Raum war groß, aber eine ziemliche Menge Leute stand da herum – vielleicht siebzig –, und sie waren in einem verwirrenden Durcheinander von Stilen und Stoffqualitäten gekleidet. Außerdem waren es verschiedene Arten von Leuten: modische Matronen, uniformierte Serviererinnen, eine Krankenschwester mit Häubchen und allem Drum und Dran, Arbeiter, einige Leute, die wie Bewohner eines Slumviertels aussahen, und sogar ein paar Kinder. Die Gruppe, die ihn umgab – der ältere Mann, der ihn angesprochen hatte und vier oder fünf andere – beobachtete ihn. Die andern vermischten sich im Reigen der Unterhaltung, und das war auch merkwürdig, weil die Matronen mit den Pennern sprachen und die Krankenschwester mit der Bedienung, und dann gab es noch fünf Männer im Tarnanzug, die mit einem ungefähr zwölfjährigen Jungen redeten. Ein junger Mann in einem Designer-Jogginganzug scherzte mit einem der Arbeiter.

Der Mann mit der Whisky-Stimme war grauhaarig, aber er hatte einen kleinen, schmalen Körper. Er pfiff durch die Zähne, um die andern zum Schweigen zu bringen. Er trug Jeans, die an einigen Stellen abgetragen und durchgescheuert waren. »Hört zu, Leute – wir bringen's hinter uns, und dann können wir alle wieder an unsere Geschäfte gehen, und Johnny hier kann mit seinem weitermachen. Bringt euch in Position.«

Der Junge meinte: »Ich will bei ihnen bleiben«, und wies auf die Soldaten. John hatte bemerkt, daß sie seinen Namen kannten. Jemand hatte wahrscheinlich seine PKW-Anmeldung und den Versicherungsausweis im Handschuhfach entdeckt.

Ein Stimmenlärm erhob sich. Der alte Mann pfiff erneut, ein ohrenzerreißendes Geräusch sogar in diesem ausladenden Raum. »Wir haben hier zu tun. Also noch mal, erledigen wir das Geschäftliche zuerst, und danach ist dann Zeit zum Small talk.«

Einer der Soldaten schrie: »Wer starb und überließ dir die Verantwortung?«

»Willst du der Sache nachgehen?« fragte der alte Mann. »Dann sag Johnny, warum wir ihn unterbrochen haben.«

Der Soldat machte eine Handbewegung zu ihm hin. »Okay, Paps; es ist dein Auftritt.«

»Dann kommen wir zur Sache.«

Die Menschen gruppierten sich murmelnd um, und der Junge, den John beobachtet hatte, ging zu einer gut angezogenen Frau und einem Mann in dem teuren Freizeitlook eines Angestellten am Feierabend. Ein anderes Paar stand bei ihnen, beide in andeutungsweise seemännischer Kleidung, die Art, die Hobbysegler am Strand tragen. Andere Gruppen hatten sich gebildet – insgesamt zwölf, einige groß, andere klein, einige vorhersehbar –, die Soldaten standen zusammen, und der alte Mann gesellte sich zu einer Gruppe gleichartiger, abgearbeiteter Männer, manche jünger als er.

Sie standen in diesem Arrangement vor Johnny, als posierten sie für den Fotografen, nicht lächelnd, sondern erwartungsvoll, als horchten sie auf das Klicken, den Blitz, das Ende des Augenblicks. »Verdammt«, sagte der alte Mann, »er kommt nicht drauf.«

»Kommt auf was nicht?« fragte John.

»Wer wir sind.«

Er schaute erneut hin. Eine Gruppe Soldaten und eine Krankenschwester, die Gruppe der Jungen, der Arbeiter – »Ihr seid verschiedene Sorten von Leuten – eigentlich nicht wirklich eine Gruppe, keine Freundesgruppe, kein Kirchenausflug, keine Schulclique, Nachbarn...«

Unter ihnen entstand Gelächter. »Großer Gott, erkennen Sie uns nicht?« kam es diesmal von dem Mann von der Marine.

John starrte sie an. Viele trugen einen aggressiven Ausdruck – sie sahen irgendwie zu... er kämpfte um das Wort, zu korrekt, zu stilisiert nach einem jeweiligen Modell aus. Die chic Gekleideten waren zu chic, die Männer im Tarnanzug zu perfekt in ihren Ausmaßen. Sie sahen eher wie ein Übungsteam als wie eine soldatische Kampfeinheit aus. Er sah ihnen ins Gesicht.

Es war niemand vom College oder von der High School oder von den zwei Sommercamps, auf denen er gewesen war. Dennoch gab es eine Vertrautheit – Augen, ein plötzlicher Ausdruck. Es war, als ob man das familientypische Lächeln bei einem entfernten Cousin wiedererkennt. »Was?« sagte er. »Was sehe ich denn?«

»Wir sind in Ihren Büchern«, sagte die chic gekleidete Frau neben dem Jungen. »Sie sind unser Autor.«

An diesem Punkt lachten fast alle. »Unser Schöpfer«, sagte der Bergmann und legte seine Hände zusammen. Das Gelächter ergriff langsam alle. »Ihr seid nicht wirklich«, sagte John, »und wenn ihr es wärt, wäret ihr inzwischen nicht mehr im Druck, liegengeblieben, im Reißwolf zerfetzt.«

»Nun werden Sie mal nicht melodramatisch«, sagte die Frau. Sie war Doris, erkannte er, aus *Verwunderung*, eine leicht spröde, in der Liebe enttäuschte Frau. Sie würde – war von dem Jungen gerettet worden; dieser Junge. Warum hatte er diese Leute nicht erkannt? Sie waren seiner Imagination entsprungen, waren Stück für Stück durch Schreiben und Umschreiben aufgebaut worden, Details, die nach und nach dazugekommen waren durch Ereignisse, während er daran arbeitete, sie immer deutlicher zu visualisieren.

Aber er hatte sie sich nicht richtig vorgestellt, und sie hatten das erkannt und waren enttäuscht. Es schien am Ende doch sein Fehler zu sein. Es war sein Mangel an einem Grundbestand an Sorgfalt oder Energie oder Realisationskraft, ein Mangel, der ihnen die Unsterblichkeit einer Hester Prynne oder eines Raskolnikow oder einer Lily Bart versagt hatte. Darum hatte sie noch nicht mal ihr eigener Autor erkennen können.

»Es tut mir leid«, sagte er und zuckte die Schultern. »Ich habe euch mein Bestes gegeben.«

»Nun, vielleicht«, antwortete der alte Mann.

Dann erst erkannte ihn John. Es war Sandy Brown, der Bergmann in *Schutzschilde*, einem Roman über die frühe Zeit des Bergbaus in Colorado. Die Lokalzeitungen hatten das Buch noch nicht einmal besprochen, aber ein Blatt aus Wyoming hatte gemeint: »Interessant und gut recherchiert, aber dieser Boden ist schon von andern beackert worden.«

Das war nicht wahr; er hatte recherchiert, was es in Literatur und Sachbüchern über das Leben dieser Männer in den Bergarbeiterlagern gab. Bret Harte und Mark Twain und sogar O. Henry hatten vom Lagerleben erzählt, aber nicht über die Arbeit. Seine Leute hatten jeden Tag durchlebt; er hatte die Geschichte jeden einzelnen Tag ins Bergwerk hineingenommen – offene Schächte, Tunnelstützen, Überflutung, die Kälte, die Dunkelheit. Er hatte das Leben seiner Leute sorgfältig gezeichnet und sie wahrheitsgemäß dargestellt. O Gott, was hatte es für einen Sinn, darüber zu streiten? Das Buch war zwei Jahre lang auf dem Markt gewesen. Er bekam Briefe von Geologen und zwei von pensionierten Kumpels und drei von Ehefrauen von Bergleuten, die das Buch mochten. Hier und da war es besprochen worden. Einige der Rezensenten hatten Erfahrungen in diesem Bereich und nörgelten an kleinen Stellen im Buch herum, nahmen seinen frühen Tod mit dem schlaffen Händedruck eines kaum wahrnehmbaren Lobs vorweg. Dieses Buch hatte er geliebt, und den Leuten daraus – Sandy und Joe Springer und Pete Blaskovitch – hatte er ein bedauerndes »Auf Wiedersehen« entboten, als die Sache vorbei war. Was hatte es für einen Sinn, sich um die Verdienste des Buchs zu streiten – sie waren alle hier, alle seine Hauptcharaktere, sogar Leute aus einigen der Kurzgeschichten, und sie hatten vor, ihn anzuklagen, ihre Sache loszuwerden, bevor sie ihm zu sterben erlaubten.

»Ich habe ein paar Dinge zu meiner Verteidigung zu sagen«, fing er an. Lafe Andrews, Captain Andrews aus *Flagge im Staub*, fing an zu lachen. »Ein paar Millionen wohlgewählter Worte. Wie viele Worte gibt es hier, frage ich mich, das ganze Geschriebene und wieder Umgeschriebene. Wenn Sie nicht in der Lage waren, es bis jetzt auszusprechen ...«

»Was ist es dann, was ihr von mir wollt? Eine Entschuldigung, Unterwürfigkeit? Das werde ich nicht tun, nicht einmal für euch.«

»Wir wissen, was passieren wird«, sagte die Marine-

Lady. Das war Syl Van Norman aus *Lots Weib und Meins*. »Wie hart es werden wird. Uns ist es nämlich passiert. Es ist nicht fair, und Ungerechtigkeit ist schwer zu ertragen, weil Sie nämlich wirklich ziemlich gut waren.«

»Das verstehe ich nicht.«

»Sie waren fair zu uns – sogar zu mir.« Das Kind war Bobby Borderau aus *Verwunderung*.

»Hallo, Bobby«, sagte John.

»Hallo. Wie gesagt. Sie waren fair zu mir, und sehr wenig Schriftsteller sind Kindern gegenüber fair. Sie machen sie entweder zu niedlich oder zu smart oder zu unschuldig.«

»Das stimmt!« Das war Pete Blaskovitch, der den Daumen hob.

»Hallo, Pete.«

»Hallo!«

Sie kamen, um sich zu verabschieden. John war gerührt. Die Leute, denen er Wirklichkeit geschenkt hatte, in welcher Form und für wie lange auch immer, sprachen ihm zum letzten Mal ihre Anerkennung aus. Sie waren in der Form, die sie jetzt hatten, beendet worden, in den Kleidern, die sie trugen, keiner von ihnen war mehr im Druck. Dafür konnte nicht ihm die Verantwortung angelastet werden. Sie sagten ihm, daß sie es verstanden. »Ich finde, dies ist eine sehr schöne Anerkennung«, sagte er.

Das Gelächter hob bei einer Frau an, er konnte nicht erkennen, welcher; es war jemand in einer der mittleren Gruppen; die Gruppen hatten sich inzwischen wieder angenähert. Hier und da wurde leicht geplaudert. Das Gelächter breitete sich aus und nahm währenddessen an

Lautstärke zu, und John spürte, wie sein Gesicht heiß vor Scham wurde. Sie lachten entsprechend den Charakteren, die sie waren; die Bergleute griffen sich in die Seite und platzten laut heraus. Claudette Sandifer von *Lots Weib* betupfte ihre Augen; Murphy Jones kicherte; Sam Barlow lachte brüllend. Captain Andrews hielt eine Hand hoch, schrie dann laut und brachte die Truppe zur Raison, das Lachen erstarb. Sandy Brown sagte: »Sorry, wir wollten uns nicht über Sie lustig machen – höchstens ein bißchen, aber wenn Sie damit herausrücken, was wir glauben, was Sie gedacht haben –« Das Lachen belebte sich kurz wieder.

»Warum seid ihr hier, wenn ihr euch nicht verabschieden wollt?«

Claudette Sandifer trat aus der Gruppe heraus und kam nahe an ihn heran. Er erinnerte sich an ihre Anfänge, eine typische Verkörperung der Schurkin, die Mutter seiner fiktionalen Ehefrau, aber während er an ihr schrieb, war sie in die Rolle hineingewachsen, die sie spielte, eine Frau mit Talent, die ihre Tochter liebte und nicht mitansehen wollte, daß diese ihr Leben vergeudete. Claudettes Werte waren die falschen, aber sie liebte ihre Tochter wahrhaftig und wollte sie beschützen, eine Tochter, die ihr ganzes Leben lang schwach und abhängig gewesen war. Am Ende war sie gut gezeichnet, klar und glaubwürdig. »Wir waren nicht fair«, sagte sie. »Sie sind ziemlich im Nachteil. Wenn man todkrank ist, mit unerträglichen Schmerzen, bedrängt von einem Mob, im Angesicht von Folter, mag Selbstmord als würdiger Ausweg erscheinen. Bei einem gesunden Mann, der aus Gekränktheit handelt, ist es lächerlich, das müssen Sie zugeben.«

»Ihr seid Erfindungen – wie könnt ihr diese komplexen Gefühle verstehen – die widersprüchlichen – ihr seid Charaktere.«

»Und wessen Schuld ist das?« schnappte Sandy ein.

»Einen Augenblick, Mann« sagte Joe Springer. »Laßt nicht zu, daß er es in der Auseinandersetzung verliert. Wir sind Charaktertypen, das ist es, und wenn er das hier tut, wird er selber zum Charakter. Sagt ihm das.«

»Ja, sag ihm das.« Eine Stimme aus dem Hintergrund. Es war Ned Valentine in seinem hautengen Seidenhemd und den enganliegenden schwarzen Hosen, geschmeidig und selbstbewußt, glatt wie ein Wiesel. »Er hat mich trivialisiert, und ich lebe länger als irgend jemand von euch. Ich war seine Freude, seine Anerkennung, seine schönen Zeiten, aber ich war weit mehr eine Karikatur als irgend jemand von euch. Er hat an mir gelernt. Er wurde besser, aber ich blieb verkürzt beschrieben.«

»Dann fehlt es dir an der Geschicklichkeit, es ihm zu sagen.«

»Mir was zu sagen?«

»Ihnen zu sagen«, fuhr Sandy fort, »daß wenn ... daß wenn Sie sich umbringen, daß Sie dann auch ein Charakter werden, und Ihre Freunde und Ihr Agent und Ihre Exfrau werden Sie trivialisieren. Sie werden sagen: ›Er lief dem Ruhm nach. Seine Werte waren ...‹«

»Billig«, sagte Doris. »Ich glaube, das wäre ihr Wort.«

»Ihr Agent wird Amerika die Schuld geben«, fügte Captain Andrews hinzu, »dem Vermächtnis des amerikanischen Traums«, und alle lachten.

»Carol Bester wird es einem fehlerhaften Auspuff zuschreiben.« Sie war seine letzte Freundin gewesen, ein trauriges, eher einfaches Mädchen. Er hatte nicht mehr an sie gedacht, seit sie es aufgegeben hatten miteinander.

»›Ich wußte immer schon, daß er viel brauchte, psychisch und spirituell.‹ Das wird Bud Kingsley sein«, meinte Alex Rudenko. Er war der Seemann aus *Verwunderung*. Er traf den leicht zickigen Tonfall von Buds Enttäuschung.

»Wollt ihr mir damit sagen, daß meine Frau und meine Freunde dumm und banalen Einschätzungen erlegen sind?« fragte John.

»Wir wollen dir sagen, daß Selbstmörder mit Trivialisierung bestraft werden, daß sie kategorisiert, in ihren Motiven und in ihrem Leben billig hinwegerklärt werden, dargestellt in so einfachen Begrifflichkeiten wie in einem Kindergartenschaubild.«

»Warum betrifft euch das überhaupt? Ich frage mich, warum mir das nicht egal ist?« Aber irgendwie war es ihm nicht mehr egal.

»Wir schulden Ihnen etwas, weil Sie nicht versucht haben, uns zu trivialisieren, als Sie uns beschrieben. Das läßt uns aufmerksam sein gegenüber diesem Prozeß. Wir dachten, wir sollten Sie warnen. Man wird die Tat sehen, sie definieren und Sie darin – billige Träume, Opfer falscher Wertvorstellungen, die ganze Chose ...«

»Ich werde sie nicht hören.«

»Aber wir. Und Sie auch. Es wird einen Teil in Ihnen geben, der nicht anders kann als zuhören und laut weinen über die Ungerechtigkeit des Ganzen.«

Er sah sie alle einzeln an. Sie waren ihm jetzt vertraut,

und er erkannte, daß er sie nicht mehr so sah, wie er sie zu Anfang wahrgenommen hatte. Sie hatten sich, mit wenigen Ausnahmen, irgendwie weiterentwickelt. »Was gab euch die Kraft, aus den Büchern herauszutreten und mir dies hier mitzuteilen?«

»Sie haben uns wirklich werden lassen«, erwiderte Captain Andrews, »und man wird uns ab und zu lesen und sich an uns erinnern wie an reale Menschen, wie an Bekannte, Leute, die man irgendwo getroffen hat, vielleicht im Zug oder im Flugzeug.«

»Die Bücher sind verschwunden, vergriffen, im Reißwolf.«

»Das Melodrama ist ein literarischer Fehler«, sagte Doris, »und jetzt weiß ich, wo es herkommt.«

»Wir werden Sie nicht aufhalten, wenn Sie sich etwas antun«, sagte Sandy. »Wir haben gesehen, wie es passierte. Wir dachten nur, wir schulden es Ihnen. Sie haben gute, solide Arbeit mit uns geleistet. Ihre Leute, sogar Ned da drüben, wissen, was passiert, wenn man in einen Charaktertyp verwandelt wird. Wir wollten Sie warnen. Das haben wir getan. Jetzt ist 's Zeit zu gehen und es Ihnen zu überlassen, mit was auch immer Sie fortfahren wollen.«

Einige von ihnen waren schon im Aufbruch. Die ursprünglichen Buchgruppierungen trennten sich eine nach der andern, manche mit einem Winken oder Lächeln, bewegten sich die Männer und Frauen, die John sich ausgedacht hatte, fort. Jemand löschte das Licht.

John gelangte zurück in den Wagen. Der Motor war ausgestellt, aber der Schlüssel steckte noch im Zündschloß. Er konnte ihn hier wieder anlassen und tot sein, bevor wem auch immer das Gebäude gehörte, herkam.

Er dachte über das nach, was sie gesagt hatten – das Urteil anderer Menschen – Fayes Urteil, das ihres neuen Mannes, seines Agenten, der Nachbarn. Der Gedanke überwältigte ihn. Er hatte vorgehabt, eine private Handlung zu vollziehen, eine Art Verschwinden. Er hatte nicht daran gedacht, gefunden zu werden. Sogar wenn er seinen Personalausweis verbrannte, die verdammte Karre hatte ein Nummernschild, eine Seriennummer, und er würde zu einem Typ stilisiert werden von Leuten, die keine geübten Schriftsteller waren, die ihren Charakteren weder Tiefe noch Freiheit, noch das Recht auf Zweifel gaben. Das konnte er nicht tun. Er kletterte aus dem Auto, zog den Schlauch aus dem Fenster und vom Auspuff ab. Draußen war es bitterkalt. Er stieg wieder ein, packte die Decke um sich herum und sah durch das offene Tor aus dem Stall hinaus. Es mußte dort zu einer Straße gehen. Er würde fahren, bis er auf eine Überlandstraße traf. Er ließ den Wagen an. Der seufzte und röchelte und fuhr schnurstracks durch das offene Tor und eine Böschung hinunter. Im Innern des sich überschlagenden Autos war John gefangen. Er hatte nicht an den Sicherheitsgurt gedacht. Das Faktum, den Boden unter den Füßen zu verlieren, kam plötzlich. Er hatte nur Zeit für Erstaunen und Panik, als er hierhin und dorthin geschleudert wurde, gegen Kanten und Radioknöpfe donnerte und im freien Fall im eingeschlossenen Raum vom Ziegelstein getroffen wurde. Krach. Wieder. Krach. Noch einmal.

Und plötzlich war es vorbei, und er lag in der Dunkelheit, wimmernd vor Angst und Schmerz und unfähig, sich selbst in eine erträgliche Position zu bringen. Nach einer, wie ihm schien, langen Zeit wurde ihm klar, daß der Wagen auf der Seite lag. Wunderbarerweise waren die Fenster unversehrt, die vordere Windschutzscheibe war zwar gesprungen, aber noch im Rahmen. Er fühlte auf dem Rücksitz herum. Der Schlauch war immer noch in dem Loch festgemacht. Das Erscheinen seiner Charaktere war wohl eine durch die Abgase ausgelöste Halluzination gewesen. Als sein Sterben begann, hatte er wahrscheinlich den Gangschaltungsknüppel mit dem Knie in den Leerlauf gedrückt, so daß der Wagen rückwärts rollte und den Hügel hinunterkrachte. Er konnte sein Leben immer noch beenden, wenn der Motor ansprang. Wenn nicht, könnte er eine Scherbe vom Rückspiegel nehmen und sich die Pulsadern aufschneiden. Der Schmerz wäre auch nicht schlimmer als was er jetzt in seinen Ellbogen verspürte, in den Knien, dem Oberschenkel, am Kopf und im Gesicht.

Aber er verzagte bei dem Gedanken, sich selbst zu verletzen. Er reichte zum Dach hinauf. Das Faltdach war zerrissen. Er fühlte. Nichts. Sein Arm ging hindurch, in die Nacht hinaus. Der Wagen war auf dieser Seite offen. Er bewegte sich schmerzverzerrt über zerbrochenes Glas und verbogenes Metall. Rost mußte sich in den Spalten unter der Farbe festgefressen haben, und das Dach war im Fallen weggebrochen. Plötzlich dachte er: »Mein Gott, ich hätte umkommen können«, und dann lachte er und dachte: »Trivialisiert, mißverstanden, schäbiges Urteil.« Er krabbelte aus dem Auto. Es lag auf der Seite wie ein toter Käfer. Wenn das Auto nicht so verrostet gewesen wäre, hätte er noch an Kohlenmonoxidvergiftung sterben können, obwohl es sich überschlagen hatte.

»Großer Gott, Mann, wo sind Sie denn gewesen?« fragte der Lastwagenfahrer, der ihn eine Stunde später auflas.

»Ein Autounfall und eine literarische Diskussion.«

»Was war schlimmer?« sagte lächelnd der Trucker.

»Die Diskussion; der Unfall rettete mein Leben.«

John betrachtete den Fahrer. Er war ein mittelgroßer Mann mit dem ironischen Stil des einsamen Wolfs. ›Wie sah ein solches Leben aus?‹ fragte er sich. ›Was für eine Art Frau brauchte ein solcher Mann? Würde er bestimmte kleine Gewohnheiten haben, um die langen, sich hinziehenden Stunden seiner dauerhaften, unendlichen Mobilität aufzulockern? Würde er... War er...‹

Olympia Blues

Der Tag war bitterkalt und so still, daß sämtliche Flaggen an der Skihütte schlaff herunterhingen und sich in ihren Falten Eiskristalle bildeten. Die Kälte sorgte nur für bessere Skibedingungen. Fünfzehn Zentimeter Pulverschnee waren während der Nacht gefallen, so trockener Pulverschnee, daß wir beinahe geräuschlos auf unseren Brettern in der Stille des Tages davonglitten. Wir fuhren besser als jemals zuvor, und um die Mittagszeit waren wir so müde und aufgedreht, daß wir alle Regeln durchbrachen und eine Flasche Wein bestellten, die wir unter uns fünf aufteilten. Vor einem Jahr, als Mimsy, die letzte von uns, die fünfzig wurde, angekündigt hatte, daß sie ihren eigentlichen Vornamen wieder benutzen wollte – Louise –, folgten ihr Cookie, Zizi und Putt und bestanden wieder auf Clara, Jean und Martha. Ich bin Ruth. Wir waren seit sechs Jahren zusammen Ski gefahren, in aller Ruhe, und hatten unsern Stil und die Geschwindigkeit allmählich verbessert. Plötzlich wurde uns bewußt, wie gut wir uns fühlten, deshalb prosteten wir uns selbst, dem Schnee und dem Tag zu.

Wir waren alle dabeigewesen 1984, um der olympischen Fackel zuzujubeln, als sie auf ihrem Weg zu den Sommerspielen in Los Angeles bei uns vorbeikam. Das ganze Städtchen von Aureole war herausgekommen, um am Highway zu winken; einige liefen mit, folgten dem Fackelträger durch den Canyon, bis sie erschöpft waren und zurückfielen. Aureole liebt den Sport, besonders den Wintersport, und ganz besonders das Skifahren – zwei Skigebiete sind ganz in der Nähe, und der Großteil der kommunalen Ökonomie basiert auf dem Skigeschäft. Wir verfolgen diesen Sport, wie manche Städte dem Fußball verfallen sind.

»Wunderbarer Schnee«, sagte ich.

»Ich frage mich, welche Zeiten wir gefahren sind«, meinte Louisa.

»Wir sollten's herausfinden.«

Wir beschlossen, nach dem Mittagessen und bevor es dunkel wurde, unsere Abfahrtszeit zu messen.

Also standen wir hinter den flotten Jungs und den Kindern an. Martha überraschte alle, als sie die beste Abfahrtszeit des Tages schaffte; ich war fast so gut. In unserer Euphorie fingen wir an, über olympisches Skilaufen zu scherzen, und wie wir wohl als Abfahrtsläuferinnen aussähen.

»Ich wäre liebend gern bei den Olympischen Spielen mitgelaufen«, sagte Jean.

Martha nickte: »Mein heimlicher Traum.«

»Meiner auch«, sagte ich.

»Bei den Olympischen Spielen antreten? Natürlich.« Das war Clara.

Jean protestierte. »Ich habe nicht gesagt antreten, ich sagte Ski fahren. Im Augenblick hätte ich Lust, in ein kleines Land zu gehen, das keine Skimannschaft hat, und mich dort zu bewerben. Wir müßten nicht gewinnen oder überhaupt nur versuchen, zu siegen. Seht euch doch an, was letztes Mal in Sarajewo passiert ist. Die Albaner fuhren noch Ski, als alle schon nach Hause gegangen waren.«

»Also –«

»Also haben sie teilgenommen, sind dabeigewesen.«

Ich zerlegte die Phantasie. »Lest mal die Regeln. Eine Teilnehmerin muß Bürgerin des Landes sein, für das sie antritt. Wir sind Amerikanerinnen. Mit dem Team, das Amerika aufstellt, würde niemand von uns eine Chance haben, sich die Plakette anzunähen.«

»Ich würde gern in der Parade mitmarschieren«, sagte Louise, »und für die Galapagosinseln Ski laufen, gut, aber nicht gefährlich fahren, nachdem die Sieger und die Presse nach Hause gegangen sind, damit wir nicht unsere Familien blamieren. Ich würde gern eine Fahne tragen. Ich hätte gern eine wunderschöne pastellfarbene Uniform, in der ich blendend aussehen würde – ein sanftes Blau vielleicht – nichts Schwarzes. Ich sehe verwaschen aus in Schwarz.«

Ich sagte: »Falls wir nicht unsere Staatsbürgerschaft zugunsten einer anderen aufgeben wollen, Amerika, vom Meer umschlungen ...«

»Wie wäre es mit Irland? Dutzende berühmter Leute leben dort wegen der Steuern –«

»Ich sagte Staatsbürgerschaft, nicht Niederlassung. Lest die Regeln. Keine Nation hat Interesse daran, fünf breitärschige alte Weiber für den olympischen Abfahrtslauf zu sponsern und sich internationaler Lächerlichkeit preiszugeben.«

»Ruth, in dir steckt eine Strähne Grausamkeit«, sagte Clara.

Wir fuhren nach Hause, den Kopf voll mit Phantasien davon, an den Spielen teilzunehmen, in den Paraden mitzumarschieren und der wunderbaren Fackel zu ihrem Bestimmungsort zu folgen.

Das war nach Thanksgiving, dem Erntedankfest. Wir fuhren noch oft vor den Winterferien, weil später dann die Schulkinder auf den Pisten sein würden. Wir arbeiten, deshalb haben wir nur einmal die Woche frei, um zu laufen. Louise ist eine Anwaltssekretärin bei Burlow, Jones und Tyne hier in der Stadt. Ihr Mann ist vor drei Jahren gestorben. Jean hat ein erfolgreiches Partyservice-Geschäft. Ihre Assistentin kümmert sich um alles, wenn sie dienstags Ski fährt. Martha ist von uns allen am beschäftigten, weil sie soviel ehrenamtlich arbeitet. Ich bin Ruth Telfer; Sie wissen doch, *Telfers Kurzwaren* in Aureole. Wir sind im neuen Einkaufszentrum. Manchmal ist es schwierig, aber ich versuche immer, dienstags freizumachen.

Die Saison entwickelte sich immer besser – kaltes Wetter und viel frischer Pulverschnee. Wir fuhren alle gut. Bald nach Neujahr, bei unserem üblichen Ausflug, trafen wir uns mit Jean am Kirchparkplatz, wo wir uns immer auf wenige Autos verteilen. Sie sagte, sie hätte einen Brief für uns.

»Für uns? Von wem?«

»Vom Heiligen Vater.«

»Von wem?!«

»Vom Heiligen Vater. Der Papst. In Rom.«

Ich lachte. »Ich hoffe, es geht ihm gut.«

»Möchte er, daß du ihn beim nächsten Konklave mit deinem Partyservice versorgst?«

»Ich meine es ernst«, sagte Jean, »und das hier ist auch ernst. Ladet die Skier ein, und ich werde es unterwegs vorlesen.«

Wie fuhren auf die Landstraße, und Jean fing an: »Der Brief ist diktiert«, sagte sie, »aber er ist von ihm. Als wir darüber sprachen, an den Olympischen Spielen teilzunehmen, überlegte ich mir, daß ich ihm schreiben könnte, um ihn zu bitten, uns zu sponsern. Der Vatikan ist ein Staat; sie haben Botschafter und Grenzen – sogar eigene Briefmarken. Der Heilige Vater liebt das Skifahren. Ich habe ihn einfach nach Aureole eingeladen, wenn er mal in Amerika wäre während der Wintersaison. Ich habe ihm den Pulverschnee hier beschrieben und erklärt, daß in unserem Haus reichlich Platz wäre, seit die Kinder groß und von zu Hause fort sind. Dann habe ich gefragt, ob er uns nicht die temporäre Staatsbürgerschaft des Vatikans geben könnte, so daß wir bei den nächsten Olympischen Spielen für den Vatikan Ski fahren könnten.«

»Was?«

»Ski fahren. Bei den Olympischen Spielen. Für den Vatikan.«

»Was hat er gesagt?«

»Gestern habe ich seine Antwort erhalten. Hier ist sie. Mh ... also, er dankt uns für die Einladung. Er hat schon von unserem Pulver-Skifahren gehört ... würde gern kommen, aber die Dringlichkeit seiner Pflichten et cetera et cetera.«

»Schreib ihm zurück und sag ihm –«

»Sch –«

»Also, hier«, sagte Jean und las aus dem Brief vor. »Es

hat Uns gefallen, Eure Bitte um eine temporäre Staatsbürgerschaft mit großem Interesse zu bedenken. Wir haben die Angelegenheit sorgfältig diskutiert, da wichtige politische und humanitäre Prinzipien damit verbunden sind, was das Recht auf Zuflucht und andere Formen politischen Asyls innerhalb unseres Staats betrifft. Diesen Präzedenzfall etablieren Wir hiermit. Aus diesem Grund gefällt es Uns, Euch als Team die temporäre Staatsbürgerschaft des Vatikans zuzuerkennen, anfangend mit dem Tag, an dem Ihr die Vereinigten Staaten verlaßt, um zu den Olympischen Spielen zu fliegen, und endend mit dem Tag nach dem Ende Eures Wettkampfs. All Eure Arrangements sollten in Zukunft mit Bruder Sylvestro Mudarra, Kloster San Ignacio, Irun, Spanien, getroffen werden. Er wird als Euer Olympisches Komitee fungieren. In der Hoffnung auf Erfolg für Euch und Gebeten für Eure dauerhafte geistige und physische Gesundheit, verbleibe ich als Euer Freund ...«

»Da ist noch was im Umschlag ...«

»Fünf Karten: zwei Team-, zwei Ersatzkarten, eine Trainerkarte. Sie sind alle von ihm signiert. Wir sind – wir werden – unter der Obhut des Vatikans mit seinem Bürgerrecht auftreten.«

»Heißt das, wir werden ... es tun?«

»Trainieren?«

»Die Olympischen Spiele?«

»Vermutlich.«

Wir auf den Rücksitzen fingen an zu stampfen und zu jubeln. Ich jubelte auch, obwohl ich es nicht wirklich glaubte. Schließlich sagte ich: »Wir haben nur zwei Jahre, um uns vorzubereiten – vorzubereiten auf unseren Antritt bei den Spielen!«

»Kein Wettkampf«, sagte Jean. »Ski fahren.«

»Ach ja, wie konnte ich das nur vergessen.«

Wir klatschten wieder Beifall.

Aber wir waren nicht in der Lage, innerlich davon Abstand zu nehmen, und fuhren immer härter. Ich weiß nicht, wie die Neuigkeit sich verbreitete, aber Aureole ist so klein, daß die Leute wie durch Zauberhand alles herausfinden. Natürlich erzählte ich es Arthur, meinem Mann, aber er lachte so schrecklich, daß ich mir nicht vorstellen kann, daß er etwas ausplauderte. Clara, die Psychotherapeutin ist, hat gelernt, ihren Mund zu halten. Martha ist schüchtern. Auf jeden Fall, bevor wir wußten, wie uns geschah, rief die *Ute-Rundschau* bei Jean an und sagte, sie wollten, uns zu unseren olympischen Plänen befragen. Wir hatten jede Woche hart trainiert. Unsere Zeiten verkürzten sich, obwohl wir nie wieder die beste Tagesabfahrtszeit schafften. (Louisas Tochter Dee Dee, die in Seattle lebt, hatte ein Baby; Louisa mußte hinfahren, deshalb verpaßte sie zwei Wochen.) Die Reporterin der *Ute-Rundschau* war Marcie French. Ich hatte sie nur noch gelegentlich auf der Straße getroffen, seit sie vom College zurück war.

Das Interview war leicht: jede von uns gab eine Art Statement ab. Martha erzählte, wie die Idee entstanden war. Clara berichtete, wie uns die olympische Fackel inspiriert hatte, als sie durch Aureole getragen wurde. Jean erzählte von ihrem Brief an den Papst. Sie zeigte ihn vor. Alle wissen, wie religiös Jean ist; es war nur natürlich, daß sie auf diese Idee gekommen war. Ich erklärte, daß wir ein älteres olympisches Ideal repräsentierten; die Spiele waren für Amateure mit wenig Rückhalt und finanzieller Unterstützung gedacht gewesen, aus reiner Liebe zum Sport.

Marcie ist ein nettes Mädchen, aber die *Ute-Rundschau* ist nur eine Provinzzeitung, und sie hat nicht gelernt, ihre Emotionen zu verbergen. Sie sagte: »Ich hätte nie gedacht, daß es euch ernst ist. Ihr könnt es nicht ernst meinen!« Wir sagten doch. »Aber, seht euch doch an. Ihr könnt einfach nicht gewinnen!«

»Das ist das, was die Leute nie verstehen. Wir werden nicht hingehen, um zu siegen. Wir gehen hin, weil wir mit antreten und teilnehmen wollen«, sagte Martha.

»Ski fahren«, korrigierte Jean.

»Wir wollen unsere Dankbarkeit dem Sport und den Menschen gegenüber, die ihn entwickelt haben, zeigen.«

Marcie sah amüsiert drein, als sie ging. Ich vermute, die jungen Leute sind auch nicht so flexibel, wie sie glauben.

Als der Artikel in der Aureoler Zeitung erschien, war er besser, als ich befürchtet hatte, Marcies Blicken nach. Es gab ein Foto von uns vier (Louisa war immer noch in Seattle), und die Überschrift lautete: FRAUEN AUS AUREOLE VERSUCHEN SICH BEI OLYMPIA. Der Artikel enthielt unsere Namen und erklärte, daß wir für den Vatikan starten würden. Er verwies auf unsere Zeiten und unsere Erwartung, daß wir uns in den nächsten zwei Jahren noch verbessern würden.

Es war nur eine kleine Notiz, aber als wir sie lasen mit allen unseren Namen, wurde uns noch deutlicher bewußt, daß wir es wirklich tun würden – daß wir versuchten, um des Sports willen unser Bestes zu geben.

Zwar hatte mich Marcies Artikel in der *Ute-Rundschau* nicht gestört, um so mehr schockierte mich die Leserbriefseite der folgenden Woche.

»Wer glauben diese alten Weiber eigentlich, wer sie sind? Sollen sie doch warten, bis sie fünfundsechzig sind, und irgendeine Senioren-Olympiade besuchen. Bis dahin sollten sie sich von den steilen Pisten fernhalten; sie sind dort nur im Weg…«

»Ich dachte, Mrs. Telfer wäre Jüdin. Ich weiß, daß Mrs. Protheroe Protestantin ist, obwohl ich sie nie in der Kirche gesehen habe, außer bei Beerdigungen. Was denken sie sich dabei, für einen katholischen Staat anzutreten? Soll das heißen, daß sie katholisch werden?«

»Wer hat diese Frauen dazu veranlaßt? Von den Bankinteressen des Vatikan und der internationalen jüdischen Finanzgemeinde hört man gar nichts. Erinnern Sie sich an die Banco Ambrosiano? Das war doch nichts anderes als eine internationale Verschwörung. Hier steckt mehr dahinter als bloßes Skifahren. Wann wird das Land endlich erwachen und erkennen, was hier geschieht?«

Der erste Brief war von dem Corson-Bub, den ich beim Schußfahren gesehen hatte, wie er völlig außer Kontrolle herunterwedelte. Nummer zwei war von Mrs. Plumacher, armes Ding. Obwohl der letzte Brief anonym war, wußten wir alle, daß er von Denson Sprague kam, dem Sicherheitsbeamten der Bank.

In jener Woche, als wir uns trafen, um gemeinsam zu unserem Hang zu fahren, fragte Clara mich: »Wie gefällt es dir, internationale Bankinteressen zu repräsentieren?«

Ich antwortete: »Und dir, wie gefällt es dir, den abgefallenen Presbyterianismus zu personifizieren?«

Martha lachte nicht mit. »Ich habe nicht die Hälfte der Gefühle geahnt, die anscheinend in Aureole existieren«, sagte sie. »Vielleicht sollten wir aufhören.«

»Du kennst doch Denson. Jeder weiß über Denson Bescheid.« Ich lachte jetzt, um Martha zu beruhigen. »Das wird vergehen, weil sie uns die öffentliche Aufmerksamkeit neiden. Die Publizität, nicht das, was wir tun, neiden sie uns – überhaupt nicht, was wir tun, aber daß wir wahrgenommen werden.«

»Wo liegt der Unterschied?«

»Wir müssen nur versuchen, Publizität zu vermeiden – ein niedriges Profil halten sozusagen.«

Aber als wir in der nächsten Woche an der Skihütte rasten wollten, um unsere mitgebrachten Pausenbrote zu essen, kam Ernest Timbrough, der Chef, zu uns und bat uns darum, Fotos machen zu dürfen. Sie knipsten uns mit Skiern in der Hand, dann beim Anschnallen, schließlich auf dem Weg zum Lift. Er sagte, die Fotos wären für den kleinen Rundbrief, den die Skigebiete für ihre PR-Arbeit vertrieben. Wir verpflichteten ihn, ein paar Abzüge an Bruder Sylvestro zu schicken, unserem Olympischen Komitee in Spanien. Der Schnee war wundervoll an diesem Tag, es machte uns soviel Spaß, daß wir die Fotos bald vergaßen.

Das war im März, dem Höhepunkt der Saison. Wir

trainierten viel und hart, aber die Pisten waren überlaufen, und an manchen Tagen kamen wir kaum an unsere alten Abfahrtszeiten heran. Eines Abends rief Louisa an und fragte, ob ich das Geschäft Donnerstag mittag alleinlassen könne. »Ich habe einen Anruf von einer Skifirma bekommen, Viking. Sie wollen sich mit uns treffen.«

»Warum?«

»Keine Ahnung. Zum Mittagessen beim *Goldgräber*.«

Vikingskiausstattung; man kennt ihre Werbung. Während der Skisaison können Sie sie im Radio auf allen Rocksendern der jungen Leute hören:

»Wie fühlt sich's an, wenn du hinabstürzt auf der härtesten Piste, die's gibt? Wie fühlt sich's an, wenn du bis zu den Hüfttaschen im tiefen Pulverschnee steckst, auf die Adler herabblickst und einen Durchbruch probierst auf den längsten, wahnwitzigsten Himmelstürmern, die es gibt? Viking, das ist das Gefühl.«

Der Mann, der den Text liest, klingt, als hätte er gerade ein Krokodil verschluckt. Und das Bild kennt man auch. Es hängt in allen Skigeschäften. Ein wunderschöner junger Mann, nicht warm genug angezogen, würde ich sagen, der mitten in der Luft schwebend festgehalten ist und über einen riesigen Hügel hinabschaut, an seinen Vikings vorbei. Man fragt sich, wer das Bild aufgenommen hat.

Clara und Louisa haben Vikings. Clara hatte ihre eingetauscht. Einsachtziger. Louisa hat ihre schon seit Jahren. Ich habe Hawks. Einsneunziger, weil ich ein bißchen pummelig bin. Martha hat Spartans, die ein Reinfall sind, meint sie. Jean hat Contrails. Skistiefel sind auch noch so eine Sache, wir haben alle verschiedene, manche alt, manche neu. Wir hatten keinen blassen Schimmer, warum die Leute von Viking jemanden extra hier raus schicken wollten, um sich mit uns zu treffen.

Am nächsten Donnerstag nachmittag also warfen Louisa, Martha und ich uns in Schale und gingen zum *Goldgräber*, um den Viking-Vertreter zu treffen und zu Mittag zu essen.

Clara hatte zu tun; Jean hatte einen Auftrag. Wir gingen in den ›Nugget-Raum‹ – dort wird einem derselbe Salat wie vorne serviert, aber auf hübscherem Geschirr und für drei Dollar mehr. Da wir eingeladen waren, konnten wir von uns aus schlecht darauf hinweisen.

Zwei junge Männer saßen da, die sich bei unserem Eintritt erhoben, um uns zu begrüßen. Sie waren um die dreißig, braungebrannt und in beinahe schon aggressiver Weise im Aktiv-Look. Beide sahen sie aus, als würden sie ihre ganze Zeit mit Skifahren verbringen. Der Viking-Vertreter hieß Carl Williams, und sein Begleiter sagte, er komme von Gustafson-Skistiefeln. Als ich ihm die Hand schüttelte, erwähnte ich, daß ich Gustafson-Stiefel trug. Bestimmt erinnern Sie sich an deren Werbesport:

»Es ist hart, es ist brutal, es ist ein Krieg zwischen dir und den Berggewaltigen und den Eisplatten und den schmutzigsten Rutschpartien der Schöpfung. Besiege den Berg. Überwältige ihn. Gewinne. Mit jedem guten Ski, jeder guten Bindung. Und Gustafson-Stiefeln.«

»Hübsche Stiefel«, sagte ich zu ihm. »Besonders mag ich es, wie sie meinen Fuß, ohne zu kneifen, stützen. Die Stiefel davor –«

»Hmmmmmmm«, sagte er.

Als wir uns gesetzt und unsere Sieben-Dollar-Salate bestellt hatten, meinte Mr. Williams: »Meine Damen, Sie wollen doch nicht wirklich, oder... dies hier ist ein Scherz, nicht wahr?«

Wir erklärten ihm, daß es uns ernst war. Wir erklärten die ganze Geschichte. Sie saßen absolut still da und hörten uns zu. Wir sagten ihnen, wie hart wir an uns arbeiteten. »Wir haben unsere Zeiten fast um die Hälfte verkürzt in dieser Saison.«

»Sie messen Ihre Abfahrtsläufe?« Mr. Williams klang beeindruckt.

»Ja. Wir versuchen möglichst an jedem Tag, an dem wir auf der Piste sind, einen Lauf zu messen.«

»Und welche Zeiten haben Sie?«

Wir nannten sie ihm. Er seufzte; dann holte er tief Luft und atmete wieder aus. »Das sind ungefähr achtunddreißig Meilen pro Stunde. Das ist schnell, hm... ja. Aber ein olympischer Läufer bewegt sich um die achtzig Meilen, und der Unterschied zwischen erstem und letztem Platz beträgt Zehntelsekunden... Sie werden nicht weit kommen. Sie werden schon in den Vorläufen ausscheiden.«

Martha warf ihm einen forschenden Blick zu und meinte: »Mr. Williams, Sie wissen, daß die Vorauswahl innerhalb der teilnehmenden Nationen stattfindet und von den Olympischen Komitees veranstaltet wird. Unser Olympisches Komitee ist Bruder Sylvestro Mudarra, mit dem wir in Briefwechsel stehen. Er meint, daß unsere Zeiten die des Vatikans seien, da es keine weiteren Bewerber gibt.«

»Sogar der Papst fährt schneller«, murmelte Mr. Williams.

»Das tut nichts zur Sache«, sagte ich. »Sie wissen, daß es für uns keine Vorauswahl gibt. Warum versuchen Sie, uns zu entmutigen?«

»Weil Sie sich lächerlich machen«, antwortete er.

»Vielleicht liegt es daran, daß wir uns auf Ihren Skiern lächerlich machen.« Plötzlich war mir das Foto eingefallen, das Ernest Timbrough von uns gemacht hatte. Er hatte uns mit unserer Ausrüstung posieren lassen. Alle konnten den Namen Viking und das Firmenemblem sehen – ein Krieger, dessen langes Haar vorn an den Skispitzen herunterfloß. Jedermann kann Gustafson-Stiefel erkennen. Louisa hatte ihr Anliegen kapiert.

»Sie wollen nicht, daß man uns mit Ihrer Ausrüstung sieht«, sagte sie. Es klang verletzt.

Williams konnte nicht lügen. Er war in die Ecke gedrängt. »Wir sind bereit, Ihnen eine Gebühr von jeweils fünfhundert Dollar zu zahlen, wenn Sie uns die Skier überlassen, damit wir – nun ja, die Namen unkenntlich machen«

»Gustafson« lachte. »Ihr Mädels habt nicht mal eine Rennausrüstung.«

›Mädels‹, das war zuviel! »Nun, Sie können uns ja eine kaufen«, sagte ich. »Statten Sie uns aus. Mit der allerneuesten Ausrüstung. Dazu wollen wir Reisekosten von hier zum olympischen Dorf. Bruder Sylvestro sagt, unser Komitee hat kein Geld. Oder –«

»Oder was?«

»Oder wir werden in unseren Viking-Skiern und in

unseren Gustafson-Stiefeln und unseren Arrow-Bindungen für jedes Sportmagazin im Lande posieren.«

»Das können Sie nicht –«

»Uns gehören diese Skier; wir laufen auf ihnen. *Ski-Magazin, Sport-Illustrierte* ...« Louisa mochte es auch nicht, »Mädel« genannt zu werden.

Die zwei saßen da und starrten uns an. Dann bezahlten sie die Rechnung und erhoben sich. »Wir bleiben in Kontakt«, sagte Williams.

»Wir werden Ihnen Bescheid geben«, sagte der von Gustafson.

Sie gingen. Wir sahen einander an und grinsten. An jenem Abend trafen wir uns, um Jean und Clara zu erzählen, was passiert war.

Zwei Tage danach riefen die Contrail-Ski-Leute an. Wir hörten uns ihr Angebot an und sagten, wir würden auf sie zurückkommen. Ich laufe auf Hawks. Es ist so ein kleines Unternehmen, daß ich eigentlich nicht glaubte, daß sich jemand von ihnen melden würde. Drei Tage später rief einer an, mit einer so geringen Bestechungssumme, daß ich beinahe zu beleidigt war, um sie überhaupt in Erwägung zu ziehen.

Die Stiefel- und die Bindungshersteller folgten. Wir vermuteten, daß der Herr von Gustafson alle angerufen hatte. Wir hätten es uns nicht träumen lassen – Summit, Arrow, Alpine, sogar DuCange. Louisa behauptet, daß ihre DuCange-Skistöcke so alt wären, daß niemand sie mehr erkennen würde. Es machte nichts. Als es schließlich vorbei war, hatten wir zehn Unternehmen, die bereit waren, Geld oder Vergünstigungen zu gewähren, wenn wir nur ihre Namen, Logos oder Profile von unserer Ausrüstung entfernen würden.

»Der Heilige Vater würde sich das mit besorgter Miene anschauen«, meinte Jean. Ich zuckte mit den Achseln. »Ich denke, wir sollten Bruder Sylvestro darüber informieren«, beharrte Jean. »Das schulden wir ihm.«

Wir schrieben einen langen, sorgfältigen Brief an unseren Komiteevorsitzenden, der, wenn er nicht mit uns beschäftigt war, in einem spanischen Bergkloster für den Weltfrieden betete. Während wir auf eine Antwort warteten, trainierten wir. Das Leben wurde hektischer. Einige der Leute aus der Stadt und andere aus der Umgebung, die die *Ute-Rundschau* lasen, wollten, daß wir bei diversen Zusammenkünften als Rednerinnen auftraten. Außerdem fuhren wir immer härter Ski, um unsere Zeiten noch zu verbessern. Ehrlich gesagt, der Viking-Mann mit seinen Äußerungen hatte uns geschockt. Wir hatten keine Ahnung gehabt, daß die Abfahrtslauf-Zeiten so kurz waren. Im Fernsehen erwähnten sie nie, daß die Skiläufer schneller als achtzig Meilen pro Stunde fuhren.

Eines Tages am Lift fragte ich einen jungen Mann, wie er seine Geschwindigkeit steigerte. Er erklärte, daß er seinen Rhythmus durch einen Walkman beschleunigte, also borgten wir den Walkman von Marthas Sohn und trainierten mit ihm, aber die Kassetten, die er uns mitgab, fanden wir so schrecklich, daß wir sie durch die ›Brandenburger Konzerte‹ und meinen ›Messias‹ von Händel ersetzten. Als die Saison vorbei war, schlossen wir mit respektablen 2.52 auf der langen Strecke ab, was ungefähr vierzig Meilen pro Stunde sind.

Viking gab nach. Gustafson gab nach. Eureka gab nach. Als der Schnee sich verhärtete und die Tage länger wurden, kamen ihre Vertreter mit Geschenken: unmarkierte Skier, lange, schlanke, harte Renn-Skier; Spezialgamaschen, um die aussagefreudigen Stiefel und Bindungen zu überdecken: und eine Zusage von Eureka, daß sie uns mit Rennläuferhelmen unterstützen würden – aus Plastik, sagten sie, aber geschmackvoll, die keine der Kennzeichen und Namen der Hersteller trügen.

Anfangs waren die Renn-Skier ein Desaster. Aufgrund ihrer Länge, ihres Schnitts und ihrer Flexibilität kam es uns wie die völlige Aufgabe von Stabilität zugunsten von Geschwindigkeit vor. Wir schossen auf ihnen talwärts wie Kugellager auf der Buckelpiste, wurden von den geringsten Erhöhungen und Vertiefungen aus der Bahn geworfen und stießen bei der leichtesten Provokation himmelwärts. Unzählige Male stürzten wir. Als wir das nächste Mal zum Training gingen, trafen wir eine Verabredung mit Claras Neffen Buzzy, der Skilehrer ist.

Ich mochte Buzzy noch nie. Er war der Assistent des Sportlehrers, als unsere Kinder zur Schule gingen. Er glaubte, wir würden als eine Art Werbegag teilnehmen. Als wir uns aufgestellt hatten, sah er uns an, wie ein Autofahrer eine tote Katze auf dem Asphalt betrachtet. »Meine Damen, Sie sind wirklich nicht in Form.«

Ich schoß zurück: »Ich habe mich auch schon gefragt, woher all die Falten und das Fett kommen.«

Ironie bei Buzzy ist verlorene Liebesmüh. »Das stimmt«, sagte er, »Sie brauchen ein Trainingsprogramm, damit Sie besser aussehen.«

»Sorry, Buzzy«, sagte ich, »zeig uns nur, wie diese Skier funktionieren.«

Er tat es, oder versuchte es zumindest. Zu Anfang verloren wir an Geschwindigkeit – wir waren nervös wegen der Kontrollprobleme. Wir brauchten Wochen, um unsere Zeiten wieder zu erreichen und sie danach Sekunde um Sekunde weiter zu verkürzen.

Es wurde Mai. Wir liefen auf Frühlingsschnee und beschlossen sozusagen die Saison zusammen mit ein paar Unentwegten in Shorts und T-Shirts. Wir hatten das Gefühl, daß wir es Bruder Sylvestro schuldeten, unserem Olympischen Kommittee. Wir hatten ihm die ganze Zeit wöchentliche Berichte geschrieben. Ein typischer Brief lautete folgendermaßen:

Lieber Bruder,

in dieser Woche haben wir 2.40 auf der langen und 2.36 auf der kurzen Strecke gemessen, was einem Durchschnitt von 40.8 Meilen pro Stunde entspricht. Es tut uns leid, daß wir nicht in Meter konvertieren können, aber wie Ihr seht, ist es eine deutliche Verbesserung auf der Kurzstrecke, obwohl es uns schwerfällt, auf der langen Piste unsere Geschwindigkeit zu halten. Wir wissen, daß wir uns bald auf ein erstes Team und Ersatzläuferinnen verständigen müssen. Das ist eine schwierige Entscheidung. Letzte Woche war Claras Mutter krank, so daß Clara zu Hause bleiben mußte. Alle andern waren da. Ruths überanstrengtes Bein heilt gut.

Vertrauensvoll

Die Briefe des Bruders kamen ebenfalls regelmäßig, inklusive dem Vatikansstempel:

Geliebte Töchter,

seid guten Mutes. Eure Zeiten verbessern sich, und es scheint, als hättet Ihr Euch den Renn-Skiern gut angepaßt, die Euch so großzügig geschenkt wurden. Ein Dank sei Gott, daß Eure Gesundheit erhalten bleibe und Euer Geist nimmer ermüde. Für die Mutter von Clara werden Gebete gesprochen; möge sie vollständig gesund werden. Was Euer Problem der Vorgehensweise betrifft, so ist es wichtig, sich immer zu erinnern, daß die Betrachtung der Perfektion unserer Heiligen sowohl Stolz als auch Furcht zurücktreten läßt, damit sie wieder ihre ursprünglichen Maße im Leben annehmen. Denkt bitte auch daran, daß unser Herr nicht nur alle Angebote lobt, die aus der Reinheit des Herzens entstammen, sondern daß er auch jedes Opfer gnädig annimmt.

In Christus

PS *Wenn man eher in die Hocke geht als den Oberkörper vorzubeugen, dann wird der Ski eher vorwärts als abwärts getrieben. Übt dies, und es wird Euch viele Stürze ersparen und eine merkliche Zunahme von Geschwindigkeit zur Folge haben.*

An jenem Thanksgiving beschäftigte uns die Notwendigkeit, das erste Team und das Ersatzteam auszuwählen. Wir hatten seit Oktober, als das Skigebiet wiedereröffnet wurde, auf Kunstschnee trainiert. Das hatte ich noch nie zuvor gemacht, aber unsere Geschwindigkeit – oder eher deren Fehlen – beunruhigte Bruder Sylvestro, der wahrscheinlich am Ende doch Meilen in Kilometer umgerechnet hatte und über die Zahlen schockiert war. (»Könntet Ihr nicht noch einen zusätzlichen Trainingstag einlegen, meine Töchter?«) Bruder Sylvestro wollte Gold.

Also hatten wir im November angefangen, unsere Zeiten individuell zu notieren. Seit Thanksgiving hatte es zwei kräftige Schneefälle gegeben. Der Schnee war langsam und verzieh jeden Fehler, und wir waren mit leichtem Schuldbewußtsein einfach um des Vergnügens willen gefahren. Dann, eines Tages beim Mittagessen, überraschte Louisa uns mit einer ernüchternden Mitteilung: »Ich liebe diese Gruppe«, sagte sie, »aber keine Frau kann zwei Herren dienen. Ich bin nicht fit genug, und das zeigt sich auch in meiner Arbeit. Ich bin allein. Wenn Rufe noch lebte, wäre es anders, aber wenn ich mir jetzt eine Verletzung zuziehe – na ja, dann gibt es eben nur mich. Ich habe schon Alpträume deswegen gehabt. Es macht mich übervorsichtig und ängstlich; ich ziehe mich selbst vom Wettbewerb zurück. Ich werde die Trainerin sein.«

»Aber du fährst weiterhin mit uns Ski, oder?«

Louisa fing an zu weinen. »Es macht keinen Spaß mehr mit euch, seit wir diese verdammten Renn-Skier bekamen. Skilaufen war für mich immer – lacht bitte nicht – meditativ, wie ein Gebet. Ich möchte nicht im Beten konkurrieren.«

»Mimsy –«, kehrte ich zu Louisas altem Namen zurück.

»Ist schon in Ordnung«, sagte sie. »Ich schenke meine

unmarkierten Skier dem Team. Werden wir jemals wieder einfach Ski laufen?«

Wir antworteten nicht, weil wir es nicht wußten. ›Danach‹ war uns noch nicht in den Sinn gekommen. Dann sagte Jean: »Wir sollten anfangen.«

Louisa bemühte sich, uns aufzumuntern. »Ach ja, ich habe das Design für unseren Parade-Aufzug dabei.«

»Zeig's her.«

»Schwarz und Rot sind die Farben der Schweizer Garde – aber bei uns würden sie schrecklich aussehen. Statt dessen...« Sie nahm ein Stück eines Posterkartons aus ihrem Parka.

Es war eine einfache Tunika, so geschnitten, daß sie während der Parade über den modischen Stretch-Skianzügen getragen werden konnte. Sie war aus Velours in einem weichen französischen Blau, mit Kapuze, falls es schneien sollte. Louisa erinnerte sich an das schlechte Wetter in Sarajewo. Auf der Vorderseite flog mit ausgestreckten Schwingen die Friedenstaube mit goldenen Strahlen, die ihren Flügelfedern entsprossen. Wir staunten erfreut »Oh –« Ich sagte: »Ich kann sie schnell hinzaubern, wenn du mir mit der Taube hilfst. Was meinst du, Louisa, Appliqué-Stickerei?«

Genau dann und dort, im leichten Schneefall, standen wir oben auf der Barrel-Roll-Piste und wählten Clara und Jean als Olympisches Team, Martha und mich als Ersatz, Louisa als Trainerin. Es gab ein paar Tränen, aber ich war stolz auf uns. Wir blieben gute Freundinnen.

Aureole erhält die Nachrichten der Welt auf fünf Kanälen. Es gibt ein Radio, wir haben die *Denver Post*, die

Rocky-Mountain-Zeitung und unsere Lokalzeitung, die *Ute-River-Rundschau*, um uns wissen zu lassen, wer gestorben ist und was beim Potluck-Fest der Granges in Gold Flume serviert wurde. Manchmal läßt das Wort von draußen, das immer Schlechtes bedeutet, uns darüber nachdenken, die Bergwände höherzuziehen, den Verkehr auf dem Highway aus beiden Richtungen zu blockieren und die natürliche Isolation zu preisen, die uns bis jetzt so erhalten hat. Wir lassen es. Wir seufzen nur, wenn wir die Klagen der Siebzehn- und der Zweiundzwanziguhrnachrichten hören.

Mein Interesse an den Nachrichten von außen steht und fällt im Gegensatz zu meinen eigenen Sorgen. Der Einzelhandel hat sich stark verändert, und Arthur und ich mußten ziemlich viel Zeit und Energie investieren, um darüber nachzudenken, wie wir uns den Entwicklungen anpassen. Die Geschichte mit den Priestern in der Bukowina hatte ich nur halb mitbekommen.

Anscheinend schickten einige polnische Kirchen individuell Missionare in andere Ostblockstaaten. Die Priester predigten vor Volksaufläufen und entzündeten ein volksnahes religiöses Empfinden in Ländern wie Ungarn und der Tschechoslowakei. Die Sowjets waren natürlich empört. Falls ich mehr darüber hätte erfahren wollen, wäre ich enttäuscht worden; es war eine dieser Kurznachrichten, die auftauchen, kurz wahrgenommen werden und dann wieder verschwinden, ohne daß man jemals wieder davon hört; zumindest nicht früh genug, daß es etwas bedeuten könnte.

Als die Zeit des Wettkampfs näherrückte, obwohl die

Spiele noch ein Jahr auf sich warten ließen, fing der vorolympische Medienrummel an. Da wir für eine andere Nation antraten, wurde uns die Aufmerksamkeit erspart, die den amerikanischen Athleten zuteil wurde, aber es gab drei Artikel über uns in Zeitungen und Magazinen der Diözese, und wir erschienen im *Monatlichen Rosenkranz* unter der Überschrift: »Das Abfahrtsteam des Heiligen Vaters.« Das Foto war nicht das schmeichelhafteste. Gebete wurden in mindestens fünf Kirchen für uns gesprochen.

Arthur hatte sich aus unseren Plänen meist herausgehalten, aber ich wußte, daß er, Ned und Bill, die offiziellen olympischen Ehemänner, miteinander telefonischen Kontakt hielten. Bill arbeitet in der National Bank von Aureole. Ned ist Bergbauingenieur. Ich wußte, daß sie sich wegen der Härte unseres Trainings Sorgen machten, darüber daß wir zu schnell fuhren und uns verletzen könnten. Wir und Bruder Sylvestro wünschten uns immer größere Geschwindigkeit (»Köpfe hinunter, meine Töchter, Eure Arme und Ellbögen müssen eng anliegen, sonst hält Euch der Windwiderstand zu sehr auf«). Die Renn-Skier hatten eine deutliche Veränderung bewirkt, und wir schafften Zeiten, die uns wie Lichtgeschwindigkeit vorkamen, aber nicht mehr als 44.16 Meilen pro Stunde ergaben, weit unterhalb der langsamsten olympischen Zeiten, es sei denn, Sie lassen sich in die dreißiger Jahre zurückversetzen.

Und dann gab es plötzlich einen Durchbruch. Es fing damit an, daß wir einen alten Film über Skirennen sahen. Ich bügelte gerade und sah fern, als der Berichterstatter ankündigte, daß der Skiläufer, den wir sahen, gleich einen fast tödlichen Unfall haben würde. Zum Glück war Arthur noch im Geschäft. Um zu verdeutlichen, was damals passiert war, gab es Filmmaterial von dem Mann, bevor er sich überschlug, das ihn zeigte, als er die Situation noch unter Kontrolle hatte. Ich stand da und beobachtete ihn intensiv, mein Bügeleisen aufgerichtet wie ein Hammer. Ich beobachtete seine Gewichtsverlagerung, die extrem schien. Seine Haltung hob ihn von der Oberfläche der Skier ab, reduzierte den Reibungswiderstand und das Klappern, das ihn auf rauhem Untergrund bremsen würde. Vor Jahren hatte ich gelernt, von der ebenen Fläche der Skier abzuheben, aber auf die neuen Skier hatten wir dies nicht übertragen. Ich konnte es kaum erwarten, das Team anzurufen. Sie hatten es auch gesehen. Beim nächsten Training experimentierten wir mit einem aggressiven Hüftschwung. Wie Hula-Hula-Tänzerinnen schwangen wir den Hügel hinunter und versuchten uns zu erinnern, was unser breitschultriger, schmalhüftiger, eisenkniebewehrter Rivale im Film gemacht hatte. Es funktionierte nicht. Wir erkannten, daß wir eine andere Spezies waren.

Und deshalb wurden wir in ein neues Gesetzeswerk gezwungen, für Hennen, nicht für Falken gemacht, wie Martha überflüssigerweise bemerkte. Wir hatten nicht ihre Schultern, dafür hatten sie nicht unseren niedrigen Schwerpunkt. Warum sollten wir diesen Vorteil nicht nutzen – uns ein bißchen nach hinten und unten verlagern oder unsere Skier eine Winzigkeit gespreizt fahren, was durch unsere offensichtlichen anatomischen Unterschiede erklärbar wäre? »Bäuche als Ballast« schrien wir und flogen die Pisten im versuchten Höllentempo hinunter. Unsere Zeiten reduzierten sich: 2.10, 1.58, 1.50. Auf den Kurzstrecken schafften wir 46.1 Meilen pro Stunde.

Martha und ich beendeten die Arbeit an unseren Paradeuniformen, und wir gingen alle zusammen hinunter ins Geschäft, um sie vor dem großen dreiteiligen Spiegel anzuprobieren. Es war ungefähr acht Uhr abends, und Bud Bourneman fuhr gerade in seinem Polizeiauto Streife. Als wir ihn sahen, hielten wir ihn winkend an und erzählten ihm, wohin wir gingen. Er sagte, er wolle mitkommen und uns in unserem Olympia-Dreß sehen.

»Wir brauchen noch zehn Minuten.« Wir hatten eine Kamera, um für Bruder Sylvestro ein Bild zu machen. Der Bruder hatte geschrieben, daß er uns die Flagge des Vatikan mitbringen würde, so daß wir sie bei der Eröffnungszeremonie tragen könnten. Er hoffte, daß seine Reise nach Kanada dahingehend ausdehnbar wäre, daß er auch das Gethsemane-Kloster in Kentucky besuchen könnte, weil er ein großer Bewunderer von Thomas Merton sei, der dort als Mönch gelebt hatte; außerdem wollte er noch nach Disneyland. Ob wir glaubten, daß diese Abstecher innerhalb von zwei Tagen möglich wären? Der letzte Abschnitt war, wie in der letzten Zeit immer, drängend und ein wenig irritiert, oder zumindest so irritiert, wie es einem religiösen Menschen anstand. Er haßte es, zu verlieren, und das zeigte sich allmählich deutlich. (»Ihr trainiert nicht hart genug«, hatte er letzte Woche geschrieben. »Trägheit ist eine Sünde, die energisch bekämpft und besiegt werden muß.«)

Ich bekam einen Tobsuchtsanfall. Martha schrieb zurück: »Lieber Bruder, das gleiche gilt für den Stolz.«

Die Tuniken paßten uns perfekt. Französisch-Blau schmeichelt unserem grauen Haar, und der Stil war genau richtig für unsere Figur. Die Tauben waren besonders gut herausgekommen, nachdem Marthas Schwester Lillian die Augen und die goldenen Strahlen von Hand bestickt und umkettelt hatte.

Wir sahen wunderschön aus. Sogar Bud bestätigte es und mit ihm die andern Sheriffs, die mit dem zweiten Wagen kamen. Wahrscheinlich war es das Licht im Geschäft, das Mildred Anthony und Del auf uns aufmerksam machte, so daß sie auch herüberkamen. Sie arbeiten nachts im Reinigungsdienst für das Einkaufszentrum. Die Leute behaupteten, sie wären unsensibel, weil sie früher Mausefallen in den Schaufenstern aufgestellt hatten und es Morgen gab, an denen die Schaufensterpuppen in La Boutique ungerührt auf eine tote Maus oder auch zwei hinabblickten. Uns gegenüber waren sie jedenfalls nicht unsensibel. Wir bekamen ordentlich Beifall, als wir da so standen. Marcelline – das ist Buds Frau – hört zu Hause auf der Niederfrequenz immer den Polizeifunk mit, sie kam daraufhin vorbei und machte ein paar Fotos, und als sie entwickelt wurden, waren sie unsere ersten olympischen Bilder, weil wir vor lauter Aufregung ganz vergessen hatten, welche zu machen.

Unsere einzigen Bilder. In jener Woche durchbrachen zwei von uns 1.30, das heißt vierzig Meilen pro Stunde. Dafür kann man Sie auf einer Bergstraße bei schlechtem Wetter verhaften. Wir waren ekstatisch. Wir waren so ekstatisch, daß wir in der Après-Ski-Bar um fünf Uhr nachmittags ›Black Russians‹ tranken, obwohl wir besser zu Hause gewesen wären, um die Nachrichten zu sehen.

Ich kam um sechs nach Hause, bereitete das Abendessen vor und ließ ein Bad einlaufen. Ich hatte mich gerade ausgezogen, als das Telefon läutete. Es war Buzzy, Claras Neffe und unser Beinahe-Trainer. »Hast du die Nachrichten gehört?«

»Welche Nachrichten?«

»Na, dann paß auf, daß du die Zehnuhrnachrichten mitbekommst, aber mir scheint, eure olympischen Tage sind gezählt.« Er klang glücklich.

»Was soll das heißen?«

»Hör's dir selber an«, sagte er und hängte auf.

Kaum hatte ich den Hörer aufgelegt, klingelte es erneut. Meine Schwägerin Francine, genauso vage. Als ich in die Wanne stieg, läutete es schon wieder. Vier- oder fünfmal.

Also saß ich um zehn vorm Fernseher, die andern auch, als der Sprecher in jener neutralen Stimme, mit der er uns so viele Jahre Hurrikane, Kriege, Lotteriegewinner und gesellschaftliche Alpträume übermittelt hatte, sagte:

»Der vatikanische Repräsentant verließ heute die vorolympische Konferenz, nachdem er angekündigt hatte, daß der Vatikan die Olympischen Winterspiele 1988 boykottieren würde, zu denen er zum ersten Mal in der Geschichte seine Teilnahme angemeldet hatte.

Bruder Sylvestro protestierte gegen das von ihm so benannte Terrorregime gegen katholische Priester im kommunistischen Ostblock. ›Die letzte Greueltat‹, sagte er, ›der Hausarrest und das erzwungene Schweigen von vier Priestern in der Bukowina lassen uns keine Wahl. Wir ziehen unsere Teilnehmerinnen vom Wettbewerb zurück.‹

Bruder Sylvestro lobte die olympischen Kandidatinnen, die der Vatikan aufgestellt hatte, und drückte seinen Kummer darüber aus, daß sie unter den Fehlhandlungen anderer zu leiden hatten.«

Diese Bewerberinnen waren Clara, Jean, Martha und ich, mit Louisa als Trainerin. Wir erhielten Bruder Sylvestros Brief drei Tage danach. Unsere Arbeit und unser Opfer könnte, mit der richtigen Einstellung gesehen, den Rest unseres Lebens veredeln, sagte er, und daß die Reinheit unseres Vorhabens für Gott genauso eine Freude sei, wie seine Durchführung gewesen wäre. Seinen eigenen Kummer erwähnte er nicht, den Verzicht auf Gethsemane und Disneyland. Leider muß ich zugeben, daß auch wir ihn in unserem Antwortschreiben nicht erwähnten. Wir waren der Meinung, daß er als unser Olympisches Komitee uns vor den Medien hätte informieren müssen.

Viking schickte uns eine Rechnung für die Skier. Sie sagten, wir würden sie nicht für den beabsichtigten Zweck benutzen. Wir sandten ihnen eine Kopie von Bruder Sylvestros Brief und fügten hinzu, daß ihre Absicht dem Herrgott genauso eine Freude sein könne wie unsere, und in einem solchen Opfer läge sicher genug Ehre, um alle Mitarbeiter von Viking miteinzubeziehen. Von diesem Brief machten wir sechzehn Kopien, eine für jeden unserer Sponsoren. Wir würden alle sechzehn brauchen.

In der Zwischenzeit erhielten wir Hunderte von Briefen, von überall her aus dem ganzen Land, die uns für die unterschiedlichsten Dinge verfluchten: Verspottung der Religion, der Kirche und des Staates; Amerika im Stich zu lassen; den Versuch, ins olympische Rampenlicht zu gelangen; die Frauenbefreiungsbewegung in Mißkredit zu bringen; und radikale Feministinnen zu sein.

Wir werden Fotos machen lassen, die wir Papst Johannes Paul schicken wollen. Sie werden das gesamte Vatikanische Skiteam auf der Donnerpiste mit den olympischen Tuniken und den unmarkierten Skiern zeigen, Louisa auf der Seite mit einem Clipboard, auf dem sie unsere Zeiten registriert.

Anfangs dachten wir, wir würden alle zu den Spielen nach Kanada fahren, aber Louisas Tochter steht wieder vor einer Niederkunft, und Mary Alice, unsere wichtigste Kraft im Kurzwarengeschäft, will sich genau dann einer Operation unterziehen.

Wir wissen, daß wir uns sehr verbessert haben im Skilauf. Und wir fünf haben auch beschlossen, falls Seine Heiligkeit jemals nach Aureole käme, um den Pulverschnee zu testen, würden wir ihm das Liftticket bezahlen. Bruder Sylvestro wird allerdings allein Ski fahren müssen.